COVER ILLUSTRATION GALLARY   4
유나'S STATUS   14
CHARACTERS   16
10권 스토리 소개   18
10권 구입자 특전
  1 크리모니아에 가다 엘레로라 편   20
  2 어머님과 함께 지내다 노아 편   26
  3 그림책에 대해 알게 되다 피나 편   32
  4 곰 씨, 버섯을 따러 가다   38
  5 곰 폰을 쓰다 루이밍 편   43
11권 스토리 소개   50
11권 구입자 특전
  6 국왕에게 보고하다 엘레로라 편   52
  7 요리사 샤이라 편   58
  8 곰 씨, 피나 일행을 데리고 레스토랑에 가다   64
  9 시아의 학원 축제 첫째 날 시아 편   70
  10 어느 신문부원   77
ILLUSTRATION GALLERY VOL, 10 & VOL, 11   86

CONTENTS

12권 스토리 소개   88
12권 구입자 특전
  11 학원 축제 세니아 편   90
  12 어떤 학원 축제 실행 위원   96
  13 걱정하는 공주님 티리아 편   102
  14 학원 축제의 마무리 시아 편   109
  15 학원 축제 후의 식사 모임 티리아 편   116
  16 클리프의 우울   122
13권 스토리 소개   128
13권 구입자 특전
  17 겐츠가 하는 일   130
  18 카르스 마을에 가다 블리츠 편   136
  19 곰과의 조우 우라간 편   143
  20 블러디 베어에게서 도망치는 모험가   151
  21 곰과의 조우 라사 편   157
  22 우라간과 술을 마시다 제이드 편   164
ILLUSTRATION GALLERY VOL, 12 & VOL, 13   170
14권 스토리 소개   172
14권 구입자 특전
  23 출발 준비 티루미나 편   174
  24 곰 버스 안 노아 편   180

25 곰 버스 안 카린 편 186
26 첫 바다 셰리 편 192
27 귀향 안즈 편 198

15권 스토리 소개 206

15권 구입자 특전
28 바다에 가다 원장 선생님 편 208
29 바다에 가다 고아원 아이 편 214
30 바다에 가다 엘 편 220
31 바다에 가다 길 편 226
32 바쁜 길드 마스터 젤레모 편 232

ILLUSTRATION GALLERY VOL. 14 & VOL. 15 238

16권 스토리 소개 240

16권 구입자 특전
33 시아의 선물 이야기를 듣다 카틀레야 편 242
34 아이스크림을 먹다 젤레프 편 248
35 유나가 있는 곳으로 가고 싶어 국왕 편 255
36 왕도를 탐색하다 티루미나 편 262
37 무기와 방어구를 만들다 제이드 편 268

ILLUSTRATION GALLERY VOL. 16 275

신작 단편
38 곰과의 조우 휴고 편 278
39 바다에 가고 싶어 시아 편 284

40 기사를 목표로 하다 리네아 편 292
41 신입 모험가와 유나 유나 편 그1 299
42 신입 모험가와 유나 유나 편 그2 306

TV 애니메이션 홍보 소설
43 제1편 318
44 제2편 324
45 제3편 330
46 제4편 338
47 제5편 347
48 제6편 357
49 제7편 364
50 제8편 373
51 제9편 383
52 제10편 392
53 제11편 401
54 제12편 411
55 제13편 420

타키자와 리넨 선생님의 메시지 431
029 선생님의 메시지 432
세르게이 선생님 신작 단편 만화 「곰 곰 곰 유치원」 433
후기 438

VOL.10 COVER

VOL.11 COVER

VOL.13 COVER

VOL.14 COVER

VOL.15 COVER

VOL.16 COVER

TV 애니메이션 결정 기념 일러스트

곰 곰 곰 베어 20.5

저자 **쿠마나노**

일러스트 **029**

옮긴이 **이소정**

🐻 스킬

▶ 이세계 언어
이세계의 언어가 일본어로 들린다.
이야기를 하면 이세계의 언어로 상대방에게 전달된다.

▶ 이세계 문자
이세계의 문자를 읽을 수 있다.
글자를 쓰면 이세계 문자가 된다.

▶ 곰의 이차원 박스
흰 곰의 입은 무한으로 벌어지는 공간이다.
어떤 물건이라도 넣을(먹을) 수 있다.
단, 살아 있는 것을 넣는(먹는) 건 안 됨.
들어가 있는 동안에는 시간이 멈춘다.
이차원 박스에 넣은 물건은 언제든 꺼낼 수 있다.

▶ 곰 관찰안
검은 흰 곰 옷의 후드에 달려있는 곰 눈을 통해서 무기
나 도구의 효과를 볼 수 있다.
후드를 쓰지 않으면 효과는 발동되지 않는다.

▶ 곰 탐지
곰의 야생의 힘으로 마물이나 사람을 탐지할 수 있다.

▶ 곰 소환수
곰 장갑에서 곰이 소환된다.
검은 곰 장갑에서는 검은 곰이 소환된다.
흰 곰 장갑에서는 흰 곰이 소환된다.
소환수 꼬맹이화 : 소환수인 곰을 꼬맹이화 할 수 있다.

▶ 곰 지도 ver.2.0
곰의 눈이 본 장소를 지도로 만들 수 있다.

▶ 곰 이동문
문을 설치하여 서로의 문을 왔다 갔다 할 수 있게 된다.
3개 이상의 문을 설치할 경우는 행선지를 상상하는 것으
로 이동할 곳을 정할 수 있다.
이 문은 곰 장갑을 사용하지 않으면 열리지 않는다.

▶ 곰 폰
먼 곳에 있는 사람과 대화할 수 있다.
곰 폰을 만든 후, 술자가 없앨 때까지 존재한다. 물리적
으로 망가뜨릴 수 없다.
곰 폰을 건넨 상대를 상상하면 연결된다.
곰의 울음소리로 착신을 알린다. 소지자가 마력을 보내
는 것으로 껐다 켤 수 있게 되어 통화가 가능하다.

▶ 곰 수상 보행
물 위를 이동하는 것이 가능해진다.
소환수는 물 위를 이동하는 것이 가능해진다.

▶ 곰 텔레파시
떨어져 있는 소환수를 불러들일 수 있다.

🐻 마법

▶ 곰 라이트
곰 장갑에 모은 마력으로 곰 형태의 빛을 생성한다.

▶ 곰 신체 강화
곰 장비에 마력을 보내는 것으로 신체강화를 실시할 수
있다.

▶ 곰 불 속성 마법
곰 장갑에 모은 마력으로 불 속성의 마법을 사용할 수
있다.
위력은 마력, 상상에 비례한다.
곰을 상상하면 위력이 더욱 올라간다.

▶ 곰 물 속성 마법
곰 장갑에 모은 마력으로 물 속성의 마법을 사용할 수 있다.
위력은 마력, 상상에 비례한다.
곰을 상상하면 위력이 더욱 올라간다.

▶ 곰 바람 속성 마법
곰 장갑에 모은 마력으로 바람 속성의 마법을 사용할 수
있다.
위력은 마력, 상상에 비례한다.
곰을 상상하면 위력이 더욱 올라간다.

▶ 곰 땅 속성 마법
곰 장갑에 모은 마력으로 땅 속성의 마법을 사용할 수 있다.
위력은 마력, 상상에 비례한다.
곰을 상상하면 위력이 더욱 올라간다.

▶ 곰 전격 마법
곰 장갑에 모은 마력으로 전격 마법을 사용할 수 있게
된다.
위력은 마력, 상상에 비례한다.
곰을 상상하면 위력이 더욱 올라간다.

▶ 곰 치유 마법
곰의 따뜻한 마음에 의해 치료가 가능해진다.

이름 : 유나
연령 : 15세
성별 : 여자

▶곰 후드(양도 불가)
후드에 있는 곰 눈을 통해 무기나
도구의 효과를 볼 수 있다.

▶흰 곰 장갑(양도 불가)
방어 장갑, 사용자 레벨에 따라
위력 UP.
흰 곰 소환수인 곰순이를 소환할
수 있다.

▶검은 곰 장갑(양도 불가)
공격 장갑, 사용자 레벨에 따라
위력 UP.
검은 곰 소환수인 곰돌이를 소환
할 수 있다.

▶흑백 곰 옷(양도 불가)
겉보기엔 인형 옷. 양면 기능 있음.
겉면 : 검은 곰 옷
사용자 레벨에 따라 물리, 마법의 내성이 UP.
내열, 내한 기능 있음.
속면 : 흰 곰 옷
입으면 체력, 마력이 자동 회복된다.
회복량, 회복 속도는 사용자의 레벨에 따라
변한다.
내열, 내한 기능 있음.

▶검은 곰 신발(양도 불가)
▶흰 곰 신발(양도 불가)
사용자 레벨에 따라 속도 UP.
사용자 레벨에 따라 장시간
걸어도 지치지 않는다.
내열, 내한 기능 있음.

◀곰돌이
(꼬맹이화)
▼곰순이

▶곰 속옷(양도 불가)
아무리 입어도 더러워지지 않는다.
땀과 냄새도 배지 않는 훌륭한 아이템.
장비자의 성장에 따라 크기도 변한다.

▶곰 소환수
곰 장갑에서 소환되는 소환수.
꼬맹이화 할 수 있다.

10권

라비라타
샤냐의 약혼자. 함께 마물과 싸운 뒤 유나를 인정하고 있다.

루카
샤냐와 루이밍의 남동생. 샤냐가 마을을 떠나면서 태어났기 때문에 유나와 만났을 때 처음 만났다.

탈리아
샤냐와 루이밍의 어머니. 어려보이는 외모에 처음 보는 사람에게는 루이밍의 언니라는 장난을 자주 친다.

무무르트
엘프 마을의 장로. 모험가 시절 피라미드 던전을 공략했다.

아르투르
샤냐와 루이밍의 부친. 무무르트의 아들이자 차기 장로. 유나의 비밀을 아는 계약을 한 사람.

베나
무무르트의 부인.

라바카
라비라타와 마찬가지로 마을을 지키는 엘프 중 한 명.

11권

티리아
왕녀. 플로라 공주의 언니. 시아의 동급생. 성에 유나가 와도 만나지 못해 맛있는 걸 먹을 기회가 좀처럼 없다.

샤이라
왕도의 곰 씨 쉼터 레스토링에 근무하는 젊은 여성 셰프. 곰 씨를 만나서 감격입니다! 하고 유나를 존경하고 있다. 젤레프의 조카.

르툼 롤랜드 백작
클리프에게 원한을 가진 귀족. 시아를 아들의 신부로 삼기 위해 학원 모의전에서 기사들에게 시아 친구인 여학생을 다치게 하고 몰아붙인다. 가줄드의 먼 인연. 제3 기사단의 기사단장.

리네아
시아의 친구이자 티리아의 호위 기사를 목표로 하는 여학생. 여기사를 탐탁지 않게 여기는 르툼으로 인해 다쳤다.

로타스
리네아를 시합에서 몰아붙인 기사.

휴고
유나와 싸운 제3 기사단 기사. 제3 기사단의 실력자로 르툼의 부하지만 성격 좋은 남성.

13권

카리나
사막의 중심에 있는 마을 데젤트를 다스리는 영주의 딸. 미궁의 특수한 지도를 다룰 수 있다.

라사
카리나의 집안을 모시는 여성. 유나에게 카레 레시피를 알려주었다.

노리스
카리나의 남동생. 3살. 낯가림이 심하다.

바리마 이슈리트
데젤트 마을의 영주. 카리나를 지키려다가 사막 미궁에서 부상을 입었다.

리스틸
바리마의 아내. 처음 미궁을 공략해 영주가 된 모험가 후손으로 지도인 수정판을 다룰 수 있다.

우라간
카리나를 밀치려고 한 불량한 모험가. 카리나의 호위 임무를 함께 받은 5명의 파티 리더.

15권

크류나 하루크
A랭크 모험가로 모험가 가문으로 유명. 타르구이에 책이 있다. 비석에서 책이 나오게 하거나, 만든 마도구가 비싼 값에 팔릴 정도의 실력.

16권

릴리카
로지나의 딸로 그의 가게를 돕고 있다.

쿠세로
드워프 마을의 대장장이. 제이드의 검을 만든 사람. 토우야에게 미스릴 검을 쓸 수 있을지 테스트한다.

로지나
크리모니아의 대장장이 골드와 왕도의 대장장이 가잘의 스승.

곰 곰 곰 베어 10

신성수에 이변이?!

엘프 마을에 도착한 유나. 사냐와 루이밍의 할아버지인 무무르트에게 결계에 대한 이야기를 듣게 되는데, 결계의 마력의 원천인 신성수가 기생수라는 마물에 홀려 버렸다고 한다. 상황을 보러 가게 된 사냐 일행과 헤어지고 곰 하우스를 지을 만한 적당한 장소를 찾던 중, 근처에서 마물의 기척이?! 결계의 감시자 역할을 맡은 라비라타와 협력해 마물 퇴치를 하러 나선다.

마물에게서 마을을 구해라!

마을에 침입한 마물 토벌로 무무르트와 라비라타의 신뢰를 얻은 유나는 신성수를 보러 간다. 그런데 결계를 구축한 본인들조차 안으로 들어갈 수가 없다! 신성수가 약해지는 모습을 그저 보고만 있어야 하나 싶었는데, 어째서인지 유나만 들어갈 수 있다?! 강력한 마법을 사용하면 신성수도 위험하지만, 기생수는 회복력이 굉장하다……. 절망적인 상황에서도 유나는 옷을 갈아입는다는 비책을 사용! 무사히 토벌을 완수한 유나에게 예기치 못한 위기가?

비밀을 어기면…… 웃음이 멈추지 않는다?!

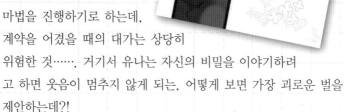

유나의 비밀(곰 팬티)을 알게 된 샤냐. 대책은 물론이고 앞으로 엘프 마을에 놀러왔을 때에도 의심을 받지 않기 위해 루이밍이나 무무르트에 몇 가지 비밀을 밝히기로 한 유나. 무무르트에게 부탁하여 계약 마법을 진행하기로 하는데, 계약을 어겼을 때의 대가는 상당히 위험한 것……. 거기서 유나는 자신의 비밀을 이야기하려고 하면 웃음이 멈추지 않게 되는, 어떻게 보면 가장 괴로운 벌을 제안하는데?!

그림책 2탄!!

크리모니아로 돌아간 유나는, 피나에게 느닷없이 혼이 난다! 고아원의 아이들에게 선물한 그림책을 읽고 자신이 등장했다는 사실을 깨달은 피나는 「부끄러워서 더는 성에 갈 수 없다!」며 클레임을 걸어온다. 그러나 슈리는 자신도 그림책에 그려달라고 조르기 시작하고, 유나는 가까스로 피나를 진정시키고 플로라 공주를 위해 두 번째 그림책 제작에 착수한다.

나와 젤레프는 왕도에 차릴 가게에 대해 대화를 나누었다.

가게에서는 고급 요리부터 유나가 생각한 요리까지 내놓을 예정이었다. 요리사는 젤레프에게 교육을 받고 있고, 물론 유나의 요리 레시피는 그 사람에게도 제대로 알려준 상태였다.

하지만 유나의 말에 의하면 그녀의 가게에는 그 밖에도 다양한 요리가 있다고 했다.

"이건 시찰이 필요하겠어."

"맞는 말씀입니다."

내 말에 젤레프도 고개를 끄덕였다.

"그렇게 됐으니까, 크리모니아에 시찰을 다녀올게요."

나는 젤레프와 나눈 대화를 국왕 폐하에게 전했다.

"뭐가 『시찰을 다녀올게요』냐."

국왕 폐하가 「대체 무슨 소릴 하는 거야, 바보인가?」 하는 얼굴로 나를 쳐다보고 계셨다.

"하지만 유나의 음식을 가게에서 내놓기 위해서는 진짜를 먹어보기도 하고, 가게의 모습을 확인할 필요가 있잖아요?"

"진짜고 뭐고, 유나가 가져온 요리라면 이미 먹었지 않나."

"가게 분위기도 알 필요가 있지 않겠어요?"

"필요 없다."

국왕 폐하는 물러서지 않았다.

"아아~, 딸이랑 대화하고 싶네. 누구누구 씨 때문에 지난번에는 딸과 제대로 대화도 못했는데."

빈정거림을 담아 말해 보았다.

"내 탓은 아니잖나."

"뒤처리, 엄청 힘들었는데. 일을 과중하게 한 부하에게 오랜만에 휴가를 줘도 되지 않을까 싶은데."

나는 국왕 폐하를 힐끔 바라보았다.

국왕 폐하는 귀찮다는 얼굴로 생각에 잠겼다. 그리고 작게 한숨을 내쉬었다.

"······알았다. 하지만 일이니, 성실하게 유나의 가게를 보고 와라. 물론 보고서도 제출하도록 하고."

"네, 그 정도는 문제없어요."

"젤레프 녀석도 데려가라."

"어머, 괜찮아요?"

"문제없어. 단 기간은 지키도록."

국왕 폐하는 손을 흔들며 나가라는 신호를 보냈다.

나는 감사의 말을 전하고 방을 나섰다.

그 즉시 허가를 받았다는 말을 젤레프에게 전하자 기뻐해 주었다.

"체류 기간을 늘리고 싶으니까 말을 타고 갈 거예요."

"말이요? 곰돌이 님이나 곰순이 님이 계셨으면 좋았을 텐데, 어쩔 수 없군요."

젤레프는 시린 마을에서 돌아올 때도 마차 안에서 곰돌이와 곰순이의 훌륭한 승차감에 대해 언급했었다. 딸들도 같은 말을 했다. 다음에 나도 태워달라고 해 볼까?

"그래서 한동안 크리모니아로 돌아가게 됐어."

"어머님, 치사해요."

학원에서 돌아온 시아에게 크리모니아에 간다는 사실을 이야기
했다.

"어머님, 얼마 전에도 노아를 만나셨잖아요?"

"만났다고 해도 거의 함께 있지 못했어. 그 바보 때문에."

 오랜만에 딸을 만났는데, 미사나 유괴 사건이라든가 이런저런 일
때문에 노아와 함께 할 시간을 갖지 못했다.

 무엇보다 그 바보가 사라져준 것은 그란 할아버지나 클리프에게
도 고마운 일이었다.

 앞으로의 일을 생각하면 싸게 끝났다고 생각하고 체념한 상태였다.

"저도 학원 쉬고 크리모니아에 가고 싶어요."

"안 돼. 그건 허락할 수 없어. 넌 학원에서 공부를 열심히 해야지."

"……윽, 그럼 다음엔 꼭 데려가 주세요."

 시아는 아쉬운 듯이 말했지만, 학원이 쉬는 날도 아닌데 데려갈
수는 없었다.

 여름이 되면 방학이 있으니 그때 돌아가는 것은 문제없었다.

 그리고 나와 젤레프는 몇 명의 호위를 데리고 크리모니아에 왔다.

"여기가 크리모니아인가요?"

 젤레프는 조금 지친 기색이었다. 말에 익숙하지 않으면 피곤할
것이다.

"좋은 곳이야."

 우선은 집으로 향했다. 노아를 만날 생각에 기쁜 마음이 들렸다.
돌아온다는 말을 전하지 않았으니 분명 크게 놀랄 것이다. 기대된
다. 하지만 마찬가지로 돌아온다는 사실을 알지 못하는 클리프에
게는 불평을 들을지도 모른다.

 집으로 돌아오자 메이드 라라가 놀란 얼굴로 반겨주었다.

젤레프나 호위의 응대는 라라에게 부탁하고 나는 딸을 만나러 갔다.

놀라는 얼굴을 기대하며 노아의 방문을 열었다.

"노아, 다녀왔어."

갑자기 문을 열고 말을 걸자, 노아가 놀란 표정으로 나를 바라보았다.

상상했던 그대로의 반응이 돌아와 뿌듯했다.

"어머님?!"

노아가 내게로 달려왔다.

"정말 어머님이세요?"

"혹시 이 엄마 얼굴을 잊은 거니? 엄마는 슬프구나."

우는 척을 해 보았다.

하지만 딸의 반응은 달랐다.

"왜 어머님이 여기 계세요?!"

추궁하기 시작했다. 여기서는 당황하는 모습을 보고 싶었는데.

"왜냐니, 당연히 돌아왔으니까 여기 있겠지."

"혹시 국왕 폐하께 내쫓겨나신 건 아니겠죠?"

노아는 슬픈 표정을 지었다. 이 아이는 갑자기 무슨 말을 꺼내는 걸까? 나는 노아의 이마를 손가락으로 살짝 찔렀다.

"어머님, 아파요. 뭐 하시는 거예요!"

노아는 이마를 비비며 불평했다.

"네가 바보 같은 말을 하니까 그렇지. 잠깐 일이 있어서 크리모니아로 돌아온 것뿐이야."

"일이요? 아버님께 어머님이 돌아오신다는 이야기는 듣지 못했는데요."

"그야 말하지 않았으니까."

"아아, 나도 이제 알았어."

뒤를 돌아보니 문 앞에 클리프가 서 있었다.

"어머, 클리프. 다녀왔어."

"당신…… 돌아올 거면 먼저 연락을 좀 해."

클리프가 어이없다는 얼굴로 말했다.

"하지만 갑자기 결정돼서 급하게 오느라 연락할 시간이 없었어. 게다가 내가 내 집에 돌아오는데 미리 연락이 필요해?"

이 엄마는 슬프구나.

"이쪽도 예정이 있으니까. 일 때문에 왔다면 미리 연락을 줬으면 시간을 낼 수 있었을 거야. 그래서, 일이라는 게 뭔데? 내가 도와줄 수 있는 건가?"

"일이란 건— 딸의 놀란 얼굴을 보는 거야."

"어, 머, 님?"

노아가 볼을 부풀렸다.

"어머, 그렇게 무서운 얼굴을 하면 귀여운 얼굴이 망가지잖니."

나는 부푼 얼굴을 한 딸의 볼을 좌우로 잡아당겼다.

어머, 귀여운 얼굴이 더 귀여워졌네.

"어머님, 아파요."

"그래서 정말 뭐 하러 온 거야?"

클리프가 어이없다는 표정으로 물었다.

"실은 왕도의 가게에서 유나가 고안한 요리를 판매하게 됐거든. 그래서 젤레프와 함께 유나의 가게를 시찰하러 왔어."

재촉하는 클리프에게 설명을 해 주었다.

"잠깐, 잠깐만. 지금 젤레프라고 했어?"

"했어. 지금쯤 라라가 차를 내오고 있지 않을까?"

내 말에 클리프는 머리를 쥐어뜯었다.

"왕궁 주방장 젤레프 공이 이 집에 있다고?!"

클리프는 당황한 얼굴로 방에서 나갔다.

어머, 사랑하는 아내보다 젤레프가 더 중요한 걸까? 조금 쓸쓸하네.

"그럼 어머님, 당분간은 같이 있을 수 있는 건가요?"

"그래, 며칠뿐이지만. 지난번 미사나 생일 파티 때는 함께하지 못했으니까 말야."

내 말에 노아는 기뻐했다.

역시 내 딸이야, 귀여워. 이대로 왕도로 데려가 버릴까?

"그럼 제가 유나 씨 가게로 안내할게요."

"그건 사양할게."

"왜, 왜요?!"

"그야 노아는 유나의 가게에 자주 드나들고 있잖니."

"네, 여러 번 갔으니까 잘 알죠."

"그렇다면 더더욱 안 되겠네. 이번에는 일반인 입장에서 시찰할 생각이거든."

내가 귀족이라는 것을 알게 된다면 가게에서 일하는 사람들이 신경을 쓰느라 평소의 가게 분위기를 볼 수 없다. 게다가 가게에 식사하러 와 있는 손님에게도 방해가 된다.

"그러니까 미안해."

고개를 숙이는 딸의 머리를 쓰다듬었다.

"어머님을 안내해 드리고 싶었는데."

"같이 갈 수는 없지만, 유나의 가게 이야기를 들려줄 수 있을까?"

"네!"

노아는 기쁜 얼굴로 대답했다.

어머님이 젤레프 님을 데리고 왕도에서 돌아오셨습니다.

들어 보니 유나 씨의 가게 시찰하러 왔다고 해요. 제가 안내를 해 드리려고 했는데, 귀족이라는 사실이 알려지면 모두 긴장하고 신경 쓴다는 이유로 귀족이라는 사실을 숨기고 간다고 하셨습니다.

지금은 평범하게 대화를 하고 있는 피나도 처음 만났을 때는 긴장한 얼굴로 대화를 했었어요. 아버님과 다른 가게에 갔을 때도 다른 손님과의 대응이 다르다는 걸 느낀 적도 있습니다.

그래서 어머님의 마음도 이해하기 때문에, 영주의 딸이라는 사실이 알려져 있는 제가 유나 씨의 가게에 함께 갈 수는 없었습니다.

그런 이유로, 어머님이 집에 돌아왔는데도 함께 있을 수 없었습니다.

점심을 마친 저는 침대에 다시 누웠습니다.

지금쯤 어머님은 유나 씨의 가게에서 밥을 먹고 계실까요? 아니, 다 드셨을 시간일지도 모르겠네요.

저도 같이 가고 싶었는데.

저는 손을 뻗어 침대에 놓여있는 곰 인형을 집었습니다. 유나 씨가 준 인형입니다. 침대 위에 두 개의 곰 인형이 놓여 있습니다. 검은 곰은 곰돌이, 흰 곰이 곰순이입니다.

그렇게 곰 인형을 끌어안고 침대 위에서 뒹굴뒹굴하면서 어머님을 생각하고 있는데, 방문이 노크도 없이 열렸습니다.

"노아, 다녀왔어."

방에 들어온 것은 어머님이었습니다.

"유나 씨의 가게 시찰은 끝나셨나요?"

저는 일어나서 침대에 앉았습니다.

"응, 이것저것 먹어보고 왔단다. 전부 다 맛있는 탓에 너무 많이 먹어서 힘들어."

너무 많이 먹어서 힘들다고 말씀하시지만, 무척 만족스러운 얼굴을 하고 계십니다.

어머님은 제 옆에 앉으셨습니다.

"그건 그렇고 유나의 가게는 재미있네. 곰 장식물이 놓여 있고, 일을 하는 애들은 곰 옷을 입고 있고. 시찰 오기를 잘했어."

곰 장식물도 귀엽고, 곰 옷도 귀엽죠. 그리고 요리도 맛있습니다.

"국왕 폐하가 보셨다면 분명 웃으셨을 거야. 다음에 데리고 오고 싶네."

국왕 폐하께서 크리모니아로?

하지만 어머님이라면 정말 데리고 오실 것 같아 무섭습니다. 만약 그런 일이 생기게 되면 아버님이 쓰러져 버리실지도 모릅니다.

"그건 그렇고 너무 많이 먹어서 힘들어."

어머님은 그렇게 말하며 침대에 누우셨습니다.

"어머님, 예의에 어긋나요."

"으윽, 괴로워하는 엄마를 딸이 괴롭혀."

어머님이 눈에 손을 얹고 우는 흉내를 내십니다.

"그저 과식한 것뿐이잖아요."

어머님은 평소에는 야무지시지만 가끔 아이처럼 구실 때가 있습니다. 두 어머님 모두 좋아하지만, 이 때의 어머님은 이상하게 물고 늘어지는 경우가 많아 곤란합니다.

"그건 그렇고 귀여운 걸 안고 있네?"

어머님이 제가 안고 있는 곰돌이 인형을 바라보셨습니다.

"이, 이건!"

저는 황급히 숨기려고 했지만 이미 늦었습니다.

"딱히 숨길 필요 없어. 미사나의 생일 파티 때 갖고 싶어했잖니."

"그렇긴 하지만, 조금 부끄러워요."

"유나가 제대로 선물해 줘서 다행이네. 고맙다는 말은 했어?"

"네, 했어요. 하지만 더 갖고 싶어서 돈을 주고 사겠다고 했는데 실패했어요."

가능하면 5개씩 정도는 더 갖고 싶었는데 말이에요.

"후후, 그 봉제인형은 무척 소중한 거잖아?"

"네, 그래서 예비도 갖고 싶었어요."

"그건 달라. 같은 게 몇 개나 있으면 그건 더는 소중한 것이 아니게 돼. 대신할 수 없으니까 소중히 할 수 있는 거지. 수가 많아지면 네 마음속에서 느끼는 중요성은 떨어질 거야. 예비가 있으니까 조금 막 다뤄도 상관없다. 예비가 있으니까 조금 더러워져도 괜찮다, 라고 말이지."

"그런 일은……."

"없다고는 할 수 없지? 수가 늘어나면 사용하지 않는 건 먼지를 뒤집어쓰게 될지도 몰라. 그러니까 유나가 선물해 준 단 하나뿐인 이 인형을 소중히 해 주렴."

어머님은 제가 끌어안고 있는 곰돌이 인형 머리를 쓰다듬어주셨습니다.

"네, 알겠어요."

당연히 소중히 할 거예요. 저는 곰돌이 인형을 다시 끌어안았습니다.

"그건 그렇고 잘 만들어졌네."

어머님은 침대에 있는 곰순이 인형을 손에 드셨습니다.

제가 보기에도 잘 만들었다고 생각해요. 그래서 같은 인형이 아니라, 다음에는 진짜 곰돌이와 똑같은 크기의 인형을 부탁하고 싶어요.

그 후에도 어머님과 여러 이야기를 나누었습니다. 언니의 이야기나 본인의 이야기를 해 주셨습니다.

언니, 또 보고 싶다.

대화를 나누던 도중, 갑자기 어머님이 일어나셨습니다.

"어머, 저건?"

어머님이 방 선반을 바라보셨습니다. 그러더니 선반을 향해 걸어가기 시작합니다. 손을 뻗어 선반에 있는 것을 손에 듭니다. 어머님이 손에 든 것은 제가 유나 씨에게 받은 곰 석상입니다. 제가 가게 앞에 있는 커다란 곰 석상을 보고 갖고 싶다고 했더니, 가게 테이블에 장식되어 있는 곰과 같은 크기의 곰 장식을 선물해 주셨습니다.

"노아. 이거 엄마한테 줄래?"

"아, 안 돼요. 제가 유나 씨한테 받은 거예요. 소중한 보물이에요. 어머님의 부탁이라 해도 드릴 수 없어요."

저는 어머님께 다가가 되찾으려고 했지만, 위로 들고 있어서 손이 닿지 않았습니다.

"어머님, 돌려주세요."

"조금만 더 보게 해 줘."

"으윽, 조금이에요."

저는 포기하고 허락했습니다.

"그건 그렇고, 정말 귀여운 곰이네. 가게에도 있었지."

"제가 정원에 큰 곰 석상을 만들어줬으면 좋겠다고 했더니, 이걸로 참아달라고 하면서 줬어요. 사실은 큰 걸 갖고 싶었는데."

제가 설명을 하자 어머님이 곰 석상을 돌려주셨습니다.

"후후, 그렇게 큰 곰 석상을 정원에 두면 클리프가 머리를 싸맬지도 몰라."

어머님은 웃으셨습니다.

확실히 아버님께 꾸중을 들었을지도 모르겠네요.

하지만 방에 놔둘 수 있을 정도의 크기를 가진 곰은 갖고 싶었습니다.

"있지, 노아."

"왜요?"

이 얼굴은 뭔가 부탁하실 때의 얼굴입니다.

"몇 번이나 부탁하셔도 안 드릴 거예요."

"더 이상 갖고 싶다는 말은 안 할게. 잠시만 빌려줄 수 있을까?"

"빌려달라고요?"

"살짝 재미있는 일이 떠올랐거든. 왕도의 가게에도 비슷한 걸 두고 싶어서."

어머님은 장난을 떠올린 얼굴을 하고 계셨습니다.

이런 얼굴을 한 어머님께는 거역할 수 없습니다.

"하지만 왕도 장인에게 부탁한다고 해도 실물이 없으면 만들 수 없잖아. 당연하지만 지금부터 데려갈 수도 없고, 유나 씨 본인한테 부탁해도 만들어주진 않을 것 같으니까. 그래서 이 곰 석상을 참고해서 만들게 하려고."

왕도에 곰 석상을 둔 가게.

"그건, 좋아요. 하지만……."

그렇다고 제 소중한 물건을 건네주는 건……. 저는 손에 쥐고 있는 곰 석상을 바라보았습니다.

"부수지는 않을 테니까, 부탁할게."

어머님이 손을 모아 부탁하셨습니다.

"윽, 절대 잃어버리거나 부수시면 안 돼요."

저는 곰 석상을 어머님께 드렸습니다.

"고마워. 절대 잃어버리거나 다치게 하지 않을게."

조금 걱정이 되긴 했지만, 왕도에 곰이 퍼지는 것은 좋은 일입니다.

그리고 시찰을 마친 어머님은 며칠 후에는 왕도로 돌아가셨습니다.

오랜만에 어머님과 대화할 수 있어서 기뻤습니다.

❀ 3 그림책에 대해 알게 되다 피나 편

　니프 씨가 장을 보러 나가고, 원장 선생님과 어머니가 대화를 하고 있는 동안 저는 어린아이들을 돌보게 되었습니다.

　"그럼 뭐하고 놀까?"

　밀라를 포함한 3명에게 물었습니다.

　"그럼 그림책 읽어줘."

　"그림책? 좋아."

　제가 그렇게 말하자 밀라는 그림책이 놓여 있는 선반에 가서 그림책을 골랐습니다.

　그림책을 읽는 것은 글자 공부가 되니까 좋은 활동이라고 유나 언니는 말했습니다. 그림책은 지금까지 여러 번 읽어주고 있습니다. 오늘은 도대체 어떤 그림책일까요?

　그림책을 고른 밀라가 돌아와서 제 옆에 앉았습니다.

　저는 그림책을 받아들었습니다.

　그림책 표지에는 귀여운 소녀의 그림과 곰이 그려져 있었습니다. 제목은 「곰과 소녀」. 이 그림책은 처음 본 것입니다.

　소녀는 큰 리본을 하고 있었습니다. 누군가와 닮은 것 같다는 생각이 들긴 했지만, 저는 신경 쓰지 않고 그림책을 펼쳤습니다.

　그림책은 어떤 소녀의 이야기인 것 같았습니다. 소녀의 어머니는 병으로 몸져 누워계셨고, 아버지도 없었습니다.

　제 집과 똑같습니다. 하지만 고아원의 모든 아이들은 아버지도 어머니도 없습니다.

슬픈 내용의 그림책인 걸까요?

저는 이어서 읽었습니다.

소녀는 어머니께 약이 되는 약초를 찾아 숲으로 갔습니다.

어디서 들어본 적 있는 이야기입니다.

"피나 언니, 얼른 읽어줘."

제가 그런 생각을 하고 있자, 밀라가 제 팔을 흔들었습니다.

"아, 미안해."

저는 그림책의 페이지를 넘겼습니다.

소녀가 울프의 습격을 당합니다. 소녀는 도망치기 위해 달려갔지만 도망치지 못했습니다.

으윽, 소녀는 어떻게 되는 걸까요?

다음 페이지를 넘기자 소녀 앞에 곰 님이 나타납니다. 곰 님은 울프를 쓰러뜨리고 소녀를 도와주었습니다.

다행입니다.

하지만 저는 이와 비슷한 이야기를 알고 있는 것 같다는 생각을 지울 수 없었습니다.

왜일까요?

소녀는 곰 님께 약초에 대해 이야기합니다.

그러자 곰 님은 소녀를 등에 태우고 약초가 있는 곳으로 데려가 주었습니다. 소녀는 무사히 약초를 손에 넣을 수 있었습니다.

다행이다. 하지만 곰 님은 소녀를 마을까지 데려다주고 숲으로 돌아갔습니다.

여기서 곰 님과 헤어지는 건가?

조금 쓸쓸하네요.

하지만 손에 넣은 약초 덕분에 어머니께 드릴 약을 만들 수 있었습니다.

여기서 이야기가 끝났습니다.

소녀가 가여웠지만, 곰 님과 만나 약초를 얻을 수 있었던 건 다행입니다.

다만 곰 님과의 이별은 쓸쓸합니다.

저도 만약 유나 언니와 헤어진다고 생각하면 슬픈 기분이 듭니다.

그림책을 다 읽고 나자 밀라가 새로운 그림책을 건네주었습니다.

표지를 보자 「곰과 소녀 2권」이라고 적혀 있었습니다.

다음 이야기가 있었군요.

저는 그림책의 페이지를 넘겼습니다.

소녀의 어머니는 약초로 만든 약 덕분에 조금 나아졌지만 병이 완전히 나은 것은 아니었습니다.

윽, 옛날 어머니 생각이 납니다. 어머니도 아프셨는데 약을 먹어도 낫지 않으셨거든요.

소녀는 그런 어머니를 간병했습니다. 소녀의 마음이 무척 이해가 갔습니다.

곰 님 덕분에 약초를 안전하게 구할 수 있게 되었습니다.

곰 님, 상냥하네요.

그러던 중 소녀는 어떤 병이든 낫게 해 주는 꽃에 대한 이야기를 들었습니다. 무지갯빛으로 빛나는 꽃의 이슬을 마시면 병을 낫게 해 준다고 합니다.

그런 꽃이 있었다면 어머니의 병도 금방 나았을지도 모릅니다.

소녀는 그 꽃이 어디에 있는지 여러 사람에게 이야기를 듣습니다. 하지만 여러 사람이 찾아보았지만, 꽃은 발견하지 못했다고 합니다.

혹시 소녀가 혼자 꽃을 찾으러 가는 걸까요?

그렇게 되면 어머니는 어떻게 되는 걸까요?

그런 불안한 마음으로 페이지를 넘겼습니다.

소녀의 어머니의 병세가 악화되었습니다. 고통스러워하기 시작합니다. 소녀가 꽃을 찾으러 가면 어쩌나 불안해졌습니다.

소녀가 곰 님께 상담했습니다. 소녀는 작은 병을 내고 곰 님께 병이 낫는 꽃에 관한 이야기를 했습니다.

혹시 곰 님과 함께 가버리는 걸까요?

마음속으로 어머니와 여동생을 남겨두고 가면 안 된다는 마음과 병이 낫는 약을 구했으면 하는 두 가지 감정이 동시에 들었습니다.

저는 밀라와 아이들에게 이야기를 들려주면서도 다음 이야기가 궁금했습니다.

다음 페이지를 넘기자 제 상상과는 달랐습니다.

소녀 앞에서 곰 님이 사라져 버린 겁니다.

소녀가 숲을 향해 「곰 님, 곰 님」 하고 외쳐보아도 곰 님은 나타나지 않았습니다.

그럼에도 소녀는 곰 님을 만나기 위해 매일 숲에 갔습니다. 맑을 때나 비가 올 때나 곰 님을 기다렸습니다.

그런 소녀의 모습을 보니 슬펐습니다. 그림책 속 소녀도 슬퍼하고 있었습니다.

곰 님은 어디로 간 걸까요?

소녀는 어머니를 돌보면서도 곰 님을 만나기 위해 매일 숲에 갔습니다. 조금씩 소녀가 지쳐갑니다. 소녀가 사는 것을 포기해 버리려고 합니다.

그럼 안 돼. 그런 마음이 들었습니다.

하지만 숲에 간 소녀를 울프가 습격했습니다.

절망뿐이었습니다. 이런 슬픈 이야기는 싫습니다.

그런데 다음 페이지를 넘기자 곰 님이 그려져 있었습니다.

곰 님이 울프를 쓰러뜨리고 소녀를 구해 주었습니다.

소녀는 「곰 님, 곰 님」 하고 몇 번이나 소리치며 곰 님을 껴안았습니다.

곰과 소녀의 재회에 가슴이 벅찼습니다.

다행입니다.

하지만 곰 님의 몸에는 상처가 나 있었습니다.

무슨 일이 있었던 걸까요?

그리고 소녀가 울음을 그치자, 곰 님은 작은 병을 소녀에게 내밀었습니다. 그 안에는 무지갯빛 액체가 들어 있었습니다.

곰 님은 소녀를 위해 그녀에게 들었던 무지개색 꽃의 이슬을 가지러 갔었던 것입니다.

그래서 몸이 상처투성이였던 거군요. 그 정도로 구하기 힘들었던 걸지도 모릅니다.

소녀는 그 작은 병을 들고 어머니에게 향했습니다.

소녀는 작은 병의 뚜껑을 따서 그 안에 들어있는 액체를 어머니에게 먹였습니다. 그러자 안색이 좋지 않았던 어머니의 안색이 좋아집니다.

다행입니다.

그림책 2권을 다 읽었습니다.

처음에는 슬픈 이야기였지만, 마지막에는 곰 님과 재회하고 어머니의 병이 나았습니다.

마음이 따뜻해지는 이야기였네요.

"이 소녀, 피나 언니랑 닮았어."

다 읽고 나자 밀라가 그런 말을 꺼냈습니다.

다시 보니 소녀는 머리에 큰 리본을 하고 있습니다. 저는 제 머리에 붙어 있는 리본을 만졌습니다.

저는 1권부터 그림책의 내용을 되새겨보다가 서서히 이해했습니다.

어머니가 아프다. 소녀가 숲에 약초를 캐러 간다. 곰 님이 도와준다.

이 그림책에는 유나 언니와 저의 만남이 그려져 있었습니다. 2권의 내용도 유나 언니와 저의 이야기와 비슷합니다.

어머니의 병세가 나빠지셨는데 그때 유나 언니가 도와줬습니다.

그림책과 자신을 대조해 보니 점점 부끄러워지기 시작했습니다.

왜 이 그림책에는 이렇게나 자세하게, 저에 대한 내용이 그려져 있는 걸까요?

"저기, 이 그림책은 어디서 난 거야?"

"곰 언니가 준 거야."

"곰 언니⋯⋯."

아이들이 곰 언니라고 부르는 사람은 한 명뿐입니다.

유나 언니예요!

그림책 뒷면을 보니 작가명이 곰이라고 적혀 있었습니다.

분명 이 그림책을 그린 건 유나 언니일 거예요.

유나 언니가 돌아오면 꼭 따져 물어야겠어요.

4 곰 씨, 버섯을 따러 가다

기생수를 쓰러뜨린 후 신성수는 제 모습을 되찾았다.

무무르트 씨, 사냐 씨, 아르투르 씨에게는 몇 번이나 감사의 말을 들었다.

사냐 씨의 역할은 끝났지만, 앞으로에 관해 할 이야기나 할 일이 있는 것 같았다.

그리고 내 곰 이동문의 존재를 알게 되면서 서둘러 돌아가지 않아도 된다는 것을 알고 한동안 남게 되었다. 오늘 아침도 무무르트 씨와 아르투르 씨, 사냐 씨는 서둘러 밖으로 나갔다.

나는 사냐 씨가 돌아올 때까지 시간이 좀 있었기 때문에 루이밍과 루카를 데리고 숲으로 버섯과 채소를 캐러 가게 되었다.

곰돌이와 곰순이, 그리고 루이밍, 루카와 함께 숲에 왔다. 나는 곰돌이와 곰순이 쪽을 바라보았다.

"검은 곰, 귀엽다." "곰돌이라고 해." "그럼 이쪽의 하얀 곰은?" "음, 아마 곰순이일걸." "곰돌이와 곰순이네."

곰돌이와 곰순이 주위에는 네 명의 아이들이 모여 즐겁게 걷고 있었다. 그중에는 루카의 모습도 있었다.

루이밍과 루카와 함께 마을 안을 걷고 있다가 아이들에게 붙잡힌 것이다. 그 원인은 내가 아니라 곰돌이와 곰순이가 함께 있었기 때문이었다. 루카의 부탁을 받고 소환해 그대로 마을 밖으로 향하던 참이었다.

그리고 루카가 마을 밖으로 간다고 말하자 아이들도 따라가고 싶다고 말하기 시작했다.

나는 마물이 있을지도 모르니까 위험해서 안 된다고 주의를 주었지만, 근처를 지나간 라비라타가 「유나가 있다면 괜찮겠지」라고 말하고는 「우리도 숲을 둘러볼 예정이야」라고 말하며 허락해주고 말았다.

그렇게 되어 나는 엘프 아이들을 데리고 숲에 와 있었다.

어쩐지 보육 교사가 된 기분이었다.

나는 아이들의 안내를 받아 버섯과 채소를 딸 수 있는 곳에 왔다.

"그럼 저희가 따올 테니까 유나 씨는 여기 계세요. 그래도 곰돌이와 곰순이는 같이 와주면 좋겠어요."

버섯이나 채소에 관한 지식이 없는 나는 순순히 루이밍의 말에 따랐다. 곰돌이와 곰순이가 곁에 있으면 위험도 없을 것이다.

"곰돌이, 곰순이, 모두를 부탁할게."

""크응~.""

"너희들도 나와 곰돌이, 곰순이한테서 떨어지면 안 돼."

루이밍의 말에 아이들이 대답했다. 그리고 루이밍이 「누가 가장 많이 모을 수 있을까 경쟁하자」라고 말하자마자 아이들은 일제히 숲속으로 달려나갔다.

기운이 넘치네.

은둔형 외톨이였던 나와 달리 아이들은 제집 앞마당처럼 숲속을 돌아다녔다. 젊음은 굉장하구나.

나는 탐지 스킬로 확인하면서 곰돌이와 곰순이에게 멀리 가려는 아이가 있으면 다시 데려오라고 일러두었다.

잠시 기다리고 있자 아이들이 다시 돌아왔다.

"누나, 찾았어." "나는 이렇게 큰 걸 찾았어." "난 이거 찾았다?"

"나는 이렇게나 많이 찾았어." "굉장하다!"

그렇게 말하며 내게 버섯과 채소, 과일을 가져왔다. 내 앞에는 아이들이 찾아 온 버섯과 채소가 수북이 쌓여갔다.

하지만 그중에는 본 적이 없는 것도 있었다. 독이 있는 건 아니겠지?

"루이밍. 혹시나 해서 확인하는 건데, 먹을 수 있는 거 맞지?"

"네, 다 먹을 수 있는 거예요. 저희는 숲속에서 나고 자랐기 때문에 어릴 때부터 부모님께 배우거든요. 그러니 먹을 수 있는 것과 독이 있는 것의 구별은 가능하니 안심하세요."

반대로 말하면 독에 대해서도 잘 안다는 이야기가 된다. 엘프들에게 미움 살 짓은 절대로 하지 말자.

이어서 루이밍이 어떻게 먹어야 맛있는지 알려주었다.

"이건 구워먹으면 맛있어요. 이건 채소랑 볶으면 맛있고요."

버섯 밥이나 전골을 해서 먹어도 맛있겠다. 피자에 넣으면 버섯 피자도 만들 수 있을 것 같고. 돌아가면 만들어볼까?

버섯과 채소를 모은 뒤에는 다 같이 곰돌이, 곰순이와 함께 놀자는 이야기가 나와서 초원으로 이동했다.

곰돌이와 곰순이 위로 아이들이 올라가기 시작했다. 서로 경쟁하듯 올라가려 한다.

내가 주의를 주려고 하자, 루이밍이 뛰어나왔다.

"이런, 얘들아. 그렇게 올라타면 곰돌이와 곰순이가 가엾잖아. 타려면 순서를 지켜야지. 너희들도 여러 명이 등에 타면 싫잖아?"

곰돌이와 곰순이를 타고 싶어하는 아이들에게 루이밍이 주의를 주었다.

"순서를 지키지 않으면 태워주지 않을 거야."

아이들을 돌보는 것을 보면 루이밍이 야무진 언니로 보이니 참 신기했다.

뭐, 실제로도 루카의 누나니까 언니인 건 맞지만, 야무진 루이밍 은 어쩐지 위화감이 들었다.

곰돌이와 곰순이는 아이들을 태우고 초원을 달렸다. 다들 즐겁게 웃고 있었다. 조금 떨어진 위치에 있는 나무를 지나 돌아오자 다른 아이가 교대로 올라탄다.

"즐거워 보이네."

"다들 곰돌이와 곰순이를 탈 수 있어서 기쁜가 봐요."

이미 한 번 탄 아이도 다시 줄을 섰다.

"곰돌이와 곰순이는 괜찮은 건가요?"

"속도도 안 내고 있고 거리도 짧으니까 괜찮아. 그래도 어느 정 도 놀고 나서는 좀 쉬게 해 주면 좋겠어."

곰돌이와 곰순이는 장거리를 계속 달릴 수 있었다. 그러니 조금 떨어진 나무를 몇 바퀴 도는 정도는 괜찮을 것이다. 게다가 아이를 태우고 있기 때문에 그렇게 빠른 속도를 내지는 않고 있었다.

"네, 알겠습니다. 몇 바퀴 돌고 나면 쉬게 할게요."

루이밍은 아이들이 있는 곳으로 돌아갔다.

나는 곰돌이와 곰순이와 함께 노는 아이들의 모습을 바라보았다.

역시 아이들이 건강하고 즐겁게 노는 모습은 보기 좋다. 집에 틀 어박혀 있는 것은 좋지 않으니까.

뭔가, 내가 말하고 내가 가슴이 아프네. 전 은둔형 외톨이인 내 가 그런 말을 할 자격은 없겠지.

잠시 후 아이들은 놀다가 지쳤는지 나에게 다가왔다.

"배고파."

듣고 보니 점심 먹을 시간은 이미 지났다.

버섯 따기를 하고 곰돌이, 곰순이와 놀았더니 시간이 금세 흘러가 버렸다.

"그럼 마을에 한번 돌아갈까요?"

"으음, 좋은 기회니까 아까 딴 버섯이나 과일로 점심을 먹을까?"

내가 그렇게 말하자 아이들이 환호했다. 나는 곰 박스에서 조리 도구를 꺼낸 뒤 따온 버섯을 이용해 요리를 만들었다. 요리라고 해도 간단한 것이었다.

루이밍에게 조언을 듣고 그대로 구워도 맛있는 버섯은 고기와 채소와 함께 꼬치에 꽂아 구웠다.

그리고 버섯을 먹기 좋은 크기로 썰어 고기와 채소와 함께 볶았다. 물론 간은 간장으로 했다.

간장 특유의 향긋한 냄새가 풍겼다.

"맛있어 보여요."

요리 모습을 바라보던 루이밍이 그런 소감을 말했다.

"루이밍, 구운 꼬치를 차례대로 건네줘. 그리고 계속 이어서 구워나갈게."

"네."

루이밍은 아이들에게 구워진 꼬치를 건네주었다. 나는 버섯이 들어간 고기 채소 볶음을 빵에 끼워서 아이들에게 나눠주었다.

아이들은 맛있게 먹기 시작했다.

아이들은 빵과 꼬치를 집어들고 저마다 맛있게 먹었다.

갓 딴 버섯은 모두 아이들 뱃속으로 사라졌다.

점심을 먹은 우리는 다시 한번 버섯을 따게 되었다.

유나 씨와 언니가 신기한 문을 써서 돌아왔습니다.

저는 혼자 신성수가 있는 곳에 와서 신성수를 올려다보았습니다. 무척 예쁜 나무. 아주 크고, 이 숲 전체를 지켜주고 있는, 엘프들에게 아주 소중한 나무.

그 신성수는 기생수에게 뒤덮여 위험한 상황에 처했습니다. 그리고 결계의 틈새가 생기고, 마물이 결계 내로 파고들어 버렸습니다.

신성수가 기생수에 뒤덮인 모습은 보지 못했지만, 할아버지와 다른 사람들의 이야기를 들어 보니 굉장히 위험했던 모양입니다. 할아버지, 아버지, 언니 세 명으로도 무리였는데 그것을 유나 씨 혼자서 쓰러뜨려 버렸다고 합니다.

게다가 기생수가 기생하고 있는 신성수의 결계 속에 들어갈 수 없어 고생했다고 합니다. 그런데 유나 씨만 들어갈 수 있는 이상한 일이 벌어졌습니다.

그 후 새로운 결계를 다시 세운 뒤에도 유나 씨는 결계 속으로 들어갈 수 있었습니다. 이 일에 관해서는 할아버지도 모른다고 하셨습니다.

이런저런 일이 있고 난 뒤, 저는 왕도에 가 있는 언니 대신 결계 속에 들어갈 수 있게 되었습니다. 이번처럼 긴급한 상황이 벌어졌을 때 마을에 결계를 다시 세울 수 있는 사람이 없으면 곤란하다고 판단한 모양입니다. 왜 저인가 싶었지만, 장로인 할아버지의 손녀라는 이유도 있었던 것 같습니다.

그리고 할아버지가 말씀하시기를 유나 씨의 비밀을 알고 있는 제가 최적이라고 했습니다.

그 비밀 중 하나로 저는 유나 씨에게 멀리 있는 사람과 대화를 나눌 수 있는 마도구를 받았습니다. 이름은 「곰 폰」. 「곰 폰」은 귀여운 곰 형태를 하고 있는, 겉모습만 보면 그저 귀여운 곰 장식물입니다. 이 귀여운 모양의 도구가 멀리 있는 유나 씨와 대화를 나눌 수 있는 마도구입니다. 이런 굉장한 마도구를 제가 갖고 있어도 되는 걸까요?

저는 아이템 봉투에서 「곰 폰」을 꺼내보았습니다.

유나 씨가 돌아간 뒤에는 아직 한 번도 「곰 폰」을 확인하지 않았습니다. 정말 쓸 수 있을지 유나 씨가 돌아가고 나자 불안해졌습니다. 전에 확인했을 때는 같은 건물 내의 1층과 2층이라는 짧은 거리였습니다. 하지만 유나 씨는 왕도보다 먼 곳에 있습니다. 분명 크리모니아라는 이름의 마을입니다.

왕도라고 해도 먼데, 그보다 더 멀리 있는 유나 씨와 대화를 할 수 있는 건지 믿을 수가 없었습니다.

날이 갈수록 점점 불안해졌습니다.

저는 「곰 폰」을 움켜쥐고 아무도 없는 것을 확인했습니다. 「곰 폰」 사용하는 모습을 다른 사람에게 들키면 안 되기 때문입니다.

저는 「곰 폰」을 두 손으로 움켜쥐고, 눈을 감고 마력을 보내고 유나 씨를 떠올렸습니다.

유나 씨, 유나 씨.

이렇게 하면 먼 곳에 있는 유나 씨와 대화를 나눌 수 있게 될 겁니다.

잠시 후 「곰 폰」에서 「여보세요?」라는 유나 씨의 목소리가 들렸습니다.

"루, 루이밍이에요. 유나 씨인가요?"

저는 손바닥에 올려놓은 곰 모양의 장식품에 말을 걸었습니다.

『루이밍? 무슨 일이야?』

확실히 유나 씨의 목소리입니다. 정말 유나 씨와 이야기를 나눌 수 있었습니다.

"그, 그쪽은 어떤가요?"

특별한 볼일도 없이 연락을 해 버린 탓에 황급히 유나 씨가 있는 곳에 대해 물었습니다.

『이쪽은 마을로 돌아와서 편하게 쉬고 있어. 그쪽은 괜찮아? 마물이나, 그 후의 신성수는 어때?』

"아, 네. 괜찮아요. 그 후로 마물은 결계 안으로 들어오지 않게 됐어요. 게다가 결계 밖에서도 마물의 모습은 거의 보지 않아요. 할아버지가 말씀하시길 신성수에 붙어 있던 기생수가 마물을 불러 들였던 건데, 그 기생수가 사라져서 마물도 오지 않게 되었다고 하셨어요. 이것도 유나 씨 다 덕분이라고요."

엘프 마을에 유나 씨와 함께 가게 됐을 때, 지켜주겠다고 말한 자신의 모습을 떠올리면 부끄러워집니다. 그때 언니도 유나 씨도 웃고 있었던 것 같아요. 강하다면 강하다고 말해줬으면 좋았을 텐데요.

『그렇지 않아.』

하지만 「곰 폰」에서는 으스대거나 자랑하는 말은 들리지 않았습니다. 상냥한 사람입니다. 제 팔찌를 찾아주었을 때도 「다행이네」

라고 기쁜 얼굴로 말해 주었습니다.

저와 언니가 유나 씨에게 뭔가 보답을 하고 싶다고 했지만 「필요 없어」라고 말하며 보답을 받아주지 않았습니다.

『그래서, 무슨 일이 있어서 연락한 거야? 사냐 씨에게 전하고 싶은 말이라도 있어?』

"아니, 저기, 죄송해요. 특별히 할 말은 없었는데, 이 「곰 폰」이 정말 멀리 있는 유나 씨와 대화를 나눌 수 있을지 어떨지 불안해서……죄송해요."

내가 사과를 하자 유나 씨의 밝은 목소리가 들려왔다.

『그런 건 신경 쓰지 마. 뭐, 보다시피 무사히 대화할 수 있으니까 걱정할 필요 없겠지?』

"네."

제 불안을 없애주었습니다. 정말 상냥한 사람이에요.

『그러고 보니 신성수의 차는 잘 만들고 있어?』

"그, 아직이에요. 이제 겨우 마을이 안정돼서 이제부터 만들 예정이에요."

사정은 잘 모르지만, 유나 씨와 기생수와 벌인 싸움으로 인해 신성수의 잎이 떨어져 버렸다고 합니다. 게다가 그 양도 엄청나게 많았다고요. 그런데 눈앞에 있는 신성수 잎은 여전히 무성합니다.

할아버지와 다른 사람들은 유나 씨가 뭔가를 한 것 같다고 하셨는데, 수수께끼네요.

『뭐, 그렇지. 그 정도의 일이 벌어졌으니 차 같은 걸 만들 때가 아니긴 하겠네.』

"하지만 한번에 전부 만들지는 않는대요. 저 정도의 양을 한꺼번에 만들면 마을 사람들이 놀랄 테니까 조금씩 만든다고 할아버지께서 그러셨어요."

제가 신성수의 결계를 다시 세울 때, 할아버지와 아버지에게 들은 이야기입니다.

『으, 하긴 그렇겠네.』

「곰 폰」너머에서 유나 씨의 이해한다는 목소리가 들려왔습니다.

"아아, 하지만 전에 만들었던 찻잎은 있으니까, 원한다면 드릴 수는 있어요."

그러면 유나 씨가 다시 와줄까요?

『아직 남아있으니까 괜찮아.』

그건 아쉽네요. 없었다면 유나 씨가 와 줬을 텐데.

『그래도 새로운 게 생기면 알려줘. 그땐 가지러 갈 테니까.』

유나 씨는 쉬운 일인 것처럼 말했습니다. 원래라면 쉽게 가지러 올 수는 없습니다. 하지만 유나 씨에게는 신기한 문 마도구가 있기 때문에 쉽게 가지러 올 수 있습니다.

『그리고 버섯 같은 것도 갖고 싶으니까 따러 갈지도 모르겠다.』

"네. 언제든지 좋아요. 만약 연락을 주신다면 제가 미리 뽑아둘게요."

유나 씨를 위한 일이라면, 조금이라도 도움이 되고 싶었습니다.

『정말? 그때는 부탁해.』

"네."

그리고 저는 유나 씨와 여러 가지 대화를 나누었습니다.

저는「곰 폰」에서 손을 뗐습니다. 정말 신기한 마도구입니다. 이것만으로도 멀리 있는 유나 씨와 이야기를 나눌 수 있으니까요.

잃어버리거나 도난을 당하면 큰일이니 아이템 봉투에 넣어 두었습니다.

유나 씨와 대화를 마친 저는 신성수를 떠나 곰 모양을 한 집으로 다가갔습니다.

너무 귀여운 집입니다.

이 집에는 많은 도움을 받았습니다. 이 집 안에는 왕도로 이동할 수 있는 문이 있습니다. 다음에 유나 씨가 사는 마을에 가보고 싶네요.

VOL.
20.5
Gom Gom Gom Bear

STORY

곰곰곰베어 11

왕도의 레스토랑에서 시식회

새로 생긴 그림책을 플로라 공주에게 전해 주기 위해 왕도에 방문한 유나. 도착한 유나의 눈에 비친 것은 곰 석상이 놓인 귀여운 가게?! 유나의 레시피를 사용해 푸딩 등의 음식을 일반인들도 먹을 수 있도록 만들어진 가게에서, 어느새 엘레로라에게 이끌려 시식하게 된다! 엄청난 요리에 배는 이미 한계 직전…… 마지막은 젤레프의 조카 샤이라네 가게의 요리사에게 달걀찜을 대접하고 미션 완료!

왕도의 레스토랑에서 시식회

시아를 만나기 위해 왕도의 포슈로제 저택에 갔더니, 시아는 학원 축제에서 무엇을 출품작으로 할지 고민하고 있었다. 유나의 제안으로 솜사탕 가게를 열기로 결정하고, 시아에게 학원 축제에 초대받게 된다. 크리모니아로 돌아간 유나는 노아를 학원 축제에 데려가겠다는 허락을 받기 위해 클

리프에게로! 겸사겸사 일에 치여 지친 클리프에게 신성수의 찻잎으로 만든 차를 내주는 유나. 설마 하던 효과에 클리프에게 또 하나의 빚 추가?!

성 견학 중 불쾌?한 귀족과 조우

노아, 피나, 슈리를 데리고 왕도로 온 유나는 세 사람을 데리고 성을 견학하러 간다! 그곳에는 불쾌한 분위기를 풍기는 기사단장이 있었는데…… 어쩐지 파란의 예감? 플로라 공주에게 도착하자 세 명의 소녀와 플로라 공주는 성에서 곰돌이와 곰순이 인형을 소중히 끌어안는다! 당연하다는 듯이 왕비님까지 등장하며 곰돌이와 곰순이를 소환해 달라는 부탁을 받게 된다. 곰 인형에 더해 진짜 곰돌이와 곰순이까지 더해져서 성의 방 안이 곰투성이가 되는데?!

학원 축제 시작!

시아의 학원 축제에 놀러온 유나. 소개받은 것은 플로라 공주의 언니 티리아. 근데 어쩐지 유나한테 화가 난 모습인데? 늘 자신이 없을 때만 성에 와서 플로라 공주나 왕, 그리고 왕비님한테 맛있는 음식을 준다며 삐진 것. 그런 사랑스러운 공주님과 함께 학원 축제 첫째 날을 돌아보게 된다. 마물 해체 강좌도 열리며 눈에 잘 띄지 않던 피나가 설마 하던 대활약!

6 국왕에게 보고하다 엘레로라 편

크리모니아의 시찰에서 돌아온 나는 국왕 폐하에게 보고서를 가져갔다.

"뭐야. 이 곰 석상은?"

보고서를 보고 있던 국왕 폐하가 눈살을 찌푸렸다.

"적혀 있는 대로예요. 유나의 가게 입구에 커다란 곰 석상이 있고, 가게 안에도 여러 가지 모양의 곰이 장식되어 있어요."

나는 노아에게 빌린 곰 석상을 국왕 폐하께 보여주었다. 이것은 노아가 유나에게 받은 곰 석상이다. 테이블 위에 장식되어 있던 곰과 같은 것이다.

국왕 폐하는 내가 내민 곰 장식물을 손에 들었다.

"그 녀석은 이런 것까지 만드는 건가? 얼마나 곰을 좋아하는 거야?"

본인은 곰 옷을 입고 있고, 곰 그림책을 그리고, 곰 인형을 만들고, 가게에는 곰 장식물까지 두고 있다. 정말로 곰을 좋아하는 모양이다.

"그건 작은 거지만 가게 입구는 이 정도 크기였어요."

나는 내 키보다 큰 위치까지 손을 뻗었다.

"그래서 왕도의 가게에도 이것과 똑같은 곰 석상을 둘 생각인가?"

나는 보고서를 낼 때 제안서를 함께 제출했다.

"좋은 생각이죠?"

내 말에 국왕 폐하는 어처구니가 없다는 표정을 지었다.

"안 된다는 말씀을 하시진 않겠죠?"

"하고 싶군. 딱히 곰을 두진 않아도 되잖아. 필요 없잖아."

나는 그 말에 반박했다.

"필요해요. 국왕 폐하께서는 본인이 하신 말에 책임을 져야 한다고 생각해요."

"내가 한 말의 책임이라고?"

"생일 파티에서 푸딩을 내놨을 때 요리사를 보호하겠다는 말씀을 하셨잖아요. 벌써 잊으셨나요?"

국왕 폐하는 푸딩의 레시피를 공표하지 않겠다는 뜻을 전하고, 다른 마을에서 만들어지는 경우에도 손대지 말라고 전했다. 무슨 일이 생기면 처벌을 내리겠다는 식의 소리를 했다.

"아아, 그랬지. 그래서 클리프에게 유나의 가게를 지키라고 지시했고."

"하지만 그 부분은 더욱 철저하게 못을 박아둘 필요가 있어요. 크리모니아에 있는 유나의 가게와 똑같은 곰 석상이 왕도의 가게에 있으면 성과 관련이 있다는 무언의 압력이 될 거예요. 일단 크리모니아의 가게는 클리프가 눈을 떼지 않고 있으니 어리석은 짓을 하려는 사람은 없겠지만, 실제로는 어떻게 될지 알 수 없으니까요. 그 가게는 여자애들만 일하고 있으니까 조금이라도 힘을 키워서 지켜주고 싶어요."

가게에서 일하고 있는 사람은 아이나 여자애들뿐이다. 게다가 아이들은 고아원의 아이들이다. 나는 영주의 부인으로서 그 아이들에게 빚이 있었다. 그래서 조금이라도 그 애들을 지켜주고 싶었다.

"본심은?"

"재미있을 것 같아서요."

나는 마음속의 본심을 숨기고, 또 하나의 본심을 말했다. 왕도에 이런 곰이 있으면 재미있을 것이고, 유나가 보고 놀라는 얼굴도 보고 싶었다. 크리모니아에 갔을 때 만나지 못해서 유나를 놀라게 하지 못했다. 그러니까 이번에야말로 놀라게 해 주고 싶었다.

내 대답에 국왕 폐하는 어이없다는 표정을 지으셨다.

"하지만 틀린 말은 안 했잖아요? 곰 석상을 두는 것만으로 힘이 커져서 클리프의 일도 조금은 줄어들 거예요."

나의 말에 국왕 폐하는 입을 다물고 보고서로 눈을 돌렸다.

"그리고, 곰 옷인가?"

"유나 씨의 가게에서는 점원이 곰 옷을 입고 접객하고 있어요. 다들 정말 사랑스럽더라고요."

"그 말은 즉 다들 유나 같은 옷차림을 하고 있다는 건가?"

"음, 유나의 옷차림과는 조금 다르지만 곰 옷이에요."

나는 아이템 봉투에서 아이들이 가게에서 입었던 곰 옷을 꺼냈다. 이 곰 옷은 미사의 생일 파티에서 유나의 곰과 함께 놀았을 때 노아가 입었던 것이었다. 이것도 노아에게 빌려왔다.

내가 곰 옷을 펼쳐보이자 국왕 폐하가 즉답했다.

"기각이다."

"어째서요?"

"그런 꼴로 일을 시킬 수는 없어. 만약 본인이 입어야 하는 상황이라고 생각해 봐라."

"……보는 건 좋지만, 입고 싶지는 않네요."

"본인이 하기 싫은 일을 다른 사람에게 시키지 마라. 게다가 그 옷을 입고 있는 건 아이들이지? 왕도의 가게에서는 어른들이 접객한다. 그리고 성이 관리하는 가게라는 사실을 잊지 마. 내가 허용할 수 있는 건 곰 석상까지다."

"곰 석상은 괜찮은 거죠? 알았어요. 옷은 포기할게요."

약속을 받았다.

교섭 방법 중 하나다. 사람은 큰 불쾌함이 사라지면 작은 불쾌함은 용서하게 되는 법이다. 처음부터 곰 옷의 허가는 내려지지 않을 거라 생각했다. 성과 관련된 가게에서 곰 옷은 역시 무리라는 것을 알고 있었다. 그래도 곰 석상 정도는 두고 싶었다.

"곰 석상에 관해서는 허가는 내주겠지만, 일단 젤레프의 허가는 받아라. 젤레프가 주저하면 기각이야."

"그거라면 괜찮아요. 젤레프도 만들 생각이었으니까요."

이미 젤레프와는 논의를 마친 상태였다. 협상은 선수를 치는 것이 기본이다.

국왕 폐하도 그것에 서투르지는 않지만, 이번에는 내가 정보량 부분에서 앞서서 유리한 상황을 만들었다. 본래의 목적은 곰 석상이었으니 이것으로 충분하다.

"그나저나, 크리모니아에서 유나가 관리하는 꼬끼오 말인데요."

"아아, 적혀 있군. 하여간 그 녀석은 대체 뭘 하고 있는 건지."

"어려움에 처한 사람이 있으면 어떻게든 손을 내밀어 주려 하는 아이예요."

우리 영주 가문의 오점을 유나가 구해 주었다. 이제 고아원은 보조금 없이 살아갈 수 있을 정도로 자립한 상태였다. 유나는 단지 돈을 내어줬을 뿐만 아니라 아이들도 할 수 있는 일을 줘서 자립을 시켜주었다. 그 부분이 제일 대단했다. 돈을 주는 것뿐이라면 누구나 할 수 있다. 힘든 일을 시킬 수도 있었다. 하지만 유나는 아이들이 할 수 있는 일을 시키고, 할 수 없는 일은 어른들에게 시켰다.

"아무튼, 유나가 관리하는 꼬끼오를 참고해서 국가에서 지원금을 내서 가까운 마을에도 늘리고 싶어요."

"그러고 보니 근처에 꼬끼오를 키우고 있는 마을이 있었지."

"네, 그래서 제대로 관리해서 알의 유통량을 좀 더 늘리려고 해요. 앞으로의 일을 생각하면 지금의 수만으로는 부족해질 테니까요."

왕도의 가게에서는 푸딩이나 케이크도 내놓을 예정이었다. 그만큼의 수는 일단 확보해 놓은 상태다. 하지만 장기적인 안목으로 본다면 부족해질 수밖에 없었다.

"게다가 알의 수가 늘어나면 가격을 낮출 수도 있을 거예요."

맛있는 음식은 더 많은 사람들에게 제공해야 한다. 그것이 유나의 생각이었다. 하지만 이익도 생각해야 했다.

처음에는 무리일지라도, 미래에 아이들이 용돈으로 구입할 수 있을 정도가 되면 좋을 것 같았다.

"그 부분은 엘레로라에게 맡기지. 나중에 필요한 계산을 보고하도록."

"벌써 해놨어요."

나는 종이를 내밀었다. 국왕 폐하는 그것을 훑어보았다.

"상관없다. 이대로 진행해."

국왕 폐하는 도장을 찍으며 승인을 내려주었다.

"아, 그리고 이건 곰 석상에 드는 비용이에요."

종이 한 장을 더 내밀었다.

"꽤 드는군."

"조금 전에 허락하셨잖아요?"

"……알았다."

국왕 폐하는 승인 도장을 찍어주었다.

이제 준비는 끝났다.

후후, 즐거워지겠네.

그 후에는 해산물을 제공하는 가게에 관한 보고를 마쳤다.
다음에는 터널이나 미릴러 마을까지 시찰을 가보고 싶네.

저는 요리사를 목표로 하는 샤이라라고 합니다.

어렸을 때 숙부님의 요리를 먹었을 때의 감동은 잊을 수가 없습니다. 그런 숙부님을 목표로 삼아 요리사가 되기로 결심했습니다. 숙부님은 왕궁 요리사이자 가장 높은 주방장을 맡고 계십니다. 저는 그런 숙부님 밑에서 일하고 있습니다.

저는 숙부님 전용 조리실에 가서 입실 허가를 받은 뒤 방에 들어갔습니다.

"마침 잘 왔구나. 샤이라, 너도 먹을래?"

숙부님은 냉장고에서 뭔가를 꺼내셨습니다.

"숙부님이 만든 요리라면 얼마든지 먹을 수 있어요."

"여기서는 주방장님이라고 부르라고 했잖아."

"단둘뿐이니까 상관없잖아요."

제 말에 숙부님은 한숨을 내쉬었습니다.

"그래서 뭘 만드셨나요?"

"푸딩이라는 음식이다."

저는 화들짝 놀라 숙부님이 내민 컵을 바라보았습니다.

"푸딩이라면 국왕 폐하의 탄신제 만찬에 나왔던? 누가 만들었는지 아무도 모른다고 들었는데요."

국왕 폐하의 탄신제 만찬 때 숙부님이 모르는 음식이 하나 나왔고, 숙부님은 얼굴에 드러내지 않았지만 화를 내셨습니다.

저는 그 자리에 없었기 때문에 알 수 없었지만, 푸딩은 좋은 반응을 받았다고 들었습니다.

그리고 푸딩을 먹은 숙부님도 납득을 했다고 말씀하셨습니다.

저는 컵에 담긴 노란 물체를 보았습니다. 이것이 국왕 폐하가 인정하고 탄신제 파티 만찬회에 나왔던 푸딩.

숙부님이 제 몫의 숟가락을 준비해 주셨습니다. 숙부님도 자신의 몫을 준비해서 드실 모양입니다.

"그럼 잘 먹겠습니다."

저는 숟가락으로 떠서 입안에 넣었습니다. 차가운 달콤함이 입안에 퍼져나갔습니다. 이것이 푸딩. 확실히 맛있습니다.

하지만 함께 먹은 숙부님의 소감은 달랐습니다.

"또 실패인가."

숙부님이 숟가락을 테이블에 놓고 한숨을 내쉬었습니다.

"음, 저는 맛있다고 생각했는데요."

어디가 실패라는 건지 모르겠습니다.

"진짜는 더 맛있었다."

"이것보다 더 맛있다고요?"

"맛있었어. 그 감동은 잊을 수가 없어."

저는 숙부님이 만든 푸딩도 충분히 맛있다고 생각했습니다.

근데 진짜는 이것보다 더 맛있다니.

"숙부님은 이걸 만든 요리사를 알고 계신가요?"

"……알고 있다."

"누구신가요?"

숙부님은 그 질문에는 대답해 주지 않으셨지만, 이 푸딩을 만든 것은 곰 옷차림을 한 여자아이가 아닌가 하는 소문이 돌고 있었습니다. 곰 옷차림을 한 여자아이가 플로라 님을 만나고 있다는 소문이 있고, 곰 옷차림을 한 여자아이가 성에 나타나면 왕족의 점심 식사가 중지되기 때문입니다. 왕궁 주방장인 숙부님은 곰 옷차림을 한 여자아이가 성에 와서 마주치더라도 말을 걸지 말라고 제게 당부하셨습니다.

그 후로도 숙부님은 푸딩을 만들 때마다 저에게 시식을 시켜 주셨습니다. 그럴 때마다 소감을 물으셨습니다. 확실히 만들 때마다 단맛이나 감칠맛이 처음 때와는 달라지고 있었습니다.

게다가 곰 옷차림을 한 여자아이가 성에 오면 플로라 공주의 시중을 들던 안쥬 씨가 숙부님께 음식 같은 것을 가져오는 경우도 있었습니다.

그중에는 쇼트케이크도 있었는데, 그 며칠 후 숙부님은 쇼트케이크를 만드셨습니다. 시식을 했는데 정말 맛있었습니다.

만약 이것을 소문의 곰 옷차림을 한 여자가 만들었다면 대화를 나눠보고 싶습니다. 저와 같은 요리사라면 만나보고 싶었습니다.

어느 날 왕도에 성 직영 가게를 내자는 이야기가 나왔습니다. 그 요리사를 성에서 일하는 우리 중에서 뽑는다고 했습니다.

하지만 성에서 일하는 사람들은 왕궁 요리사가 되고 싶어서 들어온 사람들입니다. 저도 그중 한 사람이고요.

아무리 성 직영이라고 해도 왕궁 요리사에서 제외되는 셈입니다. 아무도 가게에서 일하고 싶어하지 않았습니다.

그런 마음을 아는지 모르는지, 숙부님은 두 명의 요리사의 이름을 부르셨습니다.

두 사람 모두 젊고 장래가 유망한 요리사입니다.

이름이 불린 두 사람도 왜 자신이 불렸는지 모르겠다는 표정이었습니다. 원래라면 성에 남아 숙부님 곁에서 요리 실력을 갈고닦아야 할, 장래에는 숙부님이 일을 맡길 수 있을 정도의 실력을 가진 요리사였습니다.

"왜 제가 선택된 거죠?!"

"맞습니다. 제 실력으로는 주방장님께 도움이 되지 않는다는 뜻입니까?"

"그 설명은 내 방에서 하겠다. 그리고 샤이라, 너도 와라."

"저도요?"

저는 왕궁 요리사 중에서는 아래에서 세는 편이 빠를 정도입니다. 제가 불려갈 줄은 몰랐습니다.

저희는 숙부님 전용 방으로 이동했습니다.

"그래서 주방장님. 왜 저희들인 겁니까?"

"너희들을 선택한 이유는 젊은 사람들 중에서 가장 신뢰가 두텁고, 요리 실력이 좋기 때문이다."

"그럼 왜 저희가 성에서 쫓겨나야 하는 거죠?!"

"납득이 되지 않습니다."

저도 그렇게 생각했습니다.

"너희들이 이번에 가게에서 이걸 만들어줬으면 하기 때문이다."

숙부님이 냉장고에서 꺼낸 것은 푸딩과 쇼트케이크였습니다.

"이 요리법은 비밀에 부쳐져 있다."

맞습니다. 젤레프 숙부님은 여러 차례 만들어 저에게 시식을 시켜주셨습니다.

이 쇼트케이크, 그리고 빵, 피자, 모두 맛있었습니다.

만든 것은 곰 옷차림을 한 여자아이라는 소문이 퍼져 있지만, 레시피는 누구에게도 알려지지 않았습니다.

"이 요리를 가게에 내놓을 예정이다."

"즉, 레시피를 알려주신다는 겁니까?"

"그래. 레시피를 누설하는 것은 용납되지 않는다. 그러니 신뢰할 수 있는 인물이어야 하지. 그리고 이 요리뿐만이 아니라 왕궁에서 내놓는 요리를 만들 만한 실력을 가진 사람이어야 한다. 그리고 미래를 개척할 힘을 가지고 있는 젊은이어야 하지. 그래서 너희 둘을 선택한 거다."

"그럼 저희들을 성에서 쫓아내는 게 아닌 건가요?"

"당연하지. 국왕 폐하께 받은 명령이다. 그런 것을 실력도 없고 신용도 없는 자에게 맡길 수는 없으니까."

그래서 이 방에 저희를 데려온 것 같습니다. 이런 이야기는 다른 요리사 앞에서는 할 수 없을 테니까요.

남겨진 자들은 실력이 부족하다는 말을 들은 것과 다름없습니다.

"그래서, 어떻게 할 거지? 받아들일 건가, 거절할 건가?"

"……저는 받아들이겠습니다."

"저도요."

두 사람은 순간 고민했지만, 숙부님의 진지한 얼굴을 보고 수락했습니다.

"그나저나 숙부님, 저는 왜 여기에 불려온 건가요?"

제 실력은 아직 낮습니다. 왕궁에서 만들 수 있는 음식의 수도 적고요.

"너도 이 레시피를 알고 싶어 했잖아. 넌 내 조카이니 신원은 분명하다. 실력은 뭐, 최소한은 있지. 요리 실력을 키우고 싶다면 이 두 사람 곁에서 공부해라. 어떻게 할래?"

"……."

즉, 저를 신뢰해서 하신 제안이었습니다.

"받아들이겠습니다."

"그렇다면 주방장님, 이 푸딩이나 쇼트케이크를 만든 것이 소문의 곰 옷차림의 여자애라는 게 사실입니까?"

"사실이다."

역시 그랬습니다. 저와 같은 여자아이.

"이 일은 공개하지 않을 예정이다. 레시피도 반드시 지키도록."

그 후 저희들은 푸딩이나 쇼트케이크 레시피를 배우게 되었습니다. 그리고 피자를 만드는 법도 배웠습니다.

본 적도 없는 재료도 있었지만, 기본적인 재료만으로 이 정도의 요리를 만들 수 있다는 것은 정말 굉장합니다.

마치 마법 같았습니다.

이런 요리를 만든, 곰 옷차림을 한 여자아이를 만나보고 싶습니다.

8 곰 씨, 피나 일행을 데리고 레스토랑에 가다

학원 축제까지 날짜가 좀 남아서 나는 아는 사람에게 인사를 하러 가기로 했다. 피나 일행도 따라온다고 해서 함께 갔다. 우선은 코카트리스와 싸웠기 때문에 대장장이인 가잘 씨에게 미스릴 나이프를 봐달라고 했다. 일단 스스로 할 수 있는 범위에서 유지보수는 하고 있지만 전문가는 아니다. 가끔은 전문 장인에게 손질을 맡겨야 한다. 피나도 나이프는 골드 씨가 손질해 주고 있었다.

나는 미스릴 나이프를 가잘 씨에게 보여주었고, 피나가 모험가 길드의 길드 마스터 사냐 씨에게 인사를 하고 싶다고 해서 만나러 가기도 했다.

"이제 어디서 점심을 먹을까?"

"그럼 새로 생긴 유나 씨 가게로 가요. 어머님께 부탁해서 아마점심 준비를 하고 계실 거예요."

노아가 의미를 알 수 없는 말을 했다.

"……난 왕도에 가게를 낸 예정은 없는데."

"으음, 얼마 전에 크리모니아에 어머님이 오셨을 때, 유나 씨가가게를 낸다는 말을 들었는데요?"

노아가 작게 고개를 갸우뚱했다.

"네, 저도 들었어요. 그래서 유나 언니 가게를 보러 온 건데."

혹시 그 가게를 말하는 건가?

"아니야. 내 가게가 아니라 내 가게에서 파는 음식을 내놓는 것뿐이야."

나는 정정했다.

엘레로라 씨 때문에 어느새 내 가게가 되어버렸다. 애초에 「유나의 가게~」라든가 「유나의 가게는~」, 「유나 님 가게는~」이라는 소리를 하는 어른들 세 명의 잘못이었다.

"나는 레시피를 알려준 것뿐이지 가게에는 관여하지 않았어. 그러니까 내 가게는 아니야."

"그런가요? 제가 어머님께 유나 씨의 가게를 보러 가고 싶다고 했더니, 평범하게 장소를 알려주셨어요. 그리고 점심을 준비해 주신다고 하셨고요."

그 사람은 정말……

딱히 피나 일행을 데려가고 싶지는 않았지만, 점심을 준비하고 있다는 말을 들은 이상 안 갈 수도 없었다.

나는 곰 석상이 있는 가게에 왔다.

"곰이다~."

슈리가 곰 석상을 보고 뛰어나갔다. 그것을 피나가 쫓아갔다.

"노아. 그러고 보니 선물한 곰 석상을 엘레로라 씨에게 빌려줬다고 했었지?"

"그건 어머님께서 부탁하셔서서 거절할 수 없었어요."

그 탓에 크리모니아와 비슷한 곰 석상이 왕도의 가게에도 생겨버렸다.

"그래도 예쁘게 잘 완성돼서 다행이네요."

뭐가 다행인지 모르겠는데. 없는 편이 다행이었을 것 같은데.

입구 앞에서 시끄럽게 떠들고 있자 문이 열리며 십대 후반의 여성이 나왔다. 젤레프 씨의 조카 샤이라였다.

"느와르 님과 그 친구분들이시군요. 기다리고 있었습니다. 어서 들어오세요."

우리는 가게 안으로 들어갔다.

"저는 샤이라라고 합니다."

샤이라가 정중하게 인사했다.

"젤레프의 조카야."

내가 샤이라 씨를 소개하자 세 사람 모두 인사를 했다. 그 순간 세 사람은 샤이라의 배를 봤다. 예의 없는 짓이다. 참고로 샤이라는 젤레프 씨처럼 뚱뚱하지 않았다.

"그건 그렇고 샤이라, 말투가 이상해. 기분 나빠."

"윽, 유나 씨, 기분 나쁘다니 너무해요."

내가 지적하자 어조가 달라진다.

"그야 처음 만났을 땐 그런 말투가 아니었잖아?"

"숙부님과 엘레로라 님이 사람들 앞에 나설 일도 있으니 조심하라고 하셨어요. 일단 이 가게는 부유층 손님이 많이 올 예정이니까 실례가 되지 않기 위해 연습하고 있는 거예요."

확실히 일반적인 가게라면 좀 가벼운 말투라도 상관없을지 모르겠지만, 신분이 높은 상대라면 되도록 조심해야 한다. 귀족이라도 오게 된다면 더더욱 그랬다.

"그래서 오늘은 엘레로라 님의 영애께서 유나 씨와 친구분들을 데리고 온다고 하셔서 연습을 하고 있었어요. 오늘은 제가 여러분의 요리를 만들어드릴 테니 드시고 가세요."

샤이라는 자리로 안내해 준 뒤 조리실으로 향했다.

우리는 자리에 앉아 요리가 오기를 기다렸다.

노아 일행은 가게 안을 둘러보았다. 내 가게도 원래 저택이라는 점도 있어서 예뻤지만, 예뻤지만, 이 가게는 그 이상으로 예뻤다.

가게 안을 둘러보거나 대화를 나누고 있으니 샤이라가 음식을 가져왔다.

요리는 모두 맛있어 보였다. 근데 신경 쓰이는 게 있었다.

"왜 곰빵이 있지?"

접시에 올려져 있던 것은 곰 모양의 빵이었다. 크리모니아에서 판매하는 곰빵과 비슷했다. 저번에 시식할 때는 없었다.

"음, 엘레로라 님이 곰 가게로 했으니까요."

그랬지. 모르는 새에 곰 장식물이 놓여있었다. 이름까지도 곰 이름이 붙어 있었다.

"그래서 곰 모양의 빵을 내자는 이야기가 나와서, 엘레로라 님과 숙부님께 물어보고 만들었어요."

범인이 2명 있었다.

"그래서 곰빵이야?"

"네."

"하지만 여기는 귀족이나 부자들이 오는 가게잖아?"

"그렇다 해도 아이는 오니까요. 아이들도 좋아할 수 있도록 만들어봤어요."

"아니, 필요 없지. 그냥 빵이면 되잖아. 너희들도 그렇게 생각하지?"

"곰빵은 귀여우니까 좋다고 생각해요."

"곰빵은 아이들에게 인기가 많아요."

"곰빵, 좋아."

내 편은 아무도 없었다.

"하지만 이것만으로는 부족하다고 생각하는데, 더는 아무 생각도 나지 않아요."

아니, 충분하잖아. 애초에 필요 없잖아.

"그렇다면 곰 그림은 어떤가요?"

노아가 의미를 알 수 없는 말을 했다.

"무슨 말이야?"

"유나 씨, 모르세요?"

"모르겠는데?"

나는 피나에게 시선을 돌렸다.

"아마, 그걸 말하는 것 같아요."

피나의 말에 따르면 원래 케이크는 홀을 잘라서 1인용으로 판매하고 있는데, 홀로 주문한 손님을 위해 특별히 만들어 주는 케이크가 있다고 한다. 그것이 바로 곰 그림이 그려진 케이크라고.

들어 보니 카린 씨가 그림을 그리고 있다고 했다.

"카린 씨, 어느 틈에 그런 기술을."

"아마 유나 언니가 고아원 아이들을 위해 그려줬을 때 아닐까요?"

피나의 설명에 따르면, 나는 고아원 아이들을 축하할 일이 있을 때 아이들이 좋아할 수 있게 케이크에 곰 그림을 그린 적이 있었다.

아무래도 카린 씨는 그것을 딱 한 번 보고 기억해 버린 모양이었다.

"유나 씨, 알려주세요."

샤이라가 고개를 숙여 간청했다. 내 말을 기다리는 것인지 샤이라는 고개를 들지 않았다.

여기서 곰 그림을 그리면 내가 내 목을 조르는 결과가 될 것 같았다.

"유나 씨, 알려주시는 게 어떤가요?"

노아가 내 얼굴을 보고, 피나도 슈리도 노아가 한 말에 동의했다.

"판매하는 건 아이들에게만 해 줘."

"네!"

나는 식사를 마친 후 샤이라의 요청에 부응해 케이크 위에 생크림으로 곰 그림을 그려주게 되었다.

혹시, 내가 스스로 내 목을 조르고 있는 건 아닐까?

"이걸로 준비는 끝이야."

우리는 학원 축제에서 할 모의점 준비를 마쳤다.

"손님이 온다면 좋겠다."

"올 거야. 이렇게 희귀한 과자인걸. 다들 엄청 놀랄 거야."

"그렇지. 먹어준 사람들의 반응도 좋았고."

함께 모의점을 내는 카틀레야, 마릭스, 티몰도 자신만만했다.

이것도 유나 씨 덕분이다. 하지만 어떻게 이런 과자를 만드는 방법을 알고 있었을까? 재료인 굵은 설탕과 도구 하나만으로 만들 수 있었다.

불 마석으로 가운데 부분을 달구고, 가운데 작은 구멍이 뚫린 곳에 굵은 설탕을 넣었다. 그리고 바람 마석을 이용해 중심을 회전시키면 푹신푹신한 하얀 솜사탕이 완성된다.

겨우 이것만으로도 완성이다. 정말 신기했다.

준비도 끝나고, 이제 학원 축제가 시작되기를 기다리는 것만 남았다.

학원 축제 시작을 알리는 종이 울렸다. 그 종소리를 듣고 떠올랐다.

"아, 미안. 나 유나 언니 데리러 다녀올게."

유나 씨와 학원 입구에서 만나기로 약속한 상태였다.

"여긴 우리한테 맡기고 유나 씨를 데리러 가줘."

나는 카틀레야 일행에게 뒷일을 맡기고 유나 씨를 데리러 갔다.

학원 입구를 향해 걷다 보니 이미 학원 안으로 들어오는 사람들이 보였다. 다들 즐거워 보이는 얼굴을 하고 있었다. 학원 축제를 즐길 수 있다면, 나도 기쁘다.

학원 입구로 가자 노아 일행이 보였다. 그 옆에서는 유나 씨가 아이들에게 둘러싸여 있었다.

유나 씨는 늘 곰 옷차림을 하고 있다. 그래서 아이들이 유나 씨의 모습을 보고 학원 축제의 전시물이라고 생각한 모양이었다.

나는 유나 씨를 도와주기 위해 아이들에게 떨어져달라고 부탁했다. 아이들은 아쉬워했지만 이번만큼은 어쩔 수 없었다.

평범한 옷을 입으면 될 것 같은데, 유나 씨는 곰 옷을 벗으려고 하지 않았다.

목욕도 같이 한 적이 있지만 예쁜 사람이다. 평범한 옷을 입으면 분명 남자가 다가오지 않을까.

나는 유나 씨와 여동생인 노아 일행을 안내하고 마릭스 일행에게 돌아왔다.

손님이 있을 거라 생각했는데 아무도 없었다. 그래도 저렇게 맛있는 음식이라면 사람들이 모여들 것이다. 하지만 그 생각은 지나치게 안이했다.

유나 씨가 말하길 홍보가 부족한 것이라고 했다. 아무리 맛있는 과자라도 모르는 것을 먹겠다는 생각은 하지 않는다는 지적을 받았다.

유나 씨는 조금 고민하더니, 마법으로 가게 옆에 내 키를 뛰어넘는 곰 장식물을 만들어 냈다.

대단하다. 이 정도 크기의 물건을 만들어내는 것은 쉽지 않았다. 겉모습이 귀여운 곰 옷차림을 한 여자아이라면 더더욱 상상할 수 없었다.

그러자 유나 씨가 귓속말을 했다.

"지금부터 피나 일행에게 솜사탕을 먹어달라고 할 테니까 그때 홍보를 해. 그리고 처음 보는 음식이니까, 한 입만 먹어도 괜찮으니 시식을 해 보라고 권유해 봐도 좋을 것 같아."

유나 씨는 나에게 그렇게 말하더니 마릭스에게 솜사탕을 만들어 노아 일행에게 먹였다.

모두가 연기를 하는 것인지 정말 맛있다는 듯 솜사탕을 먹기 시작했다.

나는 유나 씨가 시키는 대로 홍보를 하기 시작했다. 내 목소리와 노아 일행이 먹는 모습을 보고 지나가는 사람들이 솜사탕에 관심을 가져주었다. 나는 솜사탕에 관심이 쏠린 상황에서 시식을 권유했다.

무료라는 말에 흥미를 갖고 먹어본 사람들이 처음 느껴보는 식감에 놀랐다. 한 입뿐이라 금세 입안에서 녹으며 달콤함만 남았다.

그리고 시식을 한 사람은 다시 한번 먹고 싶다고 생각하게 된다.

하지만 시식은 유나 씨 말대로 한 입만 제공하고, 한 번 더 먹고 싶은 사람은 주문하게 했다.

한 사람이 주문을 하자 주문이 계속 밀려 들어왔다. 작은 것을 계기로 크게 퍼져나갔다.

유나 씨는 모험가뿐만 아니라 장사꾼으로서도 재능이 있었다. 정말 겉모습과는 달리 대단한 사람이다.

유나 씨는 손님이 몰리는 것을 보자 노아 일행을 데리고 학원 축제에 가버렸다. 나도 유나 씨와 가고 싶었지만, 오늘은 안내 역할을 자청해준 티리아 님께 맡겼다.

티리아 님이 함께 있으면 유나 씨에게 섣불리 다가올 사람도 없을 것이다.

우리는 이 흐름이 끊기지 않도록 호객을 이어갔다.

아이들은 마릭스가 만드는 솜사탕을 신기한 얼굴로 바라보았다.

"마법이야?"

확실히 아이들의 말대로 굵은 설탕이 솜이 되는 것은 마법 같았다.

나무 막대에 붙은 솜사탕을 다들 맛있게 먹고 있다.

단점은 너무 많이 먹으면 입속이 달아진다는 점이다. 그래서 근처에 있는 음료수를 파는 가게와 제휴를 했다. 덕분에 솜사탕은 잘 팔렸다.

그리고 솜사탕은 걸으면서 먹을 수 있어서 홍보도 된다. 솜사탕을 든 사람을 보고 관심을 가진 손님이 가게로 찾아왔다.

"여기다. 이 가게야."

"정말로 곰 장식물이 있네."

다른 사람에게 들은 사람은 유나 씨가 만들어준 곰 장식물을 표지판 삼아 찾아왔다. 멀리서도 눈에 띄기 때문에 표지판으로는 최적이었다.

"주문할게요, 곰 과자 주세요."

그리고 나도 모르는 새에 이름이 곰 과자가 되어 있었다.

처음에는 한두 사람뿐이었다. 하지만 눈앞에 있는 사람이 말하는 걸 듣고 그 뒤에 줄 서 있던 사람도 「곰 과자」라고 말하기 시작하며 그것이 연쇄적으로 이어졌다.

가게에 온 친구에게 물어보니 곰 장식물이 큰 영향을 미쳤다고
한다.

소문을 들은 손님들이 꼬리에 꼬리를 물고 찾아왔다.

"녹으니까 조심하세요."

우리들의 솜사탕 가게는 순조로웠다.

처음에는 흥미 위주였던 손님들도 솜사탕을 한 번 먹으면 그 신
기한 식감에 놀랐다. 하나를 사서 친구끼리 나눠먹을 수 있다는 점
도 좋은 포인트였다.

커플끼리 먹는 사람도 있었다.

그렇게 먹는 사람들의 모습을 보고 사 주는 사람도 있었다. 그리
고 먹은 사람이 친구나 아는 사람에게 알려주며 더욱 퍼져나갔다.

가게가 순조롭게 잘 되고 있자 반 친구 2명이 찾아왔다.

"시아, 우리 왔어."

"그래서, 뭘 팔고 있는 거야?"

"솜사탕이라는 달콤한 과자야. 물론 먹고 갈 거지?"

"맛없으면 환불할 거야."

"좋아. 마릭스, 2개 부탁해."

나는 자신이 있었기 때문에 그렇게 대답했다.

마릭스는 솜사탕을 2개 만들어 건네주었다. 나는 먹는 법을 알려
주었다.

"이게 뭐야? 입안에 넣는 순간 녹았어."

"게다가 입안에 달콤함이 퍼져나가."

두 사람에게도 반응이 좋았다.

"그러고 보니 시아는 곰 옷차림을 한 여자아이랑 아는 사이야?"

솜사탕을 먹으면서 그런 질문을 해 온다.

"어, 갑자기 왜?"

여기서 유나 씨 이야기가 나올 줄은 몰랐기 때문에 놀랐다.

"시아와 함께 있는 걸 봤다는 애가 있었거든."

"응, 맞아. 그래서 그 곰 옷차림을 한 여자아이가 왜?"

"아니, 상품을 엄청나게 따고 있다나 봐. 본 사람이 말하기를 나이프 던지기 게임이었다고 하는데, 최고 득점을 내서 가장 좋은 꽃 장식을 첫날 가져갔대."

유나 씨…….

"하지만 티리아 님이 함께 있어서 아무도 말을 걸지 못했다는 것 같아."

"그 곰이라면 나도 봤어."

이야기를 듣고 있던 다른 친구들도 대화에 끼어들었다.

"선배가 하고 있는 공 던지기 게임에서."

들어 보니 멀리 있는 마물 역할을 맡은 학생에게 공을 맞히는 거라고 했다. 곰 옷차림을 한 여자아이는 가장 멀리 있는 마물 역할 학생에게 공을 맞췄다고. 그리고 제일 좋은 상품을 가져갔다는 것이다.

"그 곰 옷차림을 한 여자아이는 누구야? 학생?"

"응, 뭐 아는 사람이긴 한데. 누구인지는 비밀이야."

나는 대충 둘러댔다.

유나 씨에 대해서는 어디까지 말해야 할지 알 수 없으니까. 유나 씨는 그렇게 눈에 띄는 모습을 하고 있는데도 눈에 띄는 것을 싫어하는 사람이었다.

그 후에도 솜사탕을 만들다 보니 유나 씨에 관한 정보가 들어왔다.

곰이 데려온 작은 여자아이가 해체를 했다거나.

아마 피나를 말하는 것 같았다.

피나에게 아버지 일을 도와 해체를 하고 있다는 이야기를 들은 적이 있었다.

해체는 어렵다. 경험이 없는 것은 아니지만 해체는 특기가 아니었다. 마석을 떼는 것 정도는 할 수 있지만, 세밀한 해체는 할 수 없다.

해체에 참여한 한 사람이 말하길 엄청나게 능숙했다는 모양이다. 거기에 곰 옷차림을 한 유나 씨와 왕족인 티리아 님까지 함께 있어서 더욱 눈에 띄었다고.

게다가 점심에는 본 적이 없는 음식을 먹어서, 그 음식을 찾기 위해 학생들이 여기저기 돌아다니는 일도 있었다. 화제는 끝이 없었다.

그후에도 유나 씨에 관한 정보는 차례차례 나에게 들어왔다.

유나 씨, 대체 뭘 하고 다니시는 건가요!

🎀 10 어느 신문부원

저는 학원 신문을 쓰고 있는 레레나라고 합니다. 학원 축제에 관해 재미있는 기사를 쓰기 위해 고민 중입니다.

처음에는 왕족인 티리아 님께 밀착 취재를 부탁했지만 거절당했습니다. 재색을 겸비한 티리아 님의 기사라면 인기를 끌 것이라고 생각했는데, 아쉽습니다. 멋대로 썼다가 화라도 내시는 날엔 제 인생이 끝장날 테니 포기했습니다.

학원 축제 당일, 여러 가지 것들을 둘러보았습니다. 어디나 즐거운 얼굴로 축제를 즐기고 있지만, 메인 기사가 될 만한 것은 찾을 수 없었습니다.

뭔가 재미있는 일이 없나 생각하며 걷고 있는데, 곰 옷차림을 한 여자아이가 학원 축제에 출몰하고 있다는 정보를 손에 넣었습니다. 곰 옷차림. 곰 가죽이라도 쓰고 있는 걸까요? 재미있는 취재 대상을 발견한 것 같습니다.

저는 곰 옷차림을 한 여자아이의 정보를 모으기로 했습니다.

증언 작은 소녀

"곰? 푹신푹신하고 부드러웠어."

"음? 부드럽다?"

곰 옷차림을 한 여자아이에 대해 알고 있다는 아이에게 이야기를 들었는데, 이해가 되지 않았습니다.

곰이 부드럽다는 게 무슨 말일까요?

증언　나이프 던지기 게임을 진행한 여학생

"아, 곰 옷차림을 한 여자아이요? 굉장했죠."

"어떤 식으로 굉장했는데요?"

"알려드릴 수는 있는데, 이건 여기서만 알고 계세요."

여학생은 그렇게 말하더니 말을 시작합니다.

"이 나이프를 다루는 건 정말 어렵거든요. 게다가 학원 축제에서 쓰는 나이프는 세 개 모두 무게가 달라요. 나이프의 무게가 다르니 첫 번째와 두 번째 판을 똑같이 던진다 해도 어긋나기도 하고, 과녁에 맞히기 어려워요."

"그건 너무하네요."

"게임이니까요. 과녁에 맞히기 어렵게 하기 위해서 일부러 그렇게 한 거예요. 애들 중에는 나이프 던지기를 잘하는 사람도 있으니까요. 그런데 그 곰 옷차림을 한 여자아이는 3개 모두를 가장 멀리 있는 과녁에 맞혔어요. 정말 깜짝 놀랐어요. 덕분에 첫날 이른 시간부터 핵심 인기 상품이 사라져 버렸어요. 원래라면 나이프의 무게를 균등하게 맞추거나 과녁을 가까이하거나 하면서 조금씩 난이도를 쉽게 만들고, 마지막 날에 따게 만들 생각이었거든요. 그런데 그 고르지 못한 무게의 나이프를 사용해서 먼 과녁까지 모두 맞힐 거라고는 생각도 못 했어요."

나이프 던지기를 잘하는 곰 옷차림을 한 여자아이. 제 감은 정답이었습니다.

"어떤 여자애였죠?"

"곰 후드를 쓰고 있어서 얼굴은 보이지 않았어요. 하지만 티리아 님과 어린 소녀와 함께 있었어요."

곰 옷차림을 한 여자아이의 정체는 알지 못했지만, 티리아 님과 어린 여자아이와 함께였다는 정보는 얻을 수 있었습니다.

그나저나 나이프 던지기 실력이 높은 모양입니다.

재미있는 기사가 될 것 같네요. 저는 다음에 곰 옷차림을 한 여자가 향한 곳으로 향했습니다.

증언 공으로 마물 게임을 진행한 남학생

다음으로는 마물 역할의 학생에게 공을 맞히는 게임입니다.

"곰 옷차림을 한 여자아이? 티리아 님이랑 왔었어. 그리고 작은 여자애까지 셋이 함께였나."

들었던 정보 그대로입니다.

역시 티리아 님과 함께였군요.

티리아 님의 친구, 아는 사람, 관계자, 그것만으로도 흥미가 생겼습니다.

"어떤 여자애였나요?"

"엄청났다는 말밖에 할 말이 없네. 마물 복장을 한 우리가 과녁이 돼서 움직이기까지 하니까 맞히기 어려울 텐데, 곰 옷차림을 한 여자아이는 움직임을 미리 읽기라도 한 건지 우리가 움직이려는 곳을 향해 던졌어. 게다가 피했다고 생각해도 공에 회전이 들어가면서 결국 맞더라고. 같이 있던 여자애는 평범한 여자애였거든. 다만 티리아 님이 함께 있으니까 아무도 말을 걸지 못했지만 말이야."

나이프 던지기도 그렇고, 투척에 능숙한 걸까요?

점점 더 기사화하고 싶어졌습니다.

증언 장애물 경주를 본 남학생

이어서 장애물 경주에 참가했다고 해서 이야기를 들으러 갔습니다.

"그건 사람의 움직임이 아니었어. 그렇게나 움직이기 힘든 차림을 하고 있는데도 달리니까 엄청 빠르고, 장애물도 가볍게 넘었어. 얇은 막대를 손쉽게 건너고, 경사를 단숨에 뛰어올라 몇 번이나 연습한 우리 기록을 뛰어넘어 버려서 우리 자존심에 금이 갔지."

들어 보니 장애물 코스를 만든 본인들의 최고 기록을 기준으로 상품을 정했다고 하는데, 곰 옷차림을 한 여자아이는 그 기록을 쉽게 갱신해서 가장 좋은 상품을 손에 넣었다고 합니다.

곰 옷차림을 한 여자아이는 운동 신경도 좋은 모양이네요.

증언 마물 해체 공연에 참가한 남학생

"곰 옷차림을 한 여자아이? 왔긴 한데 굉장했던 건 같이 있던 어린 여자애야. 그렇게나 작은 아이가 마물 해체를 척척 하더라고. 얼마나 놀랐는지 몰라. 나도 본받아서 더 열심히 연습해야겠어."

곰 옷차림을 한 여자아이의 뒤를 쫓고 있었는데, 다른 정보가 들어 왔습니다.

"해체를 한 것은 곰 옷차림을 한 여자아이가 아니라 함께 있던 작은 여자아이라고요?"

"그래, 곰 옷차림을 한 여자아이는 같이 있긴 했지만 아무것도 하지 않았어. 굉장했던 것은 10살 정도의 여자아이야. 눈 깜짝할 사이에 울프 모피를 벗겨내고, 살을 발라 나가는 모습은 보고 있던 사람들을 매료시켰지."

곰 옷차림을 한 여자아이와 함께 있던 10살쯤 된 소녀는 마물 해체를 잘한다. 새롭고 재미있는 기사 소재를 얻었습니다.

증언 점심을 먹는 곰을 본 여학생

"봤어요. 점심에 뭔가 먹을까 둘러보고 있는데, 티리아 님과 함께 있더라고요. 뭔가 본 적이 없는 여러 음식들이 테이블에 놓여 있었고, 티리아 님과 어린아이들이 함께 먹고 있었어요. 티리아 님이 무척 즐거운 얼굴을 하고 계시던데, 그 애들은 누구였을까요? 저도 그 음식이 맛있을 것 같아서 찾아봤는데, 그 어디에도 팔지 않더라고요."

곰 옷차림을 한 여자아이는 본 적 없는 요리를 먹고 있었다고 합니다. 무엇을 먹었는지 기사화하고 싶었지만 아무도 자세히는 몰랐습니다.

그러나 티리아 님과 사이좋게 식사를 했다니. 대체 곰 옷차림을 한 여자아이, 그리고 함께 있는 소녀들은 누구일까요?

증언 옷을 파는 가게의 여학생

"티리아 님과 함께 온 여자애들 말이죠? 기억하고 있어요. 그런 디자인의 옷은 본 적이 없었으니까요. 사실은 좀 더 자세히 보고 싶었는데, 티리아 님의 친구분 같아서 그런 부탁을 할 수는 없었어요. 그 곰 옷, 더 가까이서 보고 싶었는데. 만져보고 싶었는데…….. 얼굴 말인가요? 계속 후드를 깊게 눌러쓰고 있어서 모르겠네요."

옷을 파는 가게에서도 곰 옷을 벗지 않았다니.

여기까지 이야기를 들어봤지만 어떤 여자아이인지 전혀 감이 오지 않았습니다. 이 학교 학생인지조차 알 수 없었습니다.

증언 그림을 그려준 여학생

여기에 왔다는 건 다시 말해 곰 옷차림을 한 여자아이의 그림을 그려주었다는 뜻이겠죠.

"티리아 님도 함께 계셔서 기억하고 있어요. 엄청 긴장했지 뭐예요. 곰 옷차림을 한 여자아이 말인가요? 엄청 귀엽던데요. 하지만 부끄러운지 얼굴을 가리고 있어서 자세하게는 보지 못했어요."

"그 곰 옷차림을 한 여자아이 그림 좀 그려줄 수 있을까요?"

"음, 이런 느낌이었어요."

여학생은 모습을 떠올리며 종이에 그림을 그려나갔다.

"귀여운 곰이죠?"

종이에 그려져 있던 여자아이의 옷차림은 곰이었습니다. 하지만 그것은 제가 생각했던 곰 옷차림과는 달랐습니다.

확실히 귀여운 곰입니다. 곰 가죽을 쓰고 있을 거라 생각했는데 아니었습니다.

얼굴은 조금 볼 수 있었지만 확실히는 알 수 없었습니다. 하지만 큰 진전입니다.

이 그림을 넣어서 신문 기사를 쓴다면 주목을 받을 것이 틀림없습니다.

그리고 다른 곳도 돌아다니면서 정보를 모았지만 길이 엇갈린 것인지 곰 옷차림을 한 여자아이는 만나지 못한 채 학원 축제 첫째 날의 끝을 알리는 종이 울렸습니다.

하지만 티리아 님의 행선지는 알았습니다. 행선지는 곰 장식물이 있는 가게라고 합니다. 가보도록 할까요.

곰?

가게로 향하니 귀여운 곰이 놓여 있었습니다. 거기에는 티리아 님의 모습도 있었습니다. 저는 큰맘 먹고 티리아 님께 말을 걸었습니다.

"티리아 님, 오늘은 곰 옷차림을 한 여자아이와 함께 계시다고 들었는데, 사실인가요?"

저는 곰 옷차림을 한 여자아이가 그려진 종이를 보여주었습니다.

"넌 분명 지난번에……."

"학원 신문을 쓰고 있는 레레나입니다. 학원 축제에 나타났다는 곰 옷차림을 한 여자아이에 대해 조사하고 있었어요."

"어떤 것을 조사하고 있다는 걸까?"

저는 조사한 것을 알려드렸습니다.

"그건 학원 신문에 쓰지 말아줘."

티리아 님은 곰 옷차림을 한 여자아이가 그려진 종이를 제 손에서 집어가더니 그대로 접어서 주머니에 넣어 버렸습니다.

"그게 무슨……."

저는 손을 뻗었습니다.

"쓰지 마."

티리아 님은 빙긋 미소 지었습니다.

그 미소는 무섭습니다. 저는 포기하고 뻗은 손을 거뒀습니다.

"어, 어째서요?"

"그녀는 나에게 무척 소중한 친구니까 신문에 나오는 건 곤란해. 만약 쓴다면 아버님이 나오실지도 몰라."

……국왕 폐하라니. 그만큼 중요한 인물이란 말인가요?

티리아 님이 이렇게까지 말씀하시면 쓸 수 없습니다. 신문 기사는 어쩌죠.

"쓸 기사가 없으면 이 가게에 대해 쓰도록 해."

제가 곤란해하고 있자 티리아 님이 가게를 가리켰습니다.

"시아, 정리하는 중에 미안한데 마지막으로 하나만 더 만들어줄 수 있을까?"

그렇게 해서 만들어진 것은 솜 같은 과자였습니다.

한 입 먹어보자 굉장히 달콤하고 신기한 과자였습니다.

거래는 성립됐습니다.

Gom Gom Gom Bear

VOL.10

▶ ILLUSTRATION GALLARY_

G OM
GOM
GOM
B EAR

Gom Gom Gom Bear
VOL.11

곰 곰 곰 베어 12

곰 씨, 교복 차림?!

학원 축제 둘째 날 미사, 티리아와 함께 둘러보게 된 유나 일행은 다양한 볼거리를 만끽한다. 티리아의 호의로 왕가 사람들만 들어갈 수 있는 특등석에서 여유롭게 앉아 극을 보고 있는데, 무려 그곳에 왕과 왕비, 그리고 플로라 공주까지 등장?! 교복 차림의 유나가 누구인지 몰라보는 왕에게 차가운 시선을 보내면서, 다른 사람들도 곰 옷을 입지 않았을 때의 자신의 모습을 눈치챌까 불안해하는 유나…….

곰 씨 VS 기사단장!!

학원 학생과 현역 기사와의 모의전이 열린다는 말을 듣고 견학을 간 유나 일행. 그곳에는 가줄드 건으로 포슈로제 가문에 원한을 품은 기사단장 르툼이 있었다. 티리아의 호위기사를 꿈꾸는 여학생에게 모의전 장소에서 자신의 부하를 이용해 고통을 주는 불합리한 짓에 유나의 인내심도 한계에 도달하고?! 승부에 도전하자 설마 하던 조건까지……! 기사를 향한 여학생의 꿈을 위해, 시아와 노아를 위해, 곰 검술로 기사에게 도전한다!

다 같이 수영복을 만들자!

왕도에서 돌아와 여유로운 나날을 보내고 있던 유나는 사원 여행을 떠올린다. 고아원 아이들과 안즈 일행, 평소 신세를 지고 있는 티루미나 일가, 유나의 가게에서 일하는 모두를 데리고 미릴러 마을로 가는 일주일 간의 바캉스 준비를 시작하고. 마음껏 놀기 위해 셰리에게 부탁해 수영복을 만들기로 한 유나. 유나에게 어떤 수영복이 어울릴지 즐겁게 이야기하는 노아와 셰리에게서 도망치듯이 그대로 내맡겼는데, 도대체 어떤 수영복을 입게 될지?!

국왕의 단독 의뢰

국왕에게 호출된 유나. 크라켄의 마석이 필요하다는 이야기를 듣게 된다. 평소처럼 얼굴 패스로 성에 들어가자 국왕이 직접 유나에게 의뢰를 하는데?! 사막의 중심에 있는 마을 데젤트가 물 부족으로 위기에 처해 있다고 한다. 게다가 사정이 있어서 국왕 자신이 움직일 수는 없는 상황…… 사막을 가로지르는 유나의 극비 미션 스타트!!

"그럼 우리는 갔다 올게."

"잘 다녀와."

제이드와 멜 두 사람은 학원 축제 해산을 돕기 위해 학교로 향했다.

학원 축제에서는 학생에 의한 여러 가지 출품작이 진행된다. 음식이나 참여형 놀이 이벤트. 학생들의 의한 공연. 공연에서는 검기를 선보이거나, 노래를 하거나 연극을 하기도 한다.

그중에는 마물이나 동물을 해체하는 공연을 선보이는 학생도 있었다. 제이드와 멜은 그 일을 돕고 있었다.

어제는 무려 그 해체를 돕고 있는 와중 유나가 찾아왔다고 한다. 유나는 광산의 골렘 토벌 때 함께 싸운 귀여운 곰 옷차림을 한 여자아이이다. 귀여운 겉모습과는 달리 매우 강한 여자아이이다.

크리모니아에 있을 때 블랙 바이퍼를 혼자 쓰러뜨렸다느니 고블린 킹을 쓰러뜨렸다느니 이런저런 소문을 들었는데, 그것이 모두 사실이라는 것을 알고 있었다.

우리가 쓰러뜨리지 못할 거라 생각했던 광산의 골렘을 혼자서 쓰러뜨리는 모습을 보았기 때문이다.

저렇게 작은데 정말 대단한 여자아이이다. 나도 작아서 그런지 기쁘기도 하고 질투도 났다.

제이드와 멜이 나가고 잠시 후.

방에 남아 있는 토우야에게 말을 걸었다.

"토우야, 나는 갈 건데 어쩔 거야?"

"물론 당연히 가야지."

나와 토우야도 나갈 준비를 했다. 물론 행선지는 학원이다.

모처럼의 학원 축제다. 보러 가지 않으면 아깝다.

학원에 도착하자 토우야는 즐거운 얼굴을 했다. 가끔씩은 숨고르기도 필요하다. 모험가는 위험과 마주하는 일이다. 언제 죽어도 이상하지 않았다. 그러니 아쉬움이 없도록 즐기는 것도 필요하다.

"세니아, 저쪽에 재미있는 게 있어."

나는 달려가는 토우야의 뒤를 천천히 쫓아갔다.

토우야가 달려간 곳에는 나이프 던지기 게임이 진행 중이었다. 자세히 보니 3개의 나이프를 과녁에 맞히면 그 점수로 상품을 받을 수 있는 모양이다. 상품이 진열되어 있는 장소를 보자 여자아이용 머리 장식이 있었다.

어쩐지 커플이 많은 이유가 있었다.

"내가 따줄까?"

"필요 없어. 게다가 토우야 너로는 무리야."

토우야가 나이프를 던지는 모습을 본 적이 있는데, 솔직히 말하자면 못한다. 그나마 검을 다루는 것이 더 능숙하다. 게다가 토우야에게 선물이라도 받았다간 주위에서 착각할 것이다. 그것만은 사양하고 싶었다.

토우야는 내 말에 개의치 않고 참가자들 쪽에 줄을 서더니 나이프 던지기에 도전했다.

학생들의 출품작에 모험가가 참가해도 괜찮은지 걱정이 됐지만, 문제는 없어 보였다. 반대로 보는 사람의 흥을 돋울 수 있어 더 환영하는 모양새였다. 확실히 보는 사람은 많았다. 그 안에서 모험가가 참여하는 것에는 용기가 필요했다. 보는 사람은 모험가라면 과녁에 맞히는 것이 당연하다고 생각하기 십상이다. 그런 와중 과녁을 빗나가게 되면 민망할 것이다.

나는 상품으로 눈을 돌렸다.

머리 장식이 많았다. 고득점 상품으로 줄지어 있는 머리 장식은 하나같이 예뻤다.

그 와중에 가장 크고 예쁜 머리 장식이 있는 곳에 눈길이 갔다. 거기에는 곰 레벨 상품이라고 적혀 있었다.

"곰 레벨? 저게 뭐지?"

무슨 뜻인지 모르겠다. 그런 머리 장식 상품을 보고 있자 토우야가 도전할 순서가 다가왔다.

토우야는 자신 있게 도전했지만 예상대로 실패했다. 세 개의 나이프는 하나도 명중하지 못했다. 그도 그럴 것이 가장 먼 과녁을 겨냥했기 때문이었다.

나이프 같은 건 쓰지도 않으면서, 어떻게 저렇게 자신만만한지 모르겠다.

주위에선 「모험가 맞지?」, 「아닐지도 몰라」 등의 소리가 들려왔다.

토우야의 실력이 곧 모험가 레벨이라고 생각되는 것은 곤란했기 때문에 나도 참가했다.

"자, 나이프입니다. 힘내세요."

학생에게 세 자루의 나이프를 받아든 순간 칼의 무게가 각기 다르다는 것을 알아차렸다.

일부러 그런 것인지, 대충 모아서 그런 것인지 이유는 알 수 없었지만, 평소 나이프를 다루는 나로서는 이 정도 핸디캡은 문제가 없었다.

나는 자세를 취하고 토우야가 빗나갔던 가장 먼 과녁을 향해 나이프를 던졌다. 칼은 과녁에 명중했다.

문제없다.

나는 계속해서 남은 두 개의 나이프도 가장 먼 과녁에 맞혔다.

보고 있던 학생들에게서 환호성이 터져 나왔다.

"끝내준다."

"대단하다. 아까 그 남자는 영 아니었는데, 저 여자는 대단하다."

토우야와 똑같이 취급하지 말아줬으면 좋겠다.

나는 상품인 머리 장식을 받았다. 곰 레벨 상품보다 한 단계 낮은 상품이었다. 아무래도 곰 레벨은 더 어려운 모양이다. 하지만 나는 만족했다.

이 머리 장식은 멜에게 어울릴 것 같으니 선물해 주자.

그 후에 신기한 음식이 있다는 소문을 듣고 그 가게로 향했다. 가게 앞에 곰 장식물이 놓여 있어서 금방 알 수 있단다. 여기서도 곰인가. 어쩌면 이 학원에서는 곰이 유행하고 있는 것일지도 모른다.

"저거 아냐?"

토우야가 가리킨 끝에는 사랑스러운 곰 장식물이 있었다.

"저 곰 어디서 본 적 있지 않아?"

그것은 나도 생각한 것이었다. 하지만 바로 떠올랐다.

"크리모니아에 있는 유나의 가게."

"아아, 맞아. 그 아가씨 가게에 있던 곰 석상이네. 혹시 아가씨가 가게를 하고 있는 건가?"

우리가 가게를 살펴보니 유나의 모습은 없었다. 어쩌면 따라서 만든 것일지도 모른다.

일단 원하는 가게는 찾았으니 먹어보기로 했다.

가게에서는 하얗고 푹신한 솜 같은 신기한 음식을 만들고 있었다. 주위를 보자 모두가 솜을 뜯으며 맛있게 먹고 있었다.

상당히 흥미로웠다.

나랑 토우야도 주문을 했다.

학생인 여자아이는 나무 막대기를 들더니 기계에서 나오는 가는 실을 막대기에 휘감아 나갔다. 점점 커지며 솜처럼 변해간다.

"신기하네."

토우야가 중얼거렸다.

정말 신기했다.

솜은 결국 머리만 한 크기가 되었다.

"자, 다 됐어요. 시간이 지나면 녹으니까 빨리 드세요."

나는 주의 사항을 들으며 솜을 받았다.

나는 주위 사람들이 먹고 있는 것처럼 솜을 뜯어 입에 넣어 보았다. 입안에 들어간 순간 녹아버린다.

"달콤하고 신기한 식감이야."

"정말 신기한 음식이네."

토우야도 다른 아이가 만든 과자를 받아 들더니 입에 넣고 먹기 시작했다.

"하지만, 달아."

원료는 굵은 설탕뿐이라고 한다. 그래서 달콤하다는 건 알겠지만, 이렇게 가느다란 실처럼 변해서 솜처럼 만들어지는 건 신기했다. 알려준 사람에게 감사해야겠네.

그리고 오후에는 제이드와 멜이 일하는 모습을 보러 갔다.

어라? 생각보다 사람이 많다. 학생들은 긴장하면서도 해체 작업을 벌이고 있었다.

"저기, 왜 이렇게 인기가 많아?"

나는 손이 비어있는 멜에게 물었다.

"그게, 귀여운 어린 소녀가 해체를 알려준다는 이야기가 퍼진 모양이야. 그래서 소문을 들은 사람들이 모인 것 같아. 게다가 어제 있던 아이도 있고."

"혹시 어제 말했던 유나랑 같이 있었다던 여자애를 말하는 거야?"

"알려주는 것에도 능숙했고, 무엇보다 어린 소녀가 하면 나도 어쩐지 할 수 있을 것 같다는 기분도 들잖아."

그건 왠지 알 것 같았다.

나보다 어린아이가 열심히 하고 있으면 응원하고 싶어지고, 지고 싶지 않다는 기분도 든다.

"그럼 그 여자애한테 부탁하면 되겠네."

"그건 안 돼. 유나랑 즐겁게 학원 축제에 왔으니까. 그리고 친구나 여동생도 함께였고. 이런 부탁은 할 수 없어. 게다가 이건 우리 일이잖아."

멜의 말이 맞았다. 이것은 우리의 일이었다.

제이드와 멜이 제대로 일하고 있는 것을 확인한 나와 토우야는 학생들이 하는 합주나 연극을 구경했다. 학생치고는 상당히 훌륭했다. 멜에게도 보여주고 싶었다.

그리고 셋째 날에는 나와 토우야가 일을 대신해 주기로 하고, 제이드와 멜 두 명은 학원 축제를 즐겼다.

12 어느 학원 축제 실행 위원

나는 학원 축제를 관리하는 실행 위원을 맡고 있다. 각 학년에서 몇 명이 참가하여 무사히 학원 축제를 진행시키는 것이 우리의 일이었다.

학원 축제에서는 학생들에 의한 여러 가지 출품작이 진행된다. 어떤 아이는 자신들이 만든 물건을 판매하기도 하고, 출품작의 상품으로 내놓기도 한다. 또 검이나 마법 능력을 가진 자는 그 능력을 선보이기도 한다.

그리고 학생들에게 조금이나마 동기부여를 주기 위해 인기 투표에서 우수했던 출품작에는 미미하지만 학원에서 상품을 제공했다.

연습장을 사용하는 상품은 연습장 사용 우선권. 체육관이라면 체육관 사용 우선권. 음식점이라면 학원의 식권이나 식재료. 잡화 등을 판매한다면 가게에서 구입할 수 있는 일정한 금액. 돈이 아니라 옷을 만든다면 천, 머리 장식 재료, 팔찌 재료를 일정한 금액만큼 구입할 수 있는 금액권이었다.

그 때문에 해마다 분위기가 달아오르고 있었다.

학원 축제가 첫째 날이 끝나고, 우리들 실행 위원은 분담하여 학교에 설치된 투표함에서 투표용지를 모아왔다.

투표함은 학원 곳곳에 설치돼 있었고, 그 투표용지를 매일 회수해 와야 했다.

투표용지는 학원에 들어갈 때 나눠주고, 재미있었던 출품작의 번호를 쓰는 형식이었다.

과거에는 같은 이름의 출품작이 있어서 어느 쪽의 출품작에 투표했는지 알 수 없었던 적이 있었다. 그리고 글자를 쓰지 못하는 아이도 있었기 때문에 출품작에는 저마다 일련번호가 붙어 있었다. 참고로 번호는 3개까지 쓸 수 있었고 같은 번호를 3개 쓸 수도 있었다.

투표용지를 모아 방으로 들어가자 이미 몇몇 실행 위원들이 투표용지를 테이블에 펼쳐놓고 있었다.

"회장님, 모아왔어요."

"고마워. 시간이 없으니까 모아온 것부터 먼저 집계해 줘."

회장은 투표용지를 확인하면서 나에게 말을 걸었다.

나는 모아온 투표용지를 책상 위에 내려두었다. 양이 많다. 상당히 힘든 작업이다.

나는 종이 한 장을 테이블 위에 내려두었다. 종이에는 1부터 순서대로 숫자가 적혀 있었다. 이 숫자 옆에 투표용지에 적힌 번호를 확인하며 체크를 해 나갔다.

힘든 작업이지만, 칸도 있고 10개 간격으로 늘어서 있었기에 수도 비교적 세기 쉬웠다.

「35」, 「22」, 「101」, 「5」, 「66」, 「22」, 「곰」

"곰?!"

번호를 확인하고 있는데 이상한 것이 섞여 있었다.

"아, 그거라면 이쪽에도 있어요."

"이쪽에도."

내가 「곰」이라고 말하자, 번호를 나누고 있던 다른 사람도 모두

「곰」이라고 쓰여진 투표용지가 나왔다고 했다. 우선은 회장의 지시에 따라 곰이라고 적혀 있는 투표용지는 보류하여 뒤로 미루게 되었다.

그리고 첫째 날 집계를 마치고 보니 또 숫자가 아닌 것이 적힌 투표용지가 나왔다. 그중에서도 「곰」이라고 적힌 종이가 가장 많았다. 적지 않은 숫자였다.

"이, 곰이라는 건 뭐지?"

"모르겠어요."

본래 숫자 이외의 투표는 무효이지만, 아이의 글씨로 「곰」이라고 적혀진 것을 보니 덮어놓고 무효표로 하기에도 마음에 걸렸다.

일단 오늘은 보류하기로 하고, 내일 각자 「곰」이라고 적힌 투표용지가 들어 있던 투표함 근처를 조사해 보기로 했다.

다음 날, 나는 반 친구를 만나 「곰」에 대해 물어보았다.

"곰?"

"응, 학원 축제에서 곰을 낸 출품작을 봤어? 「곰」이라고 적힌 투표용지가 많아서 찾고 있어."

"그거라면 시아의 가게에 곰 장식물이 있는 걸 봤어."

"시아?"

동급생의 이름이 나왔다.

시아는 귀족 아가씨지만, 신분을 방패로 내세우지 않는 여자아이였다. 처음 대화했을 때 「시아 님」이라고 불렀더니, 「시아라고 불러도 돼」라는 말을 들었었다. 그 이후에는 시아라고 부르고 있다.

"분명 시아네는 달콤한 과자를 팔고 있었지?"

"응, 푹신푹신하고 달콤하고 신기한 과자야."

그러고 보니 그런 이야기를 다른 동급생에게서도 들은 적이 있었다. 가보려고 했는데 실행 위원 일이 바빠서 어제는 가지 못했다.

나는 학원 지도를 꺼냈다. 거기에는 어제 「곰」이라고 적힌 투표용지가 들어 있던 투표함이 체크되어 있었다. 시아의 가게 근처의 투표함에도 「곰」이라고 쓰여진 투표용지는 들어 있었다.

일단 확인해 보는 편이 좋을까?

"그 시아 가게에 곰 장식물이 있어?"

"크고 귀여운 곰 장식이 있지."

나는 시아의 가게에 가보기로 했다.

가게는 많은 손님들로 무척 붐볐다. 그 가게 옆에는 정말 친구가 말했던 것처럼 곰 장식물이 놓여 있었다.

그 곰의 손에는 무언가가 들려 있다. 뭐지?

하지만 주변을 보고 금세 이해했다. 가게에서 파는 것과 똑같은 것이었다. 나무 막대기에 흰 솜 같은 것이 붙은 무언가를 들고 있다. 곰 장식물 손에 들린 것과 같았다.

"곰 과자 주세요."

아이가 씩씩하게 주문했다. 거기에는 반 친구 시아와 마릭스의 모습이 보였다.

혹시 투표지에 「곰」이라고 적혀 있던 것은 이 가게를 말하는 것일지도 모른다.

나는 손님이 줄어든 것을 확인하고 시아에게 말을 걸었다.

"시아!"

"밀리, 무슨 일이야? 혹시 도와주러 온 거야?"

"아니야. 실행 위원 일이야."

나는 투표용지에 「곰」이라고 적혀 있던 것이나, 곰 장식물이 여기에 있는 것을 듣고 왔다는 내용을 설명했다.

"곰⋯⋯."

시아는 곰이라는 단어에 반응하더니 고민한다.

"그 곰이라고 적힌 투표용지가 들어 있었던 게 이 근처 투표함이야?"

"아니 그게, 신기하게도 여러 장소야. 한 곳이면 알기 쉬울 텐데 여기저기 흩어져 있어서. 그래서 일을 하면서 알아보고 있었어."

"출품작 장소가 적힌 학원 지도는 갖고 있어?"

나는 갖고 있던 학원의 지도를 시아에게 보여주었다. 지도에는 어디서 어떤 출품작이 있는지가 적혀 있었다. 그리고 「곰」이라고 적혀 있던 투표함에는 동그라미가 적혀 있다. 투표함의 대부분은 이중 동그라미였다. 이 가게 근처의 투표함은 동그라미였다. 적지는 않지만 가장 많은 곳과 비교하면 적었다.

시아는 지도를 보며 입을 열었다.

"어쩌면 우리 가게의 곰이 아닐지도 몰라."

"무슨 말이야?"

내가 묻자 시아는 조금 난처한 얼굴로 말해 주었다.

어제 학원 축제에 곰 옷차림을 한 여자아이가 있었다는 것이다.

"어디 가게에서 내놓은 출품작이야? 곰처럼 생긴 음식이 있었나?"

나의 말에 시아는 미묘한 표정을 지었다. 시아는 더 이상 자세히 알려주지는 않았지만, 곰 옷차림을 한 여자아이가 나타난 것으로 추정되는 가게를 알려주었다.

"그 가게에서 이야기를 들어 보면 조금은 알 수 있을 거야. 그리고 아마 오늘은 곰 투표는 없을지도 몰라."

시아는 예언 같은 말을 남겼다.

일단 나는 시아가 알려준 가게를 둘러보기로 했다.

그리고 시아의 말대로 곰 옷차림을 한 여자아이의 이야기를 들을 수 있었다.

시아가 하고 싶은 말을 알 것 같았다. 곰 옷차림을 한 여자아이는 여러 가지 상품에 참가해, 가장 좋은 상품을 가져갔다고 한다. 그 모습을 본 사람들이 「곰」이라고 써서 투표한 것으로 보였다.

그리고 둘째 날 학원 축제도 끝났다.

나는 곰에 대해 얻은 정보를 회장에게 보고했다.

다른 실행 위원들도 곰 옷차림을 한 여자아이가 있었다는 정보를 얻었던 모양인지, 결국 둘째 날과 셋째 날 투표를 확인하여 곰에 관한 투표를 어떻게 할지 결정하게 되었다.

그리고 둘째 날, 셋째 날은 곰 옷차림을 한 여자가 나타나지 않았는지 시아의 예언대로 곰이라고 적힌 투표는 몇 장밖에 되지 않았다. 이건 곰 장식물이 있던 시아의 가게를 말하는 것이었다.

첫째 날 곰이라고 적혀 있던 무수한 표는 무효표로 하기로 결정되었다.

13 걱정하는 공주님 티리아 편

큰일이 벌어졌습니다.

자세한 경위는 알 수 없지만, 르툼과 엘레로라가 서로의 직업을 건 시합을 하게 되었습니다.

르툼의 말은 여성 기사 멸시한 느낌이었습니다. 르툼은 기사는 남성이 되는 것이라는 고정관념을 갖고 있어 여성 기사를 지향하는 자를 경시하는 경향이 있습니다.

르툼은 자신의 부하를, 엘레로라 측은 유나가 대표로 시합을 하게 되었습니다.

하지만 유나가 여성 기사 대표가 돼서 싸우는 이유를 모르겠습니다. 유나는 르툼에게 화가 났는지, 기사와의 시합에서 이기면 르툼 본인과도 시합을 하게 해 달라고 아버님께 부탁했습니다. 거기서 유나가 이기면 여성 기사에 대한 생각을 바꿀 수 있도록 아버님께 부탁드렸습니다.

아버님은 조금 고민하시더니 유나의 요청을 받아들이셨습니다.

"저 녀석은 무슨 생각을 하고 있는 건지."

아버님이 유나를 보면서 작게 한숨을 내쉬었습니다. 저도 같은 마음입니다. 유나는 무슨 생각을 하고 있을까요?

"아버님, 왜 말리지 않으셨어요? 기사와의 시합이라니 위험해요. 유나는 여자라고요."

아버님이라면 말릴 수 있으셨을 텐데 말리지 않았습니다.

"유나 본인이 시합을 한다고 말한 거다. 게다가 그 상황에서는 멈출 수도 없어."

"하지만 유나가 다치기라도 하면 플로라가 슬퍼할 텐데요."

플로라는 유나에 대해 늘 기쁜 얼굴로 말했습니다.

플로라를 위해 음식을 가져다주거나, 곰 인형을 가져다주거나, 귀여운 그림책을 그려주는 상냥한 여자아이.

그런 유나가 다쳤다는 사실을 알면 그 아이가 슬퍼할 겁니다.

"그렇겠지. 하지만 유나 표정을 봤을 것 아니냐. 저건 질 가능성 따위는 조금도 생각하지 않는 얼굴이야. 기사를 이기고, 르툼조차 이길 생각이다."

유나의 표정에는 겁먹은 기색도, 위축된 기색도 없었습니다. 태연한 얼굴이라, 이제부터 기사와 시합을 치를 얼굴로는 보이지 않았습니다. 평범한 여자아이였다면 기사와 시합을 하게 된 순간 겁을 먹기 마련입니다. 하지만 유나의 표정에는 그것이 없었습니다.

시아에게서는 블랙 타이거를 물리칠 정도의 실력을 갖고 있다는 이야기를 듣긴 했지만, 저 귀여운 모습만 봐서는 상상도 할 수 없었습니다.

혹시 예전부터 유나를 잘 알고 계신 아버님이라면 자세히 알고 계실지도 모릅니다.

"아버님은 블랙 타이거를 알고 계신가요?"

"아아, 엘레로라한테 들었다. 그것만으로도 말도 안 되는 이야기지만, 그 녀석의 이야기는 그게 다가 아니야."

아버님이 의미심장한 말을 꺼내셨습니다.

역시 제가 모르는 유나를 알고 계신 듯합니다.

하지만 걱정하지 않을 수 없었습니다.

"그렇게 걱정하지 마라. 위험하다고 판단하면 중지하겠다. 게다가 저 곰은 그렇게 쉽게 지지 않을 거다."

아버님, 지금은 곰 옷을 입고 있지 않은걸요.

제 걱정에도 불구하고 유나와 기사와의 시합이 시작되었습니다.

그리고 눈앞에서는 믿을 수 없는 광경이 펼쳐졌습니다. 유나가 기사와 막상막하로 싸우고 있었습니다. 기사가 봐주지 않고 있다는 사실은 아마추어인 제가 봐도 알 수 있었습니다.

기사의 공격은 일격 일격이 날카롭습니다. 하지만 유나는 그 모든 것을 피하며 흘려보내고 있었습니다.

"굉장하군. 받아주면서도 균형이 무너지는 일도 없어. 마법은 굉장하다고 듣긴 했지만, 설마 검의 기술도 이렇게까지 높을 줄이야."

굉장하다는 말로도 부족할 정도입니다. 유나가 하는 일은 쉽게 할 수 있는 일이 아닙니다. 이것이 유나의 실력.

그래서 엘레로라는 유나를 믿고 직업을 걸었던 걸까요.

"굉장하다."

"그런데 왜 저 녀석은 마법을 쓰지 않는 거지?"

"상대방에게 맞춰주고 있는 거 아닐까요?"

시아에게 들은 바에 따르면 마법에 능숙하다고 했습니다. 하지만 그것을 사용하지 않고 기사와 호각을 이루고 있었습니다.

유나와 기사가 움직입니다. 유나가 검을 받아넘기고 기사가 균형을 잃었습니다. 유나의 검이 기사를 덮쳤습니다.

유나가 이겼다고 생각한 순간, 기사가 유나를 잡아 내던졌습니다. 주위에서 고함소리가 터져 나왔습니다.

하지만 던져진 유나는 깔끔하게 발부터 착지하더니 기사를 향해 달려갔습니다. 기사는 자세가 무너진 상태입니다.

한순간의 공방이 벌어졌다고 생각했는데, 이번엔 반대로 유나가 기사를 내던졌습니다.

믿을 수 없지만, 유나가 이겼습니다.

하지만 유나는 르툼과 시합을 해야 합니다.

르툼은 귀족이라는 지위 덕분에 기사단장을 하고 있지만 실력도 뛰어납니다. 이길 수 있을지는 알 수 없습니다.

"잠시 휴식을 취한 뒤에 바로 시합을 하려는 모양이군."

"아버님, 유나는 시합을 한 지 얼마 안 됐어요. 휴식을 취한다고 해도 연속으로 르툼과 시합이라니 불공평해요. 후일에 하는 걸로 하죠."

그렇게 움직였으니 분명 피곤할 겁니다. 하물며 상대는 만전의 상태입니다. 유나가 불리합니다.

"유나가 직접 말을 꺼낸 거다."

"그렇긴 합니다만."

그래, 모든 말은 유나가 꺼낸 것. 그리고 국왕인 아버님이 허락한 것입니다. 쉽게 멈출 수 없다는 것 정도는 알고 있습니다.

하지만 입에 담지 않을 수 없었습니다.

"아버님, 유나는 정체가 뭐죠?"

제 이미지로는 곰 옷차림을 한 여자아이. 곰 인형을 만들거나, 맛있는 것을 가져오거나, 어린아이에게 상냥한 여자아이. 하지만 시아의 이야기를 들어보면 강한 모험가라고 합니다.

"자세히는 모른다. 다만 그 녀석이 겉보기와는 다르게 강하다는 건 알아. 나라면 저 녀석에게 싸움을 거는 짓은 하지 않을 거다."

"혹시 아버님은 처음부터 유나가 이길 거라고 생각하고 계셨나요?"

"호각으로 비슷하게 싸워주면 좋겠다고 생각한다. 그렇게 되면 여성 기사를 향한 시선도 조금은 누그러질 거라고 생각했으니까. 뭐, 그것도 나중에 있을 르툼과의 시합에 달려 있겠지만."

"그래서 르툼과의 시합을 허락하신 건가요?"

"여자 기사를 인정하게 만들려면 여자가 강하다는 것을 증명해야 하니까."

"그렇다고 해서……."

"알고 있다. 아까도 말했지만, 위험할 것 같으면 중단하마."

아버님과 약속을 했습니다.

그리고 조금 휴식을 취한 뒤 유나와 르툼과의 시합이 시작되었습니다.

조금 전 시합의 피로도 보이지도 않고, 유나는 르툼과 호각의 시합을 벌였습니다.

모두가 숨죽이고 두 사람의 시합을 보았습니다.

유나는 르툼의 공격을 피하고, 막아냈습니다. 떨어진 곳에서 보고 있기 때문에 르툼의 오른손을 알아차렸습니다.

르툼이 마법을 썼습니다.

"유나!"

유나에게 마법이 명중했다고 생각했지만, 유나는 이미 피했습니다.

"지금 건 위험했군."

"유나에게 명중했다고 생각했어요."

가슴을 쓸어내렸습니다.

시합이 계속될 거라 생각했는데, 유나가 소리치고 있습니다. 마법을 쓰다니 반칙이라고.

"아무래도 마법을 써서는 안 된다고 생각했던 모양이군."

그런 것 같습니다. 엘레로라의 말을 듣고, 유나는 떨떠름한 얼굴로 납득하고는 시합이 재개되었습니다.

방금 전까지의 시합에서도 믿을 수 없었는데, 이번에는 마법까지 사용한 시합이 벌어졌습니다.

체격이 좋은 르툼과 마른 체형의 유나와의 시합은 어쩐지 이질적으로 느껴졌습니다.

마치 꿈같은 비현실적인 광경입니다.

"유나 녀석, 웃고 있어. 게다가 르툼 녀석까지 웃고 있군."

정말입니다. 유나와 르툼은 즐겁게 시합을 하고 있었습니다.

유나가 르툼의 마법으로 몰리기 시작합니다. 유나는 도망갔습니다.

떨어져!

유나는 도망쳤지만 르툼도 마법을 쓰며 유나 쪽으로 이동했습니다.

유나와 르툼의 거리가 좁혀졌습니다.

르툼이 검을 휘두르며 유나의 행동을 제한했습니다. 유나에게 검이 닿는다고 생각한 순간, 유나 앞에 무언가가 나타나 르툼의 검을 쳤습니다. 그다음 순간에는 유나의 검이 르툼의 목에 있었습니다.

순간적으로 벌어진 일이었습니다.

짧은 정적이 찾아오고, 곧 환호성으로 뒤바뀝니다.

"……유나가 이긴 건가요?"

"그래, 유나가 이겼다."

옆에 계신 아버님을 보자, 마치 믿을 수 없는 것을 보는 것처럼 웃고 계셨습니다.

르툼은 패배를 선언했습니다.

다행입니다.

그리고 유나가 르툼에게 무언가 이야기했다고 생각한 순간, 유나가 르툼을 때렸습니다. 르툼은 데굴데굴 굴러갑니다.

조금 전까지의 환성이 가라앉고 조용해졌습니다.

뭐, 뭐 하시는 거예요!

🎀 14 학원 축제의 마무리 시아 편

학원 축제는 끝났고, 오늘은 정리입니다.

3일뿐이었지만 여러모로 일이 많은 학원 축제였습니다.

첫째 날에는 솜사탕이 신기하다는 것도 있어서 좋은 반응을 얻었습니다.

솜사탕이 잘 팔린 것도 유나 씨가 가게 옆에 큰 곰 장식물을 만들어 주었기 때문입니다. 곰 장식물은 솜사탕을 들고 있어 주위의 눈길을 끌었습니다. 곰 장식물이 홍보 효과가 있었는지 가게에서 벗어날 수 없었을 정도로 잘 팔렸습니다.

저희는 손이 비어 있는 친구에게 말을 걸어 둘째 날 이후부터 도움을 받기로 했습니다. 보답으로 식사를 대접하게 되었는데, 즐거운 학원 축제 시간을 빼앗는 셈이었으니 그 정도의 보답은 당연했습니다.

학원 축제 둘째 날에는 친구가 도와준 덕분에 순조롭게 진행되었습니다.

솜사탕은 곰 장식물도 있고, 어제 팔린 것도 있어서 순조롭게 잘 팔렸습니다.

티리아 님이 오시기 전까지는…….

티리아 님이 조금 늦게 가게에 찾아왔습니다. 티리아 님은 유나 씨를 소개시켜주는 대신 도움을 자청했습니다. 처음에는 거절할까 생각했지만, 티리아 님의 기세에 밀려 받게 되었습니다.

티리아 님께는 호객을 부탁했습니다.

"알겠습니다. 맡겨 주세요."

티리아 님은 기합을 넣고 가게 근처를 걷는 사람에게 말을 걸었습니다.

"달콤하고 푹신푹신하고 신기한 식감을 가진 맛있는 음식이에요."

티리아 님이 환한 미소를 지으며 말을 걸자 남자, 여자 할 것 없이 사람들이 몰려들었습니다. 티리아 님의 효과는 엄청났습니다.

솜사탕 주문이 꼬리에 꼬리를 물고 들어왔습니다. 마릭스와 저는 유나 씨에게 빌린 솜사탕을 만드는 도구를 2대 모두 사용하여 솜사탕을 만들었습니다. 하지만 아무리 만들어도 줄은 줄지 않았습니다. 아니, 솜사탕을 만드는 동안 줄이 더 늘어갔습니다.

열심히 솜사탕을 만드는 중, 티리아 님의 목소리가 들려왔습니다.

"달콤하고 푹신푹신하고 신기한 식감을 가진 맛있는 음식이에요."

티리아 님이 주위에 말을 걸 때마다 줄이 늘어갔습니다. 저와 마릭스도 힘들었지만 티몰과 친구들이 줄을 정리하고 있는데, 그것도 힘들어 보였습니다.

"시아, 좀 벅차지 않을까?"

옆에서 솜사탕을 만들고 있던 마릭스가 물었습니다.

"응, 벅찰 것 같아. 티리아 님을 멈추게 하는 편이 좋겠어."

저도 손을 움직이며 대답했습니다.

"시아, 티리아 님을 멈추고 와줘."

"내가?!"

"시아가 티리아에게 부탁한 거잖아?"

딱히 제가 부탁한 것은 아닙니다. 유나 씨를 소개받기 위해, 티리아 님이 그 보답으로 직접 도와주겠다는 말을 꺼낸 것이었습니다.

하지만 그 티리아 님의 제안을 거절하지 않은 것은 저입니다. 제 책임이라고 하면 제 책임일지도 모릅니다.

"알았어. 티몰!"

저는 티몰의 이름을 외쳤습니다.

"뭐야?!"

인파 속에서 티몰이 얼굴을 내밀었습니다.

"티몰, 교대해. 티리아 님을 말리고 올게."

제 말을 금세 이해한 티몰은 저와 솜사탕 만들기를 교대해 주었습니다. 그리고 저는 티리아 님께 향했습니다.

"달콤하고 푹신푹신하고 신기한 식감을 가진 맛있는 음식이에요."

티리아 님이 말을 걸 때마다 걷고 있던 사람은 티리아 님의 얼굴을 보고 발을 멈추고, 티리아 님의 미소를 보고 난 뒤에는 줄을 서기 시작했습니다.

빨리 멈춰야 해, 위험해.

저는 손님을 모으고 있는 티리아 님께 말을 걸었습니다.

"티리아 님, 잠깐 괜찮을까요?"

"왜요?"

환한 미소를 지으며 뒤돌아봅니다. 티리아 님이 이런 미소를 지으며 말씀하시면, 남자, 여자도 상관없이 누구나 멈춰서서 사 버린다 해도 이상하지 않았습니다.

저는 티리아 님의 손을 잡고 포장마차의 뒤로 이동했습니다.

"시아, 무슨 일이에요?"

저는 숨을 몇 번 내쉬고, 티리아 님을 향해 감사의 말을 전했습니다.

"티리아 님, 오늘 도와주셔서 감사해요."

제 말에 티리아 님은 고개를 갸우뚱합니다.

"무슨 말을 하시는 건가요? 아직 시작한 지 얼마 안 됐는걸요."

티리아 님이 잠깐 호객을 했을 뿐인데도 이 상황입니다. 공주님 효과는 제가 생각했던 것보다 더 컸습니다. 더 이상 티리아 님의 도움을 받을 수는 없었습니다.

"그, 도와드리는 건 이제 괜찮아요. 티리아 님의 호객 덕분에 손님이 많이 모였거든요."

저는 솜사탕 줄에 길게 서 있는 손님들에게 시선을 돌렸습니다. 예상 이상으로 사람이 몰려 버렸습니다. 이래서는 다른 가게에서 불만이 나올 것입니다.

티리아 님도 솜사탕을 구입하기 위해 줄을 선 사람들을 보았습니다.

"하지만 아직 도와드린 지 얼마 안 됐는데요."

"그 조금으로도 충분히 도와주셨어요."

"그렇다면 솜사탕 만드는 걸 돕게 해 주세요."

"만드는 건 어려워요."

그 이전에 티리아 님이 만든다면 정말 큰일이 날 것입니다. 상상만으로도 무섭습니다.

저는 티리아 님을 어떻게든 설득했습니다. 티리아 님은 쉽게 납득해 주시지 않다가, 마지막에는 풀이 죽어 버리셨습니다.

지금은 가게 뒤에서 등을 돌리고 계십니다.

이런 공주님의 모습을 보여줄 수는 없습니다.

그렇다고 해서 도움을 받으면 더 큰일이 날 것입니다. 어떻게 해야 할지 고민하면서 손님 대응을 하고 있는데, 유나 씨가 간식을 들고 돌아왔습니다.

유나 씨는 티리아 님이 없는 것을 물어보았습니다. 유나 씨라면 풀죽은 티리아 님을 어떻게든 해 줄 수 있을지도 모릅니다. 저는 가게 뒤편에 티리아 님이 있다는 사실을 알려주었습니다.

이건 기회입니다.

저는 티리아 님께 유나 씨와 함께 학원 축제를 둘러보는 것이 어떻겠냐고 제안했습니다.

처음에는 조금 꺼리셨지만, 유나 씨와 노아 일행 덕분에 티리아 님께 미소가 돌아왔고, 유나 씨 일행과 함께 학원 축제를 돌게 되었습니다.

둘째 날은 티리아 님 덕분에 매출도 엄청났습니다.

그리고 학원 축제 셋째 날.

이날이 가장 힘들었습니다.

제 약혼 이야기로 친구 리네아가 다칠 뻔했습니다.

결국 어머님의 자리를 걸고 유나 씨가 기사님과 시합을 하게 되었습니다.

어머님은 져도 크리모니아로 돌아갈 뿐이라고 말씀하셨지만, 어머님이 크리모니아로 돌아가면 왕도에 저 혼자 남게 됩니다.

저는 불안에 짓눌릴 것 같았습니다. 유나 씨가 강하다는 것은 압니다. 하지만 상대는 나라의 기사입니다.

하지만 유나 씨는 기사를 이기고, 기사단장까지 이기고, 어머님을 지키고, 저를 불쾌한 약혼으로부터도 지켜주었습니다.

가슴이 벅차올랐습니다.

유나 씨에게 감사의 말을 하려고 했지만, 유나 씨와 어머님은 국왕 폐하에게 끌려가 버려 감사의 말을 할 수 없었습니다.

유나 씨는 블랙 타이거 때도 멋있었습니다.

노아가 잘 따르는 것도 이해가 갑니다.

그런 셋째 날의 학원 축제가 끝났습니다.

그리고 학원 축제가 끝난 다음 날. 학원 축제에서 우수한 출품작 발표도 있었는데, 음식 부문에서 3위를 할 수 있었습니다. 마릭스는 아쉬워했지만 어쩔 수 없습니다.

발표 후에는 학원 축제를 정리했습니다.

"이 곰은 어쩔까?"

저희는 가게 옆에 있는 곰 장식물을 바라보았습니다. 지난 3일간 신세를 졌습니다.

가게의 포장마차는 업자가 정리해 주기 때문에 이대로 놔둬도 상관없습니다. 그런데 유나 씨가 만들어준 곰 장식은 치워야 합니다.

"어떻게 할까?"

"부술 수밖에 없잖아."

"그렇긴 한데 아까워."

"귀엽기도 하고."

아무도 부수고 싶어하지 않았습니다. 하지만 이대로 둘 수는 없었습니다.

"마릭스, 부탁해."

"내가?!"

"검으로 찌르거나 해봐."

"그런 짓을 했다간 유나 씨한테 살해당할걸. 그보다 왜 검이야. 그런 거라면 시아가 마법으로 부수면 되잖아."

결국 아무도 부수고 싶어하지 않았고, 저희는 분담해서 곰 장식물을 부수게 되었습니다.

조금은 쓸쓸한 기분이 들었습니다.
이것으로 학원 축제가 끝났습니다.

15 학원 축제 후의 식사 모임 티리아 편

학원 축제에서는 곰 옷차림을 한 유나와의 만남(상상했던 곰 복장과는 달랐지만), 시아의 가게 일 돕기(별로 돕지 못했지만), 유나와 르룸과의 시합(불안해서 걱정했지만) 등 여러 가지 일이 있었지만, 즐거운 학원 축제였습니다.

오늘은 시아 일행의 가게를 도와준 사람들을 모아서 식사 모임을 연다고 합니다.

저는 거의 도와주지 못했기 때문에 거절하려고 했지만, 시아는 충분히 도움이 되었다고 말해 주었습니다. 거절하는 것도 미안할 것 같아 결국 참가하기로 했습니다.

식사를 하는 가게는 유나와 관련된 가게라고 합니다. 어떤 가게일지 기대됩니다.

저는 조금 일이 있어서 성을 나서는 것이 늦어졌습니다.

저는 서둘러 마차가 서 있는 곳으로 향했습니다. 오늘의 이야기를 들은 아버님이 마차를 준비해 주셨습니다.

"늦었어요. 잘 부탁드립니다."

마차 앞에서 절 기다리고 있던 남자에게 인사를 했습니다.

남자는 저를 보더니 미묘한 표정으로 마차 문을 열어주었습니다. 뭐였을까요?

신경이 쓰이긴 했지만 저는 그대로 마차에 올라탔습니다.

"늦었군."

마차 안에는 아무도 없다고 생각했는데, 말을 걸어와 깜짝 놀랐습니다.

"아버님!"

마차 안에는 아버님이 계셨습니다. 의자에 앉아서 저를 보고 계셨습니다.

"왜, 여기 아버님이 계신 건가요?"

"가게 시찰을 가기 위해서다."

"시찰이라니, 그 일을 오라버님이나 다른 사람들은 알고 있나요?"

제 말에 아버님은 눈을 돌리셨습니다.

모르는군요.

"일을 빼먹으신 건가요?"

"시찰이다."

"가게 시찰은 아버님이 하실 일은 아니라고 생각하는데요."

제 부친은 이 나라의 국왕이십니다. 가게 시찰은 국왕이 할 일이 아니라고 생각합니다. 그것보다 중요한 일이 많이 있을 겁니다.

"게다가 왜 오늘인가요? 제가 가게에 간다는 걸 알고 계시잖아요?"

애초에 마차를 준비해 준 것도 아버님이었습니다.

"겸사겸사, 네 학우의 얼굴을 보기 위해서다."

"부끄러우니까 그만하세요."

"너는 국왕인 아버지가 부끄러운가?"

"그게 아니라, 학생들의 모임에 아버지가 오는 게 부끄러워요."

딸의 친구들 모임에 참석하는 국왕이 어디 있을까요?

"사실은 그 핑계로 그냥 일을 빼먹으신 거잖아요. 오라버님이나 엘레로라한테 혼나실 거예요."

"그러니까 시찰이라고 했잖아. 마차를 출발시켜!"

아버님이 마부에게 말하자 마부석에서 「알겠습니다」라는 대답이 돌아왔고, 마차가 움직이기 시작했습니다. 제가 말릴 틈도 없었습니다. 애초에 아버님과 저 둘이라면 당연히 아버님의 의견이 더 우선시됩니다. 마부석에 타고 있는 사람도 국왕인 아버님의 말씀을 거역할 수 없을 겁니다.

저는 작게 한숨을 내쉬고 포기했습니다.

지금도 이미 늦었는데, 이 이상 아버님과 실랑이를 벌인다면 식사 모임이 끝나 버릴 겁니다.

"아버님, 방해만은 하지 마세요."

"알고 있어."

아버님은 이겼다는 듯한 표정을 지으셨습니다.

뭔가 좀 분합니다.

마차는 가다가 잠시 후 멈췄습니다. 마부석에 타고 있던 남자가 마차 문을 열어주었습니다. 저와 아버님은 마차에서 내렸습니다.

가게 입구에는 포크와 스푼을 든 두 마리의 귀여운 곰 석상이 있었습니다.

이 가게는 유나 씨와 관련되어 있기 때문에 곰 장식물이 있다는 이야기는 들었습니다만, 정말 있었습니다.

"여기 있으면 눈에 띈다. 안으로 들어가자."

주위를 보자 우리를 보고 있는 사람이 있었습니다.

어느 쪽인가 하면 아버님 쪽일까요. 물론 이대로 서 있으면 아버님 때문에 눈에 띌 겁니다. 아버님이 아니었으면 눈에 띄지도 않았을 텐데요.

저는 몇 번째인지 모를 한숨을 내쉬며 가게 안으로 들어갔습니다.

"아버님. 몇 번이나 말씀드리지만 방해만은 하지 말아 주세요."

"알고 있다. 시찰만 하고 돌아갈 거다."

가게 안을 둘러보니 시아 일행이 저와 아버님을 보고 굳어 있었습니다.

나라의 공주인 제가 할 말은 아니지만, 역시 학생이 있는 가게에 국왕은 어울리지 않는다고 생각합니다.

"그렇게 신경 쓰지 않아도 돼. 가게를 시찰하러 온 것뿐이다."

"저를 핑계 삼아 일에서 도망치신 것뿐이겠죠."

"시끄러워. 국왕의 위엄이 사라지잖아."

그렇게 말하고 아버님은 곰 석상을 보셨습니다.

밖에도 있었는데 가게 안에까지 곰이 있습니다.

"그건 그렇고, 정말 엘레로라 녀석이 곰 석상을 만들었군."

이야기에 의하면, 크리모니아에 있는 유나의 가게에도 곰 석상이 있고, 엘레로라가 그것을 따라서 만들었다고 합니다.

크리모니아에 있는 유나의 가게. 언젠가는 가보고 싶네요.

아버님은 조금 떨어진 자리에 앉으시더니 음식 주문을 시작하셨습니다.

여자 요리사가 놀란 표정을 짓고 있습니다. 분명 젤레프의 친척이라고 알고 있습니다. 그래서 믿고 주문을 하신 거겠죠.

하지만 정말 요리를 주문할 줄은 몰랐습니다.

"드신 뒤에는 가세요."

"알고 있다. 너희들을 방해하진 않을 거야."

아버님이 여기 계신 것만으로도 방해가 됩니다.

보세요, 늘 시끄럽게 떠들던 사람들도 조용히 음식을 먹고 있습니다.

윽, 죄송해요. 제가 참가할 수 없는 한이 있더라도 아버님을 데려오지 말았어야 했는데.

그런 저의 우울함을 아는지 모르는지, 아버님은 음식을 드시고 계십니다. 학생들도 아버님 앞이라 조용히 먹고 있습니다. 여기서는 제가 데리고 돌아가는 편이 나을 것 같았습니다.

아쉽지만 어쩔 수 없습니다. 제가 데리고 와 버렸으니까요.

그렇게 생각하고 몸을 일으킨 순간, 구원의 여신이 찾아왔습니다.

"국왕 폐하!"

가게에 온 것은 엘레로라였습니다.

"왜, 엘레로라가 여기 있지?"

아버님은 놀라셨지만, 엘레로라라면 위치를 파악하고 있다고 해도 이상하지 않았습니다.

"일이 있으니 성으로 돌아가 주시겠어요?"

"너한테는 듣고 싶지 않은데."

평소의 엘레로라를 알고 있는 인물이라면 그렇게 생각할 겁니다.

"폐하가 안 계시면 저한테 일이 돌아온다고요. 그리고 어째서인지 다들 저한테 폐하의 거처를 물어서 곤란해요."

그건 둘이 늘 일을 빼먹기 때문이 아닐까요?

"보세요, 마차도 준비되어 있어요."

엘레로라가 아버님을 모시고 갔습니다.

마지막으로 저희 쪽을 바라봅니다.

"다들, 미안해. 국왕 폐하는 데리고 갈 테니 천천히 즐기렴."

엘레로라는 그렇게 말하고는 아버님을 모시고 가게에서 나갔습니다.

마지막으로 살짝 시아 쪽을 바라봅니다. 어쩌면 아버님이 이곳에 있다는 사실을 알고 딸을 위해 데려온 걸지도 모릅니다. 엘레로라는 딸에게 자상하니까요.

아버님과 엘레로라의 모습이 보이지 않게 되자 모두의 긴장이 풀리며 입을 열기 시작합니다.

"설마 국왕 폐하가 오실 줄은 몰랐어요."

"죄송해요. 저도 말릴 수가 없었어요."

"아니요, 티리아 님 때문이 아니에요."

다들 그렇게 말해준 덕분에 조금은 죄책감이 사라졌습니다.

"그나저나 시아네 엄마 대단하다."

"엘레로라 님은 멋있지 않나요?"

"그리고 젊고 예쁘시지."

다들 엘레로라를 칭찬하기 시작합니다.

하지만 시아는 부정합니다.

"어머님은 그렇게 대단하지 않아."

그렇지는 않다고 생각합니다. 저렇게 아버님을 데리고 나갈 수 있는 사람은 많지 않으니까요.

정말로, 르툼과의 시합에서 유나가 이겨줘서 다행입니다.

아버님이 돌아가시면서 모두의 긴장도 풀리고, 즐거운 대화가 시작되며 함께 맛있게 음식을 먹기 시작했습니다.

정말 아버님은 방해꾼이었습니다. 엘레로라에게는 감사해야겠어요.

🎀 16 클리프의 우울

딸 노아가 왕도의 학원 축제에 간 지 며칠이 지났다. 집에서 건강한 딸의 목소리가 들리지 않는 것은 조금 외롭게 느껴졌다. 하지만 슬슬 학원 축제도 끝났을 무렵이니 노아도 돌아올 것이다.

"아버님, 돌아왔습니다."

노아가 왕도에서 돌아왔다.

"즐거웠니?"

"네, 무척 즐거웠어요."

노아가 해맑게 웃었다. 엄마와도, 언니인 시아와도 만날 기회가 적었다. 그래서 가급적 기회가 된다면 왕도에 있는 두 사람을 만나게 해 주고 싶었다.

"그래서, 별일은 없었고?"

주로 소란의 원흉이 되는 곰에 대한 물음이었다. 호위로서의 실력은 신용하고 있지만, 저 곰 옷차림 때문에 소란의 원흉이 되기도 했다.

"저기······."

노아가 말을 쉽게 잇지 못했다.

"무슨 일이 있었니? 역시 그 곰이 원인인가?"

"이번에는 유나 씨가 원인이 아니었어요. 아마 어머님께 받아온 편지에 적혀 있을 거예요."

"엘레로라가 보낸 편지?"

노아가 편지를 꺼냈고, 나는 편지를 받아 안을 확인했다.

내용은 르툼 경에 의해 시아와 노아의 약혼 이야기가 거론되었다는 것이었다. 전부터 시아의 약혼 이야기는 있었지만 거절하고 있다고 엘레로라에게 들었다. 물론 딸을 결혼시킬 생각은 없었다.

하지만 학원 축제에서 딸들이 르툼 경을 만났고, 시아뿐만 아니라 노아에게도 약혼 이야기를 제안했다고 한다.

엘레로라가 거절하자 협박의 의미로 시아의 친구를, 기사의 연습이라는 명목으로 해코지하려 했다고.

르툼 경은 어디까지나 여성 기사의 나약함을 보여주는 것이 목적이지 약혼을 강요할 마음은 없었다며 말을 돌렸다고 한다.

시아는 친구를 지키기 위해 스스로 나서서 시합을 하려고 했지만, 유나가 대신 시합을 하겠다고 나섰다.

그리고 엘레로라와 르툼 경의 자리를 걸고 시합이 벌어졌다고 적혀 있었다.

"왜 그렇게 되는 거야."

머리가 지끈거린다.

결과는 유나가 르툼의 부하 기사를 이겼고, 심지어 르툼 경 본인마저 이겼다고 적혀 있었다. 엘레로라가 기쁜 얼굴로 편지를 쓰고 있는 모습이 눈에 선했다.

"유나 씨, 멋있었어요."

시합에 대해 노아에게 묻자, 유나에 대해 즐겁게 이야기했다.

즉 그 곰에게 또 큰 빚이 생긴 셈이었다.

고아원 건, 마물 1만 마리 건, 미릴러 마을 건, 그리고 간접적이지만 미사 생일 파티 건도 있다. 빚이 점점 늘어갔다.

일단 유나의 가게와 고아원에는 위험이 미치지 않도록 신경 쓰고 있지만, 그것만으로 빚을 갚았다고는 할 수 없었다. 그 녀석 자신이 모험가로서 이름이 알려져 있기 때문에 가게를 지키는 힘이 되어주고 있었다.

상업 길드에서도 유나에게 빚이 있어 유나의 가게를 지켜주고 있었다. 국왕 폐하께도 빚을 만든 것 같고. 이 나라는 곰에게 진 빚이 계속 늘어만 가고 있었다.

일단 곰에게 고맙다는 인사는 해야 하니, 노아한테 곰이 집에 오면 나한테 전해달라고 부탁해 두었다.

얼마 지나지 않아 곰이 집에 왔다.

근처에서 피크닉을 한다며 노아를 초대하러 온 것이다.

"유나, 왕도에서는 도움을 받았군. 감사를 전하지."

"노아 호위 일 말인가요? 저도 즐거웠으니까 신경 쓰지 않아도 돼요."

이 곰은 모르는 모양이다.

"아니. 르툼 일 말이야."

내 말에 유나는 고개를 갸우뚱했다.

"르툼? 어디서 들은 기억이 있는데, 누구더라?"

그런 일이 있었는데도 기억하지 못하는 건가. 머리가 지끈거렸다.

"네가 싸운 귀족 기사 말이야. 시아와 노아, 엘레로라를 위해 시합을 해줬다며."

"아아, 본인의 아들을 시아와 결혼시키려고 했던 남자 말인가요?"

아무래도 기억이 난 모양이다.

"그래, 그 남자 말이야."

이름도 기억하지 못하는 모습을 보니 르툼 경에게 연민이 느껴졌다.

"네가 르툼과의 시합에서 이겨줘서 귀찮은 일이 줄었다. 감사를 전하지."

이 곰은 얼마나 대단한 일을 했는지 신경 쓰는 기색도 없이 「신경 쓰지 않아도 돼요. 저도 화가 났던 것뿐이니까」라고 말한다.

유나가 이겼으니 다행이지만 졌으면 어쩔 생각이었는지. 정말 엘레로라도 제멋대로 움직여서 곤란하다.

하지만 역시 르툼 경도 마물 1만 마리를 쓰러뜨린 이가 이 곰이라고는 생각하지 못할 것이다. 심지어 크라켄까지 쓰러뜨렸다.

르툼 경도 그 사실을 알았더라면 곰과 시합을 벌일 생각은 하지 않았을 것이다.

나는 이번 일에서 진 빚도 있었기에 노아와의 피크닉을 허락했다.

이걸로 한동안은 평화롭겠지 생각했는데, 노아가 피크닉에서 돌아오자마자 바다로 가겠다는 말을 꺼냈다.

들어 보니 날이 따뜻해지면 유나가 다 같이 바다에 가자고 했다고 한다.

저 녀석은 대체 무슨 생각을 하고 있는 거지?

"아버님, 공부는 제대로 할 테니까 가도 돼요?"

며칠 전에는 왕도의 학원 축제, 오늘은 피크닉. 놀기만 하는 느낌이 들지만, 라라의 보고를 들으면 노아는 확실히 공부도 하고 있는 것 같았다.

안 된다고 말하는 것은 간단하지만, 미릴러 마을을 보는 것도 공부가 될 것이다.

그리고 안 된다고 하면 저 곰이 무슨 말을 할지 알 수 없었다.

"상관없어. 하지만 미릴러 마을의 모습도 확실히 보고 오도록 해라. 그것도 공부니까."

"네, 알고 있습니다. 아버님, 감사해요."

노아는 기뻐했다. 여러 마을을 보는 것은 견문을 넓히기 위해서도 좋은 일이었다. 다만 그 곰의 영향을 너무 많이 받는 것은 곤란하지만.

그로부터 며칠 후. 또 머리 아픈 편지가 도착했다.

편지에는 왕가의 문장이 있었다. 국왕 폐하의 편지였다. 혹시 엘레로라에 대한 편지인가 싶어 조심스럽게 내용물을 확인했다. 하지만 내용은 유나에 대한 것이었다.

유나가 크라켄의 마석을 가지고 있는지 확인하고, 가지고 있으면 왕도로 가져오게 해 달라고 적혀 있었다. 다른 건으로 머리가 아파 왔다.

그러니까 유나에게 마석을 양보 받는 역할을 내가 맡아야 하는 것이다.

나는 사자에게 급히 유나를 데려오라는 지시를 내렸다.

얼마 지나지 않아 귀찮은 얼굴을 한 곰이 찾아왔다.

"왔군. 앉아."

유나는 의자에 앉았다.

아직도 눈앞에 있는 곰 옷차림을 한 소녀가 크라켄을 홀로 쓰러뜨렸다는 사실이 믿기지가 않았다.

하지만 사실이기 때문에 받아들여야 했다.

"그래서, 뭐죠?"

경계하고 있다.

"국왕 폐하께 편지가 왔다. 네게 왕도까지 와달라더군."

그리고 크라켄의 마석을 가지고 있는지 확인하자 가지고 있다고 했다.

갖고 있지 않았다면 마석의 행방을 찾아야만 했다. 만약 팔았다면 되샀어야 했고. 그나마 상업 길드에서 팔아서 보관하고 있으면 다행이다. 그런데 다른 사람한테 팔았다면 협상까지 했어야 할 상황이었다.

이렇게 바쁜데 그런 일을 하고 있을 시간은 없었다. 그래서 한시름 놓았다.

그만한 마석은 쉽게 구하기 힘들다. 손에 넣기도 어렵고, 아무리 돈을 내도 양보할 사람은 없을 것이다.

나는 유나에게 왕도에 가서 국왕 폐하께 마석을 양보해 달라고 부탁했다.

거절당할 가능성도 생각했지만, 유나는 받아들였다.

이것으로 문제는 해결되었다. 가슴을 쓸어내렸다.

"고맙군."

내가 감사의 말을 전하자 유나가 의아하다는 표정을 지었다.

유나가 거절했다면 나는 국왕 폐하께 그 뜻을 전하러 가야 했을 것이다. 여러모로 일이 더 복잡해졌을 것이다.

그런데 이 곰은 「강제로 가져가지 않느냐」라고 물었다.

그럴 수 있을 리가 없다. 그런 짓을 했다간 노아나 시아, 엘레로라에게 무슨 말을 들을지 알 수 없었다.

하물며 이 곰을 좋아하는 영지민들도 많았다.

애초에 크라켄을 토벌한 곰을 내가 어떻게 할 수 있겠는가. 그럴 바엔 국왕 폐하께 사과하는 편이 더 쉬웠다.

유나는 곧바로 왕도로 향해 주었다.

또 유나에게 빚이 하나 늘었다.

곰 곰 곰 베 어 13

만난 것은 곤경에 처한 영주의 딸……?

데젤트 마을로 향하게 된 유나. 사막을 이동하던 중에 제이드 일행과 재회하고, 그들과 협력하여 샌드 웜을 쓰러뜨리게 된다. 무사히 사막을 가로질러 도착한 곳은 사막 속에 호수가 자리한 마을이었다. 국왕에게 부탁받은 대로 크라켄의 마석을 전달하기 위해 영주를 만나러 가야 하는 유나는 정보를 듣기 위해 모험가 길드로 향한다. 그곳에서 만난 것은 모험가들이 의뢰를 받아주지 않아 난처해하는 영주의 딸 카리나였다.

이세계에서 카레와 만나다

카리나에게 어느 정도 신용을 얻은 유나는 영주의 저택에 초대받는다. 국왕의 편지를 보고 영주인 바리마에게 손님 대우를 받게 된 유나. 그리고 저택에서 나온 음식은 설마 하던 카레?! 어떻게든 레시피를 알고 싶었던 유나는 이럴 때 쓰기 위한 비장의 카드…… 푸딩을 내주고 사용인인 라사에게 훌륭하게 합격을 받고 향신료를 사러 마을로 출발한다!

커다란 전갈에 맞서라!

데젤트 마을의 물 부족을 해결하기 위해서는, 피라미드의 미궁 안에서 잃어버린 카리나의 집안에 대대로 전해지는 수정판을 찾아내 미궁 안에 있는 물의 마석을 붙여야 한다. 샌드 웜의 무리를 걸어차고 미궁 안에서 무사히 수정판의 존재를 발견한 유나 일행. 하지만 그것은 설마 하던 거대한 스콜피온의 뱃속이었다……! 지금까지의 싸움 방식이 통하지 않는 난적과의 배틀이 시작된다.

사막 마을에 물을 되찾아라!!

거대 스콜피온을 쓰러뜨리고 영주의 집으로 돌아간 유나 일행. 무사히 수정판을 찾아내고 돌아온 카리나를 보고 감격의 눈물을 흘리는 바리마. 하지만 다시 마석을 설치하러 가고 싶어도 바리마는 팔을 다친 상황, 결국 유나에게 카리나와 함께 다시 한번 미궁에 들어가달라고 부탁한다. 그리고 무사히 다시 한번 오아시스에 물이 흘러 넘치고, 데젤트 마을, 그리고 카리나는 구원받는다.

🎀 17 겐츠가 하는 일

나는 모험가가 토벌해온 마물이나 동물을 해체하는 것이 일이다. 손이 비어 있을 때는 사무일도 한다. 기본적으로 바빠지는 것은 근처의 마물을 쓰러뜨린 모험가가 돌아오는 오후다.

모험가는 해체하고 소재를 팔러 오는 자, 토벌한 마물을 그대로 가져오는 자로 나뉜다.

해체를 해 오면 이쪽의 수고를 덜 수 있기 때문에 도움이 되지만, 가끔은 지저분할 때도 있다. 그 경우는 「해체하지 말고 가져와라」라고 한다. 그렇게 하는 편이 더 비싸게 받을 수 있었다.

이거라면 우리 딸이 더 잘 해체할 수 있었다.

곧바로 모험가가 울프를 가져왔다.

하나같이 상태가 좋지 않았다. 너무 많이 베어서 모피가 망가졌다. 이 경우는 마리당 가격이 낮아진다.

이렇게 토벌된 마물을 보면 모험가의 실력을 알 수 있었다. 울프를 상대로 몇 번이나 칼을 휘둘렀다면 아직 한참 부족하다는 뜻이다.

생명의 위험이 임박한 상황에서 깨끗하게 토벌하라는 것 자체가 무리일지도 모르지만, 너무 상태가 심하면 팔 수 없었고, 모피를 수선하는 데에도 돈이 들었다.

좀 더 곰 아가씨를 본받았으면 좋겠다.

곰 아가씨가 가져오는 울프는 대부분 한방에 치명상을 입혀서 쓰러뜨린 것이었다. 그래서 곰 아가씨가 가져온 울프나 뿔토끼는 깔

끔해서 하나같이 비싸게 거래되고 있었다.

적어도 우리 모험가 길드 직원들은 울프를 쉽게 토벌할 수 있게 되면 모험가로서 제 몫을 하게 된다고 생각한다.

신입 모험가가 몇 명 있는 가운데, 최근 눈부시게 성장한 신입 파티가 있다.

그 파티원이 왔다.

"신네 파티, 강해진 거 아닌가?"

나는 울프를 토벌한 모험가에게 말을 걸었다. 처음에는 미덥지 못한 느낌이었는데, 이제는 신입 모험가들 중에서는 가장 뛰어난 수준이었다.

"그런가요?"

"토벌한 마물을 보면 알 수 있어. 전에는 상처가 심했으니까."

몇 번이나 베어서, 정말 참혹했다. 그야말로 신입 모험가라는 느낌이었다. 하지만 지금은 베는 횟수가 줄어들었다. 종종 일격에 토벌하는 것도 있었다.

"저랑 브루토는 길 씨에게 무기 사용법을 배우고 있고, 무엇보다 울프를 토벌할 수 있게 된 건 호른이 유나 씨에게 마법을 배운 뒤부터예요."

예상치 못한 이름이 나왔다.

"유나라니, 곰 옷차림을 한?"

"네, 유나 씨는 제 마법 선생님이에요. 유나 씨에게 마법을 배운 뒤부터 마법을 잘 다룰 수 있게 돼서 모두의 발목을 잡는 일이 사라졌어요."

파티원 중 한 명인 호른이 기쁜 얼굴로 대답했다. 이 중 유일하게 마법사인 여자아이다.

이야기에 의하면 곰 아가씨에게 마법을 배우고 있는 모양이다. 그리고 마물과의 싸움 방법이나 마음가짐 등도 배우고 있다고 했다.

곰 아가씨, 그런 걸 하고 있었던 건가. 다른 모험가와 별로 엮이지 않는다고 생각했는데, 그렇지도 않은가 보다.

"지금은 호른이 지휘역이에요."

"그래?"

"기본적인 행동은 신 군이 결정하지만, 마물과 대치할 때는 후방에 있는 제가 지시를 내리고 있어요. 마법을 사용하는 타이밍 같은 것도 있으니까요."

"덕분에 전 눈앞의 마물에 집중할 수 있고, 호른의 엄호도 있어서 편하게 마물을 쓰러뜨릴 수 있게 됐어요."

신이 리더이긴 하지만 접근전으로 싸우면 전체를 보기 힘들다. 물론 접근전을 치르면서 지시를 내리는 리더도 있다. 하지만 역시 전체를 파악할 수 있는 것은 후방에 있는 인물이다.

그렇다 치더라도 곰 아가씨가 온 뒤 모험가 길드의 분위기도 꽤나 달라졌다. 지금도 떠들썩한 것은 변함이 없지만 모험가들 사이의 갈등은 줄어들었다. 신입 괴롭힘도 사라졌다. 뭐, 트러블을 일으키고 있던 건 극소수의 모험가였는데, 곰 아가씨에게 두들겨 맞은 이후부터는 얌전했다.

우리 길드 마스터도 눈여겨보고 있고, 상업 길드의 길드 마스터나 이 마을의 영주님과 친하다는 사실은 모험가 길드에 널리 퍼져 있었다.

양쪽 길드 마스터나 영주에게 시비를 거는 사람은 없다. 그런 짓을 하면 이 마을에 있을 수 없게 된다.

그래서인지 모험가 길드는 분위기가 좋았다.

그리고 얼마 후, 가족끼리 저녁을 먹고 있는데 딸들이 미릴러 마을에 놀러간다는 이야기를 들려주었다.

들어 보니 곰 아가씨가 고아원의 아이들을 데리고 미릴러 마을의 바다로 놀러가겠다는 말을 꺼냈다고 한다.

"티루미나도 가는 건가?"

"유나가 말하길 사원 여행이랬나? 유나가 있는 곳에서 일하고 있는 모두가 다 같이 여행을 가서 즐겁게 놀며 친목을 다진다고 했던 것 같아요. 그래서 저도 가기로 했어요. 아이가 많으면 어른의 손도 많은 편이 좋으니까요."

"고아원의 아이들만 있는 게 아닌가?"

"일정이 정해지면 공지할 예정이지만, 「곰 씨 쉼터」와 「곰 씨 식당」도 쉬고 함께 가기로 했어요. 그 예정을 모두 저한테 맡겨져 있으니까 앞으로 여러모로 바쁠 거예요. 꼬끼오를 돌봐줄 사람도 수배해야 하고, 가게의 식재료를 빠짐없이 조정해야 하고, 미릴러 마을에 가기 위한 준비도 해야 하고. 정말이지 유나도 곤란하다니까요."

티루미나는 곤란하다고 말하지만, 즐거운 얼굴로 이야기하고 있었다.

"얼마 동안 가는 거야?"

"아직 정해지지는 않았지만. 유나 말로는 7일 정도라고 하더라고요. 그렇게 가게를 비우는 건 불안하지만, 미릴러 마을을 왕복하는 시간이나 노는 시간을 생각하면 그 정도는 필요하다고 생각해요."

"전에 피나와 슈리가 미릴러 마을에 갔을 때는 며칠 만에 돌아왔지?"

"그건 곰돌이와 곰순이가 있었기 때문이죠."

"곰돌이와 곰순이는 빨랐어."

슈리가 알려준다.

"이 정도 인원이라면 마차로 가게 될 것 같아요. 마차라면 유나의 곰보다 시간이 더 걸릴 거고요."

그렇긴 하지만.

그럼 그동안에 나는 혼자가 되어 버린다. 그렇게 되면 내가 할 행동은 하나.

"나도 갈래."

"가다니, 일이 있잖아요?"

"휴가를 받으면 돼."

"일에서 잘리면 곤란한데."

"휴가를 교대해 주면 괜찮아."

출발 날짜가 정해지지 않았다는 것이 문제였지만, 지금부터 모두에게 부탁해서 당일 휴가를 교대할 수 있다면 어떻게든 될 것이다.

다음 날, 나는 길드 마스터에게 부탁해서 내 휴가와 다른 직원의 휴가를 바꿔달라고 부탁했다. 그리고 미릴러 마을에 갈 때가 오면 한꺼번에 쉬게 해달라고 부탁했다.

"다른 직원이 괜찮다고 하면 문제는 없어."

"감사합니다."

길드 마스터의 허가만 받으면 나머지는 다른 직원에게 부탁하는 것뿐이다.

"내 쪽에서도 부탁해 주지."

"정말입니까?"

"그래, 그 대신 한 가지 부탁이 있어. 미릴러의 모험가 길드 현황을 조사하고 와줘. 주변의 마물, 모험가의 수, 길드 랭크도 알 수 있으면 도움이 될 거야."

"그건 편지로도……."

"일이야. 그렇게 말하면 다른 사람을 설득하기도 쉽겠지."

길드 마스터는 빙긋 웃었다.

그렇구나. 길드 마스터의 진의를 깨닫는 데 시간이 걸렸다.

"그리고 실제로 눈으로 보지 않으면 모르는 것도 있으니까. 그 외의 시간은 자유롭게 쓰도록 해."

길드 마스터는 일이라는 명목으로 다녀오라고 말해 주었다.

"길드 마스터, 감사합니다."

나는 다시 한번 감사의 말을 전했다.

그리고 길드 마스터의 도움 덕분에 업무 동료들도 승낙해 주었다.

그 대신 나는 바다에 가기 전까지 휴가를 반납하고 일을 하게 되었다.

우리는 미릴러 마을에서 새로 생긴 터널을 지나 크리모니아로 향했고, 여러 마을을 이동하면서 왕도까지 왔다.

여러 마을을 둘러보는 것은 즐겁다. 로사 일행도 내 고집에 불평을 하면서도 따라와 주고 있었다. 파티 멤버 3명에게는 감사하고 있다.

최근 재미있었던 일이라고 하면 크리모니아의 곰 가게일 것이다. 음식도 맛있었지만 무엇보다 곰이 눈에 띄었다. 가게 입구에는 커다란 곰 석상이 있었고 가게에서 일하는 아이들도 곰 옷차림을 하고 있었다. 이 가게가 유나의 가게라고 하니, 얼마나 곰을 좋아하는 건가 싶었다.

여러 마을을 이동하여 왕도까지 온 우리들은 당분간 여기서 일을 하기로 했다. 몇 번 일을 하다 보니 흥미로운 이야기를 듣게 되었다. 남쪽으로 가면 모래로 덮인 마을이 있다고 한다. 주위는 모래밖에 없고, 엄청나게 더운 곳이라고 한다. 흥미가 갔다.

가보고 싶다. 내가 그렇게 생각하고 있는데, 우연히도 그 카르스 마을에 짐을 나르는 의뢰가 있었다.

"모래의 대지를 보고 싶어서 받을까 하는데."

나는 로사 일행과 상의했다. 의뢰를 받을지 말지는 상의해서 결정하기로 했다.

"재미있을 것 같네."

"모래로 둘러싸인 마을이라, 어떤 곳일까?"

"모두가 좋다면 나도 좋아."

이야기를 들은 로사, 란, 그리모스 세 사람 모두 호의적인 반응을 보여서 의뢰를 받게 되었다.

우리는 말을 타고 카르스 마을로 향했다.

남쪽을 향해 이동하다 보니 서서히 경치도 바뀌었다.

"미릴러 마을에 비하면 나무가 적네."

"그건 그래. 모래 속에 있는 마을이라고 하니까."

미릴러는 바다가 있고, 산이 있으며, 삼림으로 덮여 있었다. 하지만 점차 나무들은 적어졌다.

잠시 말을 달리다 보니 마을이 보였다. 저것이 카르스 마을이었다.

우리는 마을 입구에서 모험가 길드와 여관의 위치를 듣고 마을 안으로 들어갔다.

"잠깐, 저게 뭐야? 도마뱀?"

란이 놀라며 손가락으로 가리킨 끝에는 커다란 도마뱀 같은 것이 있었다.

"다들 타고 있어."

그 도마뱀 같은 것에 사람들이 타거나 짐을 싣고 있었다. 말 대신일지도 모른다.

"저렇게 큰 도마뱀이 있구나."

로사 일행은 신기한 얼굴로 바라보았다. 여러 곳을 가봤지만 도마뱀 같은 이동 수단을 보는 것은 처음이었다.

우리는 마을을 걷는 커다란 도마뱀을 보면서 여관을 찾았다.

"땀을 흘렸으니까 빨리 상쾌하게 목욕하고 싶어."

왕도를 출발한 뒤 목욕을 하지 않았다. 확실히 목욕은 하고 싶었다. 하지만 우리가 묵었던 여관에는 목욕탕이 없었다.

"설마 목욕물이 없을 줄이야."

"다른 여관에는 있는 것 같던데, 다 찼다고 하니까."

"여관 주인한테 마을에 있는 대욕탕 장소를 들었는데, 갔다 올까?"

"나도 갈래."

란의 말에 그리모스도 고개를 끄덕였다.

"그럼 나도 갈까?"

우리는 짐을 방에 두고 대욕탕으로 향한 뒤 목욕으로 피로를 풀었다. 역시 목욕은 개운하다.

여관으로 돌아온 우리는 앞으로에 대해 의논했다.

"가능하다면 이 앞에 있는 데젤트 마을로 가는 의뢰라도 있으면 좋겠는데."

의뢰한 짐을 옮기는 일은 여기 카르스까지였다.

우리가 가고 싶은 것은 이 앞 모래 대지에 있다는 데젤트 마을이었다.

"뭐, 그건 내일 모험가 길드에 가서 확인하자."

"그리고 보니 모래 길을 지날 때는 저 큰 도마뱀을 타고 간다나 봐."

저 큰 도마뱀은 라가르트라고 한다는 모양이다.

"어? 그걸 탄다고?"

란이 조금 싫다는 표정을 지었다.

"들어 보니 말로는 못 간다는 것 같아."

세세한 이야기는 모험가 길드에서 듣기로 하고 오늘은 쉬기로 했다.

다음 날, 우리는 모험가 길드로 향했다.

"여기구나."

우리가 모험가 길드에 들어가자 조금 소란스러워졌다.

"여자 모험가를 셋이나 데리고 있어."

"게다가 셋 다 미인, 귀여움, 멋짐으로 타입이 달라."

주변에서 그런 목소리가 들려왔다. 3명 모두 얼굴이 단정해서 눈에 띄었다.

"역시 남자는 얼굴인가."

"그야 파티를 짠다면 너처럼 못생긴 녀석보다 멋있는 남자가 낫겠지."

주위에서 웃음이 터져 나왔다.

"젠장, 그럼 저 남자의 얼굴을 짓뭉개서 나랑 똑같은 얼굴로!"

뭔가 엉뚱한 말이 들려왔다.

그와 동시에 로사와 란이 좌우에서 내 몸을 끌어당겼다.

"로사, 란, 좀 떨어져."

"젠장, 꽁냥거리지 말라고."

때와 장소를 생각해 주길 바란다.

"너희들, 그만해. 남자의 질투는 꼴사납다."

내가 곤란해하고 있는데, 체격 좋은 남자가 찾아왔다.

"너희들, 본 적 없는 얼굴이군."

"응, 이 마을에는 처음 왔어."

"그렇군. 여기엔 여자에게 인기 없는 남자들이 많아. 폭력을 쓰는 놈은 없을 거라 생각하지만, 질투하는 녀석들은 있을 테니까 조심하도록 해."

"그럴 때는 내가 지키겠어."

"블리츠……."

"젠장, 얼굴뿐만 아니라 마음까지 멋있잖아."

"나도 여자 앞에서 저런 말 해보고 싶다."

"너는 안 어울려."

"애초에 말할 상대가 없잖아."

주위에서 웃음소리가 들려왔다.

"그래서, 호색가 씨, 일을 하려고?"

"호색가라고 하지 말아줘. 내 이름은 블리츠. 그리고 동료 로사와 란, 그리모스야. 오늘은 왕도에서 짐을 싣고 왔어."

이 마을에 온 이유를 이야기하고 로사 일행을 소개했다.

"그렇군. 나는 이 마을의 모험가 돌란이다."

서로 인사를 나눴다.

돌란 덕분에 길드 안은 안정을 찾았고, 우리는 운반해온 짐을 접수대에 넘길 수 있었다.

"확실히 받았습니다. 여기 의뢰비입니다."

이로써 왕도에서 받은 일은 끝이다.

우리는 의뢰가 붙은 보드 앞으로 이동했다.

"뭐야. 의뢰를 받으려고? 왕도에 가는 일이라면 지금은 없어. 있는 거라면 사막을 넘어 데젤트 마을로 짐을 옮기는 일 정도겠지."

"그 데젤트 마을에 가볼 생각이야."

그 때문에 여기까지 왔다.

"그렇다면 내가 여러 가지로 알려줄게. 넌 어떻게 되든 상관없지만, 예쁜 여자가 죽어버리면 인류의 손실이니까."

돌란은 그렇게 말하면서 우리에게 데젤트 마을로 가는 방법을 자세히 알려주었다.

사막을 건너려면 물의 마석을 단 망토가 필요하다. 일반적인 차림으로는 몇 시간 만에 쓰러지는 경우도 있다고 한다. 물의 마석을 단 망토가 몸을 시원하게 해 주는 모양이다. 전혀 몰랐던 내용이라, 알아서 천만다행이다.

"너희들 라가르트에 타본 적은 있어?"

"아니, 타기는커녕 본 것도 처음이야."

솔직하게 대답했다. 허세를 부리고 거짓말을 해 봤자 소용없었다.

"그렇다면 말과는 감각이 다르니까 타는 연습을 해 두는 게 좋아."

우리는 돌란과 함께 라가르트를 빌려주는 장소로 향했다.

"왜 이렇게 친절하게 대해 주는 거야?"

걸으면서 여러 가지를 알려주는 돌란에게 그렇게 물었다.

"안 좋은 소문이 나서 사람들이 이 마을에 오지 않게 되면 곤란하니까. 여자들은 더더욱 과장되게 퍼뜨리기 마련이고."

"안 그래."

"맞아."

"아니, 란은 자주 과장을 하잖아."

확실히, 여자뿐만 아니라 남자 중에도 과장하는 사람은 있다.

"뭐, 그런 이유로 아무것도 모르는 모험가가 오면 도와주고 있어."

이런 남자가 있어준다면 모험가 길드에서 트러블이 생기는 일도 없을 것이다.

곧바로 우리는 라가르트가 있는 막사에 왔다.

"말과는 달리 단단하네."

로사가 라가르트를 만졌다.

"잘도 만지네."

란은 그리모스의 뒤에서 라가르트를 보고 있었다.

"일단 타 봐."

돌란의 권유에 우리는 번갈아가며 라가르트에 올라탔다. 란은 질색했지만, 나와 함께 타자고 하니 마지못해 올라탔다.

"으, 이걸 타고 가는 거야?"

"싫으면 이 마을에서 기다리고 있을래?"

혼자 남는 건 싫어. 블리츠가 같이 타준다면 참을게."

로사도 그리모스도 이번에는 란의 어리광을 용서하기로 한 모양이었다.

그리고 라가르트를 타는 연습을 한 우리는 데젤트에게 짐을 운반하는 의뢰를 받았다.

자아, 데젤트는 어떤 마을일까?

기대된다.

🎀 19 곰과의 조우 우라간 편

　왕도에서 모험가를 하고 있던 나는 이번에는 사막 마을, 데젤트까지 짐을 운반하는 의뢰를 받게 되었다.

　귀찮지만 비교적 돈이 되는 일이었다. 우선은 사막 근처의 카르스 마을까지 말을 타고 간 뒤 거기서 라가르트라는 도마뱀 마물로 갈아타고 모래 대지를 나아가야 한다.

　우리 파티는 카르스 마을까지 왔다.

　"뭐야, 저건?"

　최근 동료가 된 신입이 라가르트를 보고 놀랐다.

　이 녀석의 실력은 강하지는 않지만 약하지도 않은 정도였다. 내 지시에도 잘 따르고, 다른 동료들과도 사이좋게 지내고 있다.

　"너, 라가르트를 보는 건 처음인가?"

　"처음 봐."

　라가르트는 도마뱀을 크게 키운 것 같은 생물이었다.

　"그럼 놀랄 만도 하지. 이걸 타고 사막을 이동할 거야."

　"사막을 보고도 놀랄걸. 정말로 아무것도 없고, 덥거든."

　동료들은 웃으면서 아무것도 모르는 신입에게 이것저것 알려주었다. 신입은 불안한 얼굴이었지만, 정말 놀라는 것은 지금부터다.

　우리는 말을 맡겨두고 라가르트를 빌려 사막에 있는 데젤트 마을로 향했다.

　사막은 초목 하나 없이 모래뿐인 대지였다. 길도 없어서 평범하게 가면 헤매기 십상이지만, 사막에는 누가 만들었는지 모르는 큰 기둥이 서 있었다.

"저 기둥을 표식 삼아 가는 건가?"

"맞아, 저 기둥이 여기 길잡이야. 우리를 데젤트 마을까지 안내해 주지."

기둥은 데젤트 마을까지 이어져 있기 때문에, 기둥을 표식 삼아 나아가면 헤매지 않고 도착할 수 있었다. 심지어 기둥에는 마물을 차단해 주는 효과까지 있어 마물과의 조우도 낮아진다. 저 기둥을 만들어 준 과거의 인물에게는 감사할 따름이다.

그렇기에 이곳에서의 주적은 바로 이 더위였다. 물의 마석을 넣은 망토를 입어서 다소 경감되긴 하지만, 더운 것에는 변함이 없었다. 신입도 첫 경험이라 당황스러운 모습이었다.

그리고 우리는 간신히 데젤트 마을에 도착했다.

이걸로 겨우 마음 편히 쉴 수 있다. 익숙하지 않은 더위로 인해 피로도 쌓였다. 모험가 길드에 운반해 온 짐을 건네고 술이라도 마시고 잠깐 쉬고 싶었다.

짐을 인도하기 위해 모험가 길드에 들어가자 어린 계집이 다가와 내 길을 막아섰다.

"죄송해요. 일을 맡아주실 수 없을까요?"

일? 이쪽은 이 마을에 막 도착해서 피곤하다. 맡을 수 있을 리가 없다.

"다른 데 알아봐."

나는 계집을 쫓아내려 했지만 계집이 내 옷깃을 잡았다.

끈질기군.

가볍게 팔을 들어 밀치자 계집은 바닥에 엉덩방아를 찧으며 쓰러졌다. 내 잘못은 아니다. 끈질기게 군 계집의 잘못이다. 게다가 가볍게 밀친 것뿐이다.

하지만 계집아이는 주눅든 기색도 없이 일어서더니 다시 한번 다가왔다.

이쪽은 사막을 이동하고 와서 피곤하다고.

다시 한번 밀치기 위해 팔을 휘두르려고 한 순간, 나와 계집애 사이에 검은 무언가가 끼어들었다.

뭐지?

자세히 보니 곰 얼굴의 후드를 쓴 여자였다. 여자는 곰 장갑으로 내 팔을 막고 있었다.

뭐야, 이 곰은.

그런 의문이 든 순간, 내 뒤에서 신입 남자가 창백한 얼굴로 「블러디 베어」라고 중얼거렸다.

블러디 베어? 뭐야 그건.

나는 팔에 힘을 줬지만 꼼짝도 하지 않았다.

"거절한다고 해도 밀칠 필요는 없잖아?"

곰 옷차림을 한 여자가 나를 노려보며 입을 열었다.

나도 좋아서 뿌리친 것은 아니다. 피곤한데 계집애가 몇 번이고 다가오니까 가볍게 밀친 것뿐이다.

나는 곰 옷차림의 여자를 밀치기 위해 팔에 힘을 실었지만 조금도 움직이지 않았다. 더 힘을 주려고 하자, 신입이 「그만두는 편이 좋아」, 「엮이지 않는 편이 좋아」라고 말했다.

"저 남자는 저렇게 말하고 있는데 어쩔래?"

주위를 둘러보니 접수원이 우리를 보고 있었다. 이곳은 모험가 길드, 괜한 귀찮은 일은 만들고 싶지 않다. 나는 곰 옷차림을 한

145

여자의 손을 뿌리치고 떨어졌다.

곰 옷차림을 한 여자도 내게서 떨어졌다.

그러자 접수원이 나에게 일을 부탁한 계집에게 말을 걸었고, 계집애가 길드에서 나갔다. 그 뒤를 쫓듯이 곰이 따라나갔다.

그것을 본 신입은 안심한 표정을 지었다.

도대체 뭐야?

우리는 접수 의뢰를 받은 짐을 맡기고 길드를 뒤로 했다. 그리고 피로를 풀기 위해 여관에서 쉬기로 했다.

"넌 그 이상한 차림새를 한 여자를 아는 건가?"

숙소 식당에서 술을 마시며 신입에게 물었다.

"……."

하지만, 신입은 입을 다물었다.

"말해 봐."

신입은 동료의 얼굴과 내 얼굴을 바라보았다. 다들 신입의 말을 기다리고 있다. 신입은 천천히, 곰 옷차림을 한 여자에 대해 이야기하기 시작했다. 하지만 그 이야기는 정말이지 황당한 내용이었다.

모험가가 되기 위해 왔다고 하는, 조금 전의 곰 옷차림을 한 여자에게 모험가들이 시비를 걸었다고 한다.

멍청한 짓을 하는 녀석도 다 있군. 누가 모험가가 되든 무슨 상관이 있다고? 실력이 없으면 죽을 뿐이다.

그냥 놔두면 되는걸.

"그 곰에게 시비를 걸었던 데보라네는 손쉽게 당했고, 함께 놀리던 우리도 시합을 하게 됐어. 시합은 순식간에 끝났어. 곰의 움직임은 빨랐고, 깨달았을 때는 이미 맞은 상태였지. 나를 포함해서, 10명이 넘는 모험가가 손도 쓰지 못하고 쓰러졌어."

"그래서, 겁먹은 건가?"

신입은 고개를 저었다.

모험가가 된 여자는 타이거 울프를 쓰러뜨리고, 고블린 킹과 함께 있던 고블린 100마리를 쓰러뜨리고, 심지어 블랙 바이퍼까지 쓰러뜨렸다고 한다.

원래라면 웃어넘기고 믿지 않았을 것이다. 하지만 남자가 워낙 진지한 얼굴로 이야기해서 웃어넘길 수 없었다.

그리고 내 팔을 막아냈다는 사실도 있다.

그래서 언제 다시 엮일지 알 수 없어 도망치듯 왕도로 왔다고 한다.

하지만 그 곰 옷차림을 한 여자는 왕도에도 나타나 난동을 부렸다고.

"생각났어. 왕도의 모험가 길드에서 곰을 조심하라는 이야기를 들은 적이 있어."

이야기를 듣던 동료 중 한 명이 입을 열었다. 나도 왕도의 모험가 길드에 있었지만, 들어본 적은 없다.

"나도 아는 사람과 술을 마시면서 대충 들은 이야기라 가물가물하지만, 곰 옷차림을 한 여자아이를 놀린 모험가가 피투성이가 됐다는 얘길 들었던 것 같아."

"저 곰 옷차림을 한 여자한테는 시비를 걸지 않는 편이 좋아. 장난삼아 곰 옷차림을 놀리는 것도 안 돼."

남자는 떨면서 대답했다.

어지간히 무서운 모양이다.

뭐, 동료의 말이니 충고로 받아 두자. 그렇다고 해도, 별로 만날 일도 없을 것이다.

하지만 의뢰를 받은 곳에서 곰을 만날 거라고는 생각도 못 했다.

우리의 일은 그 곰과 이 마을 영주의 딸을 피라미드로 데려가는 것이었다. 모험가 길드에서 나에게 집요하게 달려들었던 계집애가 이 마을 영주의 딸일 거라고는 상상도 못 했다. 만났을 때 거절당할 거라고 생각했는데, 그녀는 기쁜 얼굴로 「감사합니다」라고 말했다.

들어 보니 몇 번이나 거절당했다고 한다. 그만큼 위험한 일인지 도 모른다.

우리는 마을 밖으로 나왔다. 피라미드가 보였다. 저기까지 데려 가는 것이 우리의 일이었다. 하지만 그 피라미드로 향하는 길에는 많은 샌드 웜들이 모래 속을 돌아다니고 있었다.

의뢰를 맡은 것까지는 좋은데 쉬운 여정은 아니었다. 좀 더 인원 을 늘리거나 대책이 필요했다.

우리와 마찬가지로 이번 의뢰에 참여한 제이드에게 상담하려고 했지만, 제이드는 곰에게 상담했다.

아무래도 제이드는 곰과 아는 사이인 모양이었다. 그렇지만 내가 아니라 곰한테 상담하는 건 좀 열받았다.

곰이 무슨 말을 하나 싶었는데, 「그럼 전부 쓰러뜨릴까?」라는 바 보 같은 소리를 꺼냈다.

어떻게 전부 쓰러뜨릴 수 있단 말인가. 하지만 말을 들은 제이드 도 흥미를 보였다. 들어 보니 곰이 모래 속에서 샌드 웜을 파내고, 올라온 샌드 웜을 우리가 쓰러뜨린다는 계획이었다.

그렇게 쉽게 모래 속에서 샌드 웜을 파낼 수 있다면 고생할 일도 없을 것이다. 하지만 제이드의 말에 의하면 곰이라면 할 수 있다고 했다.

그럼 어디 한번 볼까.

샌드 웜 사냥을 시작한 지 얼마 지나지 않아, 우리는 숨이 차기 시작했다.

"······잠깐만, 곰."

우리 앞에서는 검은 곰에 올라탄 곰이 바람 마법으로 정확하게 샌드 웜을 파내고 있었다. 샌드 웜은 모래 위로 튀어올라왔다. 우리는 그 샌드 웜을 검으로 찔러나갔다.

팔이 피곤하다.

곰은 그런 우리를 개의치 않고 계속해서 샌드 웜을 파헤쳤다.

장난해? 좀 쉽게 해달라고.

하지만 「할 수 있다면 해 봐라」라고 말해 버린 이상, 내가 말릴 수는 없었다.

이 곰은 정말로 정확하게 모래에 파묻힌 샌드 웜의 위치를 파악해 놓치는 일 없이 확실하게 파냈다. 곰의 실력은 인정할 수밖에 없었다.

하지만 슬슬 팔이 한계였다.

부탁이니까 끝내줘. 동료들은 따라오지 못하고 있었다. 제이드도 지친 모습이었지만 역시나 가장 많은 샌드 웜을 쓰러뜨리고 있었다. 또 한 명, 토우야라고 자칭한 남자는 나와 같이 피곤한 기색이지만 어떻게든 따라오고 있었다.

제발 멈춰달라고 생각하고 있는데, 앞을 달리던 곰이 멈췄다.

아무래도 끝난 모양이다.

주위를 보니 샌드 웜의 시체가 무수하게 나뒹굴고 있었다.

정말로, 이 곰이 해내버렸다.

하지만 이 곰의 진정한 무서움을 알게 된 것은 이후의 일이었다. 우리 앞에 본 적도 없는 커다란 샌드 웜이 나타난 것이다.

저건 도저히 불가능하다.

하지만 곰은 혼자서 싸워서 그것을 쓰러뜨렸다.

문득 신입의 말이 떠올랐다.

고블린 킹에 블랙 바이퍼를 쓰러뜨렸다. 그 말이 사실이라는 것을 이해했다.

이야기를 믿지 않은 것은 아니지만 이해하지는 못했다. 하지만 눈앞에서 거대한 샌드 웜을 쓰러뜨리는 모습을 보여주면, 뇌가 깨달을 수밖에 없다.

앞으로 곰을 만나더라도 절대 무시하면 안된다는 것을.

20 블러디 베어에게서 도망치는 모험가

나는 그렇게 강하지는 않지만 모험가를 하고 있다. 그래도 어린 여자아이에게는 지지 않을 거라고 생각했다.

오늘은 일은 없었고, 크리모니아 마을의 모험가 길드에서 동료와 즐겁게 대화를 나누고 있었다. 요즘 무슨 일을 했느냐, 편한 일에 보수 좋은 일은 없느냐는 시시한 이야기였다. 그런 이야기를 나누고 있는데, 접수대 쪽이 소란스러워졌다. 무슨 일인가 하고 접수대 쪽을 바라보자, 데보라네가 떠들고 있었다.

데보라네는 성격에 좀 문제가 있긴 하지만 체격이 크고 강한 모험가였다. 물론 나로는 이길 수 없었다.

그 데보라네가 접수대에서 이상한 모습을 한 여자아이와 실랑이를 벌이고 있었다.

저건 곰인가?

주위에서도 곰이라는 단어가 들리는 걸 보면 곰이 맞는 것 같았다. 왜 저렇게 입고 있는 거지?

여자아이가 왜 곰 옷차림을 하고 있는지는 수수께끼였지만, 그 여자아이는 모험가가 되기 위해 왔다고 했다. 그것을 두고 데보라네가 모험가의 질이 떨어진다느니 어쩌느니 하면서 시비를 걸고 있었다.

저 곰 옷차림으로 모험가를 한다고? 재미있네.

데보라네 말대로 울프조차 쓰러뜨릴 수 없을 것 같은 소녀가 모험가라는 소리를 하는 것도 우스웠다. 하지만 여자아이의 입에서 나온 말은 「울프 정도는 쓰러뜨릴 수 있어」라는 것이었다.

데보라네는 웃었고, 이야기를 듣던 다른 모험가도 웃었다. 물론 나도 웃었다.

울프는 마물 중에서도 약한 편이지만 평범한 소녀가 쓰러뜨릴 수 있는 마물은 아니었다.

하지만 곰 옷차림을 한 소녀는 자신의 실력을 증명하기 위해 데보라네에게 시합을 요청했다. 게다가 지는 쪽이 모험가를 그만둔다는 제안까지 걸어왔다.

접수원인 헬렌 씨는 말리려고 했지만, 여자아이는 의욕을 보였다.

결국 헬렌 씨는 말리지 못하고 시합을 하게 되었다. 나를 포함한 모든 사람들은 반쯤 장난 삼아 구경했다.

평범한 여자아이라면 데보라네와 대치한 것만으로도 무서워할 것이다. 하지만 곰 옷차림을 한 여자아이는 무서워하는 기색을 보이지 않았다. 정말 이길 생각인 모양이다.

시합이 시작되었다. 시합은 모두가 데보라네가 일방적으로 이길 거라고 생각했다. 하지만 결과는 반대. 놀랍게도 곰 옷차림을 한 여자아이가 데보라네에게 압도적인 차이로 이겼다.

시합을 보고 있던 사람들은 믿을 수 없다는 얼굴로 곰 옷차림을 한 여자아이를 보고 있었다. 나도 그중 한 명이었다.

그런 곰 옷차림을 한 여자아이는 우리 쪽을 보며 시합을 하자고 제안했다.

우리는 데보라네의 말을 떠올렸다.

시합 시작 전 데보라네가 「네 녀석에게 지면 그만둬주지! 너네도 그렇지?」라고 우리에게 말했다. 그 물음에 우리는 「그래!」라고 대답했다.

곰 옷차림을 한 여자아이는 헬렌 씨에게 그 사실을 확인했다. 헬렌 씨는 고개를 끄덕였다.

우리도 도망갈 수는 없었다. 데보라네를 쓰러뜨린 상대이니, 그 누구도 혼자서 이길 수 있을 거라고는 생각하지 않았다. 그래서 한 명의 모험가가 「다 같이 상대하자」라는 말을 꺼냈다.

그 말에 모두가 힘을 합치면 이길 수 있을 것이라고 생각했다. 나도 마찬가지다.

그렇지만 결과는, 우리는 손 쓸 틈 없이 여자아이에게 맞아 데보라네와 마찬가지로 바닥에 쓰러지게 되었다.

우리는 곰 옷차림을 한 여자아이 한 명에게 졌다.

모험가 길드 카드 박탈이 머릿속에 떠올랐다.

하지만 그것은 길드 마스터 덕분에 면할 수 있었다. 그 대신 곰 옷차림을 한 여자아이에게는 아무도 손대지 말라는 이야기를 들었다. 그런 말을 듣지 않아도 누구라도 데보라네의 처참한 얼굴을 본 이상 두 번 다시는 곰과 엮이려 하지 않을 것이다.

그 후 모험가가 된 곰 옷차림을 한 여자아이는 타이거 울프, 고블린 100마리, 고블린 킹, 심지어 블랙 바이퍼까지 쓰러뜨렸다. 쓰러진 마물을 보았는데, 그 어느 것도 나 혼자서는 쓰러뜨릴 수 없는 마물이었다. 그런 상대를 우리가 비웃었다고 생각하니 참으로 어리석은 짓이 따로 없었다.

그 피투성이 마물이나 데보라네의 얼굴을 본 모험가는 여자아이를 블러디 베어라고 부르게 되었다.

나는 곰 옷차림을 한 여자아이를 볼 때마다 몸이 떨렸다. 일에도 지장이 생기게 된 나는 정든 크리모니아를 떠나기로 했다.

그리고 도망치듯 왕도에 왔다. 이곳에 곰은 없다. 게다가 크리모니아와 달리 사람도 많고 활기차다. 이곳에서 새로운 모험가로서의 생활을 시작하기로 결심했다.

하지만 그런 내 마음을 배신하듯이, 모험가 길드가 소란스러워졌다.

웃음소리나 무시하는 소리가 들렸다.

소란이 나는 쪽을 바라보자, 곰 옷차림을 한 여자아이. 블러디베어가 있었다.

왜 곰이 여기 있는 거야.

나는 소리치고 싶은 것을 꾹 참았다.

관여해서는 안 된다. 하지만 그 블러디 베어에게 시비를 건 바보가 있었다. 그러니까 왜 시비를 거는 거냐. 그 여자만은 안 된다고.

"그 곰은 손대지 않는 게 좋아."

내 정체를 들키면 또다시 맞을 수도 있었으니 나는 충고만 하고 곧바로 얼굴을 가렸다.

하지만 내 충고를 듣지 않은 바보가 곰에게 달려들었다.

그만해. 죽는다고.

그런 내 마음은 닿지 않았고, 곰에게 달려든 남자는 날아가 버리고, 그 모습을 본 동료가 화를 냈다.

그만해. 바로 사과해.

그런 내 심정과는 상관없이 곰과 모험가들은 밖으로 나갔다. 그리고 이내 고함소리가 들려왔다.

아무래도 곰에게 보복을 당한 모양이었다.

그러니까 난 분명 하지 말라고 했잖아. 무지란 정말 무서운 법이다.

이후 크리모니아 때와 마찬가지로 길드 마스터가 중재에 나섰고, 곰 옷차림을 한 여자아이가 와도 시비를 걸거나 간섭하지 말라는 경고를 들었다. 약속을 지키지 못하는 자는 길드 마스터가 처벌하 겠다는 말까지 했다.

그 후로는 곰이 모험가 길드에 나타나는 일도 없이, 나는 우라간 이라고 하는 남자의 파티에 들어가 충실한 모험가 생활을 보냈다. 우라간은 입은 좀 험하지만 강했고, 동료가 위기에 처했을 때는 도 와줘서 믿음직했다.

그런 우라간이 남쪽 사막으로 가는 의뢰를 받았다. 사막에 대해 들어본 적은 있지만 가본 적은 없어서 기대가 됐다.

이야기는 들었지만 와보니 정말 모래밖에 없고, 더위가 혹독했다.

그리고 무엇이 놀라웠냐면, 도마뱀 같은 라가르트를 타고 사막을 이동한 것. 모든 것이 다 신선하고 알찬 모험가의 나날이었다. 크 리모니아를 나온 것은 잘한 선택이었다.

하지만 그 생각은 오래가지 못하고 부서졌다.

우리는 사막 마을 데젤트에 도착하자마자 모험가 길드에 보고를 하러 갔다. 거기서 어린 여자아이가 우라간을 따라다니기 시작했 다. 일을 부탁하고 싶다고 하는데, 사막을 넘어온 우리들은 피곤했 고, 우라간은 여자아이를 성가시다는 태도로 대했다. 그리고 우라 간이 여자아이를 밀치려 한 순간, 검은 무언가가 그 사이에 끼어들 었다.

틀림없다. 블러디 베어다. 나는 순간적으로 벌어진 상황에 목소 리마저 나오지 않았다.

곰은 노려보며 우라간의 팔을 붙잡고 있었다.

이러다간 우라간이 데보라네와 같은 꼴을 당할 것이다.

"그 곰은 손대지 않는 게 좋아."

어떻게든 입을 열어서 주의를 주었다.

동료들이 알고 있느냐고 물어왔다. 곰도 나를 바라보았다. 나는 순간적으로 「모른다」라고 대답했다.

만약 알고 있다고 말해서 그때의 일을 떠올린다면 또 맞을지도 모른다.

나는 내 몸을 지키기 위해 그 이상은 아무 말도 하지 않았다.

우라간은 팔에 힘을 줘서 곰의 손을 털어내려고 했다. 표정을 보면 상당한 힘을 주고 있음을 알 수 있었다.

이 이상은 안 된다.

그런 내 마음이 전해졌는지, 우라간은 팔을 뺐다. 곰도 그 이상은 아무 짓도 하지 않았다. 천만다행이다.

하지만 이 마을에서 받은 의뢰 장소에 또 곰이 있을 줄은 생각도 못 했다.

왜 자꾸 내 앞에 나타나는 거야.

🎀 21 곰과의 조우 라사 편

제 이름은 라사. 이슈리트 집안에서 일하고 있는 메이드입니다. 원래는 할머니께서 이 집에서 일하셨습니다. 하지만 나이 때문에 그만두시고 제가 할머니 뒤를 이어 일을 하게 되었습니다. 어렸을 때부터 할머니와 함께 자주 온 덕분에 이슈리트 가문 사람들과 안면이 있었고, 덕분에 바로 고용될 수 있었습니다.

제가 이곳에서 일하게 된 지 3년. 카리나 님도 성장하셨습니다. 저를 언니처럼 잘 따라주셔서 저도 여동생처럼 소중하게 아끼고 있었습니다.

그런 카리나 님이 울면서 돌아왔습니다.

우리 마을은 사막 속에 있었고, 호수는 살아가기 위해 없어서는 안 되는 것이었습니다. 그 호수의 물이 줄어들기 시작했습니다.

호수를 관리하는 것은 이슈리트 가문입니다. 그것은 마을에 사는 사람이라면 누구나 아는 일입니다. 최근 호수의 물이 줄어들기 시작하면서 이슈리트 가문에 문의가 늘어나 당주이신 바리마 님도 바쁜 나날을 보내고 계십니다.

그러던 어느 날, 바리마 님과 카리나 님은 물을 확인하기 위해 피라미드에 가게 되셨습니다.

하지만 피라미드에서 돌아온 카리나 님은 울고 계셨고, 바리마 님은 팔을 다쳐 오셨습니다.

들어 보니 호수의 물을 관리하기 위한 중요한 것을 잃어 버렸다고 합니다. 그러는 사이 바리마 님은 부상을 입으셨다고 합니다.

카리나 님은 소중한 것을 잃어버린 것도, 바리마 님이 다친 것도 자신의 책임이라며 방에서 울음을 터뜨리셨습니다. 저는 무슨 말을 건네야 할지 몰라서 그저 옆에 있는 것밖에 할 수 없었습니다.

그리고 얼마 후 카리나 님은 어디론가 자주 외출을 하게 되셨습니다. 방에 틀어박혀 있는 것보다는 낫지만, 돌아오면 언제나 슬픈 얼굴을 하고 계셨습니다.

물어봐도 「괜찮아요」라고 대답할 뿐입니다.

도저히 그렇게 보이지 않습니다.

금방이라도 혼자 어딘가로 가 버릴 것 같은 느낌입니다.

되도록 신경을 써야겠습니다.

다음 날, 또 카리나 님의 모습이 보이지 않았습니다.

어딜 가신 걸까요?

어제의 표정을 생각하면 카리나 님 혼자 피라미드로 향한 것이 아닐까 상상하게 됩니다.

카리나 님은 피라미드에서 소중한 것을 잃어버린 것을 무척 후회하고 계셨습니다.

그 잃어버린 것에 대해서는 바리마 님이 모험가 길드에 탐색 의뢰를 내셨습니다. 처음에는 맡았던 모험가도 있었지만, 피라미드 주변에 마물이 늘어나기 시작하면서 아무도 맡지 않게 되었다고 했습니다.

카리나 님 일에 대해 바리마 님께 상담하는 편이 좋을지도 모릅니다. 제가 어떻게 해야 하나 고민하고 있는데, 카리나 님이 돌아오셨습니다.

다행입니다. 마을 밖으로는 나가지 않으신 모양입니다.

하지만 카리나 님의 옆에 이상한 옷차림을 한 여자아이가 있었습니다.

이름은 유나 씨. 들어 보니 모험가 길드에서 만나 바리마 님을 뵈러 왔다고 했습니다.

이런 이상한 옷차림을 한 여자아이가 모험가이고, 게다가 바리마 님을 만나러 왔다니요.

카리나 님은 믿고 계신 모습이었기에 저도 정중하게 대응했습니다.

그리고 바리마 님에 관해 물어보셔서 집무실에서 일하고 계신다는 것을 전해 드리자 카리나 님은 곧바로 달려가셨습니다. 유나 씨도 제 쪽을 잠시 살피더니 카리나 님을 쫓아갔습니다.

제가 가도 할 수 있는 것은 아무것도 없겠지만, 뒤를 따라갔습니다.

하지만 볼일도 없이 바리마 님의 방에 들어갈 수는 없습니다.

그렇지. 손님용 차를 준비하면 안으로 들어갈 수 있습니다.

저는 차를 준비하기 위해 주방으로 향했고 부인인 리스틸 님과 만났습니다.

"손님?"

저는 카리나 님이 곰 옷차림을 한 여자아이를 데려왔다는 것, 그리고 바리마 님의 집무실에 있다는 것을 말씀드렸습니다.

리스틸 님은 제 말에 놀라 집무실을 향해 걸어가셨습니다.

찻잔을 하나 더 늘려야 할 것 같았습니다.

그리고 차 준비를 마치고 옮기려고 할 때, 카리나 님이 찾아와 차 준비를 부탁하셨습니다.

타이밍이 좋았습니다.

제가 다시 차를 옮기려고 하자 카리나 님이 「제가 가져가게 해 주세요」라는 말을 꺼냈습니다.

"하지만 이건 제 일인걸요."

"저는 아버님과 유나 씨의 이야기를 듣고 싶어요. 이대로는 방에 들여보내주지 않을 것 같아요. 그러니까 제가 가져가게 해 주세요."

아무래도 카리나 님은 방에 다시 들어가기 위한 구실이 필요해 보였습니다.

카리나 님의 표정이 조금 누그러진 느낌이 들었습니다. 저 곰 옷차림을 한 여자아이 덕분일지도 모릅니다. 그래서 저는 카리나 님을 돕기로 했습니다.

"알겠습니다. 그럼 차를 나르는 일은 카리나 님께 부탁드릴게요."

"라사, 고마워요."

카리나 님은 기쁜 얼굴로 미소 지으셨습니다. 카리나 님은 수레에 차를 싣고 방으로 이동하셨습니다.

카리나 님이 이야기를 들으실 수 있을지 어떨지 걱정이 됐지만, 저는 제가 해야 할 일을 했습니다. 그리고 얼마 후 카리나 님이 기쁜 얼굴로 제게 찾아왔습니다.

"라사, 유나 씨가 묵을 방을 마련해 주세요."

아무래도 그 곰 옷차림을 한 여자아이가 자고 가게 된 모양입니다.

"알겠습니다. 곧 준비하겠습니다."

준비라고 해도 방 청소는 되어 있기 때문에 침대 시트를 바꾸는 정도입니다.

"어느 방인가요?"

"2층의 좀 넓은 객실이면 되지 않을까요?"

바리마 님의 손님입니다. 게다가 다른 손님은 아무도 없기 때문에 넓은 방을 사용하는 것이 좋을 것 같았습니다.

"그 방 말이죠. 알겠습니다. 대화가 끝나는 대로 유나 씨를 데리고 갈게요."

카리나 님은 기뻐하셨습니다.

"그리고, 유나 씨의 식사도 부탁드려요."

그것도 그렇네요. 나중에 식재료를 확인해야겠습니다.

이야기를 마친 카리나 님은 유나 씨에게 달려가셨습니다.

카리나 님은 그 곰 옷차림을 한 여자아이 덕분에 기운을 차리셨습니다. 조금 쓸쓸하기도 하지만, 다행이라는 생각도 들었습니다.

저는 서둘러 객실로 향했고, 환기를 시킨 뒤 시트 교체를 마쳤습니다. 그러자 타이밍 좋게 카리나 님이 유나 씨를 데리고 방으로 들어왔습니다.

역시 곰 옷차림을 하고 있습니다.

전에 책에서 봤던 곰과 닮았습니다. 책에서 봤을 때는 더 무서운 느낌이었는데, 유나 씨는 무척 귀여운 곰 옷을 입고 있습니다. 카리나 님이 잘 따르는 것도 이해가 갑니다.

저는 유나 씨에게 방에 대한 설명을 마치고 식사 준비를 하기 위해 주방으로 향했습니다.

자, 뭘 만들까요?

살고 있는 지역에 따라 음식이 입맛에 맞지 않는 일도 있습니다. 그래서 다른 지역에서 온 손님에게는 특히 신경을 쓰는 편입니다.

게다가 주인님의 손님입니다. 곰 옷차림을 하고 있지만 실수하지 않도록 조심해야 합니다.

저는 조금 고민한 뒤 카레를 만들기로 했습니다. 카레는 여러 가지 향신료를 섞어 만드는 요리입니다. 전에 엘파니카 왕국에서 온 손님께 냈을 때 좋은 반응을 받은 적이 있습니다. 유나 씨 입맛에도 맞았으면 좋겠습니다.

그리고 저녁 식사 준비도 끝나고 모두를 부르러 갔습니다.

전원이 식당에 모이고, 저는 요리를 내놓았습니다. 접시에 카레를 담자 유나 씨가 놀란 표정을 지었습니다.

아마 냄새가 강해서 놀란 걸지도 모릅니다.

하지만 먹어보면 분명 마음에 들 겁니다. 그리고 저도 의자에 앉아 함께 식사를 했습니다.

저는 유나 씨의 평가가 신경 쓰여서 살짝 시선을 돌렸습니다. 유나 씨가 빵을 카레에 묻혀 입에 넣더니 표정이 바뀝니다.

어느 쪽일까요?

옆에 있는 카리나 님과 이야기를 하고 있습니다.

카리나 님이 저를 부르셨습니다.

혹시 입맛에 안 맞으신 걸까요?

아니었습니다.

이 카레 만드는 법을 알려달라는 말씀이었습니다.

유나 씨는 카레가 마음에 드신 모양입니다.

이것은 할머니가 어머니께, 그리고 어머니가 저에게 알려주신 레시피입니다.

쉽게 알려주는 것에 망설임이 들었습니다.

그래서 조건을 내기로 했습니다.

저는 카리나 님과 다른 분들이 늘 맛있는 요리를 대접하고 싶은 마음입니다. 그래서 제가 모르는 맛있는 요리 레시피와 교환하자는 조건을 걸었습니다.

유나 씨는 엘파니카 왕국에서 왔다고 했습니다. 제가 모르는 요리 레시피를 알고 있을지도 모릅니다.

유나 씨는 조금 고민하더니 저녁 식사 후에 과자를 먹게 해 주기로 약속하셨습니다.

어떤 과자를 주실지 기대가 됩니다.

22 우라간과 술을 마시다 제이드 편

우리는 데젤트 마을에서 유나와 재회하고 이 마을의 영주인 바리마 씨의 의뢰를 받았다. 내용은 마을 근처에 있는 피라미드에서 분실물을 찾는 것이었다.

그 분실물은 본 적도 없는 커다란 스콜피온의 몸속에 있었다. 우리는 일단 마을로 다시 돌아가자고 제안했지만, 함께 있던 유나가 혼자서 싸우겠다고 나섰다. 유나는 귀여운 곰 옷차림을 한 소녀였지만, 겉모습과는 달리 믿을 수 없을 정도로 강한 모험가였다. 우리는 유나의 말을 존중하고 그녀에게 맡기기로 했다.

유나라면 무슨 일이 있어도 도망칠 수 있다고 생각했기 때문이었다. 하지만 유나는 믿을 수 없게도 정말 거대한 스콜피온을 홀로 쓰러뜨려버렸다.

저 곰 옷차림과 나이만 보면 아무도 믿지 못할 것이다. 나도 크리모니아에서 유나가 한 일을 몰랐다면 믿지 못했을 것이다.

유나 덕분에 무사히 찾아야 할 물건을 찾은 우리는 감사의 의미를 겸해 바리마 씨 댁에서 식사를 대접받았다. 모든 음식이 맛있었지만 조금 아쉬웠다.

그것은 함께 의뢰를 받은 우라간 일행도 마찬가지였는지, 결국 우리는 그들과 술을 마시러 가게 되었다.

"제이드 님이 쏘는 거다."

"안 쏴."

멋대로 말하지 말라고.

"랭크 C님께서 인색하시네. 심지어 저런 미인을 둘이나 데리고 다니는데 술 정도는 사라고!"

"맞아, 맞아."

"멜 씨도 세니아 씨도 예쁘지."

주위에서도 시끄러웠다.

"두 사람은 상관없잖아?"

뭐, 둘 다 여성 모험가 중에서는 예쁜 편이긴 하다. 그것을 본인들 앞에서 말하면 자만하기 때문에 입 밖에 내지는 않지만.

"일단 한 잔은 사줄게. 그러면 됐지?"

"뭐, 오늘은 한 잔으로 봐주지."

오늘은, 이라니. 너희들과 몇 번이나 술을 마실 생각은 없다.

일단 술과 함께 적당히 음식을 주문했다.

"제이드. 넌 그 곰에 대해 잘 아는 건가?"

제공된 술을 마시며 우라간이 물었다.

"그녀가 있는 마을에 간 적도 있고, 함께 일을 한 적도 있으니까 어느 정도는 알고 있어."

"크리모니아랬나?"

"맞아, 알고 있었구나."

"우리 중 한 명이 크리모니아 출신이라서 조금 이야기를 들었거든. 처음에는 모두 말도 안 되는 이야기라고 생각했는데, 이번 일로 거짓말이 아니라는 걸 알았어."

이야기만 들으면 의심이 갈 만한 내용뿐이다. 나도 이야기만 들었다면 믿지 않았을 것이다.

"샌드 웜을 모래 속에서 정확히 파낼 수 있는 마법 기술. 커다란 샌드 웜에 본 적도 없는 커다란 스콜피온 토벌. 이 두 눈으로 봤지만 아직도 못 믿겠어."

실제로 두 눈으로 봐도 믿을 수 없는 일이니까 어쩔 수 없다. 하지만 사실이기 때문에 받아들일 수밖에 없었다.

"한 가지 충고하자면, 그 아가씨를 무시하는 건 물론이고 그 옷차림에 대해서도 묻지 않는 게 좋아. 그 아가씨에 대해 아무것도 모르고 시비를 걸었던 모험가가 흠씬 맞아서 호된 꼴을 당했다는 이야기가 있어."

토우야가 술이 담긴 컵을 들고 웃으며 충고했다.

"그중 한 명이 우리 파티에 있어."

우라간은 한 남자를 보고 웃기 시작했다. 그 남자는 쓴웃음을 지었다.

"그거 참 안됐네. 우리는 그날 모험가 길드에 없어서 보지 못했는데. 아쉽군."

"아니, 토우야. 네가 그 자리에 있었다면 분명히 유나에게 시비를 걸었을 테니 당한 모험가들과 똑같은 운명을 걸었을걸."

"확실히, 그건 부정을 못하겠네."

토우야의 실력으로는 유나를 이길 수 없다. 유나의 싸움을 본 것은 아니지만 블랙 바이퍼, 블랙 타이거, 골렘, 그리고 이번 거대한 샌드 웜에 스콜피온. 쉽게 쓰러뜨릴 수 없는 마물들뿐이다. 그것을 단 한 명(곰을 포함하면 3명?)이서 쓰러뜨린 것이다. 유나의 실력은 가늠할 수 없었다.

그저 말할 수 있는 것은, 우리 파티 멤버 전원이 싸워도 이길 수 있을지 어떨지 알 수 없다는 점이랄까.

그 정도로 유나는 강했다.

"그건 그렇고, 저 곰은 그렇게나 큰 스콜피온을 어떻게 쓰러뜨린 거야?"

"모르겠어. 샌드 웜 때는 불 마법을 입안에 넣었는데, 스콜피온에는 그런 흔적이 안 보였어."

애초에 체내 파괴는 그리 간단하게 할 수 있는 일이 아니었다. 마법은 보통 입안에서 무효화되기 때문이다. 몸속을 파괴할 수 있다는 것은 유나의 마법이 그만큼 강력하다는 뜻이었다.

"꼬리는 잘려 있었지?"

"그렇다고 그게 치명상이 되지는 않았을 텐데."

"애초에 그 꼬리는 어떻게 자른 거야? 저런 건 쉽게 끊어지지도 않을 텐데."

껍질을 만져봤더니 상당히 단단했다.

"유나는 미스릴 나이프를 갖고 있었으니까, 그걸로 베지 않았을까."

"아니, 나이프로는 너무 짧지."

"아이템 봉투에 검이 들어 있을지도 몰라. 그것도 대장장이 가잘이라는 이름이 새겨진."

"가잘이라니, 그 왕도의 대장장이 가잘 말야?"

내 말에 우라간이 놀란 표정을 지었다.

"응, 나이프를 보여줬으니 틀림없어."

우라간은 내 말에 믿을 수 없다는 표정을 지었다.

"저 곰은 대체 뭐지? 껍질도 쉽게 양보하고, 이번 일은 비밀로 해달라고 하질 않나, 모험가라면 자랑해야 하는 거 아닌가?"

"유나는 돈에도 명성에도 관심이 없는 것 같아. 본인은 눈에 띄는 건 싫어한다고 했어."

"후후, 말도 안 되는 소리. 저런 차림을 하고 있으면서 눈에 띄고 싶지 않다니."

알고 있다. 하지만 본인이 그것을 원하고 있는 것이다.

골렘을 토벌할 때도 입막음을 당했고, 함께 있던 바볼드 일행이 자신들이 골렘을 쓰러뜨린 것처럼 떠벌렸을 때도 화를 내는 기색도 없었다. 보통은 자신의 공적을 남에게 빼앗기면 화가 나기 마련이다. 게다가 자신의 공적을 알리는 것이 바로 모험가다. 그에 따라 지명도나 신뢰도도 올라가고 들어오는 돈도 달라진다.

저렇게 입고 있지만, 정말로 유나는 눈에 띄고 싶지 않은 것 같았다.

"뭐, 입막음 비용으로 스콜피온 소재까지 넘겨받은 이상 누구에게도 말할 생각은 없어. 너희들도 절대로 말하지 마라."

우라간이 동료에게 못을 박았다.

"토우야도 마찬가지야."

"알고 있다고. 나도 아직 죽고 싶진 않아."

술에 취해 있어서 정말 이해를 한 것인지 조금 불안했다. 토우야는 가끔 입을 잘못 놀리는 경우가 있어서 위험했다.

"그건 그렇고 저걸로 방어구를 만드는 게 기대되네. 빨리 왕도로 돌아가서 만들고 싶어."

우라간은 기쁜 얼굴로 술을 마셨다.

저 거대한 스콜피온의 껍질은 가벼우면서도 단단하다. 방어구로는 최고급 소재였다. 나는 장갑을 만들 생각이다. 검을 휘두를 때 장갑이 무거우면 팔에 가해지는 부담이 커진다.

그런 점에서 유나가 양보해 준 스콜피온의 껍질은 가볍고 강도도 좋아 장갑에 제격인 소재였다.

비단 장갑에 한정된 이야기가 아니다. 다리나 몸통 방어구도 가볍고 강도가 높으면 움직이기 쉬워진다. 움직이기 쉬워지면 마물을 쓰러뜨리기 쉬워진다. 모험가라면 누구나 간절하게 원하는 소재였다.

그런 소재를 유나는 쉽게 양보해 주었다.

유나에게는 가치가 별로 없는 거겠지. 정말 신기한 여자아이다.

Gom Gom Gom Bear

VOL.12

▶ILLUSTRATION GALLARY_

곰 곰 곰 베어 14

사원 여행, 잊지 않았겠지……?

데젤트 마을에서 돌아온 유나. 왕에게 보고를 마치고 크리모니아의 집에서 느긋하게 지내고 있는데 피나에게서 연락이 온다! 계획 중인 사원 여행 일정을 빨리 잡지 않으면 젠츠가 쉴 수 없다는 것. 몇 명이 참여할 것인지, 이동 수단은 뭘로 할 것인지. 곰 사장님, 결정할 일이 산더미!

수영복, 드디어 완성!

셰리에게 부탁했던 수영복이 완성되어 입어보게 된 유나 일행. 슈리는 고아원 아이들도 입는 학교 수영복을 입고 한껏 들떴다! 귀여워서 좋다고 생각했는데…… 잠깐?! 엉덩이 부분에 곰 꼬리가……? 본인이 입는 수영복이 곰 사양이 된 것은 아닌지 불안해지는 유나.

자, 미릴러로 가자!!

드디어 사원 여행 당일! 유나가 직접 만든 곰 버스를 움직이기 위해 흰 곰 옷을 입고 만반의 준비를 갖춘다. 고아원 아이들, 곰 씨 쉼터 사람들과 안즈 일행, 피나와 슈리 가족, 노아와 시아,

미사 등 대인원이 미릴러 마을로 출발!!

바다를 신나게 만끽?!

즐거운 버스 이동을 거쳐 미릴러에 도착한 유나 일행. 커다란 곰 하우스에 짐을 두고 곧바로 바다로 출발! 단단히 준비 운동을 마치고 곰 꼬리가 달린 수영복에 귀가 달린 모자를 입은 귀여운 아이들. 수영법도 배운 뒤 바다에서 놀기 시작하는데…… 어? 유나가 없다? 셰리가 만들어줘서 용기 내서 수영복을 입었는데, 다들 곰 옷을 입지 않은 유나를 알아차리지 못하고?!

유나의 제안에 의해 고아원 아이들과 가게에서 일하는 모린 씨 일행을 데리고 바다에 가게 되었다. 그것 때문에 내 일이 단숨에 늘었다.

유나에게 이야기를 들은 나는 평소의 일을 마친 뒤 원장 선생님이 있는 곳으로 향했다.

아직 아이들에게는 알리고 싶지 않아 개인실에서 이야기를 나눴다.

"그래서 아이들에게 들려주고 싶지 않은 이야기라는 게 뭔가요?"

원장 선생님이 조금 불안한 표정을 지었다.

내가 아이들에게 알리고 싶지 않다고 말해서 불안하게 만든 모양이다.

"죄송해요. 딱히 안 좋은 이야기는 아니에요. 그저 아이들이 들으면 소란을 피울 거라고 생각했거든요."

나는 유나가 고아원 아이들을 데리고 바다에 갈 생각을 하고 있다는 사실을 전했다.

"전원이요?"

"원장 선생님이랑 리즈 씨, 니프 씨. 그리고, 유나가 일하고 있는 가게의 사람들도요."

내가 설명하자 원장 선생님은 놀랐다.

"저도요?"

"가능하다면 아이들을 돌봐주시면 감사할 것 같아요."

아이들은 기운이 넘쳐서 제각각 돌아다니기 마련이다. 그런 아이들을 감독할 수 있는 사람은 원장 선생님밖에 없었다. 물론 리즈 씨나 니프 씨의 말도 듣겠지만, 역시 원장 선생님의 말을 가장 잘 들을 것이다. 원장 선생님의 존재는 크다.

"하지만 변함없이 유나 씨는 놀랄 만한 일을 벌이네요."

정말이다. 그때그때 떠오른 대로 행동하는 아이다. 그것에 휘둘리는 이쪽 사정도 생각해 주면 좋겠다.

하지만 귀찮다고 생각해도 진심으로 싫다고 생각한 적은 없었다. 이렇게 일할 수 있어서 기쁘고, 유나가 하는 일은 신선하고 즐거웠다.

다만 이번에는 즐겁지만은 않았다.

"그리고 니프 씨 말인데……."

"그렇군요. 제가 전해드리겠습니다. 무리하게 강요할 수는 없으니까요."

내 말의 분위기를 헤아렸는지 그녀가 고개를 끄덕였다.

"네, 그 부분은 유나도 알고 있을 거라 생각해요."

니프 씨나, 곰 씨 식당에서 일하는 미릴러 마을에서 온 사람들은 무언가 사정이 있어서 크리모니아에 와 있는 것으로 알고 있다. 어쩌면 미릴러 마을에 가고 싶지 않을지도 모른다. 만약 그런 경우에는 크리모니아에 남아 있기로 했다.

고아원을 뒤로한 나는 「곰 씨 쉼터」에 이번 일을 전하러 갔다. 이야기를 들은 모두는 놀란 얼굴을 했다.

전원이 가는 것도 놀랍지만, 가게를 쉬면 돈은 들어오지 않는다. 하지만 유나는 여행 중에도 월급을 줄이지는 않기로 약속했다. 그 사실을 설명하니 더욱 놀랐다.

모린 씨는 믿을 수 없다는 얼굴을 했고, 카린 씨는 기뻐했고, 네린 씨는 나도 가도 되는 건가, 하고 중얼거리고 있었다.

다음으로 곰 씨 식당으로 향했다.

니프 씨에 관한 일은 원장 선생님께 부탁해 버렸지만, 역시나 안즈 씨에게 세노 씨 일행에 관한 일을 부탁할 수는 없었다.

내가 불안한 얼굴로 세 사람에게 이야기를 전하자, 세 사람은 생각보다 긍정적이었다.

반대로 신경 쓰지 말라는 말을 들었다.

세 사람은 얼굴을 마주 보고 니프 씨를 포함해 함께 상의해 보겠다고 전했다.

나는 시간은 있으니 천천히 생각해 달라고 전했다. 자세한 것을 모르는 나는 그것밖에 말할 수 없었다.

연상인데, 내가 좀 더 정신을 차려야지.

그리고 나는 유나에게 부탁받은 일을 상담하기 위해 상업 길드로 갔다.

"티루미나 씨, 오늘은 무슨 일인가요?"

빙긋 웃는 여성. 아직 젊은데 상업 길드의 길드 마스터인 밀레느 씨다.

"그, 의논할 일이 있어서요."

"뭔데요? 돈 되는 이야기인가요?"

"그건 아니지만, 생각하기에 따라서는 돈이 될지도 몰라요."

나는 고아원의 아이들이나, 가게 사람들을 데리고 미릴러 마을에 간다는 내용을 설명했다.

"전원?"

"네, 전원이요."

빙긋 미소 짓던 밀레느 씨의 표정이 놀란 표정으로 바뀌었다.

"그래서 그동안에는 아이들이 없으니 상업 길드에서 꼬끼오를 돌봐줄 사람을 보내줄 수 없을지 부탁하고 싶어서요."

뻔뻔한 부탁이라는 것은 알고 있다.

"가츠 씨나 빌리 씨라면 돌보는 법을 알고 계시니 도움이 될 것 같은데."

가츠 씨와 빌리 씨는 알을 가지러 와주는 상업 길드원이다. 가끔 이곳의 준비가 끝나지 않으면 꼬끼오를 돌봐주는 일을 도와주곤 했다.

그 두 사람이라면 꼬끼오를 돌보는 방법도 알고 있으니 안심하고 맡길 수 있었다. 게다가 밀레느 씨가 준비해 준 사람이기도 해서 믿을 수 있는 사람들이었다.

"그건 괜찮지만."

"정말인가요?"

"네, 날짜를 미리 알고 있으면 대응할 수 있어요."

현재로서는 출발하는 날짜는 정해지지 않았다. 하지만 날짜를 미리 알고 있으면 대응해 준다는 것은 다행이었다.

우리는 현재 결정할 수 있는 것에 관해 먼저 논의했다.

"그럼 가게가 쉬는 동안 알은 모두 이쪽에서 가져가도 되는 거군요."

"네. 버리고 싶지는 않으니 상업 길드에서 모두 인수해 주시면 감사하겠습니다."

가격은 평소보다 저렴하지만, 유나에게는 이미 확인을 끝냈다.

"그럼 그동안 이벤트라도 할까?"

밀레느 씨는 뭔가를 생각하더니 즐거운 얼굴로 미소 지었다. 역시 상업 길드 마스터다.

"그래도 바다에서 놀다니, 좋네요. 미릴러 마을에는 일 때문에 간 적밖에 없으니까요."

"저기, 밀레느 씨도 가실래요? 분명 유나라면 괜찮다고 말할 거예요."

"후후, 고마워요. 마음만 받아둘게요. 가고 싶지만 일도 있고, 그 알 건도 생겼고, 여러모로 힘들 것 같으니까요."

"죄송해요."

"후후, 괜찮아요. 즐겁게 놀다와요."

정말로 밀레느 씨에게는 도움만 받고 있었다.

그리고 여러 준비를 시작하자 세세한 문제점이 몇 가지 나왔다.

제일 중요한 것은 가게 식자재 관리였다. 제대로 하지 않으면 늘 주문하고 있는 채소 가게나 정육점에 폐가 된다.

갑자기 내일부터 필요하지 않다고 하면 상대도 난처하다. 될 수 있으면 미리 알려줘야 했다.

하지만 일정이 정해지지 않은 이상 전할 수도 없었다.

그리고 가게에서 남은 식재료도 마찬가지다. 다 쓰면 제일 좋지만 그렇게 쉬운 문제는 아니었다. 평소였다면 다음 날로 돌릴 수 있는 식재료도 쉬면 돌릴 수 없었다.

그리고 또 가게가 쉰다는 것을 미리 공지해야 했다. 갑자기 쉬게 되면 늘 먹으러 와 주는 손님에게도 폐가 될 것이다.

여러 가지 할 일은 있었지만, 모두 일정이 정해지지 않으면 할 수 없는 일뿐이었다.

그리고 바다에 가는 것을 들은 겐츠도 함께 가고 싶다는 이야기를 꺼내기 시작했다. 일을 오래 쉬어서 모험가 길드에서 잘리기라도 하면 곤란하다고 하니, 휴가를 반납하고 일하겠다고 했다.

무리하지 않았으면 좋겠는데…….

겐츠의 일도 포함해서, 여러모로 유나에게 상담하려고 생각했는데, 유나는 영주님께 의뢰받은 일로 왕도에 나가 있었다.

뭐, 지금은 유나가 돌아올 때까지 할 수 있는 것을 해 두기로 할까.

미릴러 마을에 갈 준비를 시작한 지 며칠이 지났다. 니프 씨 일행도 함께 가게 되었다. 조금 걱정이 되긴 했지만 4명이서 제대로 대화를 나누고 결정한 일이라고 했다.

네 사람이 결정했다면 내가 간섭할 일은 아니었다.

슬슬 유나에게 상담을 하고 싶은 차에, 유나가 가지고 있는 곰폰이라는 마도구를 통해 유나에게 연락이 왔다.

피나의 말로는 국왕님께 일을 부탁받아, 먼 마을에 가 있다고 했다.

영주님께 일을 부탁받고 왕도에 갔다가, 그다음엔 국왕님께 일을 부탁받았다니, 내 기준으로는 상상도 할 수 없는 일이었다.

하지만 딸들의 말에 따르면 국왕님과 사이좋게 이야기를 나누고 있다고 한다. 딸들도 성에 들어가거나 국왕과 왕비, 공주들과 식사를 했다고.

유나가 있으면 괜찮겠지만, 딸들도 국왕님과 만나고 있다고 생각하니 조금 불안해졌다.

그리고 우선 겐츠도 함께 간다는 허가는 받은 모양이었다.

함께 바다에 가기 위해 휴가를 반납하고 일하고 있는 겐츠를 위해, 오늘은 맛있는 음식이라도 만들어 줄까.

✖ 24 곰 버스 안 노아 편

오늘은 미릴러 마을에 가는 날입니다. 기대돼서 일찍 잠이 깨버렸습니다. 저는 옆에 누워있는 미사를 깨워 왕도에서 돌아온 시아 언니와 함께 약속 장소로 향했습니다. 그런데 아무도 없었습니다. 아무래도 저희가 제일 빨리 도착한 모양이에요.

그리고 얼마 지나지 않아 유나 씨와 피나 일행이 왔습니다.

그리고 유나 씨는 미릴러 마을까지 가는 이동 수단으로 곰 님 모양의 마차를 곰 아이템 봉투에서 꺼냈습니다.

게다가 큰 곰 마차와 작은 곰 마차 두 대였습니다. 작은 마차는 색깔이 검은색과 흰색이라 그런지 곰돌이와 곰순이를 닮았습니다. 유나 씨는 좋아하는 쪽을 타도 좋다고 했지만 그렇게 쉽게 선택할 수 없었습니다. 그래서 저는 미사와 피나와 함께 곰 마차를 보고 선택하기로 했습니다.

"피나는 알고 있었나요?"

피나와 슈리는 곰 님 마차를 보고도 놀라지 않았습니다.

"큰 곰 마차는 알고 있었지만, 작은 곰 마차는 몰랐어요."

들어 보니 큰 곰 마차를 만들 때 피나와 슈리는 함께 있었다고 합니다.

"피나, 혼자만 알고 치사해요."

피나는 유나 씨와 함께 있는 경우가 많기 때문에 어쩔 수 없지만, 부럽습니다.

"하지만 마차 시승을 하게 돼서 힘들었어요."

"응, 엉덩이 아팠어."

이야기를 들으니, 여러 가지 곰 모양의 마차에 타서 고생을 했다고 합니다.

하지만 이 곰 마차 이외에 다른 것에도 탈 수 있었다는 것은 역시 부럽습니다.

"그래서 다들 어떻게 할 건가요?"

고아원 아이들이 와서 큰 곰 마차에 타고 있습니다. 빨리 결정하지 않으면 탈 장소가 사라질지도 모릅니다.

참고로 저는 모든 곰 님에 타고 싶었습니다. 그것을 감안해 함께 논의한 결과, 피나네 가족과 저희는 각각 다른 곰 님 마차를 타고, 나중에 교대해서 곰 님 마차를 모두 타보기로 했습니다.

피나 일행과 함께 타면 다른 사람에게 교대를 부탁해야 합니다. 하지만 따로 타면 교대도 쉽습니다. 물론 피나 어머니께 허가는 받았습니다.

처음에는 큰 곰 마차에 피나 일행이, 작은 곰 마차에는 저희가 타게 되었습니다.

저는 미사, 언니, 마리나와 엘을 데리고 하얀 곰순이 색 마차를 탔습니다.

맨 앞자리에는 저와 미사, 가운데엔 시아 언니, 뒷자리에 마리나와 엘이 앉았습니다.

그리고 모두 모이자 미릴러 마을로 출발했습니다.

큰 곰 마차를 선두로 우리의 작은 곰 마차도 움직이기 시작했습니다.

"말도 없는데 움직이기 시작했어요."

처음에는 어떻게 움직일까 싶었는데, 유나 씨가 마법으로 움직인다고 했습니다.

유나 씨와 국왕 폐하의 탄신제를 위해 왕도에 갔을 때는 도적을 잡았습니다. 그때 유나 씨는 곰 골렘을 만들어 도적을 우리에 넣고 운반했습니다.

그것과 똑같은 것 같았습니다.

이야기를 들으면 쉬운 것처럼 들리지만, 아무나 할 수 있는 일은 아닙니다.

"유나의 마력이 부러워."

뒤에 타고 있는, 마법이 특기인 엘이 한숨을 쉬며 중얼거렸습니다. 그 중얼거림에 미사가 반응합니다.

"엘은 못하나요?"

"네. 바퀴를 움직이는 것뿐이라면 할 수 있지만요. 하지만 무게, 속도, 거리, 그것들을 생각하면 장시간 멀리 달리게 하는 건 무리예요."

미사의 질문에 엘이 자세히 설명해 줬습니다.

"게다가 세 개의 마차를 혼자서 움직이다니 믿을 수가 없어요."

"어려운 거군요."

"맞아요. 그래서 태연한 얼굴로 해내는 유나의 마력이 부러워요."

마법사 엘이 보기에도 유나 씨의 마력은 큰 모양입니다.

언젠가는 저도 이런 마법을 써보고 싶습니다.

곰 마차는 아무 일 없이 순조롭게 나아갔습니다.

빠르기는 성인이 달리는 정도일까요?

하지만 느긋하게 움직이는 마차보다는 틀림없이 빠릅니다.

"노아. 분명 냉장고 안에 음료수가 있다고 유나 씨가 말했었지. 갖다줄래?"

뒤에 있는 언니에게 부탁을 받았습니다.

"네. 잠시만 기다려주세요."

맨 앞 가운데에 작은 문 같은 게 있었습니다. 이 안에 음료가 들어있다고 했습니다.

문을 열자 차가운 공기가 흘러나옵니다. 그리고 유나 씨 말대로 음료수가 준비되어 있었습니다.

"언니, 드세요."

"고마워."

언니는 받아들고는 음료수를 마셨습니다.

"시원해서 맛있다."

저랑 미사도 마시기로 했습니다. 확실히 시원해서 맛있었습니다.

곰 마차는 나아갔고, 밖을 바라보며 미사나 언니와 이야기를 나누다 보니 곰 마차가 멈췄습니다.

아무래도 점심 휴식을 하려는 모양입니다.

점심은 곰 씨 쉼터에서 빵을 만들고 있는 모린 아주머니가 준비해 주셨습니다. 너무 맛있었지만, 곰빵이 없었던 것은 아쉬웠습니다.

그리고 점심을 다 먹은 우리는 피나와 교대하였습니다.

"티루미나 아주머님, 죄송해요."

"괜찮아. 이야기는 들었으니까."

피나네 가족은 우리가 타고 있었던 곰순이 색깔 곰 마차에 올라탔습니다. 그 대신 저희는 큰 곰 마차를 탔습니다.

작은 곰 마차도 좋았지만 큰 쪽도 좋았습니다.

저는 곰돌이를 안고 유나 씨 옆에 앉았습니다.

"어, 노아가 타는 거야?"

"네, 피나와 교대로 타기로 했거든요."

돌아올 때는 곰돌이 색을 한 곰 마차를 타면 완벽합니다.

큰 곰 마차가 움직이기 시작하자, 뒤에서 작은 검은색과 흰색 곰 마차가 쫓아옵니다.

"그럼 조금 속도를 낼게."

유나 씨는 그렇게 말하더니 지금보다 더 빨리 곰 마차가 달리기 시작합니다.

그 순간 아이들은 기뻐하고 어른들은 당황하기 시작합니다. 물론 저는 전자입니다. 이거라면 더 빨리 바다에 갈 수 있을 것 같습니다.

그렇게 생각한 순간 아이 중 한 명이 뒤를 보며 떠들었습니다.

"곰 님 눈이 빛난다~."

뒤를 보자 작은 곰 마차의 눈이 몇 번이나 깜빡이고 있었습니다.

"유나 씨, 뒤에 있는 곰 님 마차의 눈이 빛나고 있는데요."

무슨 일이 있을 때 빛을 내라고 했지만, 결국 저는 사용하지 않았습니다.

"무슨 일이지?"

유나 씨가 곰 마차를 멈추자 작은 곰 마차가 옆에 멈춥니다.

"티루미나 씨, 안즈 씨, 무슨 일이에요?"

유나 씨가 묻자, 작은 곰 마차를 타고 있던 모두에게 너무 빠르다는 주의를 받았습니다. 결국 곰 마차의 속도를 줄여서 달리게 되었습니다.

유나 씨는 아쉬운 얼굴을 했지만, 고아원의 원장 선생님마저 「속도를 줄여주시면 감사하겠습니다」라고 부탁해 오셨으니 어쩔 수 없었습니다.

저도 아쉽지만 고집을 부릴 수는 없습니다.

그래도 곰 마차는 일반 마차보다는 빠르게 나아가 터널 앞에 도착했습니다.

터널 앞에는 여관과 가게가 늘어서 있었습니다. 가장 눈길을 끄는 것은 곰 장식물이었습니다. 아버님께 부탁을 받아서 유나 씨가 만든 것 같았습니다. 저도 집에 만들어 달라고 부탁을 했는데, 거절당했습니다. 아버님의 부탁은 들어줬으면서, 치사해요.

그리고 마침내 저희는 터널 안으로 들어갔습니다. 이 터널을 벗어나면 바다가 있습니다.

터널 벽에는 빛의 마석이 붙어 있어 밝았습니다. 처음에는 터널 안도 신선하고 즐거웠지만, 계속 같은 풍경이 계속돼서 질렸습니다.

하지만 잠시 후 유나 씨가 곧 출구라고 알려주었습니다. 곰 마차 안에 있는 모두가 시끄러워지기 시작합니다.

물론 저도.

앞쪽으로 출구가 보이고, 곰 마차는 터널을 빠져나갔습니다.

눈앞에 큰 바다가 펼쳐져 있었습니다.

"바다예요."

다들 소리 높여 바다를 바라보았습니다. 미사도, 언니도, 피나도, 슈리도, 저도.

앞으로 며칠 간이 너무 기대됩니다.

오늘은 미릴러 마을에 가는 날.

아침부터 모두의 아침 식사용 빵을 만드느라 약속 장소에 가는 것이 늦어지고 말았다.

약속 장소에 도착하니 큰 곰과 작은 곰이 2개 있었다.

혹시 마차인가?

그 곰 모양의 마차에는 고아원 아이들이나, 피나, 느와르 님 일행이 타고 있었다.

아무래도 이 곰 모양의 마차를 타고 가는 모양이었다.

하지만 이 곰 모양의 마차를 끄는 말이 없었다. 들은 말에 의하면 유나의 마법으로 움직인다고 했다. 이야기를 들었을 때는 믿을 수 없다고 생각했지만, 그 유나다. 그 정도의 일도 가능할지도 모른다.

나는 어머니와 네린, 그리고 곰 씨 식당에서 일하는 안즈 일행과 함께 검은색의 작은 곰 마차를 탔다.

세노 씨가 맨 앞에 타고 싶다는 말을 꺼내서 맨 앞에는 세노 씨와 안즈. 가운데 자리에는 포르네 씨와 베틀 씨가 앉았고, 우리 셋은 맨 뒷자리에 앉게 되었다.

그리고 유나에게 마차에 대한 간단한 설명을 들은 뒤 곰 마차는 움직이기 시작했다.

신기하다. 말도 없는데 움직이고 있다.

세노 씨는 맨 앞에서 떠들고 있다.

"카린 언니, 말이 없는데도 움직이고 있어요!"

옆에 앉은 네린도 떠들고 있었다.

만약 두 사람이 없었다면 내가 떠들었을지도 모른다.

"정말 유나는 대단하네요."

"뭐, 유나니까."

가게에서 일을 하다 보면 손님들의 대화가 들려왔다. 그래서 유나의 이야기도 자주 듣게 되었다.

싸움을 걸어온 모험가에게 되갚아줬다거나, 엄청 강한 마물을 쓰러뜨렸다거나, 그런 유나라면 이 정도의 일도 가능할지도 모른다.

나보다 어린데, 정말 대단한 여자아이다.

"안즈 씨는 유나 씨의 요청을 받아서 미릴러 마을에서 온 거죠?"

"응, 가게를 만들 거니까 거기 요리사가 되어달라고 해서. 처음에는 농담인 줄 알았는데, 이런저런 일을 겪으면서 사실이라는 걸 알게 되고, 결국 크리모니아까지 온 거야."

"우리는 그 안즈한테 얹혀서 따라왔지."

"처음에는 월급이 적어도 되니까 마을에서 나가고 싶었어. 그래서 안즈에게 부탁해서 유나에게 이야기를 전한 거야."

사람마다 여러 가지 사정이 있는 모양이었다. 나와 어머니도 왕도에서 힘든 일이 있었지만 유나에게 구원을 받았다. 지금은 아이들에게 둘러싸여 즐겁게 빵을 만들고 있다.

"하지만 와보니 생각보다 일은 즐겁고, 불쾌한 짓을 하는 사람도 없고, 월급도 많고, 제대로 쉬는 날도 있으니까 외출도 할 수 있고, 심지어는 다같이 여행도 할 수 있고 말이지."

"뭐, 우리가 살던 마을로 돌아가는 것뿐이지만."

주위에서 웃음이 터졌다.

"그, 괜찮아요? 마을에서 안 좋은 일이 있었다는 이야기를 들었는데요."

물어봐도 될지 모르겠지만, 묻고 말았다.

"글쎄. 마을에 가봐야 알겠지만, 지금은 괜찮을 것 같아. 오랜만에 미릴러에 있는 친구들도 만나고 싶으니까."

"아마 혼자서는 돌아갈 수 없었을 거야. 하지만 모두와 함께라면 괜찮아."

세노 씨 일행은 서로의 얼굴을 마주 보았다.

"그러니까, 유나에게 고마워."

"하지만 설마 이렇게 많은 사람들이 갈 줄은 몰랐어요."

고아원 아이들과, 우리와, 피나네 가족. 심지어 영주님 딸인 느와르 님도 함께였다.

"미릴러 마을은 어떤 곳인가요? 바다가 정말 넓은가요? 물이 전부 소금물이라는 게 사실인가요?"

지식으로는 알고 있지만 실제로 본 적은 없었다.

"다들 그걸 묻는구나."

왜냐하면 바다 같은 것은 본 적이 없다. 말로만 들어봤을 정도다. 요리에 사용하는 소금은 공짜가 아니다. 바다는 호수보다 넓고, 끝없이 이어지는 물이 모두 소금물이라고 하니 믿을 수가 없었다.

"카린 말대로 바다는 넓어. 어디까지 가도 바다, 어디를 봐도 바다, 그리고 전부 소금물이야."

"누가 소금을 뿌린 건 아니죠?"

이야기를 듣고 있던 네린이 끼어들었다.

"후후, 그런 짓을 하면 큰일이 날걸."

"그럼 왜 소금물이에요?"

"음, 실은 나도 잘 모르겠어."

"뭐랄까, 궁금해한 적도 없었어. 태어날 때부터 바다는 그런 게 당연하다고 생각하고 살아와서, 의문을 느낀 적도 없었어."

"카린도 네린도 암염이 왜 소금으로 만들어졌는지는 모르지 않을까? 금과 은, 철 등이 광산에 있는 이유도 알 수 없지. 애초에 생각해 본 적도 없잖아. 우리에게 있어서도 바다는 그것과 같은 거야."

그런 말을 듣고 보니 그런 의문이 든 적은 없었다.

새삼 의문스럽게 느껴졌지만, 나는 답을 모른다. 그것은 어머니나 네린도 마찬가지인 듯했다.

그래서 안즈 일행도 바다가 왜 소금물인지에 대한 의문을 느끼지 않았고 생각도 하지 못했다고 한다.

"그것보다도 카린은 왕도에서 왔지? 이번에는 왕도의 이야기를 들려줘. 나도 언젠가는 가보고 싶거든."

세노 씨가 뒤를 돌아보며 물었다.

"왕도요?"

나와 네린, 그리고 어머니가 가끔 대화에 참가하며 왕도의 이야기를 해 주었다.

"언젠가는 왕도에 가보고 싶다."

"이번 여행지, 미릴러 마을이 아니라 왕도가 좋았으려나? 이 곰 이동 수단이라면 빨리 도착할 수 있지 않았을까?"

우리가 타고 있는 곰 마차는 커다란 곰 마차 뒤를 잘 달려가고 있었다.

처음엔 말이 없어서 불안했지만, 승차감도 좋고 마차보다 빠르다.

일반적인 마차는 말이 걷는 속도였지만, 유나의 곰 마차는 사람이 달리는 정도의 속도는 나왔다.

그것이 아침부터 쭉 이어졌다.

"하지만 유나의 마력으로 움직이고 있는 거니까 상당히 부담되지 않을까?"

확실히, 마법에 대해서는 잘 모르지만 이런 일을 쉽게 할 수 있다면 다른 사람들도 했을 것이다. 유나라서 할 수 있는 것이 아닐까.

그 후 휴식을 취할 때 유나와 루리나 씨의 이야기가 들려왔다.

아무래도 곰 마차를 마력으로 움직이는 것은 일반적으로는 상당히 부담이 되는 모양이다. 하지만 유나는 아무렇지도 않다는 얼굴로 웃고 있었다.

쉬운 건지 어려운 건지, 정말 판단하기 어렵다.

그리고 이동하는 동안 아무 문제 없이, 미릴러 마을로 이어지는 터널 앞까지 왔다.

터널 입구 앞에서 가볍게 휴식을 취한 우리는 곰 마차에 올라 터널 안으로 들어갔다.

터널은 벽에 붙어 있는 빛의 마석에 의해 안쪽까지 빛나고 있었다.

"이 터널을 지나가면 바다인가."

"근데 이 터널이 꽤 길어."

"그래요?"

"응, 처음에는 처음 경험하는 거라 재미있게 봤지만. 끝없이 같은 풍경이 계속되니까 금방 질리더라고."

"세노 씨는 자고 있었죠."

"너희도 그렇잖아."

세노 씨가 화를 냈지만 다른 사람들은 웃었다.

안즈 씨의 말대로 터널은 길었다. 옆에 앉아 있는 어머니도 눈을 감고 있고, 네린도 자고 있었다.

안즈 일행도 잠이 들었는지 조용하다.

나도 오늘은 아침 일찍 일어난 탓에 잠이 왔다. 꾸벅꾸벅 졸고 있으니 앞을 달리는 곰 마차에 탄 아이들이 떠드는 소리가 들려왔다.

"빛이다!" "밖?!" "바다?"

그 목소리로 우리도 잠에서 깨 마차 창문으로 얼굴을 내밀고 터널 끝을 바라보았다. 진짜 빛이 보였다.

곰 마차가 진행되면서 서서히 빛이 커졌다.

그리고 빛 속을 빠져나갔다고 생각한 순간, 커다란 바다가 펼쳐졌다.

바다는 정말 컸다. 상상 이상으로 컸다.

시선 끝까지 바다가 이어지고 있었다.

나뿐만 아니라 어머니나 네린도 놀란 얼굴로 보고 있었다.

커다란 곰 마차에서도 아이들의 떠드는 소리가 들려왔다.

아이들이 떠드는 기분도 이해가 갔다.

정말 굉장하다.

우리 앞에 커다란 물이 펼쳐져 있었다.

"이게 바다구나."

물은 끝도 없이, 끝도 없이, 아득히 먼 곳까지 이어져 있었다.

26 첫 바다 셰리 편

미릴러 마을에 도착한 우리는 큰 곰 님 집에 머물게 되었습니다.

방 배정이 결정되고 고아원 아이들은 바다에 가고 싶다고 유나 언니에게 부탁을 했습니다.

미묘한 시간이었기 때문에 유나 언니는 썩 내키지 않는 얼굴이었습니다. 하지만 모험가인 루리나 씨가 함께 가 주기로 해서 바다에 갈 수 있게 되었습니다.

저희들은 뛰쳐나가려고 했지만, 루리나 씨가 소리쳤습니다.

"단독으로 행동하는 아이가 있으면 가지 않을 거야."

그 말에 전원의 움직임이 멈췄습니다.

바다에 가지 못하게 되는 건 싫습니다.

"우리에게서 조금이라도 떨어지는 아이가 있으면 바로 돌아갈 거야. 그러니까 서로 조심하도록 하자."

모두가 가장 먼저 바다에 가고 싶었던 마음을 꾹 눌렀습니다.

특히 남자아이들은 아쉬워했지만, 길 씨에게도 「약속을 지키지 못하는 남자는 남자가 아니다」라는 말을 들어서 그런지 떨어지는 아이는 없었습니다.

우리는 천천히 걸으며 완만한 비탈길을 내려갔습니다.

바다가 다가왔습니다.

유나 언니의 곰 님 집에 갈 때 바다를 봤지만 정말 큽니다.

호수보다, 크리모니아 마을보다 훨씬 큽니다.

얼마나 큰지 상상도 할 수 없습니다. 보이는 곳 저편까지 바다가 계속되고 있었습니다.

"루리나 언니, 바다는 어디까지 이어져 있어?"

여자아이가 루리나 씨에게 물었습니다. 하지만 루리나 씨는 난처한 표정을 지었습니다.

"으음, 어려운 질문이네. 아마 한참 앞에는 우리와는 다른 나라가 있고, 사람이 살고 있을 거라 생각해."

"한참 앞이라는 건 얼마나 뒤야? 여기서 크리모니아 마을 정도?"

"미안해. 나도 가본 적이 없어서 잘 모르겠어. 하지만 바다 건너나라와 교류하고 있다고 하니까 사람은 있을 거야."

얼마나 앞일까요?

아무리 멀리 봐도 바다밖에 없는데요.

저희는 바다 앞까지 왔습니다. 모래가 온통 펼쳐져 있었습니다.

"모래사장이다."

모래사장. 처음 봤습니다.

"물이 다가온다."

"다시 돌아가."

"파도야."

물이 우리에게 다가왔다고 생각하면 다시 돌아갑니다. 그걸 몇 번이고 몇 번이고 반복하고 있었습니다.

아이들은 참지 못하고 달리기 시작합니다.

"봤으니까 알겠지만, 갑자기 물이 가까이 오니까 너무 가까이 가면 안 돼. 그리고 신발 젖지 않게 조심해."

루리나 씨의 주의는 한발 늦었습니다. 신발을 적신 아이들이 나와버렸습니다. 하지만 다들 즐거워 보였습니다.

"짜."

물을 마신 아이가 혀를 내밀며 물을 뱉어냈습니다.

"아아, 바닷물은 먹으면 안 돼. 바다의 물은 소금물이라서 마실 수 없어."

정말일까요? 이야기는 들었지만 눈앞에 있는 물이 전부 소금물이라는 것을 믿을 수 없습니다.

저도 손에 물을 떠서 아주 조금 핥아 보았습니다.

짰습니다. 진짜 소금물입니다.

그리고 짧은 시간이었지만 바다를 즐겼습니다.

다들 아직 돌아가고 싶지 않은 얼굴이었지만, 「유나 씨와의 약속을 어길 거야?」라는 루리나 씨의 한마디로 모두 순순히 돌아가게 되었습니다.

다들 유나 언니의 말은 잘 듣습니다.

왜냐하면 다들 유나 언니를 좋아하니까요.

곰 님 집으로 돌아온 우리는 저녁을 먹었습니다.

그 후, 저는 미사나 님과 시아 님의 수영복을 전달하러 갔습니다.

노아 님이나 피나 님과 다른 사람들의 수영복은 이미 전해 주었지만, 어제까지 만들었던 미사나 님 일행의 수영복은 아직 전해 주지 않았습니다.

"미사나 님, 시아 님. ……저, 수영복이에요."

"감사해요."

"고마워. 많이 힘들었지?"

두 사람은 기쁘게 받아주었습니다.

"아니요, 괜찮아요. 만드는 게 즐거웠거든요."

거짓말이 아닙니다. 만드는 것은 즐거웠습니다. 하지만 조금 더 시간의 여유가 있었으면 하는 생각도 있었습니다.

"만약 이상한 점이 있다면, 간단한 거라면 수선할 수 있으니 말씀해 주세요."

실과 바늘, 그리고 약간의 천은 가지고 왔습니다. 수선 정도는 가능합니다.

"셰리가 만들었으니까 괜찮아요. 저와 피나의 수영복도 완벽했어요."

이미 한번 입어보았던 느와르 님은 안심시키듯 그렇게 말씀해 주셨습니다.

"응. 만약 문제가 있으면 말할게."

"네."

그 후 미사나 님의 호위인 마리나 씨와 엘 씨의 수영복을 건네주고, 마지막으로 루리나 씨에게 수영복을 건네주었습니다.

그렇게 무사히 전원에게 수영복을 전할 수 있었습니다.

다음 날 아침 식사를 마친 우리는 바다로 갈 준비를 시작했습니다. 고아원 아이들은 제가 만든 수영복을 입기 시작합니다.

피팅은 했기 때문에 괜찮을 거라고 생각하지만, 조금 걱정이 됐습니다.

저도 옷을 갈아입고 전원이 옷을 다 갈아입자, 루리나 씨와 리즈 씨가 여자아이들을 모아 밖으로 나갔습니다.

남자아이들은 이미 길 씨가 데려다 주고 있었습니다.

우리는 바다를 향해 이어진 길을 나아갔습니다.

이 길을 가면 그 끝에 바다가 펼쳐져 있습니다. 모두 달리고 싶다는 얼굴을 하고 있었지만, 리즈 씨나 루리나 씨의 말에 따라 혼자 움직이지는 않았습니다.

우리는 모래사장까지 왔습니다.

파도가 오니까 조심할 것. 멀리는 절대 가지 말 것. 여러 가지 주의점을 루리나 씨에게 들었지만, 어제 이미 들은 아이들은 거의 듣지 않고 있었습니다. 바로 바다에 들어가고 싶은 얼굴이었습니다.

물론 저도 그랬습니다.

루리나 씨와 리즈 씨는 한숨을 내쉬더니 「그럼 바다에서 놀아요」라고 말했습니다.

우리는 바다를 향해 달려가 바다에 뛰어들었습니다.

"차갑다."

저는 친구들과 물싸움 등을 하며 놀았습니다.

옷이 물에 젖었습니다. 하지만 움직이기 힘들지는 않았습니다. 게다가 일반 옷과 달리 피부에 달라붙는 것 같은 불쾌한 느낌도 들지 않았습니다.

제가 만든 그 수영복을, 고아원의 아이들은 물론 귀족인 느와르 님이나 미사나 님, 시아 님, 모험가인 마리나 씨와 엘 씨, 루리나 씨. 모두가 입어주었습니다.

여기에 있는 모든 사람이 제가 만든 수영복을 입고 있다고 생각하니 왠지 기쁜 마음이 들었습니다.

그리고 마지막으로 피나와 슈리가 왔습니다. 둘 다 제가 만든 수영복을 입고 있었습니다. 그리고 그 두 사람 옆에는 머리가 긴 예쁜 여자가 있었습니다.

순간 저 예쁜 여자는 누구? 라고 생각했지만, 여자가 입고 있는 수영복은 제가 유나 언니를 위해 만든 것이었습니다. 그리고 피나와 슈리가 기쁜 얼굴로 손을 잡고 있었습니다. 그 여자의 손에는 검은색과 흰색 곰 인형이 끼워져 있었습니다.

저 예쁜 여자는 유나 언니였습니다.

친구들은 「피나랑 같이 있는 여자는 누구지?」라고 말하고 있습니다. 아무래도 눈치채지 못한 모양입니다. 저도 제가 만든 수영복을 입지 않았다면 눈치채지 못했을지도 모릅니다.

유나 언니는 저 수영복을 입어주셨네요.

날씬한 몸에 정말 잘 어울렸습니다.

다른 수영복도 입은 모습도 보고 싶은데, 안될까요?

27 귀향 안즈 편

    오랜만에 미릴러 마을로 돌아왔다. 이렇게 빨리 돌아올 줄은 몰랐다. 요리사가 수업을 나가면 몇 년은 돌아오지 못한다는 말을 여관 손님들에게서 들었다. 그래서 나도 그런 마음으로 미릴러 마을을 나왔다.

    하지만 잘 생각하니 내가 미릴러 마을과 크리모니아를 쉽게 오갈 수 있도록 유나가 터널을 파주었던 것이 떠올랐다.

    그래서 이번에 고아원 아이들뿐만 아니라 우리도 불러준 것일지도 모른다.

    나는 미릴러 마을에 도착한 날 집에 가지 않고 소문으로만 들은 곰 집에 머물렀다.

    유나의 곰 집은 내가 크리모니아에 가기 전부터 화제가 된 곳이었다.

    그 곰 집에 들어갈 수 있는 기회를 놓치고 싶지는 않았다. 게다가 모린 씨에게만 모두의 식사를 만들게 할 수는 없었다.

    사실 곰 집 안을 둘러보고 싶었는데, 방을 확인한 뒤 모린 씨가 저녁 준비를 한다고 해서 나도 도와주기로 했다.

    재료는 유나에게 받아서 우리는 그 재료에 맞춰 요리를 만들어 갔다. 카린과 네린, 그리고 세노가 도와줘서 생각보다 편하게 식사 준비를 할 수 있었다.

    우리가 식사 준비를 하는 동안 아이들은 바다에 간 것인지, 식사

중에는 그 이야기로 들떠 있었다.

식사를 마친 나는 세노 씨 일행과 집안을 구경한 뒤 목욕을 했다.

욕실 창문으로 보이는 밤바다의 경치는 미릴러 마을에 오랫동안 살았던 우리에게도 무척 아름다웠다.

다음 날 나는 유나의 호의에 응해 가족을 만나러 가기로 했다. 사실은 아이들의 식사가 걱정됐지만 괜찮다는 말을 들었다.

"설마 이렇게 빨리 돌아올 줄이야."

옆을 걷던 세노 씨가 감정을 담아 말했다.

나뿐만 아니라 미릴러 마을 출신의 모두가 있었다. 니프 씨도 원장 선생님의 설득으로 함께 왔다.

그리고 내 부모님을 만나기 위해 티루미나 씨와 겐츠 씨도 함께였다.

"맞아. 게다가 이렇게 좋은 마음으로 돌아올 줄은 몰랐어."

"그만큼 크리모니아 마을에서의 생활이 즐거웠다는 거지."

"우리들의 갈 곳 없는 마음을 유나가 구해줬어."

"정말로 신기한 여자애야."

곰 옷차림을 한 이상한 여자아이.

유나 이야기를 하면서 걷다가, 갈림길에서 멈췄다.

"그럼 난 이쪽으로 갈게."

"티루미나 씨, 겐츠 씨. 안즈를 잘 부탁해요."

"네, 맡겨주세요."

갈림길에서, 세노 씨 일행과 헤어지고, 남은 것은 나와 티루미나 씨와 겐츠 씨였다.

티루미나 씨와 겐츠 씨는 내 부모님을 만나기 위해 함께 여관으로 향했다. 따님을 맡고 있는 이상 인사는 필요하다고 했다.

그런 건 필요 없을 것 같은데.

"다들 건강해 보여서 다행이야."

티루미나 씨는 사정을 어느 정도 알고 있는지 안도한 표정을 짓고 있었다.

"그렇군요. 이것도 유나 씨 덕분이에요."

유나가 가게에서 모두를 일하게 해 주지 않았다면 어떤 일이 벌어졌을지 알 수 없다.

이대로 미릴러 마을에 남아 슬퍼했을지도 모르고, 정처 없이 어디론가 가버렸을지도 모른다.

하지만 유나는 따뜻하게 맞아주었고, 쾌적한 집과 환경 좋은 일터를 주었다.

크리모니아에 왔을 당시에는 모두가 너무 좋은 환경에 당황할 정도였다.

그리고 티루미나 씨와 겐츠 씨와 이야기를 나누다 보니 집이 보였다.

오랜만에 집에 왔다. 여느 때와 다름없는 우리 집이다.

숙소 겸 요릿집이라 건물은 주변 집보다 컸다.

나는 여관 입구로 들어갔다.

"다녀왔습니다."

"다녀왔다니, 안즈?"

안에 들어가니 어머니가 있었다.

"어머니, 다녀왔어요."

"왜 안즈가……. 혹시 뭔가 실수라도 해서 유나에게 쫓겨난 거니?"

갑자기 무슨 말을 하는 걸까?

"아니에요. 가게는 휴가를 내고 세노 씨 일행이나 유나 씨 일행과 함께 미릴러 마을에 온 거예요."

"농담이야. 사실 어젯밤 가게에 온 손님한테 유나가 왔다는 얘길 이미 들었거든. 만나러 갈까 생각했지만 밤이라서 민폐가 될 것 같았고, 게다가 너무 소란을 피우면 안 되잖아. 여관 일도 바빴고."

알았다면 그런 이상한 농담은 하지 말아줬으면 좋겠다.

친딸을 놀리는 것이 즐거운가?

"그래서 그쪽 두 분은?"

어머니가 티루미나 씨와 겐츠 씨를 바라보았다.

"티루미나 씨는 제가 신세를 지고 계신 분이고, 겐츠 씨는 그 남편이에요."

"인사하러 찾아뵙는 게 늦어서 죄송합니다. 안즈 씨가 일하는 가게의 관리를 맡고 있는 티루미나라고 합니다. 소중한 따님을 데리고 있는데 그동안 인사도 드리지 못했어요."

"혹시 유나의 엄마?!"

"어머니, 그런 거 아니에요. 음, 티루미나 씨는 피나와 슈리의 엄마예요. 두 사람은 온 적이 있죠?"

어머니가 바보 같은 소리를 해서 황급히 정정했다. 티루미나 씨와 겐츠 씨도 놀랐다.

"피나랑 슈리의 엄마?"

"네, 전에 왔을 때는 두 사람이 신세를 졌습니다."

"아니요, 제 딸과는 달리 정말 사랑스러운 딸들이더라고요."

"안즈 씨도 요리사로서 훌륭한 아가씨입니다."

"아니요, 그 나이에 그렇게 예의 바른 아이는 보기 힘드니까요."

"그렇게 말하자면 안즈 씨 나이에 가게를 차리는 여자애도 없을 겁니다."

"정말! 어머니도 티루미나 씨도 그만하세요."

피나가 없어서 다행이다. 어머니 앞에서 칭찬받으면 쑥스러우니까 하지 말아줬으면 좋겠다.

우리가 떠들고 있으니 아버지가 찾아왔다.

그리고 다시 한번 티루미나 씨와 겐츠 씨는 인사를 했다.

"딸의 요리는 어떻습니까?"

"크리모니아에서도 인기가 많습니다. 정말로 안즈 덕분에 많은 도움을 받고 있어요."

그러니까, 본인이 있는 앞에서 내 얘기를 하지 말아줬으면 좋겠다. 너무 창피하다.

"하여간, 굳이 물어보지 않아도 크리모니아에서 오는 손님에게 가게에 대해 듣고 있으니까 알고 있을 거 아니에요."

어머니가 한숨 섞인 말을 했다.

"우리 가게에 오는 손님이 빈말을 하고 있을지도 모르잖니. 여기서는 가게를 관리하는 사람에게 물어보는 편이 제일 확실하지."

"안심하세요. 안즈 씨는 훌륭하게 가게를 꾸려가고 있습니다."

"그렇군요. 그 말을 듣고 안심했어요. 앞으로도 딸을 잘 부탁드립니다."

아버지는 고개를 숙였다.

"네, 잘 맡겠습니다."

"하지만 만약 손님이 오지 않게 되면 이쪽으로 돌려보내 주세요. 그때는 단단히 혼을 내줄 테니까요."

"그때는 부탁드립니다."

티루미나 씨와 젠츠 씨는 웃으며 인사를 마치더니 다른 곳을 둘러본다며 나갔다. 안내를 자청했지만 「오랜만에 가족들을 만났잖아. 우리들 일은 신경 쓰지 마」라는 말을 듣고 말았다.

으윽, 창피했다.

"그래서, 정말 건강하게 잘 지내고 있는 거니? 힘들진 않고?"

"괜찮아요. 세노 씨 일행도 있고, 다들 상냥해요."

"젊은 여자라고 해서 무시당하거나 괴롭힘을 당하지는 않니?"

"다른 사람한테? 그건 괜찮아요. 손님은 유나의 가게라는 걸 알고 있어서 아무도 그런 짓은 안 해요. 가끔 유나를 모르는 사람이 괴롭혀도 모험가나 상업 길드 사람이 지켜주니까요."

"그래?"

"심지어 그뿐만이 아니라, 영주님과도 아는 사이고 모험가 길드나 상업 길드의 길드 마스터와도 사이가 좋은 것 같아요. 그래서 즐겁게 일하고 있어요."

정말로 굉장한 여자다.

유나를 아는 사람이라면 누구도 가게에 해코지하지 않고, 있다고 해도 지켜주는 사람이 많았다.

"정말 대단한 아가씨구나. 저 옷차림만 보면 상상도 할 수 없는데."

크라켄을 쓰러뜨리고, 나를 크리모니아로 데려가기 위해 터널을 만들어준 여자아이.

"게다가 가게까지 쉬고 다 함께 미릴러 마을로 여행을 오다니. 믿을 수 없는 짓을 하네."

어머니는 내가 돌아온 이유를 듣고 깜짝 놀랐다.

내 가게뿐만 아니라 모린 씨 가게에 고아원 아이들까지 데려왔다. 평범하게 생각하면 있을 수 없는 일이다. 가게를 쉬면 매출도 없다. 여행을 가면 그만큼 비용도 많이 든다.

유나한테 장점은 아무것도 없어 보였다.

이번에는 유나네 집에 머물기 때문에 숙박비는 들지 않지만, 만약 모두가 내 여관에 7일간 머물렀다면 상당한 금액이 나왔을 것이다.

"아가씨를 만나러 가고 싶지만, 숙소를 떠날 수는 없으니까."

들어 보니 크리모니아에서 오는 손님이 많아서 바쁘다고 했다. 그와 비슷한 말을 크리모니아 여관의 엘레나 씨도 했었다.

"저, 돌아올까요?"

"안즈, 그거 진심이니?"

내 무심한 말에 아버지가 갑자기 화를 낸다.

"하지만 바쁘잖아요?"

"내가 고작 바쁘다는 이유로, 딸의 꿈을 망치면서까지 집에 돌아오라는 하는 아버지로 보이는 거냐?!"

"아버지……."

"아가씨가 네 요리를 맛있다고 생각해서 가게를 차려준 거잖아."

"네."

"그럼 끝까지 해야지. 곰 아가씨에게 버림받으면 돌아와. 그 전까지는 허락 못한다."

"응, 알았어요. 열심히 할게요."

"그래. 그래야 내 딸이지."

"실은 돌아오길 바라면서."

"당신."

"늘 안즈를 걱정했단다. 농담이 아니라, 언제 돌아와도 괜찮아."

"어머니. 저 유나 씨한테 쫓겨나지 않도록 노력할게요."

왜냐하면, 크리모니아에서의 일은 무척 즐거우니까.

VOL. 20.5

Gom Gom Gom Bear

길드 마스터…… 괜찮아?

사원 여행을 만끽 중인 유나는 미릴러 마을에서 신세진 사람들에게 인사하러 가기로 한다. 안즈의 아버지이자 이전에 맛있는 밥으로 위로를 주었던 데거, 길드 마스터의 아트라 일행, 그 다음으로는 상업 길드의 길드 마스터가 된 젤레모에게! 여전히 땡땡이 치는 버릇을 고치지 못한 젤레모, 하지만 교육 담당으로 크리모니아에서 온 아나벨 씨에게 꾸중을 들으면서도 길드 마스터로서 모두에게 사랑받으면서 노력하고 있는 듯한데……?

갑자기 나타난 수수께끼의 작은 섬

인사를 마친 유나가 피나 가족과 낚시를 즐기고 있는 와중, 최근 갑자기 나타난 의문의 섬 이야기를 듣게 된다. 크라켄 때 신세를 진 쿠로 할아버지에게 자세히 들어 보니, 먼바다 쪽으로 가지 않으면 보이지 않는 그 섬은 가까이 가지만 않

으면 아무 위험도 없다고 한다. 흥
미를 느낀 유나는 아이들을 즐겁
게 하기 위해 워터 슬라이드를 만
들기로 하는데?!

마물에게서 모두를
지켜라!

아이들 몰래 수수께끼의
섬을 탐험하려고 하는 유나.
그러나 피나와 슈리, 그리
고 시아에게 들켜 버려 함
께 곰돌이와 곰순이를 타
고 바다를 건너게 된다! 무사히 섬에 도착한
4명. 하지만 이 섬에는 많은 수수께끼가 있어 보이는데…… 여러
가지를 조사하면서 특이한 섬을 만끽하려고 하는 와중, 마물이 내
습! 모두를 지키면서 물리칠 수 있을 것인가?!

여름의 풍물시를 즐기다

섬으로 돌아온 유나 일행. 토라진 노아의 기분을 달래주기 위해
함께 잔뜩 놀아주며 바다를 만끽한다! 그러자 크리모니아에서 클
리프나 그란 씨가 시린 마을에도 해산물을 팔아달라는 교섭을 위
해 찾아온다. 번화한 미릴러 마을에서의 여행, 마지막 날의 밤은
곰 씨가 카레를 대접하고, 마법으로 만든 불꽃을 올려 성대하게 즐
긴다!!

28 바다에 가다 원장 선생님 편

처음에 티루미나 씨에게 이야기를 들었을 때는 믿을 수 없었습니다. 유나 씨가 고아원 아이들을 모두 바다에 데려다 준다니.

티루미나 씨 말로는 열심히 일하고 있는 아이들을 위로하기 위한 여행이라고 합니다. 그것을 사원 여행이라고 한다더군요.

미릴러 마을은 크리모니아에서 가깝다고는 하지만 30명 가까운 아이들을 데려가는 것은 쉬운 일이 아니었습니다. 가게에서 일하고 있는 아이도 있고, 꼬끼오를 돌보는 일도 있습니다. 하지만 그런 저의 걱정은 이미 대처가 모두 끝났고, 꼬끼오의 보살핌은 상업 길드 사람에게 부탁한다고 합니다. 늘 알을 받으러 오는 사람이라고 합니다. 몇 번 뵌 적이 있지만 좋은 사람들입니다.

그리고 가게를 쉬고 모린 씨나 안즈 씨 일행도 함께 간다고 들었습니다. 그렇게 많은 인원이 가다니. 얼마나 많은 비용이 들지 모르겠습니다.

하지만 그런 걱정은 필요 없다고 했습니다. 전부 유나 씨가 비용을 대겠다고 했습니다. 게다가 바다에 가 있는 동안 일을 하지 않아도 그동안의 월급은 제대로 지불한다고 합니다.

유나 씨가 무슨 생각을 하는지 모르겠습니다. 그런 짓을 해도 유나 씨에게는 아무런 이득이 되지 않을 텐데요.

그런 생각을 하는 동안 셰리가 유나 씨의 부탁으로 바다에서 수영하기 위한 옷을 만들기 시작했습니다.

아이들 전원의 옷을 만든다고 합니다. 여러 종류가 있다고 하는데, 그렇게 되면 셰리의 부담이 커집니다. 게다가 아이들이 제각각 여러 요청을 꺼냈습니다. 저는 셰리의 부담을 덜어주기 위해 하나의 옷을 선택하고 모두 통일하라고 했습니다.

같은 옷이라면 셰리의 부담도 줄어들 테니까요.

그 후에도 아이들은 기쁘게 일을 하며 바다에 가는 것을 기대했습니다.

바다는 어떤 곳인지 물어오기도 하는데, 가 본 적이 없기 때문에 대답할 수 없어서 곤란해하니 니프 씨가 도와주셨습니다.

"바다에 관한 거라면 나한테 물어봐."

니프 씨는 바다가 있는 미릴러 마을에서 온 여성입니다. 미릴러에서 슬픈 일을 겪고 유나 씨에게 의지해 크리모니아에 왔다고 합니다. 그래서 고아원 일을 돕게 되었습니다.

처음에는 아이들도 니프 씨도 서로 어색해서 거리가 있었지만, 최근에는 니프 씨를 완전히 따르고 니프 씨도 즐거워하고 있습니다.

하지만 미릴러 마을에서 슬픈 일이 있었는데, 돌아가도 괜찮은 걸까 하는 불안한 마음이 듭니다.

그 부분을 물어보라는 티루미나 씨의 부탁을 받았는데, 마침 딱 좋은 타이밍이 왔습니다.

"원장 선생님, 아이들을 재우고 왔어요."

"감사해요. 니프 씨가 와 주셔서 정말로 큰 도움이 되고 있어요."

"폐가 되지 않았다면 다행이에요. 저도 즐거우니까요."

"고마워요."

"원장 선생님, 니프 씨, 차를 끓였습니다."

리즈 씨가 차를 가져다 주었습니다.

"리즈 씨, 감사해요."

"후후, 요즘은 즐겁네요."

"이것도 유나 씨 덕분이에요."

"유나 씨가 오기 전의 일을 생각하면 지금의 생활이 믿기지가 않아요."

"그때는 리즈 씨가 고생을 많이 했죠."

"지금이 있는 건 모두 유나 씨 덕분이에요."

여기 있는 모든 사람이 즐겁게 지낼 수 있는 것도 귀여운 곰처럼 생긴 유나 씨 덕분입니다.

"니프 씨에게 물어보고 싶은 것이 있는데."

나는 차를 마시면서 물어보기로 했다.

"뭔가요?"

"미릴러 마을로 돌아가는 것에 관해서 문제는 없을까요? 만약 가고 싶지 않다면 제가 유나 씨에게 전해 둘게요."

내 말에 니프 씨는 고개를 저었다.

"괜찮아요. 같이 갈게요. 아이들과 함께라면 괜찮아요. 게다가 아이들과도 함께 가기로 약속했거든요."

니프 씨는 미소를 지었다.

"리즈 씨 말을 따라하는 건 아니지만, 너무 재밌어요. 가끔 제멋대로 구는 아이도 있긴 하지만, 다들 열심히 일을 하고, 서로 도우며 지내고 있어요. 어린아이들도 본인이 할 수 있는 일을 열심히 하고 있고요. 그런 아이들과 함께 지낼 수 있어서 즐거워요. 만약 저 혼자 미릴러로 돌아가야 했다면 불안했을지도 몰라요. 하지만 원장 선생님이나 리즈 씨, 아이들이 있으면 괜찮아요. 게다가 세노 씨 일행도 간다고 하니까요. 저 혼자가 아니에요."

"그렇다면 괜찮겠지만, 무슨 일이 있으면 말해 주세요."

"배려해 주셔서 감사해요."

니프 씨는 미소를 지었다. 그 미소를 보자 제 걱정도 하나 덜었습니다.

그리고 순식간에 출발 당일이 되었습니다.

아침 일찍 출발하는 탓에 아이들은 졸려 보였습니다.

휘청휘청 걷는 아이, 니프 씨나 리즈 씨에게 안겨 있는 아이.

"그러니까 빨리 자라고 했잖아."

모든 아이를 안아줄 수는 없습니다.

아이들은 바다에 가는 게 기대돼서 잠이 오지 않았는지 밤늦게까지 이야기 소리가 들려왔습니다.

"잘 거면 마차 안에서 자."

티루미나 씨의 말을 들으니 유나 씨가 마을 입구에 마차를 준비해 뒀다고 합니다.

다 같이 모여서 출발할 예정이기 때문에 거기까지 걸어가야 했습니다.

정말 니프 씨가 있어서 다행입니다.

어떻게든 마을 입구까지 찾아왔는데, 거기에는 큰 곰과 작은 곰이 두 개 있었습니다.

"원장 선생님, 저걸 타고 가는 걸까요?"

리즈 씨가 곰 모양을 한 무언가를 보며 물었지만, 저도 잘 모르겠습니다.

우리가 곤란해하고 있자 유나 씨가 와서 큰 곰 쪽에 타 달라고 했습니다.

아무래도 이동 수단인 모양입니다. 마차일까요?

졸려보이던 아이들은 곰 마차를 보자 눈을 번쩍 뜨고 씩씩하게 달려가기 시작합니다.

"떠들면 두고 갈 거예요."

저는 조용히 곰 마차를 타라고 말했습니다.

아이들은 순순히 곰 마차 안으로 들어가 친한 친구들과 함께 앉았습니다.

"들어 보니 저희들은 맨 뒤에 타라고 하더라고요."

유나 씨는 맨 뒤가 우리 자리라고 했습니다.

유나 씨가 시키는 대로 맨 뒤에 앉았습니다.

여기서는 아이들의 모습을 잘 볼 수 있었습니다. 그래서 우리를 이 자리에 앉게 한 거였군요.

"그런데 이건 어떻게 움직이는 거죠? 말이 없는데요."

옆에 앉은 리즈 씨가 의문을 제기했습니다.

확실히 말이 한 마리도 없었습니다.

"혹시 곰돌이와 곰순이가 잡아당기는 걸까?"

곰돌이와 곰순이는 유나 씨의 사랑스러운 곰 씨입니다.

"하지만 작은 곰 마차도 2개나 있는데 힘들지 않을까?"

니프 씨가 창문으로 밖에 있는 작은 곰 마차를 바라보았습니다.

우리가 의문을 느끼고 있는데, 이 마차는 유나 씨의 마력으로 움직인다는 사실을 듣게 되었습니다.

저는 마법에 대해서는 잘 모르지만, 마법에 정통한 사람들은 황당한 표정을 짓고 있습니다. 아무래도 상당히 비상식적인 일인 모양입니다.

그리고 곰 마차는 미릴러 마을을 향해 움직이기 시작했습니다.

긴 길을 달려 터널을 지나, 터널을 빠져나오자, 그곳에는 눈부시게 빛나는 바다가 있었습니다.
이 나이에 바다를 볼 수 있을 거라고는 생각도 못했습니다.
정말 유나 씨한테는 아무리 감사해도 부족합니다.

우리들은 유나 누나랑 같이 바다에 가게 되었다.

유나 누나는 항상 일을 열심히 하는 우리들에 대한 감사한 마음이라고 했지만, 감사하고 싶은 것은 우리 쪽이다. 유나 누나가 없었다면 매일 배가 고팠을 것이다. 이제는 매일 배부르게 먹을 수 있다.

바다에 가는 건 무척 기대되지만, 꼬끼오를 돌볼 수 없는 것은 불안하다.

우리가 없는 동안 식사는 어떻게 할까? 우리가 없으면 배고파서 죽을지도 모른다. 그렇게 되면 불쌍하다. 그렇다면 나 혼자라도 남아서 돌보고 싶었다.

하지만 그런 걱정은 필요 없었다. 티루미나 아주머니가 말하길 우리가 바다에 가 있는 동안 상업 길드의 가츠 씨와 빌리 씨가 돌봐준다고 했다.

가츠 씨와 빌리 씨는 늘 알을 고아원까지 찾으러 오는 상업 길드원이다. 우리에게도 상냥하고, 바쁠 때는 일을 도와주기도 했다.

그 두 사람이 우리가 없는 동안 꼬끼오를 돌봐준다면 안심할 수 있었다.

그리고 우리는 바다에 왔다.

처음 보는 바다다.

다들 소란을 피웠다.

모두가 웃으면서 놀았다.

바다에서 수영하고, 유나 누나가 만들어준 워터 슬라이드? 라는 곰 모양의 미끄럼틀에서 놀기도 하고, 어부가 생선을 대접해 주고, 배에 태워주고, 낚시도 했다. 모르는 마을을 걷는 것도 즐거웠다.

정말 즐거운 며칠이었다.

다만 밤이 되면 꼬끼오가 어떻게 지내고 있을까 걱정이 됐다. 매일매일 돌보던 꼬끼오를 볼 수 없게 되자 신경이 쓰였다.

"꼬끼오, 괜찮을까?"

이불 속에서 누군가가 중얼거렸다.

나뿐만이 아니었다. 다들 신경 쓰이는 듯했다.

"가츠 씨와 빌리 씨가 돌봐주고 있으니까 괜찮아."

"응, 즐겁지만 꼬끼오를 만날 수 없는 건 쓸쓸해."

그건 나도 같은 마음이다.

바다에서 놀 때는 잊고 있었지만, 이렇게 밤이 되니까 떠올랐다.

"내일 모레 아침에 여기를 떠날 거야."

"응, 내일이 노는 마지막 날이야."

빠르면 모레면 꼬끼오를 만날 수 있다.

"요 며칠 동안 즐거웠지."

"응, 즐거웠어."

"어떻게 하면, 유나 누나한테 감사의 마음을 전할 수 있을까?"

나는 꼬끼오 생각만 하느라 유나 누나한테 감사한 마음을 전하지 못했다.

"하지만, 우리가 유나 누나한테 해 줄 수 있는 건 아무것도 없잖아."

"꼬끼오의 보살핌과 청소 정도겠지."

청소?

"청소라면, 꼬끼오를 돌볼 때나 가게나 집에서도 하고 있으니까, 이 집 청소라면 할 수 있지 않을까?"

누군가가 제안했다.

"길 씨는 어떻게 생각하세요?"

"좋은 생각이네. 유나도 기뻐할 거야."

말없이 우리의 이야기를 들어주던 길 씨가 대답해 주었다.

"나도 도와줄게."

길 씨도 청소를 도와주게 되었다.

다음 날 여자아이들에게도 그 이야기를 꺼냈다.

"사실 우리도 같은 생각을 하고 있었어. 우리는 그 정도밖에 할 수 없으니까. 우리가 쓰기도 했으니까 깨끗하게 청소하자고."

아무래도 여자애들도 같은 생각을 하고 있었던 모양이다.

사실은 아침부터 청소를 해도 좋았겠지만, 이 마을에 사는 아이와 친구가 되어 오늘도 함께 놀기로 약속했다. 게다가 작별 인사도 하지 않았다.

그래서 오전에는 마음껏 놀고 오후에 곰 집을 청소하기로 했다.

"내일이면 돌아가니까 청소 같은 건 안 해도 돼."

곰 집을 청소하겠다고 나선 우리에게 유나 누나는 기뻐하기보다 어리둥절한 표정을 지어 보였다.

어째서일까?

"게다가, 다들 이제 곧 돌아가는데 괜찮겠어? 조금 더 놀고 싶지 않아?"

유나 누나가 물었다.

"꼬끼오가 걱정되니까, 빨리 돌아가고 싶어."

"응, 새를 만나고 싶어."

"가게에서 일하고 싶어."

고집을 피우며 놀고 싶다고 말하는 사람은 아무도 없었다.

멋대로 굴면 곤란해질 것임을 알기 때문이었다.

원장 선생님이나 리즈 누나를 곤란하게 만드는 일은 하고 싶지 않았다. 그건 유나 누나에 대해서도 마찬가지였다. 바다에 오게 해 준 것만으로도 감사한 마음뿐이다. 이 며칠간의 추억은 평생의 보물이 될 것 같았다.

게다가 일하지 않으면 배불리 먹을 수도 없다.

하지만 우리의 말에 유나 누나는 또다시 난감한 표정을 지었다.

하지만 마지막에는 「알았어」라고 말하며 미소를 지어주었다.

청소는 우리뿐만 아니라 안즈 누나, 모린 아주머니, 길 씨, 루리나 누나, 그리고 느와르 님도 함께 했다.

방과 복도, 주방과 욕실, 외벽, 모두가 도와준 덕분에 청소는 빨리 끝났고, 깨끗해졌다.

유나 누나는 기쁘게 웃으며 감사의 말을 전해 주었다.

그것이 무척 기뻤다.

다음 날, 곰 집을 나와 곰 마차를 타고 크리모니아를 향해 출발했다.

쓸쓸한 마음도 있었지만, 빨리 꼬끼오를 만나고 싶었다.

크리모니아에 도착하자마자 유나 누나에게 감사 인사를 하고 집을 향해 달려갔다.

나뿐만 아니라 꼬끼오가 신경 쓰이는 몇몇 아이들도 함께 달렸다.

뒤에서 원장 선생님의 「달리면 위험해요」라는 소리가 들렸다. 우리는 「네~!」라고 대답하지만, 달리는 것을 멈추지는 않았다.

집이 보였다. 그 옆에는 꼬끼오의 닭장도 있다.

돌아왔다.

여기가 집이라는 것이 느껴졌다.

나는 그대로 닭장으로 향했지만, 닭장 안으로 들어갈 열쇠가 없다는 것을 깨달았다.

어떻게 할까 생각하고 있는데, 닭장 근처에 걸터앉아 있는 사람이 있었다.

"돌아왔구나."

"가츠 씨?"

닭장 앞에 있던 것은 꼬끼오를 돌봐 주고 있던 상업 길드의 가츠 씨였다.

"어째서 여기에?"

"일단 오늘 돌아온다고 들었거든. 자, 열쇠다."

가츠 씨가 열쇠를 던졌다. 나는 그것을 받았다.

가츠 씨는 열쇠를 전달하기 위해 기다려 준 모양이었다.

유나 누나한테 조금 더 놀고 싶다고 안 하길 잘했다. 가츠 씨에게 폐를 끼칠 뻔했다.

"꼬끼오들을 잘 보살피고 있었어."

"감사합니다."

"감사해요."

나뿐만 아니라 내 뒤를 달려온 애들도 감사를 전했다.

"그래서, 미릴러는 즐거웠니?"

"네, 바다가 넓어서 놀랐어요."

그렇게 넓을 줄 몰랐다. 그리고 아름다웠다.

"그렇군. 좋은 경험을 했네. 그럼 내일부터 또 부탁해."

"네, 감사합니다."

우리는 감사의 말을 전하고, 가츠 씨는 걸어가면서 뒤에 있는 우리를 향해 손을 흔들며 돌아갔다.

나는 닭장의 열쇠를 열고 닭장 안으로 들어갔다.

당연하지만 꼬끼오가 반겨주었다.

꼬끼오를 보자 기쁜 마음이 들었다.

"다녀왔습니다."

주위를 둘러보자 모두가 꼬끼오를 보며 즐거워했다.

내일부터 또 힘내자.

우리는 미릴러에 가는 미사나 님의 호위로 크리모니아에 왔다.

그리고 유나의 신기한 곰 모양의 마차를 타고 미릴러로 향하게 되었다.

처음에는 어떻게 곰 마차를 움직일까 싶었는데, 유나의 마력으로 움직인다는 것을 알았을 때는 놀랐다.

그러고 보니 처음 만났을 때도 비슷한 일이 있었던 게 떠올랐다.

나도 마력으로 움직일 수는 있어도 계속 움직이는 것은 어렵다.

같은 마법사로서 유나의 마력량이 부러울 따름이었다.

휴식을 가졌지만 유나는 지친 기색 없이 미릴러 마을까지 곰 마차를 계속 움직였다.

눈앞에 바다가 펼쳐졌다. 사실 바다를 보는 것은 처음이었다. 바다는 넓었고 끝도없이 푸르렀다.

수영복을 만들어줬을 때는 크리모니아에 남고 싶다고 생각했지만, 이 경치를 보니 오길 잘했다는 생각이 들었다.

도착했을 때는 이미 늦은 시간이기도 해서 본격적으로 노는 것은 내일부터가 되었다.

미사나 님은 아쉬운 기색을 보였지만, 유나의 곰 집이 궁금했는지 느와르 님과 탐험을 시작했다.

위험한 일은 없겠지만, 나와 마리나는 주위를 파악하기 위해 집 주위를 확인하기로 했다.

"설마 곰 집이 있을 거라고는 생각도 못했어."

"크리모니아에 있는 유나의 집에도 놀랐는데, 그것보다 더 커서 놀랐어."

"게다가 두 개고."

남자아이와 여자아이를 나누기 위해서인지 곰 집은 두 개였다. 그렇지만 안에서 이어져 있기 때문에, 왕래는 가능하다. 방과 욕실만 분리되어 있는 듯했다.

모험가 길 씨나 겐츠 씨 등의 남성 멤버와 같은 욕조에 들어가는 것에는 저항감이 들었는데, 남녀로 나누어져 있는 것은 감사했다.

대충 주변을 확인하고 식당에 오자 좋은 냄새가 풍겼다.

유나의 가게에서 일하고 있는 모린 씨와 안즈가 저녁을 만들고 있었다. 이야기를 들었을 때는 놀랐지만, 유나의 본업은 모험가 맞지?

정말 신기한 여자아이다.

다음 날, 미사나 님께 수영을 가르쳐 달라는 부탁을 받았다. 일단 나는 호수 같은 곳에서 수영한 적도 있기 때문에 수영은 할 수 있었다.

다만 그렇게 잘하지는 못한다는 것은 전해 두었다.

그래도 괜찮다고 하길래 수영을 알려주게 되었다.

"여기서는 다른 아이들이 있어서 부끄러우니까 저쪽에서 가르쳐 주세요."

미사나 님의 손 끝에는 해변에 자리한 커다란 바위가 있었다. 아무래도 그 앞에서 숨어서 연습을 하고 싶은 듯했다.

딱히 미사나 님 나이에 수영을 못하는 것은 부끄러운 일이 아니다. 수영할 기회가 없으면 평생 수영하지 못하는 사람도 있다.

221

그렇지만 수영을 못하는 모습을 보이는 것은 부끄러울 나이라는 생각도 들었다.

느와르 님도 시아 님께 수영을 배우게 돼서 함께 바위 반대편으로 이동하자, 시아 님이 느와르 님께 물을 끼얹으며 놀기 시작했다. 그러자 미사 님까지 함께 어울려 놀기 시작했다.

"차가워요."

"입에 물이 들어갔어요. 윽, 짜요."

"입에 들어갔어요? 괜찮나요?"

"괜찮아요. 물이 조금 들어간 것뿐이에요. 하지만 정말로 바다의 물은 짜네요."

그 부분은 나도 정말 신기했다. 눈에 보이는 모든 물이 소금물이라니 믿을 수 없었다.

소금 무제한 뷔페인가? 라고 생각한 것은 비밀이다.

"하지만 미사나 님, 느와르 님. 수영 연습하기로 한 거 아니에요?"

"미안해요."

내가 물어보자 뒤늦게 떠올랐다는 얼굴로 사과하고 수영 연습을 시작한다.

우리는 허리 정도 오는 깊이까지 이동했다.

차갑지만 기분 좋았다.

"그럼 제가 손을 잡고 있을 테니까 다리를 이용해서 헤엄쳐 보세요."

"다리를 이용해서?"

미사나 님은 의미를 모르겠다는 얼굴로 사랑스럽게 고개를 갸우뚱했다.

"엘, 시범을 보여줘야지."

마리나가 말해 줘서 깨달았다. 다른 사람이 수영하는 것을 본 적이 없다면 발을 사용할 줄 모르는 것도 어쩔 수 없는 일이다.

"그럼 내가 시범을 보여줄게."

시아 님은 그렇게 말하더니 내 손을 잡아주었다.

그리고 내 손을 잡은 채 다리를 움직여보인다.

"그렇군요, 그렇게 하는 거군요."

시아 님 덕분에 방법을 알게 된 미사나 님은 시아 님을 따라 연습을 시작했다.

그 옆에서는 마찬가지로 시아 님의 손을 잡고 느와르 님이 연습을 시작했다.

"언니, 절대로 손을 놓으면 안 돼요."

"후후, 알고 있어."

"왜 웃어요?"

"딱히 웃은 적 없어."

"아니에요, 웃고 있었어요."

미소가 절로 지어지는 광경이다. 자매의 사이는 좋아 보였다.

"엘도 손을 놓으면 안 돼요."

옆의 목소리가 들렸는지 미사나 님도 그렇게 부탁한다.

"안 놓을 겁니다."

그런 짓을 했다가 미사나 님께 무슨 일이라도 생기면 다른 의미에서 우리의 목숨이 위험했다.

농담이라도 그럴 수는 없었다. 무슨 일이 있어도 이 손은 놓지 않을 것이다.

미사나 님은 얼굴을 물에 담그며 발을 열심히 굴렀다.

몇 번인가 그것을 반복한다.

"그건 그렇고, 엘의 가슴은 크네요."

수영 연습을 하고 있는데, 미사나 님이 내 가슴을 보면서 말했다.

나는 내 가슴이 싫다.

크기 때문에 달릴 때는 방해가 되고, 남성 모험가에게 자주 시선을 받는다. 검을 흔들면 가슴이 방해되고, 입을 수 있는 옷도 많지 않다. 가슴이 작은 편이 여러모로 편하고 좋았다.

나는 마력 적성이 높아 마법을 사용할 수 있어서 다행이었지만, 만약 마법을 사용하지 못했다면 모험가가 될 수 없었을 것이다.

"크다고 해서 좋을 건 없어요."

게다가 유나에게는 적대심을 받고 있었다.

항상 유나는 내 가슴을 부모의 적이라도 보듯 노려본다.

원한다면 주고 싶을 정도다.

나는 유나 정도면 충분하다고 생각한다.

유나는 몸이 가늘고, 예쁘고, 여자아이답고, 마력도 있고, 마법 재능도 있고, 내 이상이나 다름없는 여자아이였다.

저 곰 옷차림도, 유나라서 어울리는 것이다. 만약 내가 입었으면 절대 안 어울렸겠지.

미사나 님은 나의 가슴을 보고 무언가를 떠올린 듯했지만, 아무 말도 하지 않고 연습을 시작했다.

무슨 생각을 하고 있었는지 궁금하지만, 무서우니까 물어보진 말자.

잠시 후 느와르 님은 수영을 할 수 있게 되었고, 휴식을 취하게 되었다. 한편 미사나 님의 수영은 아직 어색해서 조금 더 연습하겠다고 하셨다.

느와르 님과 시아 님은 미안한 얼굴로 휴식을 취했다.

나와 마리나는 교대하면서 미사나 님께 수영 방법을 알려드렸고,

무사히 수영을 할 수 있게 되었다.

"마리나, 엘, 고마워요."

기쁜 얼굴로 미소 짓는다.

"아니요, 수영할 수 있게 돼서 다행이에요."

수영을 못하는 사람은 아무리 연습해도 수영을 할 수 없다. 하지만 미사나 님은 수영을 빨리 배웠다.

가장 큰 요인은 물을 무서워하지 않았다는 점이었다. 물을 무서워하면 수영을 익히는 데 시간이 걸린다.

그러니 미사나 님은 충분히 우수하다.

"그럼 목이 마르니까 저희도 쉬러 갈까요?"

미사나 님은 느와르 님과 시아 님을 찾기 위해 돌아가기로 했다.

바위 그늘에서 나오자 모래사장에 곰 얼굴을 한 집이 서 있었다.

"곰 님이네요. 저건 뭘까요?"

"유나 씨가 만든 거겠죠."

"그것 말고는 없겠지."

마리나의 말에 동의했다.

"마리나, 엘, 가죠."

미사나 님이 달리기 시작해서 그 뒤를 쫓아갔다.

그곳에는 미소녀가 느와르 님과 함께 있었다.

순간 누군가 했는데 유나였다.

정말 사랑스러운 여자아이였다. 그런 유나는 내 가슴을 지그시 노려보고 있는 것처럼 보였다.

그러니까 그런 눈으로 보지 말아줘.

정말 나눠줄 수 있다면 나눠주고 싶다.

나는 모험가 길. 얼굴이 무섭기도 해서 사람들이 기피하는 경우가 많다.

곰 옷차림을 한 모험가 유나의 부탁도 있어 유나의 가게 호위를 한 적이 있는데, 아이들은 내 얼굴을 보면 겁을 먹었다.

뭐, 늘 있는 일이니까 신경 쓰지 않는다.

어느 날, 일이 없어서 유나의 가게에서 식사를 하고 있는데 가게가 조금 소란스러워졌다. 목소리가 나는 쪽을 돌아보니 아이에게 불만을 말하는 손님이 있었다.

이야기를 들으니 푸딩이 다 팔려서 불평하고 있는 것 같았다.

푸딩은 달콤하고 맛있는 음식이라 이 집의 인기 메뉴 중 하나였다. 내가 좋아하는 음식이기도 하다.

아이는 몇 번이나 사과했다. 평소 같으면 연장자인 카린이 대응했을 텐데 지금은 타이밍이 안 좋은지 가게 안에 없는 모양이다.

이대로 내버려 둘 수는 없었다.

나는 일어나서 아이와 손님 사이로 들어갔다.

"뭐야, 네놈은."

"이 녀석은 아무 잘못 없어. 만들 수 있는 수량은 정해져 있다. 사고 싶으면 개점과 동시에 와."

"난 일이 있어서 네 녀석 같은 모험가와 달리 한가하지 않다고."

그 말에 화를 낸 것은 나뿐만이 아니었다.

"그거 지금 나한테 하는 소리인가?"

226

"나한테도 하는 말 같은데?"

이 가게의 손님 중에는 모험가도 많다.

가게에 있던 모험가들이 남자를 노려보았다.

"아니, 그건……."

남자는 주춤했다.

"당신은 상인인 라츠 씨군요. 이 가게는 상업 길드의 길드 마스터와 영주인 클리프 포슈로제 님이 즐겨 찾는 가게입니다. 여기서 소란을 피우면 어떻게 되는지 모르는 건가요?"

상업 길드 직원으로 보이는 인물이 남자를 향해 미소를 지었다.

"아니, 잠깐만. 길드 마스터와 영주님이라고?"

"네, 그러니 말과 행동은 조심하세요. 이 가게에 괜한 짓을 했다가는 상업 길드, 모험가 길드는 물론 영주님이 가만있지 않을 테니까요."

상업 길드 직원은 빙긋 웃었다.

그 미소를 본 남자는 도망치듯 가게에서 나갔다.

나는 필요 없었을지도 모른다. 내가 자리로 돌아가려고 할 때, 아이가 내 앞에 서서 나를 올려다보았다.

"가, 감사합니다."

아이는 빙긋 웃으며 감사 인사를 했다. 아이에게 이런 미소로 이런 말을 들은 것은 오랜만이다.

그리고 시간이 나서 가게나 고아원에 가게 되었고, 꼬끼오를 돌보거나 아이들에게 나이프를 다루는 법을 가르치다 보니 어느새 내 주위로 아이들이 모여들어 있었다.

한동안 일 때문에 크리모니아를 떠났다가 다시 크리모니아로 돌아오자, 루리나가 잠시 일은 쉬고 미릴러 마을로 가지 않겠느냐고 제안했다.

들어 보니 유나가 고아원 아이들을 미릴러 마을로 데려가 바다에서 놀게 한다고 했다. 그래서 아이들을 돌봐달라는 부탁을 받았다고.

일단 일이긴 하지만, 마물이 나오는 것도 아니고 위험한 곳에 가는 것도 아니기 때문에 호위비는 나오지 않는다고 했다. 그 대신 숙박비, 교통비, 밥값은 모두 유나가 부담한다고.

특별히 위험한 일도 아니었기에 나는 맡았다.

게다가 아이들에게 만일의 일이라도 생기면 곤란했다.

루리나가 의미심장한 표정을 짓고 있었는데, 어째서지?

나중에 알았지만, 내가 기쁜 얼굴로 웃고 있었다는 모양이다.

그리고 미릴러로 가는 당일. 루리나와 약속 장소로 향하자 곰 모양의 마차가 있었다.

혹시 저걸 타는 건가?

루리나는 웃고 있었지만, 신경 쓰지 않기로 했다.

아이들이 손을 흔들며 우리를 반겨주었다. 내가 온 것을 반겨주는 아이가 있다는 것은 기쁜 일이다.

곰 마차에 올라타자 유나가 마력으로 그것을 움직였다.

"유나, 여전히 상상을 뛰어넘는 일을 하네."

루리나가 움직이는 곰 마차를 보며 중얼거렸다.

"장시간 마력으로 움직이는 게 얼마나 힘든 일인지 애들은 알기나 할까?"

루리나는 곰 마차 안에서 떠드는 아이들을 보며 말했다.

나도 상상할 수 없었지만, 마법에 능한 루리나가 그렇게 말하는 걸 보면 무척 힘든 거겠지.

고블린 킹이나 블랙 바이퍼를 혼자서 쓰러뜨릴 수 있는 유나라면 할 수 있을 것 같다는 생각은 들지만, 마법을 쓸 수 없는 나로서는 알 수 없는 일이었다.

그리고 우리를 태운 곰 마차는 아무 일 없이 미릴러 마을에 도착했다. 묵는 곳은 상상했던 대로 곰 모양의 집이었다. 미릴러 마을에서는 유명하다. 나도 몇 번인가 미릴러 마을에 왔을 때 본 적이 있다. 그때마다 루리나가 웃었던 기억이 났다.

유나의 지시로 나는 남자아이들의 보살핌을 맡아 같은 방에 머물게 되었다.

어린 여자아이들을 상대하는 것보다는 나았다. 여자아이들 중에는 아직도 내 얼굴을 보면 도망가는 아이도 있으니까.

하지만 남자아이는 나이프를 다루는 법이나 검을 다루는 법 등을 알려주느라 함께 있는 시간이 길었던 탓인지 내 얼굴을 봐도 더는 도망가지 않는다.

다음 날 나는 아이들을 데리고 바다에 갔다.

아이들은 상당히 기대하고 있었는지 집을 나서자마자 달리기 시작했다. 그것을 나와 루리나가 쫓아갔다.

"후후, 길이 아이들을 쫓아가니까 범죄자 같네."

루리나가 웃으면서 그런 말을 했다.

그런 말을 듣지 않아도 알고 있다. 하지만 유나에게 아이들을 부탁받은 이상 제대로 돌봐야했다. 그래서 달려서 아이들을 쫓아갔다.

아이들은 바다에 도착하자마자 놀기 시작했다.

밀려오는 파도에서 노는 아이, 물싸움을 하는 아이, 모래사장에서 노는 아이, 모두 웃는 얼굴로 놀고 있었다.

"길. 파도는 잔잔하지만 조심해 줘."

"알아."

나는 놀고 있는 아이들에게 향했다.

"길 씨!"

내가 가자 아이들이 물을 뿌린다. 놀이였기 때문에 나는 최대한 물을 퍼서 아이들에게 물을 뿌렸다.

물에 맞은 아이들이 물살에 밀려 쓰러졌다. 너무 지나쳤다 생각했는데, 아이들은 크게 웃으며 나를 에워싸더니 다시 물을 뿌리기 시작했다.

그렇다면.

나는 돌면서 주변에 있는 아이들에게 물을 뿌렸다.

내가 물 공격을 못하게 하려는 것인지 한 아이가 팔에 매달렸다. 그 정도로 멈출 수 있을 거라고 생각한 건가.

나는 아이를 가볍게 들어 바닷속으로 내던졌다.

아이는 바다에 빠졌다.

던지고 나서야 눈치챘다.

너무 과했다.

그렇게 생각했는데, 아이는 일어나서 나에게 왔다.

"다시 던져줘요."

아무래도 재미있었던 모양이다.

나는 들어올려서 다시 한번 바닷속으로 내던졌다.

그거 본 다른 아이들도 해 달라고 한다. 나는 몇 번이고 아이들을 내던졌다.

물론 연속해서 던지다 보니 팔이 피곤했지만, 겁에 질려 다가오지 않는 것보다는 나았다.

무엇보다 아이들이 즐거워하는 모습은 기뻤다.

내가 아이들과 놀고 있는데, 아직 앳된 얼굴이지만 예쁘게 생긴 여자아이가 루리나와 모래사장에 왔다.

누구지?

본 적 없는 얼굴이다. 고아원 아이라고 하기엔 나이가 많아보였다.

저런 여자아이는 없었던 것 같은데.

내가 다가갔다가 겁이라도 먹으면 곤란하니 떨어지기로 했다.

나중에 알고 보니 유나였다고 한다.

곰의 내용물이 저런 모습일 줄은 상상도 못했다.

32 바쁜 길드 마스터 젤레모 편

나는 미릴러 상업 길드의 길드 마스터 젤레모다.

요즘은 일이 바빠서 좀 피곤하다.

크리모니아에서 온 아나벨 씨가 내 감시 역할을 맡고 있기 때문에 게으름을 피울 수도 없었다.

하지만 나는 최근 아나벨 씨의 행동을 파악할 수 있게 되었다. 물론 그저 내 방에 확인하러 오는 시간이 정확할 뿐이다.

방금 방에 확인하러 왔다. 이것으로 당분간은 오지 않을 것이다.

1층에 있는 길드 마스터의 방 창문을 열고 나는 조용히 빠져나갔다. 그리고 가까운 공원 벤치에 앉아 여유롭게 쉬었다.

주위를 보니 아이들이 놀고 있었다.

평화롭다. 이 평화도 그 곰 옷차림을 한 아가씨가 준 것이었다.

나는 아무것도 하지 못했다.

식재료를 조금 빌려서 식재료가 부족한 사람에게 전해줬을 뿐이다.

그러니 나는 대단한 사람도 뭣도 아니다. 그런 인간이 상업 길드의 길드 마스터를 하고 있으니 희극이 따로 없었다.

"하아, 어쩌다 이렇게 됐을까."

나는 그냥 여유롭게 살고 싶었을 뿐인데.

"젤레모 씨, 또 땡땡이인가요?"

나를 본 지인이 말을 걸어왔다.

"휴식이야."

"그렇다고 치죠."

뭔가 다 안다는 듯이 말하네.

"진짜 휴식이래도."

"그럼 아나벨 씨에게 말해도 되나요?"

"그건 하지 마."

"농담이에요. 젤레모 씨가 마을을 위해 노력해 주고 있다는 건 알고 있으니까요."

그러니까 난 그렇게 대단한 사람이 아니라니까.

기본적으로 나는 게으른 사람이다.

"그러고 보니 그 곰 소녀가 마을에 와 있다는 모양이에요."

"그런 것 같더군."

곰 아가씨가 미릴러에 와 있다는 정보는 들어서 알고 있었다. 들었다고 해도 해변에서 아이들과 놀고 있다거나, 곰 모양을 한 마차를 타고 왔다거나, 그 정도의 정보였다.

"땡땡이도 적당히 치는 게 좋을 거예요."

"그러니까, 휴식이래도."

지인은 웃으면서 떠났다.

나는 벤치에서 몸을 일으켰다. 슬슬 아나벨 씨가 내 방에 상황을 보러 올 시간이다. 땡땡이, 가 아니라 휴식도 이쯤 하고 나는 상업 길드로 돌아갔다. 창문을 통해 방 안으로 들어가자 곰 아가씨가 방에 있었고, 몰래 빠져나간 사실을 아나벨 씨에게 들키게 되었다. 훗날 길드 마스터의 방이 위층으로 옮겨지게 되었다는 것은 또 다른 이야기다.

곰 아가씨가 크리모니아로 돌아갔다.

며칠 동안이었지만 크리모니아 영주에 상업 길드의 길드 마스터,

시린 마을의 전 영주까지 찾아와 여러모로 분주한 나날이었다.

그리고 곰 아가씨가 만든 곰 워터 슬라이드는 상업 길드에서 관리하게 되었고, 워터 슬라이드 입구에는 문이 달려 관리자가 있을 때만 놀 수 있게 했다. 그것이 곰 아가씨와의 약속이었다.

관리자는 길드 직원 중 2명 정도 파견하기로 되어 있었는데, 크리모니아 영주님과 시린의 전 영주님이 오셔서 일도 늘어난 상황에서 길드 직원을 두 명이나 파견하는 것은 힘들었다.

하지만 우리 쪽에서 아가씨에게 부탁한 이상 불평은 할 수 없었다.

"모험가 길드에 의뢰를 할까요?"

"부탁할 수 있다면 부탁하고 싶지만, 저쪽도 사람이 부족하다고 했잖아."

모험가 길드도 크리모니아 영주님 일이나 크리모니아와 터널이 이어진 일로 바빴다.

크라켄이 사라졌다는 사실이 알려지면서 미릴러로 돌아온 모험가도 있지만, 그래도 부족한 상황이다. 하지만 이쪽도 사람이 부족한 것은 마찬가지였다.

"그렇다면 상담만 해봐."

아나벨 씨에게 부탁하고 나는 다른 일을 했다.

모험가 길드와 논의한 끝에 도움을 받기로 했다.

게다가 의뢰비도 저렴했다.

들어 보니 신입 모험가용 의뢰로 한다는 것 같았다.

뭐, 그렇게 많은 돈을 낼 수 있는 상황은 아니었기 때문에 다행이었다.

아트라 씨에게는 따로 감사를 전해야겠다.

다만 보고에 의하면 곰 워터 슬라이드에서 노는 사람이 날마다 증가하고 있다고 했다.

미릴러의 주민들도 오지만 크리모니아에서도 놀러 오고 있다고.

"밀레느 씨가 크리모니아에서 소문을 내고 있는 모양이에요."

그러고 보니 크리모니아에서도 손님을 불러오겠다는 식의 말을 했었다.

"크리모니아에서 오는 사람들이 늘어나면서 합승 마차도 만석이라고 하더라고요."

미릴러는 클리프 님의 말대로 활기가 넘치는 마을이 되었다.

해산물도 잘 팔려서 크리모니아에서 매입하러 오는 상인도 늘어갔다. 이는 미릴러 출신 사람들이 크리모니아에서 열심히 일하고 있는 덕분이기도 했다.

특히 데거 씨의 딸이 크리모니아에서 열었다는 가게에 관한 소문도 자주 들려왔다.

"마차 편수를 늘릴까?"

"그건 크리모니아에게 맡기면 될 것 같아요. 솔직히 말하자면 거기까지는 신경 쓸 여유가 없어요."

아나벨 씨 말이 맞았다. 현재로서는 어느 곳이나 일손이 부족한 상태였다.

"치안 강화, 마을 청소, 식재료 확보, 여관과의 정보 교환, 바다 감시원 고용, 세세한 점을 거론하자면 할 일은 얼마든지 있습니다."

치안 유지는 모험가 길드에 맡겨져 있다. 크리모니아에서 오는 사람 모두가 나쁘다고 할 수는 없지만 소란을 일으키는 자, 먹은 것을 길가에 버리는 자, 매너를 지키지 않는 자는 반드시 나온다.

몇 번 주의를 해도 말을 듣지 않는 사람에게는 두 번 다시 터널을 사용하지 못하게 한다. 이에 대해서는 클리프 님께 허가를 받았다. 그 부분의 판단은 모험가 길드와 상업 길드에 맡겨져 있다.

그리고 식재료 유통량도 꼼꼼히 확인해야 했다. 해산물이 크리모니아에 많이 흘러가면 현지 주민에게 고루 퍼지지 않게 될 가능성도 나온다. 해산물에 대해서는 쿠로 할아버지가 맡고 있으니 괜찮을 거라 생각하지만, 그에 관한 관리도 필요하다.

여관 역시 비어 있는 방을 항상 파악해 둘 필요가 있었다. 크리모니아에서 온 사람들이 묵을 숙소가 없어 곤란함을 호소하는 경우가 종종 있었다.

그것을 알선하는 것도 상업 길드의 일이 되고 있었다.

가장 큰 문제라면 바다의 감시원이었다. 모험가 길드에 맡겨져 있지만, 감시원은 수영을 할 수 있을 뿐만 아니라 물에 빠진 자를 구할 수도 있어야 한다. 그것이 제일 어려웠다.

수영을 못하면 깊은 곳까지 가지 않아야 한다. 그것은 미릴러 마을의 아이들도 알고 있는 상식이었다. 하지만 크리모니아에서 오는 사람은 어른도 아이도 그 사실을 모른다.

그런 것부터 알려줘야 한다.

그러고 보니 이런 일을 예상한 것인지 곰 아가씨가 바다에 만든 울타리는 안전장치가 되어서 아이들이 안전하게 놀 수 있게 되어 있었다.

마치 이렇게 될 것을 예상한 것처럼.

지금은 울타리를 늘릴지 고민 중이다.

어쨌든 사람이 부족하다.

"밀레느 씨와 클리프 님, 그리고 제 견해에 의하면 이렇게 바쁜 건 따뜻한 계절에 한정될 것으로 보고 있습니다. 날씨가 추워지면 찾는 사람은 줄어들 겁니다. 그때까지는 바쁘지만 열심히 하는 수밖에 없겠죠. 겨울은 느긋하게 지낼 수 있을 겁니다."

아나벨 씨가 그렇게 예측했다.

그것에는 나도 동의했다.

겨울이 되면 바다에서 놀 수는 없다. 그렇게 되면 사람도 오지 않게 된다.

다만 함정이 있을 것 같아 두려웠다.

아나벨 씨는 크리모니아 출신이다.

우리가 아무렇지도 않게 생각하고 있는 겨울을 보내는 방법이 크리모니아의 주민들에게 오락거리가 된다면, 사람들이 다시 모일 것이다. 그렇게 되면 현 상황의 분주함이 겨울이 되어도 계속될 가능성이 있었다.

아나벨 씨 성격상 겨울이 되더라도「이렇게 사람이 올 줄은 상상하지 못했습니다」라고 말하며 태연하게 내게 일을 시킬 것 같았다.

"뭔가요? 그 의심 섞인 눈은."

"아니, 그게, 정말 겨울이 되면 일이 줄어들까 싶어서."

"어디까지나 견해입니다. 이런 상황은 크리모니아에서도 미릴러에서도 처음 있는 일이니까요. 확답을 드릴 수는 없습니다."

한숨밖에 나오지 않았다.

나의 자유는 어디로 갔을까?

역시 선행은 안 하는 게 제일이었다.

▶ ILLUSTRATION GALLARY_

Gom Gom Gom Bear

VOL.15

곰 곰 곰 베 어 16

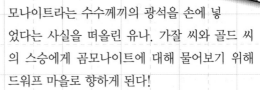

드워프 마을로!

미릴러 마을에서 돌아온 유나는 타르구이에서 가져온 꽃으로 압화를 만들거나 하면서 여유롭게 보낸다. 나이프의 유지 보수를 위해 가잘 씨에게 가자 곰모나이트라는 수수께끼의 광석을 손에 넣었다는 사실을 떠올린 유나. 가잘 씨와 골드 씨의 스승에게 곰모나이트에 대해 물어보기 위해 드워프 마을로 향하게 된다!

루이밍의 길 안내…… 괜찮은 거야?

티루미나 씨의 허락을 받아 피나와 드워프 마을 루도니크에 가보기로 한 유나. 엘프 마을 이동문에서 곰돌이와 곰순이를 타고 가려고 한 타이밍에 루이밍과 재회한다. 그러자 마을 안에서 심부름을 부탁받은 루이밍도 따라오게 되고?! 두 사람과 함께 즐겁게 대장간 마을을 견학한다!

대장장이 마을을 산책하다

루도니크에 들어가기 바로 전, 우연히 또 한 번 제이드 일행과 재회. 토우야의 미스릴 무기를 만들기 위해 제이드가 애용하는 대장간으로 향한다고 한다. 그들을 따라가 미스릴 무기를 들기 적합한지를 판별하는 테스트에서 화려하게 합격한 유나. 그 후 골드 씨와 가잘 씨의 스승, 로지나 씨의 공방에서 딸 릴리카 씨와 만난 세 사람은 함께 마을에서 쇼핑을 하게 된다.

시험의 문이란 대체…….

사이좋게 쇼핑을 하고 있던 4명. 루도니크에 모험가들이 많이 방문하는 이유인 시험의 문이 궁금했던 유나의 요청으로 산 높은 곳

까지 계단을 올라가 견학을 하기로! 마력이 차면 알아서 열리고, 그 안에는 장인과 무기를 다루는 자들만 들어갈 수 있고, 시련은 사람에 따라 달라진다고 한다……. 그 이야기를 듣고 유나는 이제나저제나 열리기만을 기다리는데! 루도니크에서의 모험도 즐거울 것 같은 예감?!

시아에게 연락이 와서 평소 만나던 찻집에서 만나기로 했다.

먼저 찻집에 온 내가 차를 마시고 있는데 시원해 보이는 옷차림을 한 시아가 찾아왔다.

"카틀레야, 오래 기다렸지."

시아는 내 앞 의자에 앉자마자 음료수를 주문했다.

"크리모니아에서 돌아왔구나."

"며칠 전에."

시아는 학원의 휴일을 이용해 크리모니아로 돌아갔었다.

"그래서, 오랜만에 간 고향은 어땠어?"

"즐거웠어. 동생인 노아와 아버님도 만날 수 있었고."

시아는 기뻐했다.

"후후, 노아는 학원 축제 때 만났잖아."

"그렇긴 하지만."

학원 축제에서는 시아의 여동생인 노아와 그 친구들을 만났었다. 그리고 오랜만에 유나 씨와도 만났다.

"그러고 보니 갑자기 가서 유나 씨를 놀라게 해준다고 들었는데, 어떻게 됐어?"

시아는 늘 유나 씨한테 놀라기만 하니 이번에는 자신이 놀래줄 차례라고 했었다.

"만났을 때는 놀랐지만. 그 뒤로는 오히려 내가 놀랄 일뿐이었어."

"그래?"

"일단 유나 씨 가게. 이야기는 어머님이나 노아한테 들었는데, 정말로 곰투성이인 가게였어."

"그 왕도에 있는 것 같은?"

왕도에도 곰 가게가 있었다. 하지만 내 질문에 시아는 고개를 저었다.

"입구에 곰 장식물은 물론 있지만 간판도 곰이고, 가게 안 벽이나 기둥에도 곰이 있고, 테이블 위에는 작은 곰까지 놓여 있고, 곰 얼굴을 한 빵도 팔고 있고, 가게에서 일하는 아이들은 곰 옷차림을 하고 있어서 귀여웠어."

말만 들어도 곰투성이다.

"정말 가게 이름 그대로 곰 씨의 가게라는 느낌이었어."

"가게 이름?"

"『곰 씨 쉼터』라고 하거든."

후후, 미소가 새어나오고 말았다.

귀여운 이름이다.

가게에 가보고 싶어졌다.

그 후로도 시아는 즐거운 얼굴로 크리모니아에서 일어난 일을 이야기해 주었다.

"조금 떨어진 곳에 있는 바다에 가게 됐는데, 그때의 이동 수단이 곰 마차여서 그것도 놀라웠어."

"곰 마차? 곰 마차라니, 말 대신 곰돌이와 곰순이가 수레를 끈다는 거야?"

나는 찻집 창문 너머로 마차를 바라보았다.

말이 짐수레를 끌고 있었다. 즉 곰 마차란 곰돌이와 곰순이가 짐수레를 끄는 것일까? 하지만 그런 경우에는 곰 차라고 하는 편이 맞지 않나? 어감이 이상하니 그냥 시아가 사용하는 말 그대로 곰마차로 했다.

하지만 시아에게서 부정의 말이 나왔다.

"아니야. 곰 모양을 한 마차야. 마차를 유나 씨의 마력으로 움직였어."

곰 모양을 한 마차?

나는 고개를 갸우뚱했다.

곰돌이와 곰순이가 수레를 끄는 것이 아니라, 곰 모양의 마차를 유나 씨의 마력으로 움직인다.

상상을 해 보았지만 잘 떠오르지 않았다.

"으, 설명하기 어려워."

시아는 무언가를 떠올렸는지 종이와 펜을 꺼내더니 종이에 그림을 그리기 시작했다.

시아는 귀족으로서의 소양 덕분에 그림도 잘 그린다. 검도 마법도 쓸 수 있고, 게다가 귀엽기까지 한 소녀라니 부럽다.

나는 그 그림을 보고 웃고 말았다.

종이에는 간단하지만 알기 쉬운 그림이 그려져 있었다.

"이게 뭐야, 귀엽다. 곰 모양이네."

사람이 타는 짐칸이 곰 모양이었다.

"그래도 꽤 큰 것 같은데?"

"응, 커. 어린애라면 30명은 탈 수 있지 않을까?"

대인원이다.

"그걸 유나 씨의 마력으로 움직였다고?"

"응, 골렘을 움직이는 요령이라고 했어. 그걸 몇 시간씩 움직였는데, 유나 씨의 마력은 정말 굉장하지."

마력으로 물건을 움직일 수는 있다.

하지만 장시간이 되면 이야기가 달라진다. 일반적으로는 쉽게 할 수 없는 일이었다.

"게다가 움직이는 건 이 한 대 뿐만이 아니었어."

시아는 그렇게 말하고 다시 그림을 그리기 시작했다.

"뭐야, 이 귀엽고 작은 이동 수단은."

큰 곰 마차 옆에 작은 곰 마차 그림 두 개가 그려졌다. 그 곰 모양이 검은색과 흰색으로 칠해져 있었다.

"곰돌이 마차와, 곰순이 마차라는 것 같아."

그리고 시아는 그 곰돌이 모양의 마차를 타고 바다에 갔다고 한다.

"시아, 부럽다. 나도 그 곰 마차에 타보고 싶다."

"그럼 다음에 유나 씨에게 부탁해 볼래?"

부탁하면 태워줄까?

이후에도 시아가 유나 씨에게 놀랐다는 이야기는 계속되었다.

마을에 도착한 이후에도 묵게 된 숙소는 큰 곰 집이었다고 한다.

"왕도에 있는 유나 씨의 집보다 더 크다는 뜻이야?"

왕도에 살지 않는데도 유나 씨는 왕도에 땅을 구입해 곰 모양의 집을 지었다. 시아에게 그 이야기를 들었을 때 견학을 간 적이 있었다.

"곰이긴 한데 모양이 달라."

그러자 시아는 다시 그림을 그리기 시작했다.

"곰이 두 개 서 있네."

그리고 귀엽다.

"4층 건물로 되어 있어서 각각의 방에 묵을 수 있고, 꼭대기 층에는 목욕탕이 있었는데, 거기서 바다를 보면서 한 목욕은 최고였어."

시아는 그 풍경을 떠올렸는지 꿈을 꾸는 표정을 지었다.

부럽다. 나도 같이 갔으면 좋았을 텐데.

그리고 시아는 여동생들과 바다에서 놀았던 것을 이야기해 주었다.

"그리고 또 놀란 게 있는데. 유나가 해변에 이런 걸 만들었어."

다시 곰 그림을 그리는데, 이번엔 좀 이상하다. 곰의 입과 배에서 이상한 것이 나오고 있었다.

"시아, 곰의 입과 배에서 나오는 건 뭐야?"

"미끄럼틀이야."

"미끄럼틀?"

"그래, 이 배 부분과 입 부분에서 미끄러져서 바다로 들어가는 거야. 아주 재미있었어."

잘은 모르겠지만 시아의 표정을 보니 즐거웠다는 것을 알 수 있었다.

"그리고 아무도 없는 섬도 탐험했어."

즐겁게 이야기하지만, 표정이 조금 이상하다.

"무슨 일 있었어?"

"어, 왜?"

시아가 눈을 피했다.

"표정이 어색해 보여. 마치 말하고 나서 말실수한 것 같은 표정처럼."

"딱히 어색해하는 거 아냐. 섬에서 좀 힘든 일이 있었거든. 하지만 내용은 말할 수 없으니까 어떻게 할까 생각한 것뿐이야."

"그런 말을 들으면 더 듣고 싶어지잖아."

"미안, 이건 유나 씨와 한 약속이라 말할 수 없어."

"나한테도?"

"카틀레야뿐만 아니라, 어머님께도 아버님께도 말할 수 없는 일이야."

"어머, 그런 중요한 비밀이 있다는 걸 내게 알려줘도 되는 거야?"

"윽, 카틀레야 짓궂어."

이렇게나 자랑을 듣고 있는데, 조금 정도는 놀려도 되겠지.

"그래서 그 섬에서 핀 꽃으로 압화를 만들었어."

시아는 말을 돌리듯 아이템 봉투에서 액자에 든 압화를 꺼냈다.

미움을 받아도 곤란했기에 나도 그 이상은 놀리지 않고 압화를 보았다.

"예쁘다."

형형색색의 꽃으로 만들어져 있었다.

"엄청 잘 만들진 못했지만, 받아줄래?"

시아가 수줍은 표정을 지었다.

시아의 선물을 거절할 이유는 없었다.

"고마워. 소중히 할게."

친구가 직접 만든 선물은 기쁜 법이다.

방 어디에 장식할까?

"하지만 본 적이 없는 꽃들 뿐이네."

"뭐, 지역이 다르면 피어난 꽃도 다르니까."

그리고 고향으로 돌아간 시아의 이야기를 다 듣고 난 다음에는, 내가 휴일에 보낸 이야기를 해 주게 되었다.

저녁 식사 준비를 시작하려고 생각하는데, 플로라 공주를 모시고 있는 안쥬 님이 내 조리실에 왔다.

"젤레프 주방장님. 죄송하지만 이걸 냉동고에 넣어 주실 수 있을까요?"

안쥬 님이 테이블 위에 컵 5개를 놓았다. 컵 안에 무언가가 들어 있다.

"이건 뭐죠?"

"유나 씨가 가져다 주신 음식인데 아이스크림이라고 해요. 밖에 꺼내두면 녹아버리니까 먹기 전까지 냉동실에 넣어두라고 하더라고요."

"유나 님이 와 계십니까?"

"네. 지금 플로라 님과 즐겁게 놀고 계세요."

"참고로 이 5개 중에 제 것은……."

유나 님이 자신의 것도 준비해 주었는지 확인한다.

"후후, 있어요. 젤레프 주방장님, 국왕 폐하, 왕비님, 그리고 제 몫과 딸 몫도 준비해 주셨어요."

안쥬 님이 기쁘게 말했다.

유나 님이 갖고 온 음식들은 모두 특이하고, 맛있고, 흥미를 끄는 것들뿐이라 나도 기뻤다.

"그래서 다른 분이 드시기라도 하면 큰일이니까 젤레프 주방장님 냉동실에 넣어주실 수 없을까 하고요."

하긴 다른 사람이 먹어버리기라고 하면 큰 문제다.

유나 님의 음식은 대체가 불가했다. 다른 음식이라면 레시피를 들은 상태라 만들 수 있지만, 새로운 것이라면 만들 수 없었다.

자신의 냉동고라면 다른 사람이 멋대로 집어갈 일은 없을 것이다.

"잘 보관해 드릴 테니 맡겨 주세요."

"부탁드릴게요."

안쥬 님은 고개를 숙이더니 조리실에서 나갔다.

테이블 위에 유나 님이 가져다 준 음식이 있었다. 금방이라도 먹고 싶은 충동을 느꼈지만 참았다. 지금은 폐하의 저녁 식사를 준비해야 했다.

일단 컵은 냉동실에 넣어두었다.

잠시 후 다시 안쥬 님이 찾아왔다.

"번거롭게 죄송합니다. 티리아 님이나 엘레로라 님이 다음에 드실 몫을 유나 씨에게 받으신 것 같아요. 이것도 냉동실에 넣어주실 수 있나요?

그렇게 안쥬 님은 조금 전보다 더 많은 컵을 테이블 위에 올려두었다.

내 추가 몫도 있는 것일까.

"숙부님."

준비도 끝나고, 유나 님이 가져다 준 아이스크림이라는 것을 시식해 보려고 한 순간, 조카 샤이라가 찾아왔다.

"일은 어떻게 됐지?"

조카인 샤이라는 내 밑에서 요리 수업을 하고 있었는데, 지금은 성이 경영하는 성 아래 마을에 있는 레스토랑에서 일을 하고 있었다.

"오늘은 쉬는 날이라 숙부님한테 온 거예요."

타이밍이 안 좋군.

"그나저나 오늘 유나 씨가 왔다는 게 사실인가요?"

유나 님이 와 있었다는 사실을 알고 있는 모양이다.

뭐, 유나 님의 모습은 눈에 띄니 어쩔 수 없지.

"그래, 난 만나지 못했지만 플로라 님께 간 것 같더구나."

"그래요? 오랜만에 유나 씨 보고 싶었는데."

나도 보고 싶었지만 왕궁 주방장 입장상 일을 내팽개칠 수는 없었다.

"그래서, 유나 씨가 이번에도 특이한 음식을 가져왔나요?"

샤이라는 두리번거리며 조리실을 둘러본다.

나는 살짝 냉동고를 쳐다보았다.

냉동고 안에 있지만 샤이라에게 알려주면 반드시 먹고 싶다는 말을 꺼낼 것이다. 그러니 말할 수 없었다.

"혹시 냉동실에 들어 있나요?"

들켰다.

샤이라는 냉동실을 향해 걸어가기 시작했고, 내 허락도 없이 냉동실을 열려고 했다.

"잠깐, 아무것도 들어 있지 않으니까 열지 마라."

"그럼 왜 자꾸 냉동고를 보세요?"

아무래도 내가 한 번뿐만이 아니라 몇 번이나 냉동고를 보고 있었던 모양이다.

"그리고 아무것도 들어있지 않다면 열어도 되잖아요?"

안에 무언가가 들어 있다는 것을 확신하고 있는 얼굴이었다.

나는 포기했다.

"냉동고 안에는 폐하나 공주님들의 몫도 있다. 샤이라 너도 왕궁에서 일하고 있었으니 먹으면 어떻게 될지는 알고 있겠지."

좀 강하게 위협했다.

"윽, 그건."

냉동고 손잡이에 손을 얹으려던 샤이라는 천천히 손을 뗐다.

나는 샤이라 대신 냉동실에서 안쥬 님이 가져다 준 컵 하나를 꺼냈다. 많이 있는 것을 보면 하나 정도는 괜찮지 않냐고 말할지도 모른다.

이것은 어디까지나 플로라 님이나 티리아 님의 몫이었다.

"그게 유나 씨가 가져온 음식인가요?"

"아이스크림이라고 하더군. 샤이라는 숟가락 두 개를 준비해 줘."

"네."

샤이라는 바로 숟가락 두 개를 가져왔다. 그중 하나를 받아들었다.

"숙부님, 얼른요."

"그렇게 재촉하지 마."

딱딱할 줄 알았는데 숟가락을 밀어 넣자 쉽게 안으로 들어갔다. 그리고 숟가락으로 떠서 먹기 전에 찬찬히 관찰하고 냄새를 맡은 후, 숟가락을 입안에 넣었다.

차갑다.

단단하다고 생각했던 것이 입에 들어가는 순간 녹아내렸다.

혀 위에서 굴리다 보니 순식간에 모든 것이 녹아버렸다.

"냉동고에 들어 있었다는 건 얼어 있는 건가요?"

"아니, 딱딱하지만 얼지는 않았어. 입에 들어가는 순간 쉽게 녹았어."

"맛은요?"

"맛있다."

진한 풍미에 뭐라 형용할 수 없는 맛이었다.

"숙부님, 저도."

어쩔 수 없으니 컵을 샤이라 앞에 내밀었다. 샤이라는 나처럼 숟가락으로 푹 떴다.

그리고 나처럼 똑같이 관찰을 한 다음 입안에 넣었다.

그 표정은 여러 가지로 변해갔다.

"차갑고 맛있어요. 빙수랑 다르네. 재료는 뭐예요? 어떻게 만들어요?"

"우유, 달걀, 설탕, 그리고 뭘까. 하지만 재료를 안다고 해도 만드는 방법을 모르면 같은 것은 만들 수 없어."

조리 방법에는 여러 가지가 있다.

삶는 것, 굽는 것, 녹이는 것, 찌는 것, 데우는 것, 식히는 것. 어떤 식재료를 어떻게 조리하는지 모른다면 똑같은 재료를 사용하더라도 똑같은 것을 만드는 것은 불가능했다.

맛있는 음식을 만들기 위해서는 최적의 재료와 분량을 알아야 했다. 그것이 요리사에게 있어서는 생명과도 같은 소중한 레시피였다.

"숙부님, 레시피는요?"

"이번에는 배우지 못했어."

내 말에 샤이라는 아쉬운 얼굴을 했다.

일을 중단해서라도 유나 님을 만나러 가지 못한 것을 후회했다.

이런 음식을 만들 수 있는데 모험가라니, 정말 신기한 아가씨다.

만약 유나 님이 모험가가 아니라 요리사였다면 제자가 되었을지도 모른다.

두 입째를 먹으려고 하자 컵의 내용물이 줄어 있었다.

범인은 금세 알았다.

"샤이라! 나도 아직 한 입 밖에 안 먹었는데."

"그치만 맛있단 말이에요. 게다가 빨리 먹지 않으면 녹아 버릴 거예요."

확실히 컵 안을 보자 녹아가고 있었다.

"일단 남은 건 내가 먹으마."

이제 반도 안 남았다.

"그런 게 어딨어요~."

"안 된다면 안 돼."

"아직 냉동실에 있죠?"

"죽고 싶다면 난 말리지 않아."

"딱히 먹은 것 정도로……."

"그렇지. 죽지는 않겠지만 요리사를 박탈당하고 왕도에서 영구 추방당하는 정도겠지."

"윽, 그건 충분히 있을 수 있겠네요."

"일단 참아라. 다음에 유나 님께……."

물어보겠다고 말하려다가, 그만두었다.

조금 전, 레시피는 요리사에게 있어서 생명과 같은 것이라고 생각한 지 얼마 되지도 않았는데, 유나 님의 상냥함에 기대고 말았다.

내가 유나 님께 한 일이라면, 유나 님의 부탁을 받고 파렌그람의 영주였던 그란 님의 생일 파티 음식을 만든 정도였다.

그것도 유나 님은 자신을 위해서가 아니라 파렌그람가를 위해서 한 일이다.

그렇게 생각하면 유나 님 개인에게는 무언가 해 준 적이 없었다.

"숙부님?"

"다음에 유나 님께 최고의 요리라도 대접해야겠군."

그것이 유나 님께 보답이 될지 어떨지는 모르겠지만, 자신은 요리를 만드는 것밖에 할 수 없었다.

그렇게 결정하고 남은 아이스크림을 음미하듯이 먹었다.

샤이라가 먹고 싶다는 표정을 지었지만, 더는 양보할 생각은 없었다.

35 유나가 있는 곳으로 가고 싶어 국왕 편

집무실에서 내 보좌를 맡은 재상 장그와 아들 엘나트와 일을 하고 있는 와중 유나가 왔다는 보고가 들어왔다.

유나는 딸 플로라를 좋아해서 가끔 만나러 올 때가 있는데, 올 때마다 맛있는 음식을 가져왔다.

오늘은 뭘 가져왔을지 기대가 됐다.

내가 의자에서 일어나려고 하자 장그와 엘나트가 입을 열었다.

"폐하, 일이 남아 있습니다."

"아버지, 급한 일이 있습니다."

"하지만……."

그 곰이 가져오는 음식은 왕족의 식사에는 나오지 않는 것들뿐이고, 그리고 하나같이 맛있다. 왕궁 주방장인 젤레프도 인정할 정도의 맛이었다.

그 유나가 찾아온 것이다.

플로라한테 가야만 먹을 수 있었다.

"하지만, 이 아닙니다. 그녀가 올 때마다 일을 빼먹으시면 곤란합니다."

"곰보다는 일을 하세요. 눈앞에 있는 서류 더미가 보이지 않으십니까?"

두 사람이 노려보았다.

"엘나트. 너도 머지않아 국왕이 될 몸. 내 일을 빼앗는 정도는 해도 좋아."

"사양하겠습니다. 이미 인수인계하고 있는 일이 있습니다. 지금은 그걸로 충분합니다. 본인 일은 본인이 하세요."

처음에는 밀어붙일 수 있었는데, 최근에는 거절당하기 시작했다.

"귀엽지 않아. 누굴 닮았는지."

"어머님은 느긋한 성격이시니까요. 틀림없이 국왕 폐하이자 아버님인 당신을 닮은 거라고 생각합니다."

"내가 젊었을 때는 스스로 일을 도맡아서 했었다."

"그건 언제 적 이야기지요? 저는, 몇 번이나 무리한 요구를 강요당했던 기억이 있는데요."

장그가 옛날 일을 떠올리며 대답했다.

어릴 때부터 함께 지내 모든 것을 알고 있는 탓에 거짓말도 할 수 없었다.

내가 포기하고 일을 하고 있는데 엘레로라가 방에 들어왔다.

"엘레로라?"

"자료 확인을 부탁합니다."

엘레로라가 내 책상 위에 자료를 내려두었다.

일이 늘었다.

"그럼 실례하겠습니다."

엘레로라가 나를 쳐다본 뒤 아무 일도 없었다는 듯이 방에서 나가려고 했다.

"기다려. 이제부터 어디 가는 거지?"

"물론 유나가 있는 곳이요."

엘레로라는 빙긋 웃으며 말했다.

내가 일 때문에 빠져나갈 수 없다는 것을 알고 있는 모습이었다.

"일은 어쩌고?"

나는 하고 있는데.

"끝내고 그 책상 위에 올려놨는데요."

엘레로라는 아까 내 책상 위에 올려둔 자료에 눈을 돌렸다.

"다른 건."

"끝났습니다."

엘레로라는 요령이 좋고 우수했다. 그러나 그와 동시에 얄미운 인물이기도 했다.

하지만 유나에게 갈 수 없다면 엘레로라에게 부탁할 수밖에 없었다.

"엘레로라, 혹시 특이한 음식이 있으면 내 몫을 챙겨두라고 유나에게 전해 다오."

내 말에 엘레로라는 어린아이 같은 미소를 지었다.

불길한 예감이 들었다.

엘레로라가 검지를 들었다.

"후후, 좋아요. 단 빚 하나 달아둘게요."

"너, 국왕한테."

"이것과 그것은 별개죠. 그렇다면 전 딱히 유나에게 전하지 않아도 상관없는데요?"

엘레로라는 빙긋 미소를 지었다. 사악한 미소가 이렇게까지 어울리는 인물도 달리 없을 것이다.

불평 한마디 정도는 하고 싶었지만, 엘레로라의 심기를 건드리면 하면 유나가 가져온 음식을 먹을 수 없게 된다.

"……알았어. 빚 하나다. 하지만 무리한 요구는 기각할 거야."

거절할 수 있는 여지는 만들어둬야했다.

"아쉽네요. 일을 그만두고 크리모니아로 돌아가려고 했는데."

"……."

"엘레로라 님, 농담이라도 그런 말은 하지 마세요. 만약 다른 사람이 듣고 소문이라도 퍼지면 큰일납니다."

내가 입을 열기도 전에 이야기를 듣던 장그가 입을 열었다.

"게다가 당신이 사라지면 누가 폐하의 폭주를 막는다는 겁니까?"

"그것은 재상인 당신과 아들이신 엘나트 님의 역할이겠죠."

""무리입니다.""

두 사람의 목소리가 겹쳤다.

"너희들⋯⋯."

엘레로라는 우리들을 어이없다는 얼굴로 바라보았다.

"일단 유나에게 부탁은 해 보겠지만, 폐하의 몫이 없더라도 제 책임은 아니에요."

엘레로라는 방에서 나갔다.

"아버님은 언제까지 그 곰의 출입을 허락하실 건가요?"

엘레로라가 나가자 엘나트가 말을 걸어왔다.

"언제까지고 뭐고, 출입을 금지할 생각은 없다."

"평민이고, 게다가 곰 옷차림을 한 우스꽝스러운 자가 성에 자유롭게 출입한다면 국왕으로서의 위엄과도 관련됩니다."

"위엄보다 중요한 게 있거든."

"국왕의 위엄보다 중요한 것이 저 곰에게 있단 말입니까?"

귀찮다.

"이미 장그는 알고 있으니까, 너에게도 전해 두마. 크라켄의 소재에 대해서는 알고 있겠지."

"네, 출처 불명이라는."

"저건 그 곰이 토벌했고, 내가 사들인 거다."

정확히는 유나가 크라켄에게 습격당하던 마을에 양보했고, 그것을 엘레로라의 남편인 클리프가 마을의 부흥 자금으로 삼기 위해 나에게 팔았다.

"농담하지 마세요."

뭐, 보통은 그렇게 생각하겠지.

"거짓말 아니다. 그리고 학원 축제 때 르툼이 학생에게 진 일도 알고 있겠지."

"네, 심지어 여자가 검을 잡는 것을 싫어하는 르툼 경이 여학생에게 졌다니. 믿을 수는 없지만 봐주진 않았을 거라 생각합니다."

"르툼은 봐주지 않았다. 아니, 그 자리의 규칙 안에서 전력은 아니었지만, 졌다는 것은 확실하다. 그 르툼을 이긴 여학생이 바로 저 곰이다."

"농담도."

엘나트는 코웃음을 쳤다.

"그리고 데젤트 마을에 대한 보고서는 훑어봤나?"

"네, 봤습니다. 모험가에게 부탁하다니 믿을 수 없는 일입니다. 중립 지역으로서 중요한 마을입니다. 만약 상대국에 선수를 빼앗겼다면 어떻게 할 생각이셨습니까?"

"그 모험가도 그 곰이다. 크라켄의 마석을 갖고 있어서 부탁한 거다."

엘나트가 도저히 믿을 수 없다는 표정을 지어 보였다.

흥미롭군.

"아버님, 아무리 그래도 그런 농담은."

"농담 아니다."

나는 장그에게 시선을 돌렸다.

"전하, 믿기 힘드시겠지만 모두 사실입니다."

역시나 재상 장그가 거짓말을 할 거라고는 생각하지 않는지 입을 다물었다.

"그리고, 굴잠 사건을 기억하고 있나?"

"네, 한때 성 안이 소란스러웠으니까요. A랭크 모험가가 토벌했다고."

"그것도 곰이 한 짓이다."

"……."

"너는 지금 그 정도의 실력을 가진 자를 쳐내라고 하는 거냐?"

"그것이 사실이라면, 오히려 더 위험한 거 아닙니까? 만약 그 자가 성 안에서 날뛰기라도 한다면."

"저 소녀에게 악의는 없다. 선의로 똘똘 뭉쳐 있지. 하지만 싫어하는 상대에게는 용서가 없다. 그렇다면 사이좋게 지내는 편이 이로워."

"그렇긴 하지만……."

"게다가 저 곰이 갖고 오는 음식은 다 맛있다. 내 즐거움을 빼앗는 짓은 아들이라도 용서하지 않겠다. 저 곰에게 건드리는 건 의미가 없어."

저 소녀는 성 안에 새로운 바람을 불어넣고 있었다.

그것도 좋은 바람이다.

그것을 멈출 생각은 없었다.

"……알겠습니다."

엘나트도 수긍했는지 고개를 끄덕였다.

그날 일이 끝난 뒤 유나가 가져온 아이스크림이라는 시원한 음식을 먹었다.

　아주, 차갑고, 그리고 맛있었다.

　반드시, 저 곰 소녀는 지켜야 한다.

"이 문을 열면 왕도예요."

유나의 말대로 곰의 문 앞은 왕도였다.

젊었을 때 봤던 성이 당시의 기억 그대로 내 눈에 비치고 있었다.

다만 뒤를 돌아보니 왕도에 있는 유나의 집도 곰이었다.

유나는 믿을 수 없는 일을 하는 아이라고 생각했는데, 이번 일 역시 놀라웠다.

미릴러 마을이나 왕도로 순식간에 이동할 수 있는 마도구.

이런 것은 한 명의 개인이 소유할 수 있는 것이 아니다.

전에 피나가 유나를 말하며 어디의 공주일지도 모른다고 했던 것이 떠올랐다.

당시에는 웃으며 「그렇지 않다」라고 대답했지만, 이런 대단한 마도구를 보게 되자 피나의 말이 어쩌면 사실이 아닐까 하는 생각이 들었다.

만약 그렇다고 해도 크리모니아에 혼자 있는 이유나 왜 이런 마도구를 갖고 있는지 물어볼 생각은 없었다.

유나는 내 생명의 은인이자, 피나의 소중한 언니이자 친구이고, 우리 가족에게도 소중한 여자아이라는 사실에는 변함이 없으니까.

"티루미나 씨는 왕도에는 와 본 적이 있죠."

"응, 겐츠랑 로이랑 옛날에 말이지."

모험가로 활동했을 때 온 적이 있었다.

"그럼 왕도 구경 좀 하고 가실래요?"

왕도는 쉽게 올 수 있는 장소가 아니다.

마차를 타고 며칠에 걸려 갈 수 있는 곳이다.

왕도를 구경하고 싶으냐고 물으면 하고 싶은 것이 본심이었다.

"괜찮아? 피나랑 어디 가는 거 아니었어?"

"딱히 급한 건 아니에요. 내일 피나만 빌려주면 돼요."

유나는 농담조로 딸을 빌려달라는 허락을 구해왔다.

유나는 피나와 외출할 때는 매번 내 허락을 받았다.

무슨 일이 있어도 유나는 딸들을 지켜주었다.

그래서 나는 안심하고 딸들을 유나에게 맡길 수 있었다.

"그럼 오늘은 그 제안을 받기로 할까?"

나는 유나, 피나, 슈리 이렇게 넷이서 왕도 구경을 하게 되었다.

왕도 안을 걸어가자 스쳐 지나가는 사람들이 어째서인지 우리 쪽을 빤히 쳐다보았다.

내 복장 때문인가? 머리가 이상한가?

왕도를 걷게 될 줄 알았으면 좀 더 예쁘게 입고 올 걸 그랬다.

"오늘도 다들 유나 언니를 보고 있네."

내가 자신의 옷차림을 확인하고 있자, 피나가 빙긋 웃으면서 그런 말을 했다.

아무래도 내가 아니라 유나를 쳐다본 모양이다.

확실히 주위에서 「곰」이라는 단어가 들려왔다.

유나의 곰 옷차림에 하도 익숙해져서 까맣게 잊고 있었다.

원인이 자신이 아니라는 사실에 안심하고 있는데, 유나가 조금 어색한 얼굴로 「난 집에서 기다리고 있을까」라는 말을 꺼냈다.

내가 「신경 쓰지 말고 같이……」라고 말하기도 전에 딸들이 먼저 입을 열었다.

"아니, 유나 언니랑 같이 있는 게 좋아요."

"응, 유나 언니랑 같이."

피나와 슈리가 유나의 손을 잡았다.

내가 하려던 대사와 행동을 딸 둘에게 빼앗기고 말았다.

후후, 그래도 둘 다 착한 아이로 자라줘서 다행이다.

만약 딸들이 유나랑 같이 있으면 창피해서 「응」 하고 고개를 끄덕였다면 혼내주었을 텐데.

"티루미나 씨도 괜찮아요?"

"당연히 괜찮지."

나도 딸과 함께 유나를 안아주었다.

유나는 기쁜 얼굴로 수줍어했다.

우리는 주위의 시선과 목소리에 아랑곳하지 않고 왕도 구경을 이어갔다.

"그립다."

달라진 점도 있지만 변하지 않은 점도 있었다.

"저 소품 가게, 아직도 있네. 피나가 태어나기 전이니까 10년도 더 됐구나."

"그렇게 옛날부터 있었어?"

피나는 놀란 얼굴로 가게를 바라보았다.

"후후, 피나랑 슈리가 보기엔 옛날이려나? 그건 그렇고 그립다. 저 가게에 팔던 소품을 로이가 선물해 줬는데."

그리운 추억이었다.

"그래?"

"이 일은 겐츠에게는 비밀이야."

나는 입술에 손가락을 가져갔다.

"그 이전에 왕도에 왔다는 사실은 말하면 안 돼."

유나가 딸들에게 주의를 주었다.

하긴, 오늘 일은 말할 수 없을 것 같았다. 그래서 겐츠에게 기념품을 사갈 수도 없었다.

겐츠에게는 미안하지만, 유나와의 약속이니까.

"안 해요."

"응. 말 안 해."

둘 다 고개를 끄덕이지만 약간 불안하기도 했다.

피나와 슈리는 약속을 지키는 아이이지만, 슈리는 무심코 말을 꺼내버릴지도 몰랐다. 그 부분은 조심해야지.

그 후에는 로이와 겐츠와 함께 갔던 가게에서 식사를 했다.

"맛있었어요."

"배부르다."

딸들은 만족한 얼굴이었다.

"맛이 변하지 않아서 다행이야."

옛날에 먹었던 것과 똑같은 맛이라, 가끔씩 로이와의 추억이 되살아나 눈물을 참는 것이 힘들었다.

"하지만 날 기억하고 있을 줄은 몰랐는데."

내가 음식을 주문했을 때, 여주인이 내 얼굴을 보고 놀랐다.

내가 모험가였다는 사실을 알고 있었기 때문에, 가게에 오지 않게 됐을 땐 죽은 것이 아닐까 생각했다는 모양이다.

재회를 기뻐하며 음식을 하나 덤으로 주었다.

요리에 관한 것보다도, 나를 기억해 줬다는 것이 더 기뻤다.

왕도로 데려온 유나에게는 아무리 감사해도 부족하다.

유나에게 목숨을 구원받고, 딸들과 즐겁게 지내고, 겐츠와 결혼해 이런 행복한 삶을 살 수 있을 거라고는 병으로 힘들어할 때는 상상도 못했다.

그리고 마지막으로 성을 보고 돌아가기로 했다.

"피나는 성에 들어간 적이 있지?"

보통 우리 같은 일반인은 성 안에 들어갈 수 없다.

하지만 영주님의 부인인 엘레로라 님의 배려로 성안을 견학했다고 들었다.

"네, 공주님이나 국왕님, 왕비님과 함께 식사를 했어요."

피나의 입으로 성 안의 모습을 말해 주려나 싶었는데, 예상을 뛰어넘은 말이 나왔다.

피가 식는다는 건 이럴 때 쓰는 말이겠지.

왕도에 가서 성 안에 들어갔다는 것까지는 알고 있었지만, 설마 딸이 왕가 사람들과 함께 식사를 했을 줄은 꿈에도 생각하지 못했다.

"아무 문제 없었니?"

"처음 공주님을 만났을 땐 긴장해서 아무 기억도 안 나요."

피나가 웃으며 대답했다.

"처음이라니, 몇 번이나 있었어?"

"……네."

우리 같은 평민이 왕족을 만나는 일은 인생에서 단 한 번도 쉽게 있을 수 없는 일이었다.

그런데 내 딸은 여러 번 있다고 한다.

"공주님, 귀여웠어."

"슈리도?"

"응, 공주님과 그 어머니도 만났어."

공주의 어머니라는 건 왕비라는 뜻?

"유나!"

"성을 견학하다가 우연히 만난 것뿐이에요. 두 사람 다 화나게 할 만한 일은 안 했으니까 괜찮아요."

유나가 변명하듯 말했다.

피나는 또래 아이들과 비교해 성숙한 편이다. 하지만 슈리는 나이에 딱 맞는 아이다. 슈리가 왕족에게 불경스러운 짓을 하지는 않았는지 불안해졌다.

"유나, 정말 우리 딸들은 괜찮은 거지? 왕족에게 불경죄를 저질렀다는 이유로 우리 집에 병사나 기사가 찾아오는 건 아니겠지?"

나는 유나의 어깨를 꼭 붙잡고 물었다.

"괜찮아요. 두 사람 모두 사이좋게 지내고 있으니까요."

왕족과 사이가 좋다는 게 무슨 말이지?

"유나, 내 딸들을 어쩔 생각이야?!"

"어쩔 생각이냐니. 아무 짓도 안 해요. 성 구경을 하다가 그쪽에서 온 거니까 제 잘못은 아니에요. 게다가 만일의 경우엔 피나는 제가 확실하게 지킬 테니까 걱정 마세요."

만일의 일이라는 게 뭐지? 지킨다는 건 어떻게? 유나가 국왕님을 때리는 장면이 쉽게 상상이 되고 말았다.

지켜줬으면 좋겠지만, 그건 그거대로 무서웠다.

❦ 37 무기와 방어구를 만들다 제이드 편

"좋은 게 완성됐네."

우리는 유나에게 양보받은 거대한 스콜피온 껍질을 이용해 각자의 방어구를 만들었다.

"유나한테는 감사해야겠네."

멜이 손목에 찬 은색 바구니를 바라보았다.

각자 색을 칠해 자신의 취향에 맞췄다.

"가볍기 때문에 내가 착용해도 방해되지 않아. 물론 후방에서 지원하는 나한테는 필요 없지만."

"그렇지 않아. 후방에서도 위험할 때는 있잖아. 그 팔 갑옷이 지켜줄 순간이 있을지도 몰라."

"그래, 이건 일종의 부적이야."

내 말에 세니아가 동의했다.

세니아는 멜과 마찬가지로 팔에 착용하는 것 외에도 발목에도 착용하고 있었다.

"가벼우니까 뛰어도 발에 부담이 안 가. 게다가 토우야를 발로 차도 아프지 않아."

"날 차지 마!"

옷을 갈아입던 토우야가 소리를 질렀다.

토우야는 나와 똑같이 팔과 다리, 가슴둘레에 부분적으로 착용하고 있었다.

"그나저나 제이드. 남은 건 정말 내가 가져가도 되는 거야? 갖고 있으면 부서졌을 때 새로운 걸 만들 수 있을 텐데?"

방어구를 만들어 준 장인 몬트 씨가 말을 걸어왔다.

"네, 괜찮아요. 게다가 토우야의 미스릴 검을 살 예정이라 조금이라도 돈이 필요하거든요."

"그렇다면 감사히 사주마."

몬트 씨에게서 돈을 받았다.

"이렇게나 많이요?"

"너희들이 커다란 스콜피온 껍질을 가지고 와서 난리가 났거든. 조금 비싸더라도 만들어달라는 모험가가 많으니까 괜찮아."

"그렇다면 감사히 받겠습니다. 감사합니다."

"됐어. 만약 다른 껍질을 얻게 되면 꼭 나한테 갖다줘."

몬트 씨는 빙긋 웃었다.

어쩌면 그것 때문에 비싸게 사 준 것일지도 모른다.

"여러 번 말하지만, 출처는 비밀이에요."

"우라간 녀석도 입이 가벼운데, 그 정도로 출처를 말할 수 없는 건가?"

"양보해 준 사람과 한 약속이거든요."

"맞아, 우린 그 사람에게 빚도 있고 신세도 졌으니까 배신할 수는 없어."

"게다가 그 우라간조차 입을 다물고 있는데 어떻게 말할 수 있겠어?"

내 말에 멜과 세니아도 옹호했다.

그 우라간도 유나에 대해서는 잠자코 있어주었다. 다른 모험가들이 물어보아도 입을 떼지 않고 동료들도 이야기하지 않았다.

거만하지만 약속은 지키는 남자 같았다.

게다가 이러니저러니 해도 동료를 아끼는 녀석이었다.

"정말로 전부 내 미스릴 검 대금으로 써도 되는 거야?"

토우야가 머뭇거리며 물었다.

"파티 전력의 향상에도 도움이 될 테니까, 문제없어."

"응, 전위가 강해지는 건 후위에도 메리트가 있으니까."

전위가 강해지면 후방도 안심할 수 있다.

"내 앞에 서 있는 벽은 강한 편이 좋아."

"야, 벽이라니."

"잘못 말했어. 고기 방패는 강한 편이 좋아."

"더 심해지고 있잖아. 제이드~."

토우야가 도움을 요청하는 듯한 눈빛으로 나를 쳐다보았다.

"뭐, 토우야가 강해진다면 우리로서는 환영이라는 거지."

토우야를 위로했다.

"그래서, 어디서 만들까?"

미스릴 검이라고 하면 만들 수 있는 대장장이는 한정되어 있다. 미스릴은 다루기가 어렵기 때문에 어지간한 장인이 아니면 만들 수 없었다.

"모처럼이니까 곰 아가씨와 똑같은 가잘 씨가 있는 곳에서 만들어 달라고 하자."

내 미스릴 검과 세니아의 칼을 만들어준 장인은 다른 마을에 있었다. 그래서 나와 세니아의 무기를 만들어 준 장인에게 부탁할 수는 없었다.

"그럼 가잘 씨에게 만들어 달라고 부탁해 볼까?"

"오."

"좋아."

"그래."

저마다 고개를 끄덕였다.

우리는 가잘 씨의 대장간 공방까지 찾아왔다.

"여기구나."

"들은 바에 따르면, 맞아."

"하지만 바로 만들어줄까? 우수한 대장장이잖아?"

"조금은 기다려야겠지."

좋은 무기를 만드는 데는 시간이 걸리는 법이다.

그리고 딱히 급한 것도 아니다. 만들어만 준다면 문제가 없었다.

"그럼 들어가자."

토우야는 미스릴 검을 만들게 된 것이 기쁜지 성큼 가게 안으로 들어갔다.

그 순간, 가게 안에서 토우야의 비명이 터져 나왔다.

"뭐야? 아이언 골렘?!"

그와 동시에 여러 가지 것들이 무너지는 소리가 났다.

"토우야!"

우리가 가게 안으로 들어가자 토우야가 검을 뽑고 벽까지 물러나 있었다.

토우야의 발밑에는 검 따위가 흩어져 있다.

아무래도 토우야가 부딪치면서 떨어뜨린 모양이었다.

"제이드, 아이언 골렘이다. 조심해!"

확실히 토우야의 말대로 아이언 골렘이 있었다. 하지만 곧 그것이 움직이지 않는다는 것을 깨달았다.

"토우야, 괜찮아. 움직이지도 않고 덮치지도 않아."

토우야를 진정시켰다.

"진짜네. 놀래키지 말라고."

토우야는 검을 칼집에 넣었다.

"무슨 일이지?"

가게 안쪽에서 드워프가 나타났다. 이 사람이 가잘 씨겠지.

"소란을 피워 죄송합니다. 모험가 제이드라고 합니다."

가잘 씨는 나를 바라본 후, 바닥에 흩어져 있는 검에 시선을 돌렸다.

"이건 다 뭐야?"

"죄송합니다. 그가 거기 있는 아이언 골렘을 보고 놀라서……."

토우야에게 눈을 돌려 사과하면서 검을 주웠다.

가잘 씨는 토우야에게 시선을 향했다.

"모험가가 아이언 골렘을 본 정도로 놀라면 어쩌겠다는 거냐."

"하지만 갑자기 가게 안에 있으면 놀랄 수밖에 없잖아."

"넌 마물이 갑자기 나타났을 때에도 똑같이 동요할 건가?"

"그건……."

"모험가는 어떤 때라도 냉정해야 한다. 네놈 같이 허둥대는 모험가가 목숨을 잃게 되지."

가잘 씨의 말에 토우야도 나도 반론하지 못했다.

패닉에 빠지면 그만큼 상황 판단을 할 수 없게 되고, 목숨이 위험해진다.

"그래서, 무슨 일이지?"

"나한테 미스릴 검을 만들어줬으면 좋겠어."

"네놈한테? 저쪽 남자가 아니라?"

가잘 씨가 토우야를 보고 나를 보았다.

"저는 갖고 있어서 그의, 토우야의 미스릴 검을 만들어 주셨으면 좋겠습니다."

가잘 씨는 토우야를 보고 나서 방 주위를 둘러보았다.

"소용없어. 너로는 미스릴 검을 다룰 수 없다. 보물을 썩히는 거나 다름없어. 저기 널린 검이면 충분해."

"돈이라면 있습니다."

"돈 문제가 아니다. 다룰 수도 없는 무기를 만들어줄 생각은 없다. 당장 나가, 가게 정리에 방해돼."

"저희도 도와드리겠습니다."

정리를 도와주려 했지만 방해된다며 가게에서 쫓겨났다.

"다시는 못 가겠네."

안 좋은 소문이 나면 큰일이니 다음에 제대로 사과하러 가는 편이 좋을지도 모르겠다.

"뭐야. 좀 만들어주지."

"가잘 씨의 말도 맞아. 토우야는 침착하지 못해."

"그러게. 좀 더 차분해지는 편이 좋겠어."

세니아와 멜이 가잘 씨의 말에 동의했다.

"제이드~."

"넌 실력이 있으니까, 조금만 차분함을 찾는다면 미스릴 검을 들 자격이 생길 거야."

"어리광부리는 건 안 좋아."

"그렇지. 제이드는 토우야에게 무르다니까."

멜과 세니아에게 그런 항의가 들어왔다.

뭐, 실제로 집중하고 있을 때의 토우야는 강하다. 그 집중력이 지속되지 않는다는 것이 흠이지만.

"그럼 어떻게 할까? 다른 대장장이를 찾아볼까?"

그 밖에도 미스릴 검을 만들 수 있는 대장장이는 있었다.

어떻게 할까 고민하고 있는데, 멜이 입을 열었다.

"맞아. 어제 아는 상인에게 루도니크 마을에 가서 상품을 조달해 줄 수 없겠냐는 상담을 받았거든. 크세로 씨한테 해 달라고 하는 건 어때? 제이드와 세니아의 미스릴 검과 나이프를 만들어 주기도 했고."

나와 세니아의 미스릴의 무기는 루도니크 마을에 있는 크세로라 는 장인이 만들어준 것이었다.

"거기다! 분명 크세로 아저씨라면 내 실력을 알고 만들어 줄 거야."

뭐, 실력과는 관계없이 의뢰하면 만들어줄 것이다.

토우야도 조금만 더 차분해지면 좋은 모험가가 될 것이다. 그때 까지는 살펴주는 수밖에 없다.

우리는 멜이 상담을 받았다는 상인의 의뢰를 받아들여 루도니크 마을로 가게 되었다.

Gom Gom Gom Bear
VOL.16

▶ILLUSTRATION GALLARY_

곰 곰 곰 베어 20.5

신작 단편

🎀 38 곰과의 조우 휴고 편

단장은 여성이 기사가 되는 것에 부정적이었다. 여성은 약하기 때문에 이름뿐인 기사 지위를 주고 싶지 않다고 언제나 말했었다.

나도 어느 쪽인가 하면 여성 기사에는 부정적인 편이다.

기사는 쉬운 일이 아니다. 검 실력을 연마하고 위험이 닥쳤을 때는 목숨을 걸고 싸워야 한다. 위험과 닿아 있는 일이다.

마법사로서 후방에서 싸운다면 괜찮다.

우수한 여성 마법사는 몇 명이나 있다.

하지만 기사는 별개다.

여성은 남성에 비해 힘이 약하다.

다칠 수도 있고 죽을 수도 있다.

게다가 여성은 언젠가 결혼해서 일을 그만두는 일도 많았다.

그런 여자가 칼을 쥘 필요는 없다.

그리고 내가 여성 기사에게 부정적인 이유는 여성은 보호해야 할 존재라고 생각하기 때문이다.

여성은 약한 자라고 생각했다.

……하지만, 내 편견을 부순 상대가 나타났다.

그것은 학원 축제에서 싸운 여자아이였다.

키는 내 가슴 정도밖에 오지 않고, 얼굴은 어리고, 아직 어린아이였다.

그런 여자아이가 내 앞에 검을 들고 섰다.

학원 축제에서 여성 기사의 지위를 떨어뜨리기 위해, 단장의 지시로 기사를 목표로 하는 여학생을 제압하고 있었다.

이렇게까지 할 필요가 있나 싶었지만, 일찍 포기하게 만들고 다른 길을 가게 해 주는 것도 낫겠다는 생각이 들었다.

하지만 그것에 이의를 제기하는 자가 나타났다.

엘레로라 님이다.

엘레로라 님은 여성도 강하다는 것을 보여주기 위해 한 여학생과 기사에게 시합을 시킬 것을 국왕에게 제안했다.

단장은 그 제의를 받아들였고, 그 여학생과 싸우라고 내게 명령했다.

나는 연습장에 섰고, 눈앞에는 앳된 얼굴을 한 여자아이가 서 있었다.

단장의 명령이라고는 하지만 어린 여자아이와 시합을 해야 한다고 생각하니 마음이 무거웠다.

저런 가느다란 팔로는 검을 휘두르는 것조차 힘들 것이다.

가는 다리, 검을 받아내면 버틸 수도 없을 것 같았다.

그런 여자와 시합을 해야 하는 것이다.

하지만 단장의 명령에는 거역할 수 없었다.

다치지 않게만 싸우면 된다. 조금만 겁을 먹으면 곧 패배를 인정할 것이다.

하지만 그것은 실수였다는 것을 금세 깨달았다.

여자와의 시합이 시작되자마자 그것을 바로 이해했다.

강하다.

내 검을 쉽게 받아쳤다.

저 가느다란 팔 어디에 그런 힘이?

혹시, 저 곰 얼굴을 한 장갑은 마도구인가?

그렇다고 해도 내 검의 움직임을 간파하고, 막고, 피했다.

설령 곰의 얼굴을 한 장갑이 마도구라고 해도 불가능했다.

나는 모든 각도에서 칼을 휘둘렀다. 하지만 검은 막히고, 회피당했다.

닿지 않았다.

여자와 눈이 마주쳤다.

여자아이는 두려워하지 않았다.

기사의 눈이다.

똑바로 나를 보고, 모든 것을 꿰뚫어 보는 눈. 나처럼 큰 남자가 검을 휘둘러도 두려워하지 않았다.

미소마저 짓고 있었다.

뭐야, 이 여자애는.

내 동료 중에도 검에 맞으면 무서워하는 사람은 많다.

내가 학생이었을 때도 검에 맞았을 때는 무서웠다. 연습용 검도 맞으면 아프다. 다칠 수도 있다.

검이 겨눠진다는 것은 무서운 일이다.

그 공포를 극복하기 위해서는 훈련을 쌓는 수밖에 없었다.

상대의 검을 막을 수 있게 되면서 서서히 공포는 희미해진다.

하지만 눈앞의 여자아이는 똑바로 나를 보며 내 검을 막아나갔다.

눈앞에서 칼을 휘두르는데 무섭지도 않나?

검에 맞을 거라고는 조금도 생각하지 않는 눈.

저 어린 나이에 어떻게 이 정도의 기술을 익혔을까.

……재밌다.

나는 체격 차이를 활용해 여자아이를 몰아세웠다.

……하지만 맞지 않았다.

힘을 빼고 있는 것은 아니다.

힘도, 기술도, 일반적인 기사와 비교해도 뒤지지 않았다.

아니, 그 이상이다.

지금까지 싸워온 어떤 기사보다 강했다.

눈앞에 있는 여자가 강하다는 것을 인정할 수밖에 없었다.

미소가 지어졌다.

역전의 상대와 싸우고 있다는 고양감이 들었다.

하지만 질 수는 없었다.

결과를 말하자면, 나는 졌다.

시원하게 졌다.

게다가 그 패배는 봐준 상태에서의 패배였다.

나와 시합을 한 직후임에도 여자아이와 단장의 시합이 벌어졌다.

거기서 여자아이는 마법을 사용했다.

그러니까 나는 봐주고 있었다는 뜻이다.

기사가 마법을 사용하는 것은 비겁한 일이 아니다. 그것은 개인의 힘 중 하나다.

떨어져서 바라보자 여자의 힘을 더 잘 알 수 있었다.

나와의 시합에서 마법을 사용하지 않은 것은 사용하면 안 된다고 생각했기 때문인 것 같다.

여자아이는 단장이 마법을 사용한 것에 불만을 표출했다.

그 나이에 이 정도의 검기를 익혔는데도 마법까지 쓸 수 있다니.

헛웃음이 나왔다.

나는 여자가 마법을 쓸 수 있을 거라고는 조금도 생각하지 못했다.

만약 처음부터 사용했다면 방어조차 하지 못하고 허무하게 졌을 것이다.

단장과 여자아이의 시합은 계속되었다.

저 타이밍에 피한다고?

단장의 검과 마법 합동 공격은 쉽게 피할 수도, 막을 수도 없었다.

내 공격을 피한 것에도 납득이 갔다.

그리고 시합은 여자가 이겼다.

단장이 졌다.

압도적이라고 해도 좋았다.

막상막하로 보였을지 모르겠지만, 내 눈으로 보기에 여자아이의 싸움에는 여유가 있어 보였다.

단장에게는 질 수 없다는 초조함이 엿보였다.

단장은 여자아이와의 시합에 지면서 엘레로라 님과의 약속에 따라 단장의 자리에서 내려오게 되었다.

이것은 훗날 알게 된 일이지만, 기사단장 일에서 내려온 단장은 학원에서 병사나 기사를 희망하는 학생에게 검술을 가르치게 되었다고 한다.

그리고 빈 기사단 단장 자리에 내가 추천되었지만 거절했다.

나는 그럴 자격이 없다고 생각했다.

단장의 지시에 따라 여학생과 싸웠다.

여학생의 미래를 무너뜨릴 것이라는 사실을 알면서도.

그런 내가 기사단장이 될 수는 없었다.

될 수 있을 리가 없다.

나는 내 마음에 매듭을 짓기 위해 다시 한번 그녀를 만나고 싶었다. 그래서 필사적으로 나와 시합을 한 여자아이를 찾았지만, 찾을 수 없었다.

누구 하나 나나 단장과 싸운 여자아이에 대해 아는 사람이 없었기 때문이다.

　엘레로라 님이 알고 계실 거라 생각했는데, 확인할 수가 없었다.

　그녀의 강인함을 알고 싶었다.

　어떤 마음으로 싸웠는지.

　어떻게 그 힘을 얻었는지.

　그녀에게 묻고 싶은 것은 많았다.

　다만 한 가지 바랄 수 있다면, 이번에는 정정당당하게 규칙을 정해 두고 다시 한번 그녀와 싸워보고 싶었다.

유나 씨가 우리 집에 들른 다음 날, 그와 엇갈리듯 노아에게서 편지가 왔다.

편지에는 유나 씨와 미릴러의 바다에 간다는 이야기가 적혀 있었다.

미릴러 마을은 크리모니아에서 큰 산을 넘은 곳에 있는 마을. 산이 높아 마을로 가기 위해 산을 넘는 것은 어렵다보니 크리모니아와의 접점은 거의 없었다.

하지만 어머님께서 유나 씨가 산에 구멍을 뚫고 터널을 만들어 크리모니아와 미릴러의 왕래가 쉬워졌다고 알려주셨다.

처음엔 농담인가 했는데 아무래도 사실인 모양이다.

그래서 이번에는 유나 씨가 자신의 가게에서 일하는 아이들을 데리고 미릴러 마을로 여행을 가게 되었고, 노아와 피나, 미사도 함께 가게 되었다고 한다.

편지에서는 노아의 기대하는 마음이 전해졌다.

어제 유나 씨를 만났을 땐 아무 말도 못 들었는데.

나는 어머님께 크리모니아로 돌아가고 싶다고 말씀드렸다.

"어머님, 저도 바다에 가고 싶어요."

"안 돼."

"어째서요?"

"학원이 있잖니."

"3일 후부터 장기 휴교니까 괜찮잖아요."

서두르면 늦지 않을 것이다.

"그랬지, 참. 난 그런 장기 휴가가 없어서 잊고 있었네."

그렇게 말씀하시지만, 어머님의 학창 시절에도 장기 휴교는 있었을 것이다.

"학생이니까 쉬는 날 없이 공부해야 한다고 생각해."

어머님은 한숨을 내쉬었지만, 크리모니아로 돌아가는 것은 허락받을 수 있었다.

단 호위를 붙인다는 조건부로.

"길드 마스터에게 소개장을 써 줄 테니까 그걸 가져가렴. 길드 마스터가 소개해 주는 모험가라면 괜찮을 거야."

"어머님, 감사해요."

"나도 같이 크리모니아에 갈까?"

다음 날 어머니는 정말로 휴가를 신청한 것 같지만, 기각된 듯했다.

식사 중, 국왕 폐하의 불평을 하고 계셨다.

불경죄가 되지 않을까 걱정됐다.

다음 날, 학원을 마친 나는 모험가 길드로 향했다.

어머님이 써주신 소개장을 접수대에서 보여주자 길드 마스터의 방으로 안내받았다.

"편지는 잘 받았습니다."

왕도의 길드 마스터는 예쁜 엘프 여성이었다.

이름은 사냐 씨.

이런 예쁘고 일도 잘하는 여성이 되고 싶다.

사냐 씨는 읽은 편지를 테이블 앞에 내려두었다.

"신용할 만한 모험가여야 하고, 파티 안에 한 명 이상의 여성이 있을 것."

사냐 씨는 조금 고민하더니.

"일단 접수하러 가죠."

그렇게 말하며 자리에서 일어났다.

"네."

나와 사냐 씨는 접수를 위해 여성에게 말을 걸었다.

"여성 모험가가 있는 파티 중에 신용할 만한 모험가가 있을까? 그리고 크리모니아에 대해 잘 안다면 더 좋겠는데."

"음, 잠깐만요, 제이드 씨 파티는 최근에 못 봤고……. 아, 저 두 사람이 최근에 크리모니아에서 왔다가 다시 크리모니아로 돌아가는 일자리를 찾고 있었어요."

접수원이 안쪽 자리에 앉아 있는 몸집 큰 남성과 다정해 보이는 여성을 바라보았다.

"이야기를 들어볼까."

나와 사냐 씨는 접수원이 가르쳐 준 2명에게 향했다.

"잠깐 괜찮을까?"

"으음, 네. 뭔가요?"

여자가 미심쩍다는 얼굴로 우리를 바라보았다.

"나는 길드 마스터 사냐야."

"길드 마스터?!"

여자는 놀랐다.

"왕도의 길드 마스터가 저한테 무슨 일로?"

"별일은 아니야. 만약 당신이 크리모니아로 돌아간다면 이 아이의 호위를 부탁할 수 있을까?"

여성 모험가가 나를 바라보았다.

"시아 포슈로제라고 합니다."

"포슈로제? 라는 건 크리모니아의 영주님?"

가문 이름만 말했을 뿐인데 곧바로 영주라는 것을 알았다.

기본적으로는 가문 이름을 말해도 자신과 관련이 없는 영주의 이름은 알지 못한다.

"딸 시아입니다. 크리모니아로 돌아가고 싶은데, 호위를 부탁할 수 있을까요?"

"우리 같은 모험가가 아니라, 따로 쓰는 병사가 있지 않나요?"

"급하게 돌아가야 해서요."

"하지만."

싫은 걸까?

귀족 아가씨에게 무슨 일이 생기면 중벌을 받는 경우도 있다.

다시 말해 일반인을 버리고 도망치는 것과 귀족 영애를 버리고 도망치는 것은 무게가 달랐다.

그만큼 의뢰비도 비싸게 받고 있었다.

"크리모니아의 모험가라면, 너희들도 곰 옷차림을 한 여자아이에 대해서는 알고 있겠지?"

사냐 씨는 모험가에게 유나 씨에 대해 물었다.

"……곰 옷차림을 한 여자아이라니, 유나? 알고 있는데."

같은 모험가이고, 크리모니아를 알고 있다면 유나 씨를 알아도 이상하지 않았다.

"이 아이는 유나와 관련된 포슈로제 가문의 영애야."

"너도 유나를 알고 있어?"

여성 모험가가 묻는다.

"네. 유나 씨께는 여러모로 도움을 받았습니다."

"그렇구나."

"유나가 아는 사람이라면 우리가 맡도록 하지."

지금까지 입을 다물고 있던 남자가 입을 열었다.

"길?"

"어쨌든 크리모니아로 돌아가야 하니까."

"그렇긴 한데."

"나중에 거절했다는 사실이 유나한테 알려져서 그녀한테 무슨 일이라도 있으면……."

남자가 거기까지 말하고 여자를 바라보았다.

"그러게. 그 의뢰, 받을게요."

두 사람 사이에 무슨 시선이 오간 것인지, 그들은 호위를 받아들였다.

"고마워."

사냐 씨는 감사 인사를 하며 「세부적인 것은 본인들끼리 이야기해」라고 말하더니 일로 돌아가 버렸다.

여성 모험가의 이름은 루리나 씨, 남성 모험가의 이름은 길 씨라고 했다.

"그래서 언제 출발이지?"

"학원이 끝나는 게 내일이니까 그게 끝나면 바로요."

가능한 한 빨리 출발하고 싶었다.

"알겠어, 학원이 끝나면 바로 출발하자. 길도 그거면 되겠지?"

"그래."

길이라고 불린 남성은 반대 의견을 내는 일 없이 그 한마디만 하고 고개를 끄덕였다.

그리고 간단한 의논을 마친 뒤 호위 의뢰를 부탁하게 되었다.

다음 날, 학원이 끝난 뒤 우리는 크리모니아를 향해 출발했다.

우리는 말을 타고 이동했다.

"설마 시아가 유나랑 아는 사이일 줄은 몰랐는데. 그러고 보니 영주님의 따님과 같이 있는 모습을 본 적이 있어. 여동생이지?"

학원에서도 그렇지만, 딱딱한 것은 좋아하지 않아서 경칭은 생략해 달라고 했다.

"여동생 느와르예요."

편지에서 유나 씨나 피나와 함께 놀고 있다는 내용이 적혀 있었다. 그리고 이번에는 미릴러 바다에 간다는 내용이 적혀 있었다.

"크리모니아에 있는 유나 씨는 어떤 느낌인가요?"

궁금해서 물어보았다.

"어떤 느낌이냐니, 그냥 신기한 여자아이라는 말밖에 못하겠는데."

신기하다. 확실히, 유나 씨를 나타내는 말로는 그게 제일 잘 와닿을지도 모른다.

"그 강함도 수수께끼지만. 무엇보다 그 곰에 대한 고집이 굉장하지. 집도 곰 모양이고, 소환수 두 마리도 곰이고, 가게 이름도 곰씨 쉼터이고, 마법도 곰이지. 저렇게까지 곰을 좋아할 수 있다니 존경스러워."

정말 유나 씨는 곰을 좋아한다.

학원 축제에서 교복을 입으려고 했을 때도 곰 옷을 벗고 싶어하지 않았다. 마지막에는 마지못해 교복을 입어줬을 정도다.

정말로 곰을 좋아하는 것 같다.

"또 유나 씨의 이야기가 있나요?"

"……어디 보자."

루리나 씨는 유나 씨와의 만남을 이야기해 주었다.

"처음 유나가 모험가 길드에 왔을 때, 내 옛 동료가 유나에게 시비를 걸어서 화나게 만들었다가 흠씬 얻어맞은 적이 있어. 다음 날 난 고블린 토벌 일을 하러 갈 예정이었는데, 난감했지."

루리나 씨는 그리운 얼굴로 말했지만, 흠씬 얻어맞았다니.

"뭐, 우리 동료가 잘못한 거니까 유나를 원망하지는 않아. 게다가 그 의뢰는 유나가 대신 맡아줬으니 의뢰가 실패로 처리되는 일도 없었고."

오래전부터 그 모험가는 행실이 좋지 못했는지, 그것이 계기가 되어 루리나 씨와 길 씨는 그 남자와 다른 한 사람과 헤어지고 둘이서만 파티를 짜게 되었다고 알려주었다.

그건 그렇고 그 유나 씨에게 시비를 걸다니 겁도 없다. 물론 그 귀여운 곰 옷차림을 보면 강하다는 생각은 쉽게 할 수 없을 것이다.

"하지만 저도 남 말은 못하겠네요."

나는 루리나 씨에게 처음 유나 씨를 만났을 때의 일을 이야기했다.

"여동생의 호위에 걸맞은지 시험해 보기 위해 시합을 하다니, 엄청난 짓을 했네."

당시의 내 행동을 생각하면 머리를 때려 주고 싶은 기분이 들었다.

"정말 그렇게 생각해요. 하지만 당시의 저로서는 유나 씨가 이상한 차림을 한 여자아이로만 보였으니까요."

유나 씨가 봐주지 않았다면 나도 움직일 수 없을 정도로 다쳤을지도 모른다.

하지만 처음 보자마자 유나 씨가 강하다고 생각하는 사람이 얼마나 될까. 아마 한 명도 없지 않을까.

"그리고 유나 일로 정말 놀랐던 건 블랙 바이퍼를 혼자 쓰러뜨렸다는 거야. 정말로 안 믿기지."

"그거, 정말인가요?"

어머님께 말씀을 듣긴 했지만, 너무나도 믿기지 않는 일이었다.

블랙 바이퍼는 쉽게 나타나는 마물이 아니다. 게다가 매우 큰 마물이라 혼자서 토벌할 수 있을 것 같지 않았다.

"그래, 정말이야. 난 해체 현장을 보러 갔으니까. 진짜 컸지. 눈앞에 쓰러진 블랙 바이퍼를 보니 믿을 수밖에 없었어. 그 뒤로 유나를 놀리는 모험가는 크리모니아에는 한 명도 없었지."

그건 그렇다. 유나 씨를 알고 시비를 걸 바보는 없다.

그리고 유나 씨와 친해져서, 유나 씨가 가게가 문을 열었을 때 호위로 고용되었다는 이야기도 해 주었다.

"후후, 지금 말이지. 곰빵이 엄청 인기야."

"곰빵이요?"

"곰 얼굴 모양을 한 빵이야. 너무 사랑스러워서 먹기 아깝지만 정말 맛있어."

그건 크리모니아 가면 꼭 먹어봐야 돼.

"그럼 휴식은 여기까지 하고 출발할까."

우리는 크리모니아를 향해 출발했다.

40 기사를 목표로 하다 리네아 편

이것은 제가 학교에 입학하기 전의 이야기입니다.

오빠는 기사를 하고 있고, 오빠가 잊은 짐을 가져다주기 위해 저는 성에 갈 일이 있었습니다.

성에서는 많은 기사들이 훈련을 하고 있었습니다. 그중에는 오빠의 모습도 있었습니다.

하지만 오빠는 다른 기사와 함께 훈련을 하고 있기 때문에 잊은 짐을 전해 줄 수 없었습니다.

오빠도 제가 온 것을 알고 있었지만, 훈련을 벗어날 수는 없었기에 짐을 전해받을 수 없었습니다.

저는 오빠의 훈련이 끝날 때까지 훈련 풍경을 지켜보기로 했습니다. 검과 검이 맞부딪쳤습니다. 보통은 무서워한다고 하지만, 어릴 때부터 오빠의 모습을 보고 자란 탓에 그렇게 무섭게 느껴지지는 않았습니다.

오빠를 동경하며 가끔 검을 들기도 합니다.

부모님은 처음에는 위험하다고 말리려고 하셨지만, 계속해서 부탁하자 포기하며 허락해 주셨습니다.

제가 기사분들과 겨룬다면 곧바로 검을 떨어뜨릴 것 같습니다.

"당신, 뭘 하고 있는 거죠?"

오빠의 훈련 풍경을 보고 있는데 뒤에서 누군가가 말을 걸어왔습니다.

뒤를 돌아보니 예쁜 여자아이가 서 있었습니다. 저는 알고 있습니다. 그 예쁜 여자아이는 이 나라의 공주 티리아 님이었습니다.

"……."

저는 티리아 님이 제게 말을 걸었다는 사실에 놀라 대답을 하지 못했습니다.

"뭐하고 있는 거죠?"

티리아 님이 다시 한번 물었습니다.

저는 그 목소리에 정신을 차리고 대답했습니다.

"오빠의 분실물을 전해 주러 왔습니다. 지금은 훈련이 끝나기를 기다리고 있어요."

"즉 한가하다는 거네요? 그럼 같이 놀아요."

티리아 님이 손을 내밀었습니다.

오빠에게 짐을 건네줘야 하는데, 티리아 님의 권유를 거절할 수도 없었던 저는 난처했습니다.

"하지만……."

저는 손에 들고 있는 짐에 눈을 향했다.

"그렇다면 지금 주면 문제없겠죠. 당신, 이름은?"

"리네아예요."

이름을 말하면, 티리아 님은 기사들이 훈련하고 있는 쪽을 봅니다.

"리네아의 오빠! 계신가요!"

갑자기 티리아 님이 말을 걸어오자 오빠는 화들짝 놀랐습니다. 오빠는 난처한 표정을 지으면서도 「접니다」라고 손을 들어 대답했습니다.

"리네아가 짐을 가져왔어요. 받아주시겠어요?"

오빠는 기사 중에서 가장 높은 사람을 바라보았습니다. 높은 사람은 고개를 끄덕이고, 오빠는 검을 칼집에 넣고 저에게 다가왔습니다.

"리네아, 고마워."

오빠는 미묘한 얼굴로 짐을 받아 들었습니다.

"이제 리네아의 볼일도 끝났군요. 그럼 같이 놀아요."

티리아 님은 그렇게 말하고는 제 손을 잡고 달리기 시작했습니다.

"네."

티리아 님은 성에 대해 잘 모르는 저를 위해 성 안을 안내해 주셨습니다. 예쁜 꽃이 피는 정원에서 꽃을 보기도 하고, 주방에서 과자를 받기도 하고, 꿈같은 시간을 보냈습니다.

티리아 님은 상냥한 공주님이셨습니다.

그리고 오빠에게 장래 티리아 님께 여성 호위를 붙인다는 이야기가 나오고 있다는 사실을 들었습니다.

티리아 님의 호위. 저는 생각했습니다. 티리아 님 곁에 있고 싶었습니다. 저는 기사로서 티리아 님의 호위를 목표로 하기로 했습니다.

그리고 시간이 지나 저는 학원에 입학하여 귀족인 시아와 알게 되었습니다.

처음에는 시아 님이라고 불렀는데 시아라고 부르라고 해 주셨습니다. 시아는 귀족인데도 편하게 대해 주었습니다.

시아는 검을 다루는 것도 마법을 다루는 것도 능숙한 여자아이입니다. 몇 번인가 시합을 했지만 이기지 못했습니다.

시아가 기사를 목표로 한다면 저보다 기사가 될 가능성은 높다고 생각했습니다. 하지만 시아는 귀족 영애이며, 자신의 몸을 지키기 위해 배우는 것이라고 했습니다.

저도 가끔 오빠에게 검을 다루는 법을 배우고 있긴 하지만, 시아에게는 당해낼 수 없었습니다.

"그렇게 강하면 시아는 호위할 필요가 없겠네."

"뭐, 약간의 트러블 정도라면 본인의 몸 정도는 지킬 수 있어야지."

"나도 시아만큼 강하면 기사가 될 수 있을 텐데."

저는 티리아 님의 호위기사를 목표로 하고 있습니다.

가족들에게는 잘 생각해 보라는 말을 들었지만, 학교를 졸업할 때까지는 괜찮다는 허락을 받았습니다.

마법의 적성이 높으면 마법사로서 호위가 될 수 있을지도 모릅니다.

하지만 저는 마법사로서는 평균 정도였습니다. 마법을 연마하면 가능성은 있겠지만, 저는 기사를 선택했습니다.

여성 기사를 목표로 하는 사람은 적기 때문입니다. 게다가 마법을 다소 쓸 수 있다면 기사로서도 유리할 것이라고 생각했습니다.

정말 시아가 기사를 목표로 하지 않아서 다행입니다. 시아가 목표로 삼았다면 절대로 당해낼 수 없었을 겁니다.

그 후로도, 저는 학원에서 선생님께 배우고, 집에서는 오빠에게 배우는 나날을 보냈습니다.

그리고 오늘은 국왕 폐하가 기사를 목표로 하는 학생들을 보러 오시는 학원 축제입니다. 우리는 학원 축제에서 기사와 시합을 했습니다.

거기서 조금이라도 국왕 폐하의 눈에 띄면 티리아 님의 호위기사에 더 다가갈 수 있을지도 모릅니다.

기사가 찾아왔고, 그 후 얼마 지나지 않아 국왕 폐하가 오셨습니다.

티리아 님의 모습도 있었습니다.

저는 국왕 폐하와 티리아 님께 좋은 모습을 보여주려고 노력했지만, 상대인 남자아이도 국왕 폐하에게 좋은 모습을 보여주기 위해 애썼고, 결국 저는 눈에 띄지 못한 채 시합이 끝나고 말았습니다.

나머지는 성의 기사와의 시합이 남아 있었습니다.

여기서 만회할 수밖에 없습니다.

하지만 제 앞에 선 기사님은 학생인 남자아이와는 달리 체격도 커서 제가 아무리 검을 휘둘러도 막혀 버렸습니다. 반대로 기사가 쳐들어오는 일격, 일격은 무거워서 손이 저릿합니다.

한 수 배우기 위한 시합이었는데, 점차 일방적으로 공격을 당했습니다. 손이 아픕니다. 하지만 이 정도도 막지 못한다면 티리아 님의 기사가 될 수 없습니다.

더는 참기 힘들다고 생각한 순간, 기사를 말리는 목소리가 들려왔습니다.

기사단장 르툼 님입니다.

그리고 시아의 어머니 엘레로라 님도 계셨습니다. 젊고 예쁜 사람입니다. 르툼 님과 엘레로라 님, 그리고 국왕 폐하가 이야기를 나누셨습니다.

그러다가 여성 기사를 목표로 하는 학생 대표와 기사가 시합을 벌이게 되었습니다.

무슨 일이 일어나고 있는지, 상황을 알 수 없었습니다.

그런 제게 시아가 찾아와 검을 빌려달라고 했습니다.

"괜찮긴 한데. 시아, 어떻게 된 거야?"

"리네아. 참고가 될지는 모르겠지만 잘 지켜봐. 이기든 지든, 리네아에게 도움이 될 거라 생각해."

시아는 의미를 알 수 없는 말을 건네더니 저에게서 검을 받아 멀어졌습니다.

그리고 연습장 위에 저보다 작은 여자아이가 나타났습니다. 이런 작은 여자아이가 기사님과 시합을?

상대는 휴고. 강하기로 유명한 기사님입니다.

이길 수 있을 리가 없습니다.

하지만 저의 예상과는 다른 싸움이 시작됐습니다.

굉장하다.

여자아이는 막는 것과 피하는 것에 능숙했습니다.

막는 것은 최소한으로 억제하고, 움직임도 빠릅니다.

여자아이는 두려워하지 않고 상대를 제대로 보고 있었습니다. 검이 다가오는 것이 두렵지 않은 것일까요.

저는 검을 받아칠 때 눈을 돌려 버립니다.

내려치는 순간이 두렵기 때문입니다. 하지만 그것을 극복하지 않으면 상대의 검을 받아칠 수 없습니다. 여자아이는 기사의 검을 제대로 피했습니다.

이런 여자아이가 학교에 있었나요?

예상과는 다르게 여자아이는 기사님을 이기고 말았습니다. 서로 마법은 쓰지 않았지만, 굉장한 검 기술이었습니다. 보고 있던 사람도 그것을 알고 있기 때문에 환호성이 터져나왔습니다.

시아가 시합을 잘 보라고 한 말의 뜻을 알았습니다.

여자라도 강해질 수 있다.

저는 그 여자아이에게 힘을 받은 기분이었습니다.

다만 그 여자아이의 놀라운 점은 그뿐만이 아니었습니다.

여자아이는 마법을 사용해서 기사단장인 르툼 님과의 시합에서도 이겨버렸습니다.

검에도 재능이 있고 마법에도 재능이 있는 여자아이. 저보다 어린 소녀의 재능에 질투마저 느껴졌습니다.

하지만 가장 중요한 것은 두려워하지 않고 싸우는 것임을 배웠습니다. 여자아이는 상대방에게서 눈을 떼지 않고 싸웠습니다. 마음이 강했습니다. 그 한 가지만은 티리아 님의 기사를 지향하는데 무엇보다 필요할 것 같았습니다.

다만 교복 차림으로 격하게 몸을 움직이는 건 하지 않으려고 합니다. 치마 밑으로 언뜻 하얀 것이 보였거든요.

오랜만에 모험가 길드에 왔다.

요즘은 귀찮은 일에 휘말리는 일이 많아 모험가 길드 일을 하고 있지 않았다.

내가 모험가 길드에 들어가자 약간 웅성거림이 들려왔지만, 시비를 거는 사람들은 없었다.

"유나 씨, 어서 오세요."

"헬렌 씨, 안녕하세요."

나는 말을 걸어온 접수대의 헬렌 씨에게 향했다.

"오늘은 무슨 일인가요?"

"오랜만에 일을 하려고요. 모험가 길드 카드를 박탈당해도 곤란하니까."

뭐, 카드를 박탈당한다 해도 상업 길드에 가입되어 있기 때문에 실제로는 곤란하지 않았다.

"오랜만이라고 해도, 유나 씨는 큰일을 해 주고 계시니 카드를 박탈당할 일은 절대 없어요."

이거 어쩌면 그만두고 싶어도 그만두게 해 주지 않는 패턴일지도 모르겠다.

"하지만 유나 씨가 일을 해 주신다면 모험가 길드로서도 도움이 됩니다."

"그래서, 재미있는 일은 있나요?"

"블랙 바이퍼의 토벌을 재미있어 하는 사람이 재미있을 법한 일은 별로 없네요."

"딱히 블랙 바이퍼 토벌을 재미있어 하지는 않았는데요."

"유나 씨가 두근거리는 얼굴로 『제가 다녀올까요?』라고 말한 걸 저는 잊지 않았어요. 그때 제가 얼마나 걱정했는지 아세요?"

"미안해요."

"하지만 유나 씨 덕분에 도움을 받은 사람이 많다는 건 사실이에요. 그래서 모험가 길드에서는 아무리 감사해도 부족할 정도예요."

솔직하게 칭찬받으니 민망했다.

나는 도망치듯이 의뢰 보드로 이동했다.

문득 의뢰 보드를 보자 한 장의 의뢰서가 눈에 들어왔다.

E, D랭크 모험가 지도
D랭크 이상의 모험가(단 D랭크는 1년 이상 지났을 것)
의뢰자 모험가 길드

"헬렌 씨, 이건 뭔가요?"

"아, 그건 낮은 랭크 모험가를 지도하는 일이에요. 정기적으로 낮은 랭크 모험가를 지도하고 있거든요. 모험가의 일은 위험과 마주하니까요. 모험가가 죽으면 모험가 길드에게는 손실이에요. 그래서 경험이 있는 모험가가 낮은 랭크 모험가를 지도해 주는 거예요."

"그런 일을 하고 있군요."

"요즘 유나 씨는 모험가 길드에 자주 오지 않으시니까요."

"그렇게 말하면."

"농담이에요."

"하지만 모험가 길드가 돈을 내면 적자가 되지는 않나요?"

"낮은 랭크 모험가들이 성장해 준다면 장래적으로는 모험가 길드에 공헌하게 되니까요. 게다가 성장하면 다치는 일도 줄어들고, 최악의 사태도 회피할 수 있고요…….”

헬렌 씨는 쓸쓸한 표정을 지었다.

헬렌 씨가 떠나보낸 모험가가 돌아오지 않게 된 적도 있을 것이다.

조금 어두워질 것 같아서 나는 화제를 바꾸기로 했다.

“어떤 걸 알려주는데요?”

“낮은 랭크 모험가라고 해도 범위가 다르기 때문에 개인에 맞춘 지도가 이뤄지죠. 검 기술이 미숙하다고 판단된다면 검 연습. 기본이 되어 있다고 생각되면 탐색 방법을 배우기 위해 숲에 함께 마물을 토벌하러 간다거나.”

“탐색 방법?”

“마물이 지나간 흔적을 발견한다거나, 마물을 발견했을 때의 행동 방법 같은 거요.”

“그렇구나. 하지만 그런 일을 하고 있었을 줄은 몰랐어요.”

“본격적으로 도입한 건 최근이에요. 이것도 유나 씨가 신입 모험가에게 교육을 해 준 덕택이 크죠.”

“……? 전 신입 교육 같은 건 한 적 없는데요.”

내 말에 헬렌 씨는 「무슨 말을 하는 거죠?」라는 표정을 지었다.

하지만 정말 그런 기억이 없다.

“호른 씨 일행이요.”

“호른?”

호른은 같은 마을에서 온 남자아이 3명과 여자아이 1명으로 구성된 신입 모험가 파티의 여자아이였다.

“시간이 있을 때 호른에게 마법을 조금 알려준 것뿐이에요.”

그러니 거창한 신입 교육을 한 적은 없다.

"호른 씨가 유나 씨 덕분에 모두의 발목을 잡지 않게 됐다고 하더라고요."

"그런 말을 했구나."

약간 쑥스럽다.

"신 군에게도 검을 다루는 방법을 알려주신 걸로 알고 있는데요."

신은 호른과 같은 파티원의 리더격 남자아이였다.

처음 만났을 때는 곰 옷차림을 무시당했지만, 그 후 여러 일을 겪은 후 결국 사과를 받았고, 검을 다루는 법을 알려준 적이 있었다.

"알려줬다고는 해도 아주 조금인데요."

"그가 말하길, 유나 씨의 말은 이해하기 어려웠지만, 이해하게 되니 가장 중요한 것을 배웠다고 하던데요."

그렇게 거창한 말을 했나?

기억이 안 난다.

"그렇게 대단한 말은 안 했어요. 그의 착각이에요."

"착각이 아니에요. 유나 씨."

누군가가 말을 걸어왔다.

목소리가 난 뒤를 돌아보니 4명의 모험가가 있었다.

헬렌 씨와의 이야기에 나왔던 신입 모험가 호른과 신 일행이었다.

"유나 씨, 오랜만이에요."

호른이 웃는 얼굴로 인사를 건넸다.

"응, 오랜만이야."

"유나 씨는 싸움에 관해 중요한 걸 알려주셨어요."

"그랬나?"

"맞아요. 상대의 검만 보고 있던 저에게 주의를 해 줬잖아요. 전체를 보라고."

신이 호른 대신 대답했다.

"그런 말을 했던 기억이……."

"신입인 저로서는 그 말을 알지도 못했고 어려웠어요. 하지만 이해를 하게 된 순간 시야가 넓어져서 주위의 움직임을 알 수 있게 됐습니다. 그래서 모두에게 지시를 내리기 쉬워졌고, 싸움에도 여유가 생겼어요. 아직 베테랑 모험가들을 이길 수는 없지만. 처음엔 금방 졌다면 지금은 조금이지만 더 길게 버티게 됐어요."

"그렇구나."

내가 가르쳐준 것으로 제대로 성장하고 있는 것 같아서 다행이다.

"저의 스승은 길 씨와 유나 씨예요."

신은 눈을 반짝였다.

처음 만났을 때랑 태도가 너무 달라지지 않았나?

"하지만 그런 베테랑 모험가들에게 유나 씨가 이긴 거니까, 정말 대단하지."

"알고 있구나."

"그때의 일을 모두가 재미있게 이야기해 줬거든요."

"그보다 신입 모험가라면 거의 모두 반드시 듣는 이야기예요."

"유나 씨를 무시한 모험가를 모두 쓰러뜨리고 모험가 길드 카드를 박탈하려고 했었죠."

"조금 더 갔으면 신 군도 그중 한 명이 될 뻔했어."

"그러게."

처음 만났을 때 머리를 톡톡 두드려서 화를 냈었나.

헬렌 씨가 말리지 않았다면 위험했을 거다.

"그때는 죄송했어요."

"그동안 몇 번이나 사과했으니까 이제 됐어."

정말 사람은 변하려면 변할 수 있구나.

"일단 이 크리모니아에서 모험가 등록을 하는 사람에게는 곰 옷
차림을 한 여자아이를 무시하지 말라는 말을 전해 준 뒤에 등록하
고 있긴 하지만, 대부분의 신입 모험가는 웃으며 흘려넘겨서 곤란
한 상황이에요."

그 이야기를 듣고, 헬렌 씨가 모험가를 등록할 때 해 주는 설명
을 추가했다는 말을 전했다.

헬렌 씨는 신 일행에게 시선을 향했다.

신은 웃으며 얼버무리려 했다.

"그래서, 오늘은 무슨 일이야?"

"그게, 이제부터 블랜더 씨 마을에 가려던 참인데, 유나 씨가 보
이길래 인사를 하려고 온 거예요."

"블랜더 씨 마을? 또 마물이라도 나타났어?"

처음으로 곰돌이를 타고 숲속을 이동하던 중 만난 사람이었다.
그때는 마을을 덮치는 멧돼지로 오해받아 곰돌이에게 화살을 날렸
었다.

뭐, 금방 오해가 풀려서 나와 곰돌이 둘이서 멧돼지를 토벌한 것
은 그리운 추억이 됐다.

"지금 블랜더 씨가 여기 와 있는데, 마을로 돌아가려나 봐요."

"저희도 모험가 길드에서 마을에서 떨어진 곳의 조사 의뢰를 받
아서, 마차에 태워주기로 했어요."

신의 말에 호른이 설명을 덧붙였다.

"아직은 마차나 말을 빌리면 돈이 많이 드니까 조금이라도 절약
하고 싶어서."

"훌륭하다고 생각하지만, 절약은 적당히 해. 가까운 곳이라면 문

제는 없지만. 떨어진 장소는 이동에 시간이 걸리면 보수와 맞지 않을 때도 있어. 그리고 이동하느라 지치면 마물과 싸울 수도 없고 위험도도 올라가니까."

이동으로 체력을 소모한다는 것은 게임으로 치면 HP가 줄어든 상태라는 뜻이다. 그런 상태라면 생존율은 떨어진다.

"헬렌 씨에게도 그런 말을 들었어요. 그래서 항상 이동 수단은 의논해서 정하고 있습니다."

"하지만 이번에는 블랜더 씨의 호의로 가는 마차에 태워주기로 해서 타기로 한 거예요."

"그럼 저희는 가볼게요."

"유나 씨, 또 연습 봐주세요."

호른 일행은 손을 흔들며 모험가 길드를 빠져나갔다.

나는 재미있는 의뢰가 없었기 때문에 그대로 돌아가게 되었다.

🎀 42 신입 모험가와 유나 유나 편 그 2

그 후, 일을 마치고 돌아온 호른 일행이 루리나 씨와 길과 연습을 한다는 얘기를 듣고 마을을 벗어나자, 길과 신이 대련을 하고 있었다.

대련이라고 해도 대부분 신이 공격을 하고 길이 막는 느낌이었다. 신이 지치면 호른과 같은 파티에서 도끼를 사용하는 남자아이와 교대한다.

길 일행이 연습하고 있는 장소에서 조금 떨어진 곳에서는 루리나 씨가 호른의 마법을 봐주고 있었다.

활을 사용하는 남자아이는 홀로 과녁을 두고 자율 훈련을 하고 있었다.

내가 호른과 루리나 씨에게 다가가자 호른이 눈치챘다.

"유나 씨!"

호른이 연습하던 손길을 멈추고 반갑게 달려왔다.

그 호른의 목소리를 알아채고 길 일행도 연습을 멈췄다.

"다들 열심히 하고 있구나."

"네, 모두 강해지기로 결심했으니까요."

"루리나 씨, 모두의 상태는 어때요?"

"유나가 잘 알려준 덕분에 문제없어."

"전 별로 대단한 걸 알려주지 않았어요."

"그렇지 않아. 호른에게 연습 내용을 들었는데, 감탄했어."

"루리나 말이 맞아."

드물게 길이 말을 걸어왔다.

"신의 움직임이 좋아졌어."

"그건 신이 노력하고 있어서 그런 거 아닌가요?"

"유나 씨가 상대방의 무기뿐만 아니라 전체를 보라고 알려줬다며."

분명 그런 말을 한 것 같기도 하다.

"덕분에 상대의 움직임이 조금씩 보이게 됐어요. 길 씨가 어디로 공격을 시도하고 있다거나, 가벼운 공격과 무거운 공격의 차이 같은 것도."

"오오, 굉장하네."

모험가는 위험한 일이다. 만약 내가 알려준 것으로 조금이라도 성장했다고 생각하면 기쁠 따름이었다.

내가 온 탓에 휴식을 취하고 있었지만, 신과 길의 연습이 다시 시작되었다.

연습 내용은 신이 공격을 하고 길이 받아내는 것뿐이다.

두 사람은 체격 차이가 있기 때문에 길의 싸움 방식은 신에게 맞지 않았다. 그래서 길을 오크로 상정하고 싸우는 연습을 하는 것 같았다.

뭐, 확실히 길은 몸집이 크기 때문에 오크 역할이 어울릴지도 모른다.

신은 여러 가지 시도를 하면서 공격에 나섰지만, 길은 쉽게 막아냈다.

다소 강해졌다고 해도 길과는 경험치가 다르다.

"공격한다."

"네!"

길의 짧은 말만으로도 전해졌는지 신이 대답했다.

아무래도 신의 타이밍에 맞춰서 길이 공격을 하는 모양이었다.

신이 몇 번 공격하면 길이 틈을 노려 가볍게 공격을 가한다. 그 공격을 신이 피한다.

길이 공격을 걸어오는 모습을 정확하게 보고 있었다.

하지만 오크 수준의 공격은 검으로 받아내는 것보다는 피하는 것이 좋다.

힘 싸움에서는 신에게 승산은 없었다.

길의 검이 조금 내려갔다. 그 타이밍에 맞춰 신이 공격을 가했다.

저러면 안 된다.

길이 틈을 만들어 유도했다. 신이 그것에 속았다.

길은 신의 공격을 피하고 검을 휘둘렀고, 신의 몸에 검이 닿았다.

"앗!"

신이 옆구리를 누르며 쓰러졌다.

"신 군!"

호른이 걱정스럽게 말을 걸어왔다.

"괜찮아."

연습용 목검을 사용하고 있어 크게 다치지는 않은 것 같았다.

"미안하다. 멈추지 못했어."

"아니요, 제가 막지 못한 것뿐이에요."

길은 도중에 검을 멈추려 했다.

하지만 휘두른 검은 기세를 완전히 멈추지는 못했다.

"근데 길 씨에게 닿을 거라 생각했는데."

신은 눈치채지 못한 듯했다.

"길은 일부러 틈을 보여서 신에게 공격을 하게 만든 거야."

"틈을?"

"유도당한 거야. 공격이 온다는 걸 알고 있다면 그 후에는 피하고 반대로 공격을 하면 끝이니까."

"길의 행동을 비겁하다고 생각하진 말아줘. 길은 신 군이 강해졌다고 생각해서 연습 레벨을 한 단계 올린 것뿐이니까."

루리나 씨가 길의 행동을 설명해 주었다.

"전 기뻐요. 제가 강해졌다는 걸 인정해 준 거잖아요?"

"그래, 만약 도적 같은 사람과 싸워야 한다면 그런 심리전도 필요하지."

나름대로 제대로 생각하고 벌인 행동이었던 듯하다.

오크 대책 연습 아니었나, 하고 생각했지만 입 밖으로 꺼내지는 않았다.

모처럼 가르치고 있으니 찬물을 끼얹는 짓은 하지 말아야지.

나도 이제 분위기를 읽을 수 있는 어른이 되었다.

"길 씨, 한 번 더 부탁드려요."

"신 군, 괜찮아?"

신은 일어난 뒤에도 옆구리를 만지고 있었다.

연습용 목검이라고는 하지만 몸에 맞으면 아프다.

"길. 잠깐 그 검 좀 빌려줘."

길은 아무 말 없이 나무 검을 내밀었다.

나는 목검을 받아들고 곰 박스에서 천과 솜을 꺼냈다.

그리고 검에 솜을 끼우고 천을 감쌌다.

"유나, 손재주가 좋네."

곰돌이와 곰순이 인형을 만드느라 재봉 레벨도 올랐다.

조금 시간이 걸리긴 했지만 솜에 감싼 검이 완성되었다.

"이거라면 앞으로 아프지는 않겠네."

루리나 씨가 솜에 감싼 목검을 만졌다.

그리고 루리나 씨에게 목검을 받은 길은 몇 번 정도 목검을 휘둘렀다.

"괜찮아?"

"문제없어."

그리고 신도 생각보다 심하지 않은 듯 훈련을 재개했다.

신은 번번이 길의 가짜 빈틈에 속아 그때마다 목검이 몸에 닿았다. 하지만 크게 다치지는 않았다.

또 한 명의 도끼 소년도 최선을 다했지만, 두 사람 다 길에게 일격도 가하지 못했다.

그리고 신과 도끼 소년은 땅에 쓰러졌다.

호른도 마법 연습에서 마력을 사용하며 휴식을 취하고 있었다.

"유나 씨와 길 씨 중에 어느 쪽이 강한가요? 물론 마법을 쓰면 유나 씨가 이기겠지만."

궁사인 남자아이가 문득 그런 것을 물어왔다.

"역시 마법을 쓸 수 없다면 길 씨겠지."

쓰러져 있는 도끼 소년이 대답했다.

"하지만 길 씨와 유나 씨는 전투 방법이 다르니까."

신은 제대로 고민하고 대답했다.

"유나 씨는 맨손으로 모험가를 이겼다고 들었어."

처음 모험가 길드에 왔을 때 시비를 건 모험가와 싸웠던 일을 말하는 건가?

"하지만 길 씨의 몸을 보고도 같은 말을 할 수 있을까?"

"그건……."

길의 몸은 근육이 굉장하다. 나는 내 배를 만졌다. 지방이 굉장하다.

"루리나 씨, 어떻게 생각하세요?"

지금까지 잠자코 듣고 있던 루리나 씨가 나와 길을 번갈아 쳐다보았다.

"글쎄. 마법이 있다면 틀림없이 유나겠지. 애초에 평범하게 싸워서 유나를 이길 수 있는 모험가는 크리모니아에 없어."

"그 정도로?"

"그렇다면 마법 없는 싸움이라면 길 씨가 이길까요?"

"유나가 마법 없이도 강하다는 건 알지만. 하지만 그건 이야기로 들어서 알고 있을 뿐이야. 마법을 쓰지 않고 싸우는 걸 본 적이 없으니까 어느 쪽이 강한지는 대답할 수 없겠네."

확실히 루리나 씨와 함께 행동한 적은 있어도, 기본적으로는 마법을 사용해 마물을 쓰러뜨려왔다. 내 검 실력은 모를 것이다.

"길은 어떻게 생각해?"

루리나 씨는 길 본인에게 물었다.

"유나가 더 강해."

길은 망설임 없이 대답했다.

"확실히 말하네."

"데보라네가 졌으니까."

데보라네…… 어디선가 들어본 적 있는 이름이다.

기억이 안 난다.

"데보라네 씨는 길 씨와 루리나 씨가 같이 파티를 했던 사람이죠."

"입과 성격이 험하긴 했지만, 강했어. 하지만 그런 그에게 유나는 이겨버렸지."

펑.

떠올랐다. 모험가 길드에 등록하러 갔을 때 시비를 걸었던, 고블린 같이 생긴 모험가다.

"그렇군요."

"하지만 길도 데보라네와 유나의 싸움은 보지 못했잖아. 그런데 그렇게 단언하는 거야?"

"데보라네는 강해. 그런데도 졌어."

"그렇지."

"하지만 확인하고 싶어. 유나, 대련을 부탁해."

흔치 않은 길의 부탁을 거절할 수도 없어서 결국 승낙했다.

나는 신에게 목검을 빌렸다.

"유나 씨, 길 씨를 이길 수 있어?"

"뭐, 일단 봐."

나는 이기고 지는 것에 대해서는 말하지 않고, 그것만을 신에게 전했다.

나와 길이 대치했다.

"신에게 보여주고 싶으니까 선수는 양보할게."

"알았어."

길은 한마디, 그렇게 말하더니 공격을 걸었다.

크게 한번 휘두른다.

하지만 파고드는 힘이 약하다. 전력이 아니다. 그런데도 힘이 세다. 몸통에 맞으면 날아갈 것이다.

나는 몸을 돌려 피했다. 길도 피할 것을 알았는지 옆으로 목검을 휘둘렀다. 나는 뒤로 한 걸음 물러섰다. 목검이 배의 아슬아슬한 부분을 스쳐갔다.

하지만 길의 공격은 멈추지 않았다. 연속해서 공격을 가한다. 나는 피하면서 때로는 받아쳤다.

길의 공격이 멈췄다.

"후우."

숨을 크게 내쉰다.

"어떻게 저걸 피할 수 있지?"

신이 놀란 얼굴로 소리쳤다.

"나도 좀 놀랐어. 저렇게 아슬아슬하게 피할 수 있다니."

게임을 통해 얻은 기술이었다.

할 수 있을 때까지 몇십 번, 몇백 번 베여 죽었는지.

게임이기 때문에 베이고 죽임을 당한다 해도 몇 번이고 다시 도전할 수 있었다. 그래서 얻을 수 있었던 기술이다.

아슬아슬하게 피하지 않으면 반격할 수 없었다. 그래서 얼마나 아슬아슬하게 피하느냐가 싸움의 핵심이었다.

"딱히 이걸 따라 하라는 건 아니야. 경험을 쌓고 상대의 움직임을 간파하면 할 수 있다는 의미니까."

"아니, 무리야."

마법사 루리나 씨가 보기엔 다른 차원의 움직임처럼 보였을지도 모른다.

"길 씨는 할 수 있어요?"

"안 돼. 내가 할 수 있는 건 있는 힘껏 상대를 쓰러뜨리는 것뿐이다."

그것도 하나의 무기였다.

강력한 일격을 가하면 이길 수 있다.

게임의 세계에서도 상대의 틈을 노려 일격에 이기는 스타일의 플레이어가 있었다.

"어느 쪽이 좋은 거야?"

"잘 생각해서 본인에게 맞는 싸움 방법을 찾아야지."

"본인에게 맞는 싸움 방법……."

"그리고 상대에 따라서는 싸우는 방법을 바꿔도 좋아. 같은 방식으로 이길 수 없는 경우도 있을 테니까. 그렇다면 상대와 다른 방식으로 이길 수밖에 없다."

"상대와 다른 방식?"

"나보다 움직임이 빠른 상대라면 움직임으로 승부해도 이길 수 없지."

"그렇지."

"마찬가지로 자신보다 힘이 있는 사람과 힘으로 승부해 봤자 이길 수 없어."

"응."

"길을 이기기 위해서는 속도. 나를 이기기 위해서는 파워가 필요한 거지."

"파워라고 해도, 길 씨의 공격이 유나 씨에게 닿지 않으면 의미가 없지 않나?"

"그건 경험과 머리에서 나오는 거야. 아무리 빨리 움직인다 해도 피하지 못하면 의미가 없어. 피하기 위해서는 상대가 어떤 공격을 해 올지 어느 정도 미리 읽고 있어야 해."

"그게 머리야."

"경험을 쌓으려면 여러 번 당하면서 몸에 익혀야 해. 여차하면 머리로 생각하는 것보다 몸이 먼저 움직이게 될 거야."

"경험……."

"그러니까 연습이 필요하다는 거지."

"강해지려면 검만 휘둘러서는 안 된다는 건가."

"이건 마법이나 활도 마찬가지야."

나는 호른과 궁사인 남자아이를 바라보았다.

"네."

그리고 나와 길이 시합을 재개했고, 길을 몇 번이나 목검으로 베었다.

"이봐, 길, 너무 좌절하지 마."

"응."

루리나 씨가 한 번도 이기지 못한 길을 위로하고 있었다.

길이 나에게 왔다.

"공부가 됐어. 또 상대해 줘."

"응, 좋아."

늘 마법으로만 싸워왔으니 가끔은 검 연습도 하고 싶었다.

그래서 길의 제안을 받아들였다.

그 후 모두의 연습이 재개되었고, 각자가 성장해 나갔다.

모험가는 위험한 일이다. 다치지 않는 것은 어렵다. 그래도 죽지 않고 돌아올 수 있는 힘은 몸에 익혀두면 좋겠다.

호른이나 루리나 씨가 죽었다는 이야기는 절대 듣고 싶지 않으니까.

그러니까, 가끔은 이런 식으로 연습에 어울려주는 것도 좋을지도 모른다.

곰 곰 곰 베어 20.5

 TV 애니메이션 홍보 소설

43 TV 애니메이션 홍보 소설 제1편

띠링

응? 문자 알림?

나는 문자 화면을 켰다.

발신인은 예상대로 신이었다.

"음, 어디 보자."

『유나에게, 놀랍게도 이 세계에서 지내는 유나의 모습이 애니메이션으로 만들어졌습니다!』

갑자기 터무니없는 소리가 적혀 있다.

"무슨 소리를 하는 거지?"

내가 이세계에서 보낸 이야기가 애니메이션으로?

그런 일이 있을 리가 없잖아.

누가 그런 애니메이션을 재미있게 본다고.

누가 득을 보는 거야.

『TV도 준비했으니 시작하면 보세요.』

애니메이션 이야기가 진짜인지 농담인지 모르겠지만, 곰 박스를 확인하니 정말 TV가 들어와 있었다. 심지어 대형 TV다.

"애초에, 이 이세계에서 애니메이션 같은 걸 볼 수 있는 거야?"

우선 여러 가지 확인하기 위해 나는 흙 마법으로 TV 받침대를 만들어 그 위에 TV를 얹었다.

콘센트가 없다. 애초에 이 집에는 콘센트를 꽂을 곳도 없고 전기도 없다. 게다가 수신하는 방법은? 그런 의문도 있다.

일단 시험 삼아 전원 버튼을 누르자 전원 램프가 켜졌다.

"혹시, 정말로 나오는 건가?"

화면에 무언가가 뜨기 시작했다.

『곰 곰 곰 베어 방송 시작 전까지 조금만 더 기다려 주세요.』

그런 글자가 화면에 떴다.

"뭐야, 이 제목은? 혹시, 이게 내 이세계에서의 이야기를 바탕으로 만든 애니메이션 제목인가? 내 모습이 곰이라서, 곰 곰 곰 베어?"

센스 없는 제목이다. 단순히 곰만 늘어놓은 것 아닌가.

제목을 붙이려면 「이세계에 갔더니 곰 인형 옷을 입고 최강이 되었습니다」라거나, 「이세계에서 곰 인형 옷이 최강이라 벗을 수 없었습니다」라거나, 「곰 인형 옷으로 모험가를 하고 있습니다」라거나, 「신이 주신 곰 인형 장비로 이세계를 즐기고 있습니다」라거나, 보통은 내용을 알기 쉬운 제목을 붙이지 않나.

「곰 곰 곰 베어」라는 제목만 보면 내용은 도저히 상상이 안 되고, 어떤 이야기인지도 모르겠다.

이런 제목으로 하면 사실적인 곰만 많이 나오는 애니메이션이라고 생각해서 아무도 안 보는 거 아니야?

이 제목을 단 사람에게 어떤 이유로 지었는지 물어보고 싶었다.

그나저나 화면에 나온다는 건, 농담이 아니라 진짜 내 애니메이션을 한다는 건가?

오늘 만우절 아니지?

화면을 자세히 보니 방송 시간에 관한 이야기가 적혀 있다.

방송국이나 방송 시간 등 자세한 내용은 애니메이션 공식 사이트에서?

애니메이션 공식 사이트라니, 그런 것까지 있어?

함께 딸려 있던 리모컨을 보자 각각의 방송국 버튼과 「애니메이션 공식 사이트」라고 적힌 버튼이 있었다.

공식 사이트 버튼을 누르자 TV 화면이 바뀌었다.

"오, 우리가 나온다."

곰돌이와 곰순이에 나와 피나가 타고 있거나, 그 밖에도 노아나 시아, 미사, 슈리도 있는 사진이 있었다.

심지어 우리를 애니메이션으로 만든 영상까지 있었다.

PV라고 했다.

정말 애니메이션이 되어서 움직이고, 말하고 있다.

새삼스럽지만 나, 잘도 이런 부끄러운 모습으로 마을을 돌아다니고 있구나.

피나, 귀여워.

노아도 미사도 시아도 슈리도 귀엽다.

곰돌이와 곰순이도 귀엽다.

이 화면만 보고 있어도 현실감이 느껴졌다.

하지만 날 애니메이션으로 만들어도 된다는 허락은 하지 않았는데.

초상권은?

띠링.

문자 알림이 왔다.

『이세계라서 적용되지 않습니다.』

뭐야, 너무하다.

개인 정보 보호법도 없고.

하지만 PV를 보니 어떤 식으로 애니메이션이 나올지 기대가 되기는 했다.

여기서 불평해도 신에게는 먹히지 않을 테니 포기하기로 했다.

다른 정보는 없을까?

"어?"

1화 공지를 보자 「블랙 바이퍼와의 싸움」이라고 되어 있다. 신에 의해 이세계로 날아가 피나와 만난 곳에서 시작하는 거 아냐?

잘 살펴보니 2화 공지도 있었다.

"2화에서 이세계에 왔을 때의 일이나, 피나와 만났을 때의 이야기를 하는 것 같네."

피나와 만났을 때는 아직 이곳이 게임 속인 줄 알고, 이세계라고는 생각하지 못했다.

정말 이세계라는 것을 알았을 때는 놀랐다.

하지만 이 세계의 돈과 치트 방어구도 있었기 때문에 문제는 없었다.

유일하게 불만이 있다면 왜 치트 능력이 나 자신이 아닌 곰 장비인가하는 점.

이런 종류의 이세계 이야기는 본인에게 치트 능력이 주어져서 자유롭게 이세계 생활을 보낸다는 게 정석 아닌가.

그 부분만큼은 불평을 하고 싶었다.

내가 얼마나 곰 장비 때문에 창피를 당했는지.

뭐, 이제 와서 화를 내도 어쩔 수 없다.

이 곰 옷차림에도 약간 익숙해진 자신이 있다.

익숙함이란 무서운 법이다.

그리고 또 뭐가 있을까?

그 밖에 흥미가 가는 정보가 없는지 조사하려고 했을 때, 처음의 목적을 떠올렸다.

맞다. 방송 시간을 확인하려고 했지.

"으음, 어디에 있나…… 여기 있다."

우측 상단의 검은색 곰을 클릭하자 방송&스트리밍이 있어 클릭했다.

그러자 여러 방송국이나 스트리밍 사이트 이름이 나온다.

TV로 방송되지 않는 지역도 있구나. 하지만 볼 수 없는 사람은 인터넷 방송으로도 볼 수 있는 건가.

"하지만 이쪽 날짜와 시간으로 써주지 않으면 모르잖아."

내가 그렇게 말하자, 화면의 글자가 변화하더니 이곳 세계의 날짜와 시간으로 표시되었다.

"잠깐, 빠른 건 오늘 저녁이네."

이 TV에 녹화 기능은?

오오, 제대로 있다. 이 정도면 나중에 피나 일행과 함께 볼 수도 있을 것 같았다.

근데, 내 애니메이션을 볼 수 있다는 건 다른 애니메이션이나 프로그램도 볼 수 있다는 건가?

혹시 은둔형 외톨이 생활이 가능한 건가?

난 적당히 리모컨 버튼을 눌러보았다.

그러자 TV 화면에 「이 TV는 『곰 곰 곰 베어』외에는 시청할 수 없습니다」라고 표시되었다.

리모컨을 TV에 던지고 싶은 충동을 꾹 눌렀다.

놓친 재방송 애니메이션이라든가, 지금 어떤 애니메이션을 하고 있는지 궁금했는데.

쓸모가 없는 TV였다.

적어도 게임기라도 있으면 더 재밌었을 텐데.

"게임기와 게임 소프트웨어를 보내줘."

신에게 들리는지는 모르겠지만 부탁해 보았다.

띠링.

답장이 왔다.

『곰 곰 곰 베어가 게임으로 만들어지면 보내드리겠습니다.』

"필요 없어!"

대체 누가 본인이 나오는 게임을 하고 싶어한단 말인가.

그런 한심한 짓을 하는 사이에 방송 시간이 다가왔다.

저녁을 먹고, 목욕을 하고, 그리고 녹화를 하고.

아, TV를 감상하려면 감자칩은 필요하겠지.

나는 방송 시작 전까지 서둘러 준비하기로 했다.

❦ 44 TV 애니메이션 홍보 소설 제2편

신의 농담인 줄 알았는데, 정말 이쪽 세계의 내 모습이 애니메이션이 되어 있었다.

1화를 본 감상이라고 하면, 곰 옷차림으로 블랙 바이퍼와 싸우는 내 모습이 기이했다.

싸울 때는 내 모습을 볼 수 없어서 몰랐는데. 이렇게까지 긴장감이 없는 전투 장면도 드물지 않을까.

그리고 곰돌이와 곰순이가 귀여웠다. 현실에서도 애니메이션에서도 귀여운 것은 정의다.

그리고 신경이 쓰인 것이라면, 마지막에 현실 세계의 모습이 비춰진 것.

남의 방과 실내복 차림을 애니메이션으로 만들다니, 프라이버시 같은 것은 전혀 없었다.

내 방의 모습을 전국 방송한 셈이었다.

신에게 불평 한마디 정도는 하고 싶었지만, 그래봤자 분명 「이세계에 프라이버시 따위는 없습니다」라고 말하겠지.

아니, 이세계에서도 프라이버시는 필요하다. 뭐든 다 애니메이션으로 해도 되는 건 아니다.

그나마 다행인 것은 내가 옷 갈아입는 장면이나 목욕 장면이 없었다는 점이랄까. 역시 그런 부분을 애니메이션으로 하지는 않겠지?

하지만 나를 갑자기 이세계로 데려오거나, 곰 옷차림을 하게 만들거나, 곰 팬티를 입게 하거나, 성격이 안 좋아 보이는 신이다. 아직 방심은 할 수 없다.

물론 이세계에서 지낼 돈을 준비해 주고, 치트 장비를 준비해 준 것은 감사하지만. 하지만 역시 원래는 내 돈이고, 치트 장비는 곰 인형이기 때문에 진심 어린 감사는 하기 어려웠다.

다만 곰돌이와 곰순이에 관해서는 최고의 선물이다. 이것만은 감사하고 싶다.

나는 무릎 위에 올라가 있는 꼬맹이화한 곰돌이와 곰순이의 머리를 쓰다듬었다. 곰돌이와 곰순이는 기쁜 듯 「크웅~」하고 울었다.

최고의 힐링이다.

새로운 애니메이션의 정보는 없나 하고 공식 사이트를 확인했더니, 미니 애니메이션 「베어 베어 베어 곰!」이라는 것이 있었다.

베어 베어 베어 곰?

곰 곰 곰 베어가 아니라?

찾아보니 TV 애니메이션과는 다른 별도의 미니 애니메이션이라고 한다.

일단 재생 버튼을 눌러보았다.

동영상이 시작됐다.

TV에는 미니 캐릭터가 된 나와 곰돌이와 곰순이가 나왔다.

"내가 자고 있네."

내가 곰돌이와 곰순이와 함께 나무 밑에서 기분 좋게 자고 있었다. 거기에 노아, 피나, 슈리가 나타나 함께 잔다는 내용이었다.

노아나 피나, 슈리는 물론이지만 미니 캐릭터로 데포르메하니 흉악한 곰인 나도 귀여워 보이는 것이 신기했다.

음, 이 미니 애니메이션도 매주 하는 모양이다.

좀 짧은 건 아쉽지만 이건 이거대로 귀여워서 기대가 됐다.

그리고 오늘 밤 애니메이션 2화가 방송될 예정이었다.

1화는 블랙 바이퍼의 이야기였지만, 2화 공지를 보면 피나와 나의 첫 만남 이야기라고 한다. 그럼, 2화에서 이세계에 끌려온 이야기나 피나와 처음 만났을 때 이야기를 하는 걸까?

처음 피나를 만났을 때 「저를 드실 건가요?」라고 물었던 것이 떠올랐다.

아무리 곰처럼 생겼다고 해도 안 먹는다.

그렇게 무서워 보였나?

하지만 그것도 그리운 추억이다.

아무튼 2화에는 피나가 나온다고 해서 오늘은 피나를 집으로 초대했다.

"유나 언니, 갑자기 숙박 세트를 갖고 집에 오라니, 무슨 일인가요?"

설명하기 어려웠고, 피나를 놀라게 해 주고 싶은 마음도 있어서 애니메이션에 대해서는 아직 이야기하지 않았다.

"그건 피나와 함께 애니메이션을 보기 위해서야."

피나는 이미 목욕을 하고 귀여운 잠옷을 입고 있었다.

준비는 다 됐으니 애니메이션에 대해 알려주기로 했다.

"애니메이션?"

피나는 사랑스럽게 고개를 살짝 갸우뚱한다.

"설명하기 어려우니까 직접 보는 편이 빠르려나."

TV가 놓여 있는 내 방으로 이동했다.

"검은 판?"

피나가 TV을 알아차렸다.

피나는 여러 번 내 방에 온 적이 있었기 때문에 지금까지 놔두지 않았던 TV의 존재를 눈치챈 모양이었다.

"피나는 거기 앉아. 이 검은 화면······이 아니라, 판을 봐."

피나는 TV 앞에 앉았다. 지난주 녹화한 애니메이션 1화를 보기로 했다.

나는 리모컨을 손에 쥐고 재생 버튼을 꾹 눌렀다.

"검은 판이 빛나요."

그리고 TV는 말이 달려오는 장면부터 시작했다.

"유나 언니, 그림이 움직여요!"

피나는 TV에 나오는 영상을 신기한 얼굴로 바라보았다.

소년이 블랙 바이퍼를 쓰러뜨려 달라고 부탁하러 오지만, 아무도 맡아주지 않는다.

그곳에 나타난 것은.

"유나 언니예요."

그리고 내가 블랙 바이퍼 토벌 의뢰를 받는다.

피나는 말하는 것조차 잊고 빨려들어갈 기세로 TV를 시청했다.

"블랙 바이퍼예요." "앗, 유나 언니가." "유나 언니 위험해요!"

피나는 TV에 나오는 내가 블랙 바이퍼와 싸우는 장면을 보면서 소리치고 있었다.

그리고 애니메이션 속 나는 무사히 블랙 바이퍼를 쓰러뜨렸다.

"다행이다. 그때 블랙 바이퍼는 이렇게 쓰러뜨린 거군요."

그리고 크리모니아의 모험가 길드로 돌아온 타이밍에 리모컨의 정지 버튼을 눌렀다.

이다음은 원래 세계의 영상이 나오기 때문이었다.

"그래서, 이게 뭔가요?"

"이게 바로 애니메이션이야."

"그림이 움직여서 굉장했어요. 근데 어떻게 그림을 움직이는 거예요?"

피나는 눈을 반짝이며 물었다.

아무리 나라도 애니메이션을 만드는 공정을 다 알고 있는 것은 아니었다.

그래서 이렇게 말했다.

"신이 만든 거야."

"신이?"

비기, 설명이 귀찮으면 신이 만든 것으로 한다.

뭐, 실제로도 그렇고, 거짓말은 하지 않았다.

"굉장하다. 유나 언니, 신과 아는 사이예요?!"

내 말을 믿었는지 피나는 눈을 빛낸다.

"뭐, 만난 적은 없으니까 아는 사람이라고 말해도 될지 어떨지는 모르겠지만."

문자만 일방적으로 올 뿐 만난 적은 없다.

그걸 아는 사이라고 해도 되나?

그래서 화제를 바꾸기로 했다.

"그래서 이 애니메이션 말인데. 오늘 밤에 이어서 한다는 것 같아. 거기에 피나가 등장한다길래 같이 보려고 부른 거야."

"제가 이 그림이 되어서 움직이는 건가요?"

"응, 그러니까 같이 보지 않을래?"

피나는 조금 고민한다.

"부끄럽지만 보고 싶어요."

나는 애니메이션과 함께 먹기 위해 감자칩과 음료를 준비하고 TV 앞에 앉았다.

시작이 얼마 남지 않았다.

자, 어떤 내용이 될까?

🎀 45 TV 애니메이션 홍보 소설 제3편

나와 피나는 TV 앞에 앉아 애니메이션이 시작되기를 기다렸다.

그리고「곰 곰 곰 베어」애니메이션 2화가 시작되었다.

2화를 본 피나의 한마디는 다음과 같았다.

"우와, 유나 언니가 곰 옷이 아닌 다른 옷을 입고 있어요."

피나는 원래의 세계에 있는 내 모습이 나오는 장면을 보고 그런 말을 한다.

아니, 다른 신경 쓰일 만한 게 있지 않아?

방이나 뭐 기타 등등.

하지만 피나는 내 모습이 곰이 아니라는 것에 집중하느라 주위는 신경 쓰지 못하는 모습이었다.

그리고 오프닝 곡이 흘러나왔다.

피나의 몸이 노래에 반응하듯 움직였다.

"노래 잘하네요. 저도 이렇게 잘 부를 수 있으면 좋겠어요."

으음, 분명 이 노래를 부르고 있는 사람은 피나의 목소리를 내는 사람이었지.

PV에서 피나의 목소리를 들었는데, 진짜 피나의 목소리와 똑같았다.

신, 대체 어떻게 찾은 걸까.

"피나도 연습하면 잘하게 될 거야."

"그렇다면 좋겠는데요."

하지만 노래방도 없고, 음악이 없으니까 어렵다.

TV를 보내줄 정도니까 신에게 부탁하면 CD와 음악 플레이어 정도는 보내주지 않을까?

내가 그런 생각을 하고 있는 사이에 오프닝은 끝났고, 곰 장비를 착용한 내가 숲속에 등장했다.

"유나 언니, 평소의 곰 옷차림을 하고 있어요."

내 곰 옷차림을 보고 피나가 기뻐했다.

그리고 신과의 문자를 보더니 「유나 언니는 신의 사자예요」라고 말하기 시작했다.

딱히 신의 사자는 아닌데.

특별히 연락하고 지내는 것도 아니고, 이 세계를 구해달라는 부탁을 받은 것도 아니다. 애초에 마물은 있는데 마왕은 없다. 없지?

그런 생각을 하는 동안에도 애니메이션은 진행되었다.

"아, 누군가가 도움을 청하고 있어요."

응, 그거 아마 피나야.

내 예상대로 피나가 울프에게 습격당하고 있었다.

"저예요! 울프에게 습격당하고 있어요."

피나가 소리를 지르는 동안, 애니메이션 속 나는 빠르게 울프에게 습격당한 피나를 도와주었다.

『저를 드실 건가요?』

애니메이션 속 피나가 나에게 물었다.

"왜 그때 내가 먹을 거라고 생각한 거야?"

곰 옷을 입었다고 해도 진짜 곰은 아니다.

내 입으로 말하기는 좀 그렇지만, 귀여운 곰이다. 보통은 먹힌다고 생각하지는 않을 것이다.

"저기, 그때 울프한테 습격을 당해서 먹힐 거라고 생각했거든요. 그랬더니 곰 옷차림을 한 여자가 나타나서 안도했고, 저도 모르게 그런 말이 나온 것 같아요."

애니메이션에서는 내가 곰 후드를 벗었다.

곰 후드 아래에서 나타난 것은 미소녀.

"누구야? 이 미소녀는?"

"유나 언니예요."

"아니아니, 빛이 나잖아."

아무리 애니메이션이라 해도 과장이 심하다.

그거다, 사진으로 보면 귀엽지만 실제로 만나보면 귀엽지 않은 그런 케이스다.

아무래도 애니메이션에는 미소녀 보정이 들어간 모양이다.

실제의 나를 보면 실망하는 패턴이겠네.

아니면 너무 달라서 눈치채지 못하는 거 아냐?

애니메이션 속 피나는 현실과 마찬가지로 그대로 울프를 해체했고, 해체를 마친 피나와 나는 함께 크리모니아로 향했다.

어떻게든 크리모니아에 도착한 나와 피나는 마을 안을 걸었다.

역시 이 세계에서도 곰 인형 옷차림은 눈에 띄었다.

지나가는 마을 주민들은 다들 나를 쳐다보았다.

지금은 크리모니아에서는 나름 안정을 찾았지만, 현실에서도 몇 달 전까지는 이런 식의 시선을 받았다.

애니메이션 속 나는 피나와 함께 모험가 길드에 울프를 팔러 가고, 피나에게 마을을 안내받기도 하면서 여관에 도착했다.

현실과 똑같다.

"이게 사실이라면 유나 언니는 다른 곳에서 신에 의해 끌려온 거죠?"

피나는 말을 고르며 물었다.

어쩌면 지금까지 가장 궁금했던 일일지도 모른다.

그래서 나는 거짓말을 하지 않고 대답해 주었다.

"응, 맞아."

"어머니랑 아버지를 볼 수 없어서 외롭지 않나요?"

"부모님은 집에 거의 없었고, 옛날부터 혼자 지냈으니까 외롭지는 않아."

그러다 보니 은둔형 외톨이 생활을 하게 되었고, 요리, 빨래도 직접 하게 되었다.

처음에는 힘들긴 했지만, 그리운 추억이다.

나라고 해서 처음부터 뭐든 잘한 것은 아니다. 그런 경험이 있었기 때문에 이 세계에서도 혼자 살아갈 수 있었다.

물론 곰 장비가 없었다면 처음 본 울프에게 살해당했겠지만. 그렇게 되면 피나도 울프에게 살해당하고, 티루미나 씨는 죽고, 슈리는 고아원에 가게 되고, 클리프 때문에 고아원은 위기에 처하고, 모두가 불행해졌을지도 모른다.

곰 장비에 감사하기는 어렵지만, 없었다면 불행해졌을 사람이 있었다는 것도 사실이다.

뭐라 형용할 수 없는 복잡한 기분이 들었다.

"그렇군요. 저였다면, 어머니를 만나지 못하면 외로웠을 거예요."

무엇보다 피나와 만나지 않았다면, 이 세계를 즐기지 못했을지도 모른다.

애초에 크리모니아를 떠나 티루미나 씨나 슈리를 만나지도, 노아를 만날 일도 없었겠지.

그렇게 되면 왕도에서 엘레로라 씨나 시아를 만날 일도 없었을 거고, 성에서 플로라 씨나 국왕 폐하나 왕비도 만날 수 없었을 것이다. 시아와 사이좋게 지내는 일이 없었다면 학원 축제를 견학할 일도 없었을지도 모른다.

전혀 다른 인생을 걷고 있지 않았을까.

그렇게 생각하면 내 인간관계는 모든 것이 피나에게서 시작된 셈이었다.

"피나를 만나서 다행이야."

나는 옆에 있는 피나의 머리 위에 곰 인형 장갑을 얹었다.

피나는 수줍게「응, 저도 유나 언니를 만나서 다행이에요」라며 밝은 미소와 함께 대답해 주었다.

이야기하는 동안에도 애니메이션은 계속되었고, 곰 장비를 확인하거나 모험가가 되거나 하며 이야기가 흘러갔다.

역시 겉모습만 신경 쓰지 않으면 최고의 성능을 가진 장비다.

그리고 마지막으로 피나와 파트너가 되면서 2화가 끝났다.

이때 피나에게 해체를 부탁하게 되었고, 지금도 이렇게 계속되고 있는 것을 보면 정말 신기하다.

이 관계가 언제까지 갈지는 모르겠지만, 오래 지속되었으면 좋겠다.

피나에게 남자친구가 생기거나, 결혼을 한다면…….

"유나 언니, 왜 우는 거예요!"

"아니, 피나에게 남자친구가 생기거나 결혼한 걸 상상하니까 갑자기 외로워져서."

"유나 언니, 아버지랑 똑같은 말을 하네요. 아버지도『언젠가는 피나도 시집을 가버리겠지』라고 하면서 술을 드셨어요. 전 아직 어린데."

"사람의 성장은 빠른 법이야."

"그것도 아버지가 늘 하는 소리세요. 게다가, 저보다는 유나 언니의 결혼이 먼저일 거라고 생각해요."

"아, 그건 아니니까 안심해."

나는 즉답했다.

내가 누군가와 결혼한다는 것은 상상도 할 수 없었다.

혼자서 외롭게 나이 들어가는 모습을 쉽게 상상할 수 있었다.

그건 그거대로 쓸쓸하지만.

"그럼 제가 같이 있을게요."

"아니, 그건 안 되지."

"안 되나요?"

"기쁘지만, 피나는 행복한 가정을 꾸렸으면 좋겠어."

"전 유나 언니랑 같이 있으면 즐겁고 행복해요."

"……피나. 그럼 내가 결혼하지 못하면 그땐 잘 부탁해."

"네!"

그리고 애니메이션은 엔딩 테마가 흐르고 그대로 끝이 났다.

피나는 자신의 그림이 움직이는 것을 신기하게 여겼지만, 최종적으로는 즐겁게 시청했다.

2화를 보고 며칠 후, 3화의 정보를 확인하기 위해 TV를 켜고, 유일하게 연결되는 애니메이션 공식 사이트를 확인하러 갔다.

거기에는 놀라운 사실이 적혀 있었다.

"농담이지?!"

내 눈에 들어온 것은 데포르메된 내 피규어였다.

잠깐, 누가 내 피규어 같은 걸 갖고 싶어 한다고?!

여기서 만든다면 당연히 피나지. 아니면 마스코트 느낌으로 곰돌이와 곰순이라든가.

왜 나야.

게다가 피규어가 되면 여러 사람에게 팔려간다는 뜻이었다.

"신! 내 허락도 없이 이런 거 만들어서 팔지 마."

내가 소리를 지르자 띠링 소리와 함께 문자가 날아왔다.

『다들 갖고 싶어해요. 앞으로도 피규어뿐만 아니라 유나의 굿즈가 많이 늘어날 거예요.』

"그런 짓이 용납될 것 같아?"

『신이 다 용서해요.』

"잠깐……."

『원래의 세계로 돌아간다면 큰 인기를 끌 거예요.』

또 한 가지, 원래의 세계로 돌아가고 싶지 않은 이유가 늘어났다.

"그럼 피나나 곰돌이와 곰순이의 피규어도 만들어줘."

『그건 제조 회사에 말해 주세요.』

"아니, 당신 신이잖아."

『신이라도 할 수 없는 일은 있어요.』

아무 쓸모도 없는 신이다.

『분명 유나 피규어가 많이 팔리면 만들어질 거예요.』

그건 그렇다. 인기가 많아지면 다른 캐릭터도 만들어진다. 인기가 없으면 만들어지지 않는다.

뭘까. 내 피규어가 팔리지 않았으면 하는 마음과 팔려서 피나 일행의 피규어가 만들어졌으면 하는 마음이 부딪혔다.

그리고 나는 피규어는 잊어버리기로 하고 3화의 정보를 살펴보았다.

아아, 루리나 씨와 고블린 토벌을 갔더니 고블린 킹을 만난 이야기를 하는 건가. 애니메이션 공식 사이트의 정보에는 곰돌이와 곰순이 사진도 있었다. 곰돌이와 곰순이도 등장하는 걸까?

다음에는 곰돌이와 곰순이도 같이 볼까?

🎀 46 TV 애니메이션 홍보 소설 제4편

"끄아아~~~~~~!"

오늘 애니메이션 3화에는 곰돌이와 곰순이도 등장한다고 해서 나와 피나는 꼬맹이화한 곰돌이와 곰순이를 안고 TV 앞에서 애니메이션이 시작되기를 기다리고 있었다.

그리고 애니메이션이 시작된 순간, 나는 큰 비명을 질렀다.

그 이유는 내 옷 갈아입는 장면부터 시작되었기 때문이다.

TV 화면에는 내 속옷 차림이 큰 화면에 비치고 있었다. 게다가 곰 팬티까지…….

톱 시크릿 영상이 공개되고 말았다.

아무리 애니메이션이라도 내 속옷 차림이다.

이거 진짜 TV에 방송되는 거야?

아니겠지?

실은 애니메이션 자체가 신의 농담이고 TV 방송은 안 되고 있는 거 아냐?

신이 나를 놀리려고 만든 것뿐이겠지?

그렇게 믿고 싶었다.

내가 소리치는 사이 옷을 갈아입는 장면은 끝났고, 오프닝 테마가 흘러나오기 시작했다.

"유나 언니, 괜찮아요?"

""크응~.""

피나와 곰돌이와 곰순이가 걱정스럽게 물어온다.

"안 괜찮을지도 몰라."

나는 안고 있던 곰순이의 작은 등에 얼굴을 파묻었다.

전국에 내 속옷 차림이 방송됐다고 생각하면 수치스럽다.

평생 밖을 돌아다닐 수 없을 것이다. 평생 은둔형 외톨이가 될 것이다.

"괘, 괜찮아요. 유나 언니의 몸 예뻐요."

내 몸이 빈약하다는 것쯤은 알고 있다.

그 이전에, 미추를 따지기 이전에, 속옷 차림을 보였다는 것 자체가 싫은 거다.

"게다가 잘은 모르겠지만, 이쪽에서는 우리들 이외에는 아무도 보지 못했잖아요."

"그렇긴 하지만."

"그리고 짧았으니까 다들 못 봤을 거예요."

아니, TV에는 녹화 기능도 있고 정지 버튼도 있다. 즉 365일 24시간, 원할 때 내 속옷 차림을 볼 수 있다는 뜻이다.

생각만으로도 인생 끝장이다.

"더는 시집 못 가."

갈 생각도 없지만.

"그, 그때는 제가 계속 같이 있을게요."

""크응~.""

피나와 곰돌이와 곰순이가 위로해 주었다.

"피나~ 곰돌이~ 곰순이~."

나는 세 사람을 끌어안고 속옷에 대한 기억은 망각의 저편에 보내버리기로 했다.

내가 우울함을 느끼는 동안에도 애니메이션은 멈추지 않고 진행되었다. 내가 근처 숲에서 마물을 멋대로 잡았다가 헬렌 씨에게 혼나는 장면이었다.

그러고 보니 헬렌 씨에게 근처 숲은 신입 모험가용이니 토벌은 삼가달라는 말을 들었었나.

하지만 이때의 나는 모험가가 된 지 며칠 되지 않았기 때문에, 신입 모험가라고 생각한다. 그런데 헬렌 씨는 울프 무리나 타이거 울프를 쓰러뜨리는 모험가는 신입 모험가가 아니라고 단칼에 잘라 말했다.

"피나, 나 신입 모험가 맞지?"

납득이 가지 않아서 피나에게 물었다.

반면 피나는 조금 난처한 표정을 지었다.

"음, 신입 모험가는 블랙 바이퍼는 쓰러뜨릴 수 없다고 생각해요."

피나도 나를 신입 모험가로는 취급해 주지 않았다.

아무래도 신입의 정의는 모험가가 된 지 얼마 되지 않았고, 동시에 약한 모험가인 모양이었다.

납득이 갈 것 같기도 하고 아닌 것 같기도 하다.

그도 그럴 게, 학교나 회사에서도 아무리 우수한 학생이나 사회인이라도 신입생이나 신입이라고 하지 않나?

그 후 헬렌 씨에게 주의를 받은 내가 모험가 길드에서 아무것도 하지 않고 있는데, 귀여운 여자가 등장했다.

"아, 루리나 씨예요."

피나의 말대로 등장한 것은 루리나 씨였다. 그리고 길과 시끄러운 남자가 한 명. 이 시끄러운 남자 이름이 뭐였더라?

내가 루리나 씨의 파티의 고블린(데보뭐시기)을 쓰러뜨린 탓에 전위였던 고블린(데보뭐시기)이 사라져서 의뢰를 받은 고블린 토벌을 할 수 없게 되었다고 했다.

아, 그런 일도 있었지. 그리운 추억이다.

그런 일로 루리나 씨 일행이 고민하고 있자, 헬렌 씨가 나에게 데보뭐시기 대신 임시 파티원이 되는 것이 어떻겠냐는 제안을 건넸다.

어? 이쪽에서 그 말을 한 건 길드 마스터였던 것 같은데.

혹시 길드 마스터의 대사를 헬렌 씨한테 뺏긴 건가?

가뜩이나 출연도 적은데, 길드 마스터 불쌍해.

"이건 고블린 킹을 쓰러뜨렸을 때의 이야기인가요?"

"맞아."

피나는 없었기 때문에 경위는 몰랐던 모양이다.

그리고 나는 루리나 씨와 함께 고블린 토벌을 가게 되었다. 심지어 도보로.

"곰돌이와 곰순이는?"

피나도 걸어가는 우리가 신경 쓰였던 모양이다.

"이때는 아직 곰돌이랑 곰순이는 없었어."

"그런가요?"

피나는 곰돌이와 곰순이가 내 소환수가 된 경위를 모른다.

"곰돌이와 곰순이는 신이 보내준 거지만, 이때는 아직 받지 못했거든."

"어? 곰돌이와 곰순이가 신이 보내준 선물이었나요? 그래서 이렇게 귀엽고 강했던 거군요."

피나가 곰돌이를 끌어안았다.

하지만 걷는 것이 귀찮다고 생각한 나는 루리나 씨를 공주님처럼 안아들고 달렸다.

"유나 언니, 빨라요."

곰 신발 덕분에 나는 빨리 달릴 수 있었다.

그리고 순식간에 고블린이 있는 숲까지 찾아왔다.

도착하자 루리나 씨는 울고 있었다.

아무래도 첫 공주님 안기를 내가 해 버린 듯했다.

"루리나 씨 안 됐어요."

피나가 동정 섞인 눈으로 TV에 나오고 있는 루리나 씨를 바라보았다.

"피나는 공주님 안기 싫어?"

"공주님 안기요? 루리나 씨처럼 안긴 채로 달리는 건 싫어요. 유나 언니, 일부러 겁주려고 그런 거죠?"

혹시 드워프 마을에 갔을 때의 루이밍 일을 말하는 걸까.

그렇다면 피나에게는 무섭지 않은 공주님 안기를 해 주자.

그리고 현실과 똑같이 데보라네(고블린)와 데보라네킹(고블린킹)을 토벌했다.

아, 애니메이션에서 루리나 씨가 데보라네라는 말을 몇 번이나 외친 탓에 데보라네의 이름은 외웠는데, 고블린과 착각했다.

뭐, 둘 다 같으니까 문제는 없겠지?

그리고 돌아오는 길에도 루리나 씨를 공주님처럼 안아서 마을로 돌아왔다.

무사히 고블린 토벌을 마친 덕분에 루리나 씨 파티 사람들에게 감사를 받았다.

그리고 고블린 킹을 토벌하면서 새로운 기술 곰 소환을 배우게 되었다.

"혹시 이때 신께 곰돌이와 곰순이를 받은 건가요?"

"맞아."

TV에는 곰돌이가 소환되는 순간이 찍혀 있었다.

"곰돌이, 귀여워요."

"크응~."

피나에게 안겨 있는 곰돌이가 흐뭇하게 울었다.

애니메이션 속의 나는 곰돌이에 즐겁게 올라타고 있었다. 그것을 본 곰순이가 슬픈 얼굴로「크응~」하고 울었다.

"잊고 있었던 건 아니야."

나는 곰순이의 머리를 쓰다듬으며 변명을 했다.

현실에서도 그랬지만, 곰돌이를 소환하고 그대로 타고, 한동안은 곰순이의 존재를 눈치채지 못했다.

하지만 애니메이션 속 나는 흰 곰 인형에서 다른 한 마리의 곰을 꺼낼 수 있다는 것을 깨달았다.

현실에서는 거대한 멧돼지에 습격당한 마을을 구하거나, 여러 일이 있고 난 뒤에 곰순이의 존재를 깨닫지만, 애니메이션에서는 분량 관계상 생략한 모양이다.

하얀 곰 인형에서 곰순이가 소환되었다.

"곰순이예요. 하지만 풀이 죽었어요."

피나의 말대로 TV에 나오는 곰순이는 풀이 죽어 있었다.

그때도 풀이 죽어 있었지.

곰순이에게는 미안하지만, 풀 죽은 모습도 귀여웠다.

피나도 작은 소리로 귀엽다고 말하는 것을 나는 놓치지 않았다.

그 후의 애니메이션은 피나와 여유로운 시간을 보낸 뒤 곰 하우스를 짓게 된다.

현실의 피나도 귀엽지만, 애니메이션 속 피나도 귀엽다.

마지막의 미소는 반칙이다. 피나를 위해 뭔가 해 주고 싶은 마음이 들었다.

그리고 애니메이션은 마지막으로 얼굴이 보이지 않는 금발의 수상한 이가 곰 하우스를 보고 있는 장면으로 끝났다.

"마지막에 집을 보고 있던 건 노아 님이시죠?"

"그러게."

얼굴이 보이지 않아도 노아라는 사실은 누가 봐도 분명했다.

"그럼 다음에는 노아 님이 나오시는군요."

"아마도."

그리고 애니메이션은 엔딩까지 끝났다.

이번에도 피나는 즐거운 얼굴로 애니메이션을 시청했지만, 엔딩에는 나와 피나밖에 나오지 않아서 부끄러운 듯했다.

며칠 후, 애니메이션 공식 사이트에 다음 이야기 4화를 확인하러 갔다.

4화의 예고 화면에는 노아와 클리프의 사진이 있었다.

역시 3화의 마지막에 등장한 금발의 수상한 사람은 노아였던 모양이다.

아무래도 4화는 내가 영주 클리프에게 불려가는 이야기가 나오는 것 같았다.

그 밖에 새로운 정보가 없는지 조사하고 있는데, 미니 애니메이션도 늘어나 있었다.

2화는 저금통에 관한 이야기였고, 3화는 피나가 곰 하우스를 청소하는 이야기였다.

여전히 데포르메된 피나는 보기만 해도 위안이 되었다.

또 다른 정보는 없나 보고 있는데, 나와 피나를 연기하고 있는 사람이 이 애니메이션에 관해 생방송을 한다는 내용이 적혀 있었다.

혹시 나와 피나의 목소리를 맡은 사람을 볼 수 있는 걸까? 그렇게 생각했는데 라디오 형식이라 얼굴은 보지 못했다.

애초에 이쪽 세계에서 들을 수는 있나?

일단 방송 날짜를 확인했다.

그리고 이 애니메이션이 Blu-ray나 DVD가 되어 전국에서 발매된다는 내용이 적혀 있었다.

잊으려고 했던 끔찍한 기억이 되살아났다.

즉, 내 속옷 차림 영상이 팔려나간다는 뜻이었다.

심지어 고화질로.

잊자, 잊는 거야.

나는 망각의 저편으로 기억을 보내버렸다.

"음, 1권 한정판에는 곰돌이와 곰순이의 앞면과 뒷면 쿠션 커버가 달려 있네."

이건, 어느 쪽이 앞이냐 뒤냐 하는 문제가 남는다. 곰순이의 풀죽은 얼굴이 머릿속에 떠올랐다.

아니, 결코 곰순이를 뒷면이라고 생각한 것은 아니다.

애초에 앞과 뒤 자체를 생각하지 않으면 그만인 문제다.

곰돌이 쪽, 곰순이 쪽이라고 하면 된다.

그리고 이 곰 이야기를 쓰고 있는 작가의 소설이 첨부된다고?

즉, 신이라는 건가?

게다가 타이틀은 곰신이라고 적혀 있어서 의미를 알 수 없었다.

또 이상한 내용을 쓴 건 아니겠지.

불안밖에 들지 않는다.

🎀 47 TV 애니메이션 홍보 소설 제5편

자, 오늘은 애니메이션 4화 방송일이다.

그래서 오늘은 피나에 이어 노아를 집으로 불러보았다.

"오늘은 유나 씨의 집에서 자고 가는 거군요."

노아는 기뻐했다.

저녁 식사를 마치고 목욕도 마친 노아는 곰 유니폼을 입고 있었다. 아무래도 곰 옷은 잠옷 대신인 모양이다. 참고로 피나도 함께 입고 있었다.

"그래서 오늘은 왜 부르신 건가요? 물론 유나 씨의 부름이라면 언제든지 달려갈 수 있지만요."

꼬맹이화한 곰돌이를 안고 물어온다.

"오늘은 노아와 함께 애니메이션을 보려고."

"애니메이션?"

피나와 같은 반응을 보인다.

당연하지만 거기서부터 설명을 해야겠지.

"움직이는 그림책? 이라고 해야 할까? 우리들을 소재로 한 이야기가 만들어졌고, 오늘은 노아가 등장한다고 해서 부른 거야."

"움직이는 그림책이요? 오늘은, 이라는 건 몇 번이나 있다는 건가요?"

"다 해서 12번이고, 오늘로 네 번째인가?"

"네 번째? 피나는 본 적 있나요?"

노아는 함께 있는 피나에게 물었다.

"네, 우리 그림이 움직여요."

"그렇군요! 치사해요. 왜 저를 안 불러주신 거예요! 첫 번째부터 보고 싶었는데."

"노아가 안 나와서?"

그것이 가장 큰 이유였다.

"그럼 피나는 처음부터 나왔나요?"

"저는 두 번째부터예요."

"그래서 피나도 두 번째부터 불렀어."

"피나가 두 번째고 제가 네 번째. 유나 씨와 만난 건 피나가 먼저니까 어쩔 수 없지만, 피나가 부러워요. 저도 처음부터 불리고 싶었어요."

"그렇다면 1화부터 볼래? 일단 볼 수는 있어."

TV에는 편리한 녹화 기능이 있었다. 모두 녹화가 되어 있었다. 다시 말해 내 속옷 장면도 영구 보존되어 있다는 뜻이었다.

그 일은 잊자.

"보고 싶어요."

4화 방송까지는 시간이 남았으니 1회부터 보게 되었다.

그 편이 이야기의 흐름도 더 잘 알 수 있고, 갑자기 내가 등장하는 장면부터 봐도 재미없을 수도 있으니까.

"그럼 노아는 피나와 먼저 내 방으로 가 있어."

"네. 그럼 피나, 가죠."

"네."

피나와 노아는 꼬맹이화한 곰돌이와 곰순이와 함께 내 방으로 향했다.

나는 애니메이션 감상용으로 만들어둔 과자나 음료를 냉장고에서 꺼내 방으로 향했다.

"이 TV라는 것에 움직이는 그림책 같은 것이 비치는 거군요."

"네, 저희랑 너무 닮아서 놀랐어요."

피나가 노아에게 TV를 설명하고 있었다.

"둘 다 앉아."

"네. 곰돌이도 같이 봐요."

노아는 곰돌이를 안고 TV 앞에 앉았다. 피나도 곰순이를 안고 노아의 옆에 앉았다. 둘 다 곰 옷차림까지 하고 있으니 곰의 밀도가 높았다.

나는 테이블 위에 음료와 음식을 놓고 리모컨을 들어 애니메이션 「곰 곰 곰 베어」를 1화부터 재생했다.

노아는 TV에 나오는 애니메이션을 보고 「대단해요」, 「그림이 움직여요」라고 몇 번이나 중얼거렸다.

"즉, 유나 씨는 신에게 끌려오신 거군요."

"뭐, 그렇게 되겠지."

"그래서 유나 씨는 굉장히 강하고, 곰돌이와 곰순이는 저희의 말을 이해하는 거였어요."

""크응~.""

노아는 내가 신에 의해 끌려온 것에 납득했다.

이해가 빨라서 다행이다.

"후후, 유나 씨가 블랙 바이퍼를 쓰러뜨렸을 때의 일을 알게 돼서 다행이에요. 그리고 두 사람의 만남도 듣긴 했지만, 피나!"

"네헷!"

노아는 옆에 앉아 있던 피나의 어깨를 잡았다.

갑자기 어깨를 잡힌 피나는 깜짝 놀라 이상한 대답을 하고 말았다.

"위험한 짓은 하지 마세요."

"노아 님."

"몰랐다고는 하지만, 피나는 많은 고생을 겪었군요."

"딱히 고생은 없었어요."

"아니요, 제가 얼마나 운이 좋은지 머리로는 알고 있어도, 진정한 의미에서 이해는 하지 못했어요. 피나는 가족을 위해 돈을 벌고 있었군요. 그런데 저는……."

"그건 어쩔 수 없지. 태생도 다르고 신분도 다르니까."

이것만은 평등하기 어렵다.

부잣집에서 태어난 아이는 유복하게 살아갈 수 있다.

돈이 없는 집에서 태어난 아이는 유복하게 살아갈 수 없다.

하지만 부유한 가정에서 태어났다고 해서 반드시 행복하다고 할 수는 없다. 부모가 자녀에게 폭력을 행사하는 경우도 있고, 일만 하고 아이를 돌보지 않는 부모도 있다.

반대로 부유하지 않아도 부모가 자식을 사랑하는 행복한 가정도 있다.

우리 부모는 어느 쪽인가 하면 제대로 되지 못한 부모였고, 자식에게 돈을 요구하는 형편없는 사람들이었다.

피나의 가족처럼 사랑받지는 못했다.

"그렇긴 하지만. 피나를 더 빨리 만났더라면."

"그것도 어쩔 수 없어. 사람과 사람의 만남은 기적 같은 거니까."

"만남은, 기적인가요?"

"나는 피나를 만난 건 기적 같은 일이라고 생각해. 그래서 지금이 무척 즐겁게 느껴져."

"유나 언니…… 저도요. 유나 언니를 만나서 다행이에요."

"유나 씨. 저, 저랑은요?"

"노아와도, 기적이라고 생각해."

나의 말에 노아도 피나도 기쁜 얼굴을 했다.

피나를 만나지 못했더라면 크리모니아에 남았을지 어떨지도 모른다. 만약 크리모니아에 없었다면 노아와 만날 일도 없었을 것이다.

나를 크리모니아에 있게 한 것은 틀림없이, 피나다.

사람과의 만남으로 인생은 바뀐다.

집에 틀어박혀 지내던 나로서는 알지 못했던 일이다.

이세계에 오지 않았다면 지금도 집에 틀어박혀서 게임만 하고, 사람과의 만남은 없었을지도 모른다.

그래서 피나나 노아와의 만남은 기적이라고 생각했다.

"두 사람을 만나서, 다행이야."

"네."

"저도요."

""크응~.""

"물론 곰돌이와 곰순이와도 만날 수 있어서 다행이야."

모두가 해맑게 미소 지었다.

"그럼 이제 이어서 4화가 나올 테니까 준비할까?"

"네."

그리고 4화가 시작되었다.

피나가 겐츠 씨에게 블랙 바이퍼 해체를 배우는 장면부터 시작되었다.

1화의 이야기가 여기서 다시 이어지는 듯했다.

"피나도 블랙 바이퍼를 해체했군요."

"네. 커서 힘들었어요."

그리고 블랙 바이퍼 해체를 마친 피나가 집으로 찾아왔다.

해체로 다친 피나의 손을 마법으로 고쳐주고, 헬렌 씨의 전언을 들었다.

"아, 클리프의 호출이네."

"아버님의? 그럼 드디어 제가 나오는군요."

노아는 즐겁게 TV을 바라보지만, 다음 장면에서는 도망치려는 나를 헬렌 씨가 막아서고 있었다.

애니메이션 속 나는 귀족에게 온 호출을 싫어하고 있었다.

떠올랐다.

귀족이라는 사실만으로 싫어했었던 때가.

내가 귀족에 대한 험담을 늘어놓았다.

"윽, 유나 씨 너무해요. 아버님이 그렇게 지독한 귀족은 아니에요. 게다가 거만한 아이라는 건 절 말하는 건가요?"

노아가 작은 입을 삐죽 내밀며 불평했다.

그때의 나는 귀족에 대해 좋은 이미지가 없었으니까.

"아니, 안 좋은 귀족에 대한 소문을 들어서."

게임이나 만화나 소설 속에서는 성격이 안 좋은 귀족이 많다.

"왜, 미사를 괴롭히던 귀족이 있었잖아. 다 그런 느낌이라고 생각했어."

미사의 마을에는 영주가 두 명 있었는데, 그중 한 쪽의 영주가 부모와 자식 모두 지독했었다.

"그런 사람들과 같은 취급 마세요."

"미안."

내가 변명을 하는 동안에도 애니메이션은 진행되어 노아의 집에 가게 되었다.

그 사이에 피나의 어머니 티루미나 씨가 힘들어하는 묘사가 나왔다.

피나는 슬픈 표정을 지었고, 노아는 형용하기 힘든 복잡한 표정을 짓고 있었다.

"전 피나가 고생할 때 곰돌이와 곰순이와 놀고 있었어요."

그건 어쩔 수 없다.

이 세상에는 본인들이 즐겁게 노는 순간에도 모르는 곳에서는 교통사고, 살인사건, 질병, 불행한 사건들이 많이 일어나고 있다. 이 애니메이션을 보고 즐기는 순간에도 말이다.

이것만은 어쩔 수 없는 일이다.

가까이 있는 사람이 손을 내밀어주기를 바랄 수밖에 없다.

"신경 쓰지 마세요. 지금은 행복하니까요."

그 사이에도 노아는 곰돌이와 곰순이와 놀았고, 나도 노아와 느긋한 시간을 보냈다.

다만 클리프의 취급에는 웃음이 나왔다.

그리고 노아의 집을 떠난 나는 곰 하우스 앞에서 우는 피나를 만나게 된다.

여기서 피나의 어머니인 티루미나의 상황을 알게 된 나는 피나의 집으로 향했다.

"티루미나 아주머님, 힘들어 보여요."

노아는 복잡한 표정을 짓고 있었다.

우는 슈리 때문에 나도 마음이 아팠다.

이렇게까지는 재현하지 않아도 되는데.

하지만 현실과 마찬가지로 치료 마법을 걸어 티루미나 씨의 병을 치료해 주었다.

"유나 씨, 굉장해요."

낫게 해 줄 수 있어서 다행이었다.

만약 티루미나 씨가 돌아가셨다면 지금 피나의 미소도 없었을 것이다.

나는 피나를 바라보았다.

정말, 이 미소를 지킬 수 있어서 다행이라고 생각한다.

애니메이션은 행복한 가족 영상이 흘러나오며 엔딩에 들어갔다.

"이걸로 끝이구나."

"제 등장은 처음뿐이었어요."

"뭐, 실제로 노아와의 만남은 이런 느낌이었고, 앞으로 왕도에 함께 갈 일도 있으니까 지금부터야."

"유나 씨와 함께 왕도에 갔을 때의 이야기도 볼 수 있는 건가요?"

"아마도."

그러고 보니 어디까지 방송하는 걸까?

공식 사이트에 미사와 시아가 있었던 것을 보면 틀림없이 왕도에 가는 부분까지는 할 것이다.

"그래서, 재밌었어?"

"네, 저를 꼭 닮은 그림이 움직이는 게 신기하면서도 즐거웠어요. 마지막에는 티루미나 아주머님도 좋아지셔서 다행이에요. 다음에도 꼭 초대해 주세요."

그날 밤은 곰돌이와 곰순이를 포함한 5명에서 애니메이션에 대해 즐겁게 이야기하면서 잠이 들었다.

며칠 후 애니메이션 공식 사이트에 새로운 정보가 없는지 확인하러 갔다.

평소와 같이 미니 애니메이션이 추가되어 있었다. 내용은 내가 입고 있는 곰 인형 옷을 노아에게 빌려주는 이야기였다. 그 이상으로 신경이 쓰였던 점이라면, 또 내 속옷 차림이 보였다는 점이었다.

……지우고 싶다.

마음을 가라앉히고 다음 이야기를 확인했다.

음, 아무래도 다음 화에는 고아원 이야기가 나올 모양이다.

이거, 노아한테 보여줘도 괜찮을까?

클리프가 영주로서 실수한 부분인데.

부모와 자식의 관계가 어긋나거나 하지는 않겠지?

그리고 다른 정보가 없는지 조사하고 있는데.

"응? 뭐야? 콜라보 카페?"

그런 글자가 눈에 들어왔다.

농담인가? 장난?

아니, 농담이 아닌 것 같다.

메뉴판도 제대로 있다.

곰의 얼굴을 한 내 이름이 붙은 햄버그스테이크. 그다음으로는 곰 모양을 한 푸딩, 곰 곰 곰 푸딩.

곰투성이 메뉴다.

게다가 나나 피나, 노아 등을 형상화한 음료 등이 판매된다는 것 같았다.

농담이 아니라 진짜 진행하려는 모양이다.

사진을 보니 다 맛있어 보인다.

나도 먹고 싶다.

그리고 굿즈 코너를 보자 정말 늘어나 있었다.

캔 배지에 키홀더, 아크릴 스탠드, 나와 피나의 태피스트리, 수첩형 스마트폰 케이스, 클리어 파일 등…….

정말로 곰 옷차림을 한 내 굿즈가 팔릴까? 라는 의문이 들었다.

여기서는 여주인공 주위의 피나나 노아, 그리고 마스코트 캐릭터로 곰돌이와 곰순이를 늘려야 하는 게 아닐까?

애초에 내 그림 티셔츠도 있는데 누가 입는 거지?

입는 건 피나 노아 같은 귀여운 여자아이겠지?

분명 그럴 것이다.

스스로를 세뇌했다.

48 TV 애니메이션 홍보 소설 제6편

지난번에 이어 오늘도 피나와 노아가 집에 와 있었다.

"후후, 기대돼요."

"어떤 이야기일까?"

"고아원 이야기 같아."

"그럼 저는 안 나오겠네요."

노아는 아쉬워했다.

고아원 일에 노아는 관여하지 않았다. 다음에 노아가 등장한다면 왕도에 갈 때일 것이다.

나는 과자와 음료를 준비하고 애니메이션이 시작되기를 기다렸다.

"시작했어요!"

블랙 바이퍼를 쓰러뜨린 마을에서 알을 손에 넣게 되는 이야기부터 시작했다.

그리고 마을 근처 동굴에 설치되어 있는 곰 이동문으로 이동하는 나를 본 노아가 반응했다.

"뭐, 뭔가요?! 저 문은!"

"곰 이동문이라고 해서, 같은 문이 설치되어 있는 장소를 왕래할 수 있어."

노아도 신을 알고 있으니, 곰 이동문에 대해서도 알려주었다.

"피나는 알고 있었나요?"

노아는 확인하듯 피나를 바라보았다.

"으음, 네."

피나는 난처한 얼굴로 대답했다.

"윽, 치사해요."

"그치만, 클리프나 엘레로라 씨에게 알려지면 귀찮을 일이 될 것 같아서."

"전 말하지 말아달라고 했으면 아무에게도 말하지 않았을 거예요."

노아는 입을 삐죽였다.

노아가 불평하고 있는 동안에도 애니메이션은 진행되었고, 내가 포장마차에서 배를 채우는 장면이 나왔다.

그리고 고아원 아이들과 만났다.

고아원 아이들은 포장마차 쪽을 바라보고 있다.

그때도 이런 식으로 포장마차 쪽을 보고 있는 아이들이 있었다.

"저 아이들은 누군가요?"

노아가 TV 화면을 보며 물었다.

"남이 먹고 남은 음식이 버려지기를 기다리고 있는 거야."

"그게 무슨……."

TV 화면에서도 포장마차 아주머니가 같은 대사를 했다.

노아는 현실을 알고 낙담한 표정을 지었다.

귀족 아가씨가 보기에 남이 버린 것을 주워 먹는다는 것은 쉽게 믿을 수 없는 일이겠지.

하지만 부모가 없는 아이들이 음식을 구하기는 어렵다.

나도 스스로 돈을 벌지 못했다면 어떻게 됐을지 알 수 없다.

그래서 저 애들을 보고 그냥 놔둘 수가 없었다.

이것도 피나를 만난 영향일 수도 있었다.

가족을 위해 애쓰는 피나를 보며 손을 내밀어주고 싶은 마음이 들었다.

피나와 만나기 전이라면 불쌍하다고 생각해도 못 본 척했을 것이다.

애니메이션 속 나는 포장마차에서 산 꼬치를 아이들에게 주고 고아원에 갔다.

그곳에는 낡은 고아원 건물이 있었다.

"정말 이렇게 심했나요?"

노아는 낡은 고아원을 보며 물었다.

"응, 처참했어."

지금의 고아원은 내가 다시 지은 것이었다.

내 말에 노아는 약간 충격을 받은 표정을 지었다.

이번에는 부르지 않는 편이 좋지 않았을까.

영상에서는 포장마차에서 산 꼬치를 아이들이 맛있게 먹고 있었다.

그리고 추워 보이는 이불 대신 나는 울프의 모피를 꺼냈다.

그리고 고아원의 돈이 영주의 지시로 막혀버린 일이 원장 선생님의 입에서 흘러나왔다.

"아버님이……."

노아가 믿을 수 없다는 표정을 지었다.

이건, 빨리 오해를 풀지 않으면, 영주로서, 사람으로서, 무엇보다 클리프의 부모로서의 입장이 난처해지고 만다.

"노아, 미리 말해 두지만 클리프의 지시가 아니었어."

"그런가요?"

"아빠를 믿어줘. 클리프는 백성을 생각하는 훌륭한 영주야."

다만 모든 것에 시선이 미치지 못할 뿐이다.

기업이나 학교에서도 그렇지만, 사람들이 모이고 커질수록 모든 것에 두루 눈길을 주기는 쉽지 않다.

그 모든 것을 눈에 띄게 만드는 것이 부하나 선생님의 몫인데, 그 인물이 나쁜 짓을 하면 높은 사람에게 보고는 올라오지 않는다.

이번에는 그와 같은 일이 일어났다.

여러 사람들이 모이면 그것을 통솔하는 것은 어려운 일이다.

"그때 당장 클리프한테 얘기했으면 좋았을 텐데."

하지만 원장 선생님이 말렸다.

나도 영주인 클리프와는 이제 막 만났다. 딸 노아 앞이라서 잘 대해 줬던 걸지도 모른다. 정말 원장 선생님 말대로 나쁜 영주였을 수도 있다. 만약 악덕 영주라면 원장 선생님과 아이들이 이곳에서 쫓겨날지도 모른다.

그렇게 되면 반대로 원장 선생님이나 아이들에게 폐를 끼치게 되기 때문에 섣불리 클리프에게 말할 수 없었다.

애니메이션 속 나는 현실과 마찬가지로 알로 돈을 벌어 고아원을 구하는 방법을 떠올렸다.

"그래서 고아원에서 새를 키우게 된 거군요."

그것은 지금도 계속되어, 고아원에서는 새를 기르고, 알을 낳게 하고 있었다.

그리고 알 판매는 순조롭게 궤도에 올라 클리프의 귀에 닿게 되었다.

동시에 포슈로제 가문에서는 알을 구하지 못하게 되었다.

상업 길드 밀레느 씨에게 부탁해 클리프에게 알을 판매하지 말아 달라고 부탁했다.

"유나 씨, 그런 짓을 했었군요."

"뭐, 이때는 아직 클리프가 고아원의 돈을 끊었다고 생각했을 때 였으니까."

약간의 괴롭힘이다.

원래라면 그런 무리한 부탁은 맡아주지 않았을 텐데, 밀레느 씨는 그 요청을 받아주었다.

지금 생각하면 상업 길드의 길드 마스터였기 때문에 할 수 있었던 일이 아니었을까.

미릴러 마을에 같이 갈 때까지는 평범한 직원이라고 생각했다.

당시에는 속았다고 생각했었다.

밀레느 씨가 말하길, 이야기하지 않았을 뿐이라고 했다.

그리고 애니메이션에서는 밀레느 씨에게 이야기를 들은 클리프가 나에게 찾아오게 된다.

나에게서 고아원 이야기를 들은 클리프가 화를 냈다.

"아버님, 무서워요."

클리프, 이 정도로 화를 냈었구나.

그리고 클리프는 고아원의 돈을 횡령하고 있던 인물을 밝혀냈다. 고아원 관리를 맡고 있던 남자였다.

"엔즈가 아버님께 누명을 씌운 거였군요. 어쩐지 최근에 안 보인다 했더니."

그 후 이 남자가 어떻게 되었는지는 모르겠지만, 마을에서 사라져서 다행이라고 생각한다.

지금 생각하니 나도 한 대 때려 주고 싶었다.

얼굴도 그렇지만, 부풀어 오른 배가 샌드백으로 삼기 딱이었다.

"그래도 아버님이 나쁜 짓을 하신 게 아니라서 다행이에요."

"하지만 부하를 관리하지 못한 책임은 있다고 생각해."

"그렇죠. 위에 있는 사람으로서 더 정신을 차려야죠. 그래서 요즘 아버님은 종이로 보는 것뿐만 아니라 여러 사람의 이야기를 듣거나 자신의 눈으로 확인하는 것도 필요하다고 말씀하시는 일이 늘어나셨어요."

자신의 실수를 교훈 삼아 제대로 딸에게 전해 주고 있는 듯했다.

"그래서 왕도나 미릴러에 갈 때도 자신의 눈으로 보고, 이야기를 듣고, 공부하라고 말씀하셨던 것 같아요."

확실히 늘 그런 말을 듣고 있다고 했었나.

노아는 그런 클리프의 말에 따라 제대로 공부하고 있었다.

장래에는 훌륭한 귀족 아가씨가 될 것이라 생각한다.

애니메이션도 끝나가고, 마지막은 내가 클리프를 의심한 일로 부끄러워하고 있었다.

그때는 확실히 부끄러웠다.

나는 성급하게 클리프를 의심하고 말았다.

클리프를 따라하려는 건 아니지만, 사람은 실패를 통해 배우는 법이다.

그리고 애니메이션은 엔딩에 들어가며 끝을 알렸다.

"저는 나오지 않아서 아쉬웠지만, 고아원 일이나 아버님의 실패담을 알 수 있어서 좋았어요."

"저도요. 어머니가 지금의 일을 할 수 있는 것도 다 유나 언니 덕분이에요."

다들 행복하다면 다행이다.

아무리 신이 주신 치트 장비가 있다고 해도 모든 사람을 행복하게 할 수는 없다.

그래도 눈에 보이는 사람 정도는 도와주고 싶었다.

그날 밤은 셋이서 오늘 본 애니메이션 이야기를 하면서 잠에 들었다.

며칠 후, 슬슬 6화 정보가 나올 무렵인 것 같아 공식 사이트를 확인하러 갔다.

새로운 정보가 나왔다.

"어디 보자……."

다음 이야기는 겐츠 씨와 티루미나 씨의 결혼 이야기로, 피나와 슈리가 메인인 이야기인 것 같았다.

그러고 보니 애니메이션에서는 두 사람이 아직 결혼하지 않았었나.

피나와 슈리를 위해서라도 두 사람이 행복했으면 좋겠다.

그 후 새로운 미니 애니메이션 공개 정보와 굿즈 정보가 나와 있었다.

열쇠고리에 아크릴 스탠드, 머그컵, 카드 케이스, 새로운 내 티셔츠, 토트백, 정말로 늘어나고 있다.

나와 피나의 머그컵. 나란히 놓으면 동거하는 커플이 사용하는 것처럼 보였다. 이건 좀 민망하지 않을까.

그리고 내 목소리를 내는 성우의 인터넷 사인회가 있다고 한다.

이건, 사인할 때 내 이름이 불린다는 건가? 전원이라고는 안 써 있지만.

필명이라도 상관없다고는 하는데. 풀네임을 부탁해서 본명을 불리면 부끄러울지도 모르겠다.

하지만 나도 좋아하는 성우의 사인이라면 갖고 싶었다.

전 은둔형 외톨이로서 애니메이션도 자주 봤었고.

어쩌다 보니 다음 화로 벌써 절반이다.

빠르네.

🎀 49 TV 애니메이션 홍보 소설 제7편

오늘은 애니메이션 6화가 방송되는 날이다.

지난번과 마찬가지로 피나와 노아가 곰 하우스에 와 있었다.

"이번에도 노아는 안 나올지도 몰라."

"안 나와도 보고 싶어요. 이 애니메이션을 보면 제가 모르는 걸 알수 있어요. 지난번에는 아버님에 대해서 알 수 있어서 좋았어요."

노아가 그걸로 좋다면 괜찮지만.

예고를 보자 이번에는 피나와 슈리가 메인인 이야기였다.

나는 평소처럼 과자와 음료를 준비하고 애니메이션이 시작되기를 기다렸다.

"시작했어요!"

겐츠 씨가 티루미나 씨에게 청혼하는 것으로 시작했다.

응, 다행이다. 잘됐다.

두 사람이 행복했으면 좋겠다.

애니메이션 속 나도 우아하게 차를 마시면서 같은 것을 생각하고 있는 장면이 흘러갔다.

과연 신. 내 심정을 잘 아네.

하지만 그런 우아한 장면도 오래가지는 않았다. 피나가 등장하고, 티루미나 씨와 겐츠 씨가 싸우며 헤어지겠다는 말을 꺼낸다.

나는 마시던 차를 뿜었다.

애니메이션 속 나도 동시에 차를 뿜고 있었다.

현실의 나와 애니메이션 속 내가 싱크로한 순간이었다.

"피나, 이런 일이 있었어?"

이런 이야기는 들어본 적이 없었다.

"으음, 비슷한 일이라면, 방이 더럽다거나, 청소를 하지 않을 때도."

아, 그러고 보니 이사할 때 겐츠 씨의 집이 더러웠던 것이 떠올랐다.

"아버지는 좀 덜렁대는 편이거든요."

하지만 애니메이션 속 겐츠 씨는 양념 때문에 싸우고 있었다. 가끔 양념 문제로 싸우는 부부 이야기를 듣긴 했지만, 건강도 중요하긴 하다. 술을 너무 많이 마시거나 담배를 너무 많이 피운다거나. 그리고 나처럼 운동도 안 하고 집에 틀어박혀 있다거나.

그러니 티루미나 씨 말도 일리가 있다.

모처럼 결혼한 것까지는 좋았는데, 몸이 상하면 본말전도다.

애니메이션 속의 피나는 두 사람이 사이좋게 지내길 바라는 마음으로 두 사람의 추억의 꽃을 찾기로 결심한다.

"그런 꽃이 있었구나."

"네, 저도 이야기를 들은 적은 있지만."

하지만 실제로 찾으러 간 적은 없다고 한다.

애니메이션 속 오리지널 이야기였다.

그리고 애니메이션 속 피나와 슈리는 그 꽃을 찾으러 가게 되었다.

호위로 나와 곰돌이와 곰순이도 함께였다.

그걸 보고 노아가 부러워했다.

"곰돌이, 곰순이와 함께 외출하다니 부러워요."

"어디까지나 애니메이션 속 이야기 중 하나일 뿐이야."

실제로는 찾으러 가지 않았다.

뭐, 현실에서는 피나와 슈리와 함께 곰돌이, 곰순이와 피크닉도 가긴 했지만.

그 말을 하면 노아가 더 시끄럽게 굴 것 같아서 조용히 있었다.

애니메이션이 진행되었고, 슈리가 혼자서 움직였다.

"뱀이에요!"

"슈리, 위험해!"

"이번에는 벌이에요!"

"슈리~~!"

슈리가 뱀과 대치하거나, 벌집을 건드려서 큰 소동이 벌어지기도 했다.

피나와 노아는 그런 슈리의 행동을 조마조마한 마음으로 지켜보았다.

슈리는 어찌나 호기심이 많은지, 그 행동에는 매번 놀라게 된다.

기운이 넘치고, 천진난만하고, 어쩌면 가장 아이답다고 할 수 있었다.

피나는 아이치고는 너무 야무지고, 노아는 귀족 교육을 받아서인지 아이답지 않은 언행을 하는 경우가 많았다.

하지만 그런 두 사람도 곰돌이와 곰순이와 함께 있을 때는 아이다운 얼굴을 보여주었다.

내가 어렸을 때는 어땠을까?

더 건방지고 아이답지 않았던 것 같은데.

자신의 어린 시절을 생각하고 있는데, 노아가 소리쳤다.

"아아, 곰돌이가! 위험해요!"

"크응~!"

애니메이션 속에서는 낡은 다리를 건너려다 곰돌이가 강에 빠지는 장면이 나왔다.

하지만 바로 부활하는 곰돌이. 뭐, 강에 빠진 정도로 곰돌이가 다치지는 않을 테니까.

"곰돌이, 낡은 다리는 건너면 안 돼요."

노아가 안고 있던 곰돌이에게 주의를 주었다.

하지만 곰돌이는 「크~응」 하고 울며 부정했다.

뭐, 본인과 애니메이션 속 곰돌이는 다르니까.

하지만 실제로 곰돌이는 이런 느낌에 가깝긴 했다.

그것을 본인에게 이야기하면 삐질 것 같으니 말은 안 하겠지만.

그리고 애니메이션은 진행되어, 피나와 슈리가 꽃을 찾으러 왔지만 찾지 못했다.

"계절이 맞지 않았을까요?"

"그럴지도 몰라요."

하지만 슈리는 포기하지 않고 찾으려 했다.

그러던 중 슈리가 담쟁이덩굴에 걸린 새를 발견했다.

슈리와 피나가 새를 구하고, 새는 하늘로 날아오를 때 푸른 깃털을 떨어뜨린다.

클리셰다.

좋은 이야기지만, 전형적이었다.

뭐, 난 불행한 이야기보다 행복한 이야기가 좋으니까 상관없지만.

피나와 슈리는 그 파란 깃털을 들고 집에 돌아가게 되었다.

그리고 그 파란 깃털을 티루미나 씨와 겐츠 씨에게 보여주자, 피나의 아버지의 부적이었다는 이야기가 나온다.

"피나, 정말이야?"

"아버지의 유품 중에서 본 적이 있어요."

그렇군.

역시 신이다.

내가 모르는 것도 제대로 파악하고 있는 모양이다.

그리고 피나와 슈리의 도움도 있어서 티루미나 씨와 겐츠 씨는 화해하고 무사히 가족이 될 수 있었다.

"다행이에요."

노아는 자신의 일처럼 기뻐했다.

그리고 피나와 슈리는 우리집에 있었다.

곰 하우스를 탐색하는 슈리의 모습이 보였다.

아무래도 곰돌이와 곰순이를 찾고 있는 듯했다.

애니메이션 속의 나는 곰 인형 속에서 곰돌이와 곰순이가 자고 있다고 했는데, 실제로는 어떨까?

곰돌이와 곰순이는 말할 수 없기 때문에 아직 그에 관한 일은 수수께끼였다. 심야에 부르면 자고 있는 곰돌이와 곰순이를 소환할 수 있을까?

그 후 주방에서는 푸딩을 만들기도 하면서 저녁을 먹었다.

"저도 초대해 줬으면 좋았을 텐데요. 세 사람 다 즐거워 보여요."

"아직 이때 피나와 노아는 만나지 않았으니까 어쩔 수 없지."

"그랬었죠."

그리고 식사를 마친 후 욕실이 나왔다.

"욕실……?"

TV에는 내가 목욕하는 장면이 나왔다.

"잠깐, 둘 다 보면 안 돼."

나는 가까이 있던 노아의 눈을 가렸다.

"왜 제 눈을 막는 거예요!"

"어쩌다 보니?"

"유나 씨의 알몸이라면 이미 몇 번이나 봤는걸요."

"그렇긴 한데."

왠지 부끄러워서 눈을 가려버렸다.

그나마 위안은 욕조에 몸을 담그고 있었기 때문에 몸이 보이지 않은 점이랄까.

내 희생으로 피나와 슈리의 알몸은 지켜져서 다행이다.

요즘 애니메이션은 아이의 알몸에는 엄격하다고 하니, 신도 나름 신경을 쓴 것일까.

나이가 안 되는 건지 겉모습이 안 되는 건지는 수수께끼다.

카가리 씨의 어린이 버전은 어떨까. 겉모습은 아이, 내용물은 할머니.

어딘가의 유명한 대사처럼 되고 말았다.

지난번 속옷 차림에 이어 목욕 장면까지 보였다고 생각하니 더는 일본으로 돌아갈 수 없었다.

TV 방송이 되지 않았기를 바랄 뿐이다.

그런 내 부끄러움은 아랑곳하지 않고 애니메이션은 계속 흘러갔다.

피나랑 슈리와의 숙박 모임이다.

두 사람은 귀여운 잠옷을 입고 있었다.

그런 두 사람에게 푸딩을 내주었다.

"아, 피나랑 슈리만 주다니, 치사해요."

"푸딩 줄 테니까, TV에 대고 불평하지 마."

나는 실제로도 푸딩을 내주었다.

그리고 피나와 슈리는 사이좋게 잠든다.

오늘도 그렇지만 내가 다른 사람과 함께 잘 날이 올 거라고는 생각도 못했다.

이 세상에 와서 정말 달라졌다고 생각한다.

그리고 마지막에는 만든 푸딩을 모두에게 나눠주고, 노아와 클리프가 등장했다.

"드디어, 제가 나왔어요."

노아는 기뻐했다.

자신이 나오는 게 그렇게 기쁜 걸까.

그래도 자신을 좋아하는 건 좋은 일이라고 생각한다. 스스로에게 자신이 있다는 뜻이니까.

나는 내 성격이 나쁘다는 걸 알기 때문에 별로 호감이 가지 않았다. 특히 피나를 보고 있으면 더욱 그런 생각이 들었다.

피나를 본받고 싶다.

마지막으로 클리프에게 노아를 왕도로 데려가 달라는 부탁을 받게 된다.

"다음 화에는 유나 씨와 피나와 함께 왕도에 가는군요."

"그런 것 같네."

"기대돼요."

""크응~.""

곰돌이와 곰순이가 자신의 이름이 나오지 않은 것에 항의했다.

"물론 곰돌이와 곰순이와 함께 왕도에 갔던 것도 즐거웠어요."

""크응~.""

이번에는 기쁜 듯이 울었다.

"미사나 언니와 어머님도 나오겠네요."

"아마도."

"빨리 다음을 보고 싶어요."

그리고 엔딩이 흐르고 애니메이션은 끝났다.

눈 깜짝할 새였다.

"유나 씨, 피나. 오늘도 같이 자요."

"으음, 네."

"그러자."

오늘도 셋이서 함께 수다를 떨면서 이불 속으로 들어갔다.

그리고 오늘 본 애니메이션 이야기를 나누거나 이런저런 이야기를 하는 동안 노아는 고른 숨소리를 내며 잠에 들었다.

"노아 님, 잠이 드셨네요."

잠든 얼굴이 귀엽다.

"즐거웠나 보네."

"저도 즐거웠어요. 유나 언니와 노아 님을 만나서 다행이에요."

"그렇지. 나도 좋아."

"저도요. 음냐……."

노아의 잠꼬대에 나와 피나는 미소를 짓고 잠에 들었다.

애니메이션도 절반이 끝나고 다음 화부터 후반이 된다.

며칠 후 애니메이션 공식 사이트에 정보를 확인하러 갔다.

시아와 미사, 엘레로라 씨의 사진이 있었다.

"역시, 다음 화에는 왕도에 가는 것 같네."

시아나 미사를 애니메이션으로 볼 수 있는 건 조금 기대가 됐다.

다른 정보가 없는지 조사하자 평소처럼 미니 애니메이션도 있었다.

이번 이야기는 나와 피나, 슈리에 더해 노아 네 명이서 함께 자면서 곰을 세고 있었다.

자는 모습이 귀엽긴 하지만, 보통은 양을 세지 않나.

그리고 마지막에는 내가 대량의 곰에게 짓눌리며 끝이 난다.

나를 웃음거리로 삼지 말아줬으면 좋겠다.

그리고 신경 쓰인 것은 「곰 곰 곰 베어 전시회」 개최 결정 문구였다.

「본 이벤트는 새로 그린 일러스트를 사용한 상품 판매 외에도 작품 세계를 즐길 수 있는 아트 전시 기획 등을 예정하고 있습니다.」라고 적혀 있었다.

아직 자세한 내용은 안 적혀 있는데, 뭘 하는 거지?

신경 쓰이는 대목이다.

🎀 50 TV 애니메이션 홍보 소설 제8편

오늘은 애니메이션 7화가 방송되는 날이었다.

"드디어 우리가 왕도에 가는 이야기네요. 피나, 기대돼요."

"네."

피나와 노아는 익숙하게 평소의 자리에 앉아 꼬맹이화한 곰돌이와 곰순이를 안고 애니메이션을 볼 준비를 갖췄다.

나도 과자와 음료수를 준비하고 침대를 의자 삼아 앉았다.

"시작했어요!"

새까만 TV에 영상이 나왔다.

나와 피나가 노아의 집에 오는 장면부터 시작되었다.

"피나와 노아의 만남 장면이네."

"그리워요. 피나와의 만남은 우리 집 앞이었죠."

"네. 노아 님을 만난다는 걸 알고 긴장했어요."

"그런가요?"

"왕도에 같이 가는 사람이 노아 님이라는 사실을 아침까지 몰랐거든요."

약간 항의가 담긴 어조로 말한다.

"그랬나?"

"유나 언니가 아침에 알려줬어요."

말을 들으니 그랬던 것 같기도 하다.

"하지만 귀족인 노아가 함께 간다는 걸 알았다면 피나는 왕도에 가지 않았을 거 아냐?"

"……네. 아마 거절했을 거예요."

"그렇다면 노아와는 친구가 될 수 없었을지도 몰라."

"그건 안 돼요!"

노아가 외쳤다.

"피나와 친구가 되지 못한다는 건 생각할 수 없어요."

"……노아 님."

그러니까 그 타이밍에 알려준 건 정답이었다.

당시 피나에게 귀족은 먼 존재였다. 노아랑 대화하는 것만으로도 긴장했을 정도로.

"저는 피나와 친구가 돼서 기뻐요."

"노아 님…… 저도요."

두 사람은 얼굴을 마주 보고 미소를 지었다.

지금은 친해진 두 사람이지만, 처음 만났을 때는 애니메이션 같은 느낌이었다.

애니메이션 속 피나는 노아와 클리프에게 자신의 이름을 말했지만.

"혀 깨물었다."

"깨물었네요."

"윽, 부끄러워요."

이런 식으로 피나가 노아를 보고 긴장했다는 것도 그리운 추억이다.

지금은 사이좋게 대화하고, 함께 외출을 하거나, 미사 생일 파티에 참석하기도 하는 좋은 친구가 되었다.

그리고 피나가 동행한다는 허락을 노아와 클리프에게 받았다.

그러자 노아가 적대하듯 피나에게 손가락질을 하며 말했다.

『곰 님은 안 줄 거예요!』

"제가 이런 말을 했나요?"

노아는 자신의 발언에 고개를 갸우뚱했다.

"말한 것 같아."

"으음, 네."

뉘앙스는 다소 다르긴 해도 비슷한 말을 했던 기억이 났다.

그런데 피나가 곰의 앞자리를 양보하면서 조금씩 친해진 기억이 있다.

애니메이션에서도 노아가 곰돌이 앞에 타고, 피나가 뒤에 타면서 사이좋게 대화를 나누고 있다.

그리고 아무 일 없이 날이 저물어, 노숙이라는 이름의 곰 하우스를 꺼내 묵게 된다.

"갑자기, 곰 님 집이 나왔을 때는 놀랐어요."

노숙은 위험하지만 곰 하우스라면 안전하고 쾌적하다.

애니메이션 속의 우리들은 즐겁게 식사를 하면서 쉬었다.

"맛있는 식사에, 목욕에 침대까지, 이런 쾌적한 노숙은 처음이었어요."

노아의 말대로 목욕을 하기도 했지만 애니메이션에서는 방송되지 않았다.

응, 다행이다.

2화 연속으로 내 알몸이 전국에 방송되는 것은 막을 수 있었다.

그리고 후반부는 오크를 토벌한 장면으로 시작했다.

오크를 발견하는 대목은 잘린 모양이다.

"유나 씨가 활약하는 장면이 없었어요."

노아가 아쉬워했다.

분량 문제로 잘리는 것은 애니메이션에서 흔히 있는 일이다.

이것이 장편 애니메이션이었다면 토벌 장면도 있었을까.

신도 애니메이션으로 만든다면 4쿨 정도의 장편으로 하면 좋을 텐데.

다만, 내 알몸이나 속옷 장면은 금지다. 그것만 아니라면 애니메이션이 되는 것도 나쁘지 않다는 생각이 들기 시작했다.

그리고 현실과 마찬가지로 오크들의 습격을 받던 미사와 그란 씨가 등장했다.

"미사예요. 미사도 유나 씨 집에 불러서 같이 애니메이션을 볼 수 있었으면 좋았을 텐데요."

"하지만 미사는 크리모니아에 없었으니까."

미사는 다른 마을에 있기 때문에 쉽게 집으로 부를 수 없었다.

"아쉽네요."

애니메이션 속에서 내가 그란 씨에게 함께 왕도에 가자는 제안을 받고 있는 동안, 미사는 곰돌이와 곰순이를 껴안거나 하면서 뭔가 귀여운 행동을 하고 있었다.

미사 일행과 함께 갈지 말지에 관한 판단은 현실과 마찬가지로 노아에게 맡기게 되었다.

노아는 미사 일행과 함께 갈지, 곰 하우스를 이용해 편안하게 왕도로 갈지 고민하기 시작했다.

당시 내가 곰 하우스에 대해 알리고 싶지 않기 때문에, 미사와 간다면 곰 하우스를 사용할 수 없다고 했기 때문이다.

그때는 아직 이세계에 대해 잘 알지 못해 뭘 얘기하면 좋을지 몰라 헤매던 상태였으니 어쩔 수 없었다.

게다가 이때는 미사와 그란 씨를 처음 만났다.

지금이라면 숨기지 않고 곰 하우스를 쓰지 않았을까.

그만큼 미사나 그란 씨와도 친해졌다는 뜻이었다.

그리고 곰 하우스 이불과 목욕을 아쉬워하면서도 노아는 미사를 택했다.

"노아 님은 상냥하세요."

"미사는 여동생 같은 존재이고, 친구니까요."

노아는 가슴을 펴고 말했다.

"그에 비해서는 고민했던 것 같은데."

"그, 그렇지 않아요.

상당히 고민했다.

그래도 결국은 미사를 선택한 것을 보면 상냥하다고 생각한다.

그렇게 우리는 왕도까지 왔다.

이렇게 전체를 보면 왕도는 넓구나.

그런데 분명 왕도에 올 때 또 뭔가 사건이 있었던 것 같은데. 아마 기분 탓이겠지.

우리는 왕도에 들어가 미사와 그란 씨와 헤어진 뒤 노아의 어머니인 엘레로라 씨의 저택을 방문했다.

우리가 저택 부지 안에 들어가자 금발의 여성, 엘레로라 씨가 달려왔다.

그리고 그대로 노아를 껴안았다.

"엘레로라 씨, 젊네요."

"네, 어머님은 언제나 아름다우세요. 저도 어머니처럼 되고 싶어요."

"될 수 있다고 생각해."

뭐, 노아는 미인이라기보다는 아직 귀엽지만, 성장하면 미인이 될 것이다.

그리고 엘레로라 씨에게 자기소개를 하고 클리프의 편지나 고블린 킹의 검을 건네주었다.

그렇게 함께 보내고 있는 사이 노아의 언니인 시아가 학원에서 돌아왔다.

시아는 집에 들어오자마자 곰돌이에 탄 노아에게 놀라고, 곰순이에 탄 엘레로라 씨에게 놀라고, 마지막에 나를 보고 놀랐다. 훌륭한 3단 진행이다.

"후후, 언니. 너무 놀라잖아요."

아니, 보통은 곰이 집 안에 있고, 엄마랑 여동생이 곰을 타고 있으면 놀라겠지.

시아와 만나자, 곰 옷차림을 한 여자아이가 호위라는 것을 믿지 못하겠다고 말한다.

그런 일도 있었지.

그리고 엘레로라 씨의 말에 의해 시아와 시합을 하게 되었다.

이것도 엘레로라 씨 딸의 교육이었던 것 같은데. 나를 도구로 쓰지 말아줬으면 좋겠다.

나와 시아가 서로 검을 겨눴다.

"그러고 보니 유나 씨는 검도 다룰 줄 알았죠."

"응, 전에 쓴 적이 있는데, 마법이 더 편리해서 검은 거의 쓰지 않고 있어."

마법은 가까이 가지 않아도 되고, 신이 준 곰 장비 덕분에 위력도 있고, 굳이 다가가서 검으로 공격을 할 필요가 없었다.

최근에는 가끔 나이프를 사용하긴 하지만, 역시 쓸 기회는 적었다.

그리고 애니메이션 속 시아는 계속 당하기만 했다.

시아에게는 미안하지만, 게임 안에서 수천 번 싸워보았다. 그 싸움 속에서 죽기 직전의 아슬아슬한 싸움을 몇 번이나 경험했다.

나와 시아는 경험의 횟수가 다르다.

무엇보다 죽은 횟수가 다르다.

게임 속에서 나는 죽음을 통해 배웠지만, 현실에서는 죽으면 끝이다.

그러니 경험에 차이가 날 수밖에 없다.

"유나 씨. 다음에 저한테 검 다루는 법도 알려주세요."

"귀족 영애한테는 필요 없을 것 같은데."

내가 본 만화나 소설에서는 귀족 아가씨는 그저 예쁜 드레스를 입고 다과회를 하거나 춤 연습을 하거나 자수를 두거나 미남 왕자나 귀족의 이야기를 할 뿐이었다.

검을 다루는 영애는 아주 미미했다.

"무슨 말을 하시는 건가요? 자신의 몸을 지키는 호신은 필요해요."

"하지만 늘 검을 갖고 다니는 건 아니잖아?"

"언니는 아이템 봉투에 넣어서 갖고 다녀요."

아, 그러고 보니 처음 타르구이를 탐색했을 때 시아는 검을 들고 있었나.

그런 이야기를 하는 동안 시아와의 시합도 끝나고, 시아와 친해지며 푸딩을 먹기도 했다.

장면이 바뀌어 다음 날, 애니메이션 속 나와 피나는 둘이서 왕도를 산책했다.

"어, 어째서 제가 없는 거죠!"

"설명에서 나온 대로 귀족들의 인사를 돌고 있겠지."

"그랬어요. 왕도에는 거의 오지 않아서 어머님과 함께 인사하러 갔었죠."

노아는 귀족들에게 인사를 돌고 있었기 때문에, 나와 피나는 둘이서 군것질을 하기도 하면서 왕도를 즐겼다.

"으, 피나가 부러워요."

"분명 이 뒤에 나올 거예요."

그 말 뒤에 나온 것은.

"저건 모린 씨와 카린 씨?!"

"정말이네요."

빵을 구입했을 때 모린 씨와 카린 씨가 있었다.

아직 이때는 점원과 손님의 관계였다.

그 후에 일어날 일을 알고 있어서 그런지 좀 복잡한 기분이 들었다.

그런 것을 알 리가 없는 애니메이션 속 나와 피나는 맛있게 빵을 먹고 있었다.

그리고 나는 감자와 곰팡이가 생겨 팔리지 않는 치즈를 구해 햄버거를 만들어 먹게 된다.

"맛있어 보여요."

"밤에 먹으면 살찌니까 안 돼."

"과자는 괜찮나요?"

노아와 피나가 테이블 위에 올려져 있는 감자칩을 바라보았다.

"조, 조금은 괜찮아."

영화 같은 건 과자와 주스를 마시면서 보는 것이다.

매번 애니메이션을 볼 때마다 먹는데, 살은 안 찌겠지?

나는 배를 만졌다.

……분명 괜찮을 것이다.

그리고 숲속 깊은 곳에서 마물로 보이는 무언가의 눈이 빛나고, 지저분한 남자가 비치면서 7회가 끝났다.

"마지막의 그건 뭘까요?"

"마물의 눈처럼 보였어요."

"남자도 있었어요."

그때 일인가?

하지만 남자는 본 기억이 없는데.

"다음 주에 확인해야겠네."

"기대돼요. 그리고 이번에는 제 출연이 많아서 좋았어요."

이번 이야기는 노아도 만족스러운 기색이었다.

며칠 뒤 평소처럼 공식 사이트를 확인하러 갔다.

8화의 줄거리가 공개되어 있었다.

플로라 님과 국왕 폐하의 사진이 있는 걸 보니 성에 가는 모양이다.

그리고 처음 보는 지저분한 아저씨가 있는데, 누구지?

줄거리 내용으로 보면 굴잠이라는 사람 같은데.

그러고 보니 1만 마리의 마물을 모은 남자의 이야기를 들었을 때, 그 이름이 굴잠이라고 했었나.

애니메이션에서는 내가 모르는 뒷이야기를 볼 수 있을 것 같았다.

그리고 미니 애니메이션 공개도 있었다. 어디서 본 적 있는 방에서 노아와 미사가 토크하는 이야기였다.

여성이 유명인을 불러서 토크하는 프로그램과 비슷해 보인다.

분명 기분 탓이겠지.

그리고 새로운 콜라보 카페 결정 문구가 눈에 들어왔다.

또 콜라보 카페?

자세한 내용은 아직 정해지지 않은 것 같다.

가게 이름으로 봐서는 혹시 메이드분이 접객을 해 주려나?

이 세계에는 진짜 메이드가 있다.

노아의 집에 가면 메이드인 라라 씨가 접객하여 차를 끓여준다.

본래 세계에서는 집에 틀어박혀 지내느라 이런 가게에는 가본 적이 없기 때문에 가보고 싶었다.

51 TV 애니메이션 홍보 소설 제9편

"후후, 오늘은 애니메이션 하는 날이에요."

노아의 말대로 오늘은 애니메이션 8화 방송일이다.

"오늘은 어떤 이야기일까요?"

아마 마물 대군이 나타났을 때 이야기가 될 것 같았다.

나는 평소처럼 과자와 음료를 준비했다.

주 1회니까 지방의 신도 너그럽게 이해해 줄 것이다.

"피나, 옆에 앉으세요."

"네."

두 사람은 사이좋게 TV 앞에 앉았다.

물론 품 안에는 꼬맹이화한 곰돌이와 곰순이가 안겨 있었다.

"유나 씨도 빨리 앉으세요."

"그렇게 서두르지 않아도 돼."

나는 침대 위에 앉아 시작하기를 기다렸다.

그리고 평소처럼 애니메이션이 시작되자 노아가 소리쳤다.

"시작했어요."

그런데 우리들 애니가 아니라 다른 애니 같았다.

어두컴컴한 방에서 남자가 소리치고 있다.

다른 애니메이션인가 했더니, 국왕 폐하가 나왔다.

그리고 처형처럼 보이는 장면이 흘러나왔다고 생각한 순간, 평소와 같은 오프닝이 흘렀다.

우리 애니메이션은 맞는 모양이다.

"뭐, 뭔가요?! 지금 그건?!"

"조금, 무서웠어요."

노아와 피나의 말에 동의했다.

지금 장면은 뭐였을까?

나도 잘 모르겠다.

그리고 오프닝이 끝나고 광고로 보이는 곳에서는 검은 영상이 흘러나오고, 애니메이션 본편이 시작되었다.

"피자예요."

아까의 장면과 달리 우리가 즐겁게 피자를 먹는 장면부터 시작했다.

나와 피나, 노아, 미사, 시아, 거기에 더해 엘레로라 씨도 나왔다. 훌륭한 전원 집합이다.

"유나 씨, 피자가 먹고 싶어졌어요."

애니메이션에서 피자를 먹는 장면을 본 노아가 그런 말을 꺼냈다.

뭐, 그 마음은 알겠지만.

"자기 전에 피자는 안 돼. 감자칩으로 참아."

감자칩도 아웃인 것 같지만, 주 1회 한정이다.

노아는 감자칩을 집어 입에 넣었다.

"맛있어요."

피나도 함께 맛있게 감자칩을 먹었다.

애니메이션 속에서는 노아가 나에게 피나를 빌려가겠다는 허가를 받고 있었다.

"그러고 보니 노아와 피나, 미사 셋이서 나간 적이 있었지."

"혹시 그때 일인가요!"

노아는 뭔가가 생각난 모양이다.

"뭔데?"

"아니, 아, 아무것도 아니에요."

노아는 얼버무리듯이 나에게서 시선을 피했다.

"그때 일이라면 유나 씨한테 들킬 거예요."

노아는 작은 소리로 말했지만, 근처에 있는 나에게는 전부 다 들렸다.

"피나는 무슨 일인지 알고 있지?"

"음, 그게……"

피나가 말을 더듬고 있자 그 옆에서 노아가 피나를 향해 입술에 검지를 대고 있었다.

내가 있는 곳에서 해 봤자 의미 없을 것 같은데.

애니메이션을 보면 노아와 피나가 숨기고 있는 것도 알 수 있을 테니 두 사람을 추궁하는 것은 그만두었다.

다음 날, 노아, 피나, 미사 3명은 함께 외출하고 시아는 학원에 갔다. 혼자가 된 나는 엘레로라 씨와 성에 가게 되었다.

현실에서는 피나도 함께 성에 갔었는데 애니메이션에서는 나뿐이었다.

그리고 성을 둘러보고 공주인 플로라 님을 만났다.

내가 플로라 님을 만나고 있을 무렵, 피나, 노아, 미사의 3명이 사이좋게 성 아래 마을을 걷고 있었다.

피나가 어디로 가는지 노아에게 묻고 있었다.

"아, 역시 그때 일이에요. 유나 씨, 이 이상은 보면 안 돼요."

노아가 내 눈을 막으려 했지만, 노아의 힘으로는 내 눈을 막을 수 없었다.

노아 일행은 한 가게에 왔다. 뭔가를 부탁하고 있는 것으로 보였다. 노아는 카드 같은 것을 손에 쥐더니 만족스러운 표정을 지었다.

아무래도 카드 인쇄를 부탁했던 모양이다.

『곰 님 팬클럽?』

애니메이션 속 미사가 카드를 보면서 중얼거렸다.

"곰 님 팬클럽?"

같은 말을 나도 반복했다.

"윽, 유나 씨에게 들키고 말았어요."

내가 모르는 곳에서 곰 님 팬클럽 회원증을 만들고 있었다.

왜 그런 것을 만들었는지 물으려 하자 애니메이션 속 노아가 대답해 주었다.

『자! 저희는 곰 친구 동지! 유나 씨나 곰돌이, 곰순이에 대해 보거나 들은 걸 서로 알려주면서 다 같이 곰에 대해 더 자세히 알아가도록 해요!』

그 말에 미사도 찬동했다.

아니, 어느 틈에 곰 친구가 된 거야?

곰에 대해 자세히 알아가자니, 곰에 대해 알아갈 게 뭐가 있단 말인가.

곰돌이와 곰순이도 안전하다는 걸 빼면 평범한 곰과 똑같다. 아마.

그리고 마지막으로 애니메이션 속 노아가 무서운 말을 했다.

『노리자, 회원 1만 명!』

"그렇게나 많이 목표로 하고 있어?!"

이제 보니 노아가 만든 팬클럽 회원증은 상자 가득 들어 있었다.

설마 1만 개나 될 줄은 몰랐는데.

"아니요, 지금은 양보다는 질이라고 생각하니까 그렇게 많이 모을 예정은 없어요."

"참고로 곰 님 팬클럽에는 누가 가입했어?"

"음, 저와 피나, 미사, 언니, 슈리, 그리고 셰리까지 6명이에요."

모두 내가 아는 인물들이다. 그렇다기 보단 노아의 주위에 있는 사람들로 구성되어 있었다.

"그래서, 그 곰 님 팬클럽은 대체 뭘 하는 거야? 나나 곰돌이, 곰순이에 대해 이야기한다고 듣긴 했는데."

"가끔 다 같이 모여 다과회를 하고, 유나 씨나 곰돌이, 곰순이에 관한 이야기를 하는 것뿐이에요."

아이돌 팬끼리 모여서 교류회를 여는 것 같은 느낌인가.

"참고로 회장인 저는 회원 번호 0001번이고, 부회장인 피나가 회원 번호 0002번이에요."

회장에 부회장까지 있어?

꽤 본격적이네.

곰에 관한 이야기만 나눈다고 하니 굳이 말리지는 않겠지만, 이 이상 회원을 늘리지 않아줬으면 좋겠다.

나와 노아가 팬클럽에 대해 이야기하는 동안에도 애니메이션은 멈추지 않았고 방송은 이어졌다.

TV에는 곰 님 팬클럽이 만들어진 사실을 모르는 내가 노아, 피나와 셋이서 외출을 하고 있었다.

그럴 때, 도로에 마물이 나왔다는 정보를 듣게 된다.

그 말을 들은 노아가 마침 왕도에 오기로 예정되어 있는 클리프를 걱정했다.

걱정하는 노아를 위해 내가 클리프를 데리러 가게 되었다.

그리고 애니메이션은 엘레로라 씨의 모습으로 전환.

"어머님이에요."

"국왕 폐하도 계세요."

엘레로라 씨는 국왕 폐하에게 도로에 나타난 마물의 일에 대해 보고했다.

그때, 예고에서 본 지저분한 남자가 나타나 병사들을 쓰러뜨리고 국왕과 엘레로라 씨 앞으로 다가왔다.

그리고 그 남자는 자신을 굴잠이라고 자칭한다.

"굴잠……."

들어본 적이 있다.

분명 1만 마리의 마물을 모은 남자의 이름이었다.

이렇게 생겼구나.

이름은 몇 번 들었지만 직접 관여한 적이 없었기에 실제로 보는 것은 처음이었다. ……애니메이션 속이지만.

국왕과 엘레로라 씨는 굴잠에게서 마물이 왕도를 습격할 것이라는 말을 듣고 진지한 표정을 지었다.

그리고 장면이 바뀌고, 내가 콧노래를 부르며 곰돌이를 타고 있었다.

온도차가 심하다.

"유나 언니……."

"유나 씨……."

두 사람이 어이없다는 얼굴로 나를 바라보았다.

"아니, 성에서 그런 일이 일어나고 있을 줄은 몰랐으니까 어쩔 수 없잖아."

그리고 애니메이션 속 나는 탐지 스킬로 마물이 많다는 것을 알게 되고, 클리프를 호위하면서 왕도로 데려오는 것이 귀찮을 것 같다는 생각에 마물을 토벌하게 된다.

"유나 씨, 마물을 전부 쓰러뜨릴 생각을 하다니 믿을 수가 없어요."

"그게 편할 거라고 생각했거든."

영상은 성으로 바뀌고, 국왕과 엘레로라 씨, 또 애니메이션에서는 처음 등장하는 사냐 씨가 있었다.

그러고 보니, 애니메이션에서는 모험가 길드에 가지 않았으니 사냐 씨와는 만나지 않은 건가?

뒷설정에서는 어떻게 되어 있는지 모르겠지만.

그런 와중 사냐 씨가 소환조를 사용해 마물의 정보를 하나하나 국왕에게 보고했다.

즉, 보고 있었다는 건가?

『곰에 탄 곰이』, 『곰이 마물을』

사냐 씨가 계속 보고하지만, 국왕은 의미를 모르겠다는 표정을 지었다.

애니메이션을 보고 있는 나는 나와 곰돌이와 곰순이에 관한 것임을 알고 있었지만, 이 영상을 보지 못한 국왕으로서는 의미를 알 수 없을 것이다.

사냐 씨, 보고는 제대로 해야죠.

그리고 마물을 처치하러 간 나는 등장한 굴잠과 윔을 쓰러뜨려 버렸다.

애니메이션에서는 굴잠과 마주치네.

뭐, 만났다고 해도 대화를 잠깐 하고 금방 때려눕혀서 끝냈지만.

이런 거라면 다음에 또 만났다 해도 기억하지 못했을 것이다.

"뭘까요? 이 남자가 나쁘다는 건 알고 있는데, 동시에 불쌍하게 느껴져요."

"네."

복수를 막을 수는 있었다. 하지만 그것은 동시에, 굴잠이 오랜 세월에 걸쳐 해 온 일이 수포로 돌아갔다는 뜻이기도 했다.

389

좋은 일이라면 불쌍했겠지만, 나쁜 일이었으니 미연에 방지할 수 있어서 다행이라고 생각한다.

사람이 죽고 난 뒤에는 늦는다.

그리고 나는 클리프와 무사히 합류한 이번 일을 고블린 킹 검을 양보해서 거래하려고 했지만, 왕도에 도착하자마자 엘레로라 씨에게 잡혀 성으로 끌려갔다.

현실과 다소 다르지만 성에 끌려가게 된다는 것은 똑같았다.

뭐, 애니메이션에서는 사냐 씨가 소환조로 나를 보고 있던 장면이 있었기 때문에 이렇게 될 거라는 것을 알았지만.

그리고 애니메이션 속 내가 국왕에게 전한 마음은, 내 마음과 똑같았다.

돈이나 명예를 위해 마물과 싸운 것이 아니다.

노아의 미소를 지키고 싶었을 뿐이다.

"유나 씨……."

나는 노아의 머리를 쓰다듬었다.

만약 클리프가 마물에게 살해당했다면 지금의 미소는 없었을 것이다.

그리고 엘레로라 씨의 저택으로 돌아온 우리들. 노아와 클리프는 무사히 만날 수 있었다.

애니메이션 속 나도 걱정하는 피나의 머리를 쓰다듬어주며 애니메이션은 엔딩에 들어갔다.

며칠 후, 애니메이션 다음 화가 궁금했던 나는 애니메이션 공식 사이트를 확인하러 갔다.

아무래도 9화에서는 모린 씨와 카린 씨가 등장해서 가게를 차리는 내용 같았다.

뭐, 제목인「곰 씨, 가게를 열다」부터가 이미 스포일러지만.

그리고 새로운 미니 애니메이션도 있었다. 플로라 님이 국수를 먹듯이 푸딩을 먹고 있었다.

수수께끼의 위장이다.

그리고「오프닝 테마와 엔딩 테마, 노래방 수록 결정」등 여러 내용이 적혀 있었다.

52 TV 애니메이션 홍보 소설 제10편

오늘은 애니메이션 9화 방송일이었기 때문에, 이제는 당연하다는 듯이 피나와 노아가 집에 오고 있었다.

저녁도 먹고 목욕도 마치고 애니메이션을 볼 준비는 모두 끝냈다.

"유나 씨, 총 12번 하는 거죠?"

"맞아."

"그럼 오늘을 포함해서 4번만 하면 끝나는 거네요. 조금 아쉬워요. 피나도 그렇게 생각하죠?"

"네. 처음에는 부끄러웠지만, 보고 있으면 즐거웠는데, 아쉬워요."

총 12화로 정해져 있는 것이니 이것만은 어쩔 수 없다. 언젠가는 끝이 오기 마련이다.

하지만 신의 힘을 사용하면 국민 애니메이션처럼 매주 할 수 있게 될지도 모른다.

그렇지만 매주 내가 방송되는 건 좀 싫었다.

"자, 이제 시작한다."

주 1회 숙박 모임이었기 때문에 과자와 음료를 준비하고 각자 TV 앞에 앉았다.

곧 애니메이션이 시작되었다.

국왕 폐하의 탄신제 장면에서 시작되었고, 푸딩을 먹는 장면이 흘러나오며 분위기가 달아오르는 것을 보여준다.

새삼스럽지만 국왕님, 푸딩 하나에 너무 호들갑을 떠는 게 아닐까? 라고 말하고 싶어졌다.

그리고 오프닝이 흐르고 광고 부분으로 보이는 시간에는 새카만

화면이 나왔다.

"늘 까맣던데, 광고라는 것이 나오고 있는 거죠?"

"맞아. 아마 다른 애니메이션이나 오프닝이나 엔딩의 광고일 거야."

"다른 애니메이션?"

"이세계에 간 사람의 이야기나, 다시 태어난 사람의 이야기나, 위협을 받고 있는 세계의 이야기나, 아이돌? 가수의 성장 이야기나, 찻집 이야기나, 아주 많아."

"그렇게나 애니메이션이 많은 건가요?"

"해마다 100개 이상은 있을 거야."

마음에 드는 애니메이션만 봤기 때문에 자세히는 모르지만, 그 정도는 있었을 것이다.

"유나 씨, 다른 애니메이션도 보고 싶어요. 피나도 보고 싶죠?"

"음, 네. 보고 싶어요."

"아니, 어려울 것 같아. 이 TV는 우리 애니메이션 밖에 보지 못하게 돼 있어서 다른 애니메이션은 볼 수 없어."

여러 가지로 확인해 봤지만 「곰 곰 곰 베어」 애니메이션과 공식 사이트밖에 볼 수 없는, 쓸모없는 TV였다.

"그렇군요. 아쉽네요."

만약 다른 애니메이션도 볼 수 있었다면 이세계에서도 집에 틀어박힐 자신이 있었다. 그리고 가능하면 게임기와 소프트웨어, 혹은 다운로드 기능이 있으면 최고의 은둔형 외톨이 생활이 가능했다.

그런 생각을 하는 사이 본편이 시작되었다.

TV 화면에는 곰 하우스에 찾아온 국왕 폐하나 플로라 공주, 시아와의 검술 연습이나 왕도에서의 즐거운 일상이 흘러나왔다.

그리고 크리모니아로 돌아가기 전 한동안 함께하지 못했던 피나와 왕도를 돌아보았다.

"둘이 외출하다니 부러워요. 이때의 전 뭘 하고 있었던 거죠?!"

나와 피나가 둘이서 외출하는 모습에 노아가 불평했다.

그것은 TV 속 노아만이 아는 일이겠지.

"귀족으로서의 인사 아닐까? 클리프도 왔으니까."

"윽, 그럴 수도 있어요. 아니면 미사 집에 갔을지도 몰라요."

귀족은 인사할 일이 많아 힘들다.

일반인이라 다행이다.

애니메이션 속의 나와 피나는 왕도를 걷고, 음식을 서로 먹여주거나, 사이좋게 눕거나 하면서 즐겁게 지냈다.

"유나 씨와 피나가 엄청 친해 보여요."

노아가 부러운 듯이 말했다.

확실히, 보고 있는 내가 부끄러워질 정도로 친해 보였다.

"뭐, 사이는 나쁘지 않으니까."

"네."

그런 나와 피나는 전에 먹었던 빵을 먹기 위해 모린 씨와 카린 씨의 가게로 향했다.

하지만 가게는 문을 닫았다.

가게 안에서는 모린 씨와 카린 씨가 가게 정리를 하고 있었다.

이야기를 듣자 악덕 상인에게 속아 가게를 내주게 되었다고 한다.

일단 거기는 현실과 같지만, 가게 안에서 남자들이 날뛰지는 않았다.

그때 일을 생각하면 다시 한번 때려주고 싶은 마음이 들었다.

이 부분은 분량 문제 때문일까.

악덕 상인이 등장하면 사냐 씨나 국왕 폐하도 나오게 되고, 애니메이션 속 사냐 씨와의 관계도 어떻게 되어 있는지 알 수 없었다.

분량 사정으로 수정을 하면 그 후의 전개에서도 틀어진 부분을 맞춰야 하니, 애니메이션을 만드는 것은 여러모로 고생일 것 같다.

저 이야기를 넣으면 이 이야기를 넣지 못한다.

그렇게 생각하면 분량 사정을 그렇게 생각하지 않아도 되는 소설은 조금 더 편할 것 같았다.

애니메이션에서는 현실과 마찬가지로 내가 모린 씨와 카린 씨를 스카우트했다.

이 스카우트가 없었다면 지금의 「곰 씨 쉼터」는 없었을 것이다.

잘했다, 나.

이때 한 스스로의 행동을 칭찬했다.

전반이 끝나자 검은색의 광고가 흐르고 후반에 들어갔다.

크리모니아에 돌아온 나는 상업 길드의 밀레느 씨와 가게에 관한 상담을 했다.

거기에는 티루미나 씨의 모습도 있었다.

하지만 티루미나 씨는 왜 자신을 불렀는지 이유를 모르는 모습이었다.

이때의 내 심정은 손에 잡힐 것처럼 알 수 있었다.

관리하기 귀찮아서 티루미나 씨에게 통째로 내맡기려는 마음이었다.

그래도 티루미나 씨는 불평을 하면서도 제대로 일을 해 줘서 고맙다.

"티루미나 씨에게는 폐를 끼쳤네."

"어머니는 늘 유나 언니에게 휘둘리지만, 매일 일할 수 있어서 즐겁다고 하셨어요."

휘두른다니, 그렇게 휘두른 적은 없지 않나?

하지만 피나가 하는 말도 이해가 갔다. 사람은 일하고, 여러 사람과 관계를 맺음으로써 더 건강해지기도 한다.

뭐, 그것도 주변 사람에 따라 달라진다고 생각하지만. 이 세계에 와서 나는 인복을 받은 것 같았다. 원래 세상에서는 부모님부터 꽝이었는데.

"저도 유나 언니를 만난 이후로는 매일매일이 즐거워요."

"고마워."

나는 거짓없는 미소로 그렇게 말하는 피나의 머리를 쓰다듬었다.

"저, 저도요. 유나 씨를 만나게 돼서, 정말 즐거워요!"

피나와 나 사이에 노아가 끼어들었다.

"노아도 고마워."

나와 함께 있으면 즐겁지 않다는 말을 듣는 것보다는 훨씬 기뻤다. 틀어박혀 있었다면 평생 들을 일이 없었을 말이었다.

그리고 크리모니아에 온 모린 씨와 카린 씨를 가게로 안내했다.

"두 사람이 가게를 보고 놀라고 있어요."

가게는 귀족의 작은 저택을 사용할 예정이었다.

"보통 이런 큰 건물이 가게라고 하면 놀랄 것 같아요."

귀족의 작은 저택이라고 해도 가게로 쓰기엔 충분히 컸다.

게다가 고아원 아이들 중에서도 희망자를 받아 일을 시킬 예정이었다.

아이들은 어른이 되면 고아원을 나갈지도 모른다. 그때 그들에게 직업이 있었으면 했다.

모린 씨에게 빵 만드는 방법을 배워서 제빵사의 길로 나아가도 좋고, 접객을 배워서 사람과 관련된 일에 종사해도 좋았다.

이 가게에서 일한 경험이 미래에 도움이 되기를 바랐다.

그리고 애니메이션에서는 고아원 아이들도 가게 안을 청소하거나 정원의 풀을 베면서 가게의 개점 준비를 돕고 있었다.

실제로 개점 준비는 힘들었는데, 애니메이션에서는 1분 정도 만에 가게가 완성되었다.

가게 준비를 순조롭게 진행하고 있자, 밀레느 씨에게 가게의 이름을 어떻게 할지에 관한 질문을 받았다.

하지만 나에게 네이밍 센스는 없었다.

곰돌이와 곰순이도 그렇고.

애니메이션 속 나도 같은 말을 하고 있었다.

"곰돌이와 곰순이, 무척 귀여운 이름이라고 생각하는데요."

"저도 귀엽다고 생각해요."

"고마워."

그렇게 말해 주니 기쁘다.

나도 곰돌이와 곰순이는 귀여운 이름이라고 생각하지만, 멋있지는 않다.

곰답지 않은 이름이기도 했다.

애니메이션 속 나는 고아원의 모든 사람에게 가게의 이름에 관해 상담했다.

하지만 현실과 마찬가지로 다들 「곰」이라는 단어만 떠올렸다.

"윽, 저도 가게 이름을 생각하는데 참여하고 싶었어요. 왜 절 제외한 건가요?"

딱히 제외한 것은 아니다.

현실에서 노아는 이때 어디에 있었을까?

"그럼 노아라면 뭐라고 이름을 지었을 거야?"

"글쎄요. 『곰 님을 사랑하는 가게』라거나 『곰 곰 곰. 베어 가게』라거나?"

이세계의 번역이 어떻게 됐을지는 모르겠지만, 결국은 곰이 4개일 뿐이잖아.

그런데 결국 노아의 아이디어로도 곰이 나오는구나.

그런 아이들의 말에 밀레느 씨가 가게 유니폼을 만들었다는 말을 꺼냈다.

응, 알고 있었다.

그리고 예상대로 꺼낸 것은 곰 옷이다.

피나의 메이드복 같은 것도 귀여웠을 것 같은데 조금 아쉽다.

이번에 셰리에게 피나의 메이드복을 만들어 달라고 해서 입혀보는 것도 좋을 것 같았다.

그리고 나는 모두의 쉼터가 되길 바라는 마음으로 「곰 씨 쉼터」라는 이름을 지었다.

……이름을 지었지만, 누구 씨가 쓸데없는 홍보를 한 덕분에 개점 당일 손님이 너무 밀려들어서 쉼터는 되지 못했다.

하지만 여러 사람의 도움으로 무사히 하루를 마칠 수 있었다. 그런 타이밍에 클리프와 노아가 가게를 방문했다.

"드디어 제가 나왔어요."

오랜만에 노아의 등장이다.

노아는 피나 일행이 입고 있는 곰 유니폼을 보고 자신도 입고 싶어하고, 결국 입어보게 된다.

"애니메이션 속의 저, 치사해요! 제가 곰 유니폼을 입은 건 미사 생일 파티 때였는데."

노아는 애니메이션 속 자신을 향해 불평했다.

늦는 것보다는 빠른 편이 좋지 않나.

게다가 남은 3화에서 미사 생일 파티까지는 이야기가 진행되지 않을 테니 입은 것만으로도 다행이라고 생각하는 게 좋을 것 같았다.

애니메이션 속 노아가 곰 유니폼을 입고 기뻐하고 있을 때, 나는 클리프에게 모린 씨의 가게에 관한 보고를 받았다.

현실에서는 왕도에서 보고를 받았는데, 애니메이션에서는 이 타이밍이구나.

그리고 현실과 마찬가지로 모린 씨와 카린 씨는 왕도의 가게로 돌아갈 수 있었지만 크리모니아의 가게에 남아주었다.

정말 두 사람에게는 아무리 감사해도 부족하다.

그리고 애니메이션은 이세계에 온 추억을 되새기며 좋은 느낌으로 끝을 맺었다.

"벌써 끝나버렸어요. 제가 나오는 차례가 적었어요. 좀 더 절 많이 등장시켜줬으면 좋겠어요."

노아는 정말 자기 자신을 좋아하는구나.

부러울 따름이다.

"다음 화에는 내 등장이 많았으면 좋겠다."

내 기억에 의하면 다음 화에서는 바다에 가게 된다.

필연적으로 노아의 등장은 없을 것이다.

나에게 불평을 해도 귀찮기 때문에 지금 그 일은 꺼내지 않았다.

며칠 후, 평소와 같이 애니메이션 공식 사이트를 확인하러 갔다.

다음 화 제목은 「곰 씨, 바다에 가다」라고 적혀 있었다.

설산 장면이나 아트라 씨도 있다. 크라켄 이야기가 나올 모양이다.

예상대로 노아가 나올 순서는 아니다. 말하지 않길 잘했다.

물론 늦든 빠르든 당일이 오면 불평을 들을 것 같지만.

다른 것을 확인하자 미니 애니메이션에 노아와 슈리가 캐치볼을 하고 있는 이야기가 있었다. 이걸 보여주면 노아도 만족할 것 같았지만, 슈리의 공을 받아든 노아의 표정과 말은 본인에게 보여주면 안 될 것 같았다.

53 TV 애니메이션 홍보 소설 제11편

벌써 오늘로 10번째 애니메이션 방송일. 오늘을 포함해 3화 남았다. 얼마 남지 않았지만, 물론 오늘도 피나와 노아가 집에 와 있었다.

"저는 나올까요? 기대돼요."

"너무 기대하지 않는 편이 좋을 것 같아."

예고를 보는 한 미릴러 마을에 가는 이야기였기 때문에 노아는 등장하지 않을 것이라고 생각한다. 등장해도 아주 조금 정도겠지.

"왜요? 유나 씨는 알고 있나요?"

"아마 미릴러 마을에 가는 이야기일 거야."

애니메이션은 내 시점을 중심으로 만들어져 있었기 때문에, 기억을 더듬어보면 그렇게 된다. 무엇보다 예고를 보고 말았다.

"그러고 보니 국왕 폐하의 탄신제가 끝난 후 유나 씨는 바다를 보고 싶다고 미릴러 마을에 갔죠. 그 일로 아버님이 바빠졌다고 투덜대셨어요."

그때 클리프가 피곤한 표정을 지었던 기억이 난다.

내 잘못은 아니다.

"그럼 제가 나올 차례는 없겠군요."

노아는 납득한 얼굴이지만 조금 우울해 보였다.

"그럼 저도 나오지 않겠네요."

피나도 초반에는 미릴러 마을에 관여하지 않았다. 크라켄 사건이 끝난 이후 미릴러 마을에 갔으니 나온다고 해도 후반이 될 것이다.

"피나, 아쉽지만 오늘은 유나 씨의 모험을 즐기도록 하죠."

"네."

서로 미소를 지으며, 두 사람의 우정이 더욱 깊어진다.

……하지만 그것은 애니메이션이 시작되는 순간 부서지고 말았다.

갑자기 피나가 등장했다.

"피나네요."

피나는 곰 폰을 바라보고 있었다.

그리고 내가 설산에서 곰 폰을 사용해서 피나와 대화를 하기 시작했다.

"뭐, 뭐죠? 저 곰 모양 물건은?! 게다가 다른 장소에 있는 두 사람이 대화를 하고 있는데요?!"

"으음, 곰 폰이라고 해서 멀리 있는 사람과 대화를 할 수 있는 마도구야."

왕도에서 많은 마물을 쓰러뜨린 덕분에 새로운 스킬을 익혔다.

그것이 바로 멀리 있는 사람과 대화를 나눌 수 있는 곰 폰 스킬이었다.

"그렇다는 건, 다시 말해 유나 씨와 언제든지 대화를 할 수 있다는 뜻인가요?"

"뭐, 그렇게 되겠지?"

"피나 치사해요. 본인만. 게다가 그런 중요한 걸 말하지 않았다니, 곰 님 팬클럽 회원으로서 배신 행위예요."

노아가 손가락으로 피나를 가리켰다.

조금 전까지 서로 우정을 확인하고 있었는데, 피나와 곰 폰의 등장으로 와장창 부서졌다.

"내가 피나에게 말하지 말아달라고 부탁해서 그런 거야. 그러니까 피나를 원망하지 말아줘."

"윽, 알겠어요. 하지만 혼자 애니메이션에 나오고, 치사해요. 적어도 저도 곰 폰을 갖고 싶어요."

여기서 거절하면 귀찮아질 것 같아서 노아에게 곰 폰을 건네주었다.

"이제 언제든지 유나 씨와 이야기할 수 있어요."

"이유 없이 사용하면 뺏을 거야."

주의만은 해 두었다. 매일 걸기라도 하면 귀찮음을 넘어 짜증이 날지도 모른다.

그리고 TV에는 꼬맹이화한 곰돌이와 곰순이와 함께 노는 피나의 모습이 나왔다.

곰돌이와 곰순이의 꼬맹이화도 새롭게 익힌 스킬이었다.

"항상 피나만, 치사해요."

그리고 영상은 눈보라 치는 설산으로 옮겨가고, 곰 폰으로 피나와 대화를 나누는 사이 곰돌이가 무언가에 반응한다.

이곳에서도 현실과 마찬가지로, 미릴러 마을의 어부인 다몬 씨와 유우라 씨가 눈 속에 쓰러져 있는 것을 발견한다.

나는 두 사람을 구해 곰 하우스 안에서 쉬게 했다.

두 사람에게 이야기를 듣자 바다에는 크라켄, 도로에는 도적이 나타나 식량을 얻기가 어려워졌다고 했다.

그래서 식량을 구하기 위해 설산을 넘어 크리모니아로 향하던 중, 힘이 빠져 쓰러졌다고.

"아버님께 말씀은 들었습니다만, 크라켄, 게다가 도적. 무척 힘들었군요."

말만 들으면 아무래도 남의 일처럼 느껴진다.

해외의 재난 소식을 들어도, 진심으로 안타깝게 여긴다 해도 그뿐이다.

이런 것들은 실제로 내 눈으로 보고 피부로 느끼지 않으면 알기 어렵다.

　그리고 미릴러에 가는 나에게 다몬 씨와 유우라 씨는 함께 데려가 달라고 부탁했다.

　호위비를 내겠다고 했지만, 이런 상황에 처한 두 명에게서 돈을 받을 수는 없었다.

　"유나 씨, 상냥해요."

　남의 약점을 이용해 돈을 요구할 정도로 악랄하지는 않다.

　그런 생각을 하고 있는 사이에도 애니메이션은 진행되었고, 나는 곰돌이를 타고 다몬 씨와 유우라 씨는 곰순이를 타고 미릴러 마을에 도착했다.

　"다들 표정이 어두워요."

　마을에 활기는 없었고, 사람들의 표정은 어두웠고, 내 곰 옷차림에도 반응이 없었다.

　하지만 그런 와중, 식량을 요구하는 목소리가 들려왔다.

　그곳에는 폭리를 취하며 식량을 파는 상업 길드 사람들과 항의하는 주민들이 있었다.

　가격이 비싼 것에 화를 내는 주민. 거기에 상업 길드의 길드 마스터가 등장했다.

　기억이 희미하긴 하지만, 이런 남자도 있었지.

　들어 보니 어부나 모험가가 목숨을 걸고 손에 넣은 식량이니 비싼 것은 당연하다고 했다.

　"저 뚱뚱한 사람, 짜증나요."

　"그런 가격으로는 살 수 없어요."

　노아와 피나가 상업 길드 마스터의 말에 화를 냈다.

　하지만 사막에 있는 물은 돈이나 보석보다 더 가치가 있다.

이 세상에는 돈으로는 살 수 없는 것도 있다.

식량이 적어지고 있는 현 상황에서는 그 말도 틀린 말은 아니었다.

그래서 남자의 말도 이해는 하지만, 너무 자신의 이익만 챙기고 있었다.

그런 모습을 보고 나서 우리는 다몬 씨의 집으로 향했다.

다몬 씨의 집에서는 두 사람을 걱정하는 아이들이 기다리고 있었다.

아이들은 울면서 돌아온 부모를 껴안았다.

"유나 씨가 바다에 갈 생각을 하지 않았다면 두 분은 죽었을지도 몰라요."

"다행이에요."

우연이라도 다몬 씨와 유우라 씨를 구할 수 있어서 다행이었다.

모든 생명을 구할 수는 없지만, 내 행동으로 구원받은 생명이 있다는 것은 기쁜 일이다.

다몬 씨와 유우라 씨의 아이들이 배가 고프다고 하자, 피나가 해체해 준 울프 고기를 제공했다.

"피나가 미리 해체해 놔서 다행이야."

내 말에 피나는 기뻐했다.

그리고 식량난을 조금이라도 해소했으면 하는 마음에 나는 왕도에서 토벌한 울프를 제공(재고 처분)하기 위해 모험가 길드로 향했다.

길드 안에서는 피부를 노출한 요염한 여성이 술을 마시고 있었다.

"아트라 씨예요."

"저 차림은, 부끄럽지 않은 걸까요?"

두 사람은 아트라 씨와 안면이 있기 때문에 금세 요염한 여성이 아트라 씨라는 것을 알아차렸다.

나는 처음 봤을 때 성인들의 가게인 줄 알았다.

저 옷차림은 자신의 몸매가 좋다는 것을 알고 있기 때문에 할 수 있는 차림이겠지.

내 빈약한 몸으로는 절대 입지 못하는 옷이다.

곰 인형 옷과 수영복 둘 중에 하나를 입고 길을 걸으라고 한다면 나는 곰 인형 옷을 택할 것이다.

물론 위에만 다른 옷을 입는다는 선택지는 없다.

게임이라면 수영복 같은 옷이라도 한번 장비를 하면 다른 장비는 할 수 없으니까.

애니메이션에서는 내가 모험가고 식량 제공(재고 처분)을 하러 왔다고 말했지만, 아트라 씨는 믿어 주지 않았다.

"유나 씨는 정말 모험가인데."

"울프도 많이 갖고 있는데."

"뭐, 이런 곰 옷차림을 한 여자가 모험가라고는 생각하기 어려우니까 어쩔 수 없지."

하지만 아트라 씨는 내 길드 카드를 확인하자 태도를 바꿨고, 무사히 울프를 제공(재고 처분)할 수 있었다.

다음 날, 바다에서 크라켄을 바라보는 나.

크라켄은 우아하게 헤엄치고 있었다.

저런 것이 헤엄치고 있으면 바다에 배를 띄울 수 없다.

"크네요."

"유나 언니, 저렇게 큰 마물과 싸운 건가요?"

"하지만 유나 씨, 쓰러뜨릴 방법이 없어서 곤란해하고 있어요."

애니메이션 속의 나도 말하고 있지만, 바다에서 싸울 수단이 없었다.

치트 장비인 곰 역시 바다 위를 걸을 수 없었고, 바닷속을 잠수할 수도 없다. 바닷속에 있는 크라켄과 싸울 수단을 가지고 있지 않았다.

"그래도 쓰러뜨린 거죠?"

"뭐, 일단은."

"어떻게 쓰러뜨렸어요?"

"그걸 먼저 말하면 애니메이션을 즐길 수 없을 거야."

뭐, 거대한 웜을 미끼로 삼아 오징어 낚시를 했을 뿐이지만.

"그렇긴 한데, 그래도 궁금해요. 참고로 피나는 알고 있나요?"

"저도 몰라요."

피나도 모른다는 것을 알게 되자 노아는 안심한 표정을 하고 크라켄을 쓰러뜨린 방법을 더는 묻지 않았다.

그리고 내가 바다에 있자, 아트라 씨가 찾아와 오늘치 울프 제공을 부탁해 온다.

그런 우리를 보는 사람의 그림자가 TV에 비쳤다.

"앗, 유나 언니 뒤에!"

"뭔가 수상한 사람이 유나 씨를 보고 있어요."

"하지만 유나 언니, 눈치채지 못했어요."

두 사람은 TV에 대고 말하지만, 역시 나도 뒤에 눈이 있는 것은 아니니 알아차리지 못한다.

그리고 그날 밤. 내가 기분 좋게 자고 있는데, 꼬맹이화한 곰돌이와 곰순이가 나를 깨운다.

곰돌이와 곰순이가 문을 바라보았다.

내가 탐지 스킬을 사용하자 사람의 반응이 있었고, 반응은 내 방

앞에서 멈췄다.

"누가 온 걸까요?"

그리고 방 안에 있는 내 허락도 없이 열쇠가 열리고 문이 열린다.

"남자예요."

낯선 두 남자가 방 안으로 들어오는데, 당당하게 서 있는 내 모습이 있었다.

잠을 방해받아 화를 내는 나.

이미 늦었지만, 거기선 소녀의 방에 무단으로 들어왔다는 것에 화를 냈어야지.

식사도 게임도 수면도 중요하지만.

침입자인 남성 두 명은 곰 펀치를 맞고 쓰러졌다.

"왜 유나 씨를 습격한 걸까요?"

그 이유를 애니메이션 속의 내가 남자에게 물었더니, 내 아이템 봉투가 목적이었던 듯했다.

누군가에게 명령을 받은 것 같아서 그에 대해 물었지만, 대답하려 하지 않는다.

그래서 현실의 내가 행했던 방법을 애니메이션 속의 나도 행했다.

곰돌이와 곰순이가 거대화(일반 사이즈)해 이빨을 드러내고 남자들을 위협했다.

"곰돌이와 곰순이가, 귀엽지 않아요."

그것은 나도 동의한다.

""크응~.""

피나와 노아의 품 안에 있던 곰돌이와 곰순이가 슬프게 울었다.

"뭐, 내가 위협해 달라고 부탁한 거니까."

그 위협은 성공했고, 남자들은 모든 것을 털어놓는다.

나를 덮친 것은 도로에 있다는 도적으로, 목표는 울프 등이 들어 있는 아이템 봉투였다.

곰 인형 장갑은 훔칠 수 없는데.

잠을 방해받은 나는 도적의 은신처를 알아내 곰돌이와 곰순이를 데리고 도적 토벌에 나섰다.

그리고 술판을 벌이는 도적과 싸우는 나.

거기서 애니메이션이 끝나버렸다.

"아, 끝나버렸어요. 저 도적은 어떻게 됐나요?"

"내가 여기 있다는 건 알아차린 것 같은데."

"그렇긴 하지만요. 이런 타이밍에 끝나다니 너무해요."

"다음은 일주일 후네."

"길어요."

이것만은 어쩔 수 없다.

노아는 등장하지 않았지만, 그럭저럭 즐겁게 본 모양이다.

며칠 뒤 평소처럼 공식 사이트를 확인하러 갔다. 이 작업이 일상 루틴이 되고 있었다. 하지만 이것도 앞으로 2주면 끝난다. 눈 깜짝할 새에 흘러간 3개월이었다.

공식 사이트에서 다음 이야기를 확인하자 크라켄 토벌을 하는 것 같았다.

뭐, 현실의 나도 도적 토벌을 한 후에 크라켄 토벌을 했으니까. 이야기의 흐름은 동일하다.

애니메이션은 크라켄을 토벌하고 끝인 듯했다.

아쉽긴 하지만 언젠가는 끝이 난다.

하지만 잘 생각해 보면, 여기서 애니메이션이 끝난다는 건 사원 여행의 이야기가 없다는 뜻이었다.

여름이 되면 미릴러 마을에 다같이 놀러 갈 예정이다. 즉 수영복 차림을 보일 일이 없다는 것이다.

그건 그거대로 다행일지도 모른다.

역시 수영복 차림을 보이는 것은 민망했다.

다른 정보는 없나 살펴보니 새로운 미니 애니메이션이 공개되어 있었다. 피나가 내 머리카락을 가지고 놀고 있었다.

그런 피나를 보니 장래에는 헤어 메이크업 아티스트가 될지도 모른다는 생각이 들었다.

그 밖에는, 이 애니메이션의 각화 대본 추첨 선물 이벤트 같은 것도 있는 모양이었다.

어떤 화가 인기 있을까?

나는 ……일까.

💮 54 TV 애니메이션 홍보 소설 제12편

오늘 애니메이션 11화 방송일이다. 이제 2회 남았다.

"지난 화에서 이어지겠네요. 도적은 어떻게 됐을까요? 지난 일주일간 궁금해서 참기 힘들었어요."

"저도요."

노아와 피나는 꼬맹이화한 곰돌이와 곰순이를 안고 TV 앞에 앉아 있었다.

나는 평소처럼 차와 과자를 준비하고 침대 위에 걸터앉았다.

그리고 제시간에 애니메이션이 시작되었다. 졸려 보이는 아트라 씨가 등장하고, 땅에는 묶인 남자가 두 명 쓰러져 있다. 내 수면을 방해한 죄인들이다.

거기서 죄인을 추가하듯 곰돌이와 곰순이 등에 도적을 태운 내가 나타났다.

"유나 씨 혼자서 도적을 다 잡으셨군요."

현실이라면 나뿐만 아니라 하렘 파티인 블리츠 일행과 함께 싸워 도적을 잡았다.

하지만 그에 관한 이야기는 생략되어 있었다.

블리츠 일행을 등장시키기엔 분량이 부족했던 모양이다. 이제 2회 남았으니까.

다른 애니메이션 작품을 봐도 잘리거나 간략화된 경우를 흔히 볼 수 있었다.

분량 때문에 어쩔 수 없다지만 잘린 블리츠 일행이 불쌍하네.

애니메이션 속 나는 아트라 씨에게 도적을 인도하고 잠을 자기 위해 여관으로 돌아가려다가 제지당한다.

"아트라 씨, 위험해요."

"유나 언니의 수면을 방해하면 안 돼요."

두 사람은 지난주의 일을 말하는 것인지, 자려고 하는 나를 막아세우는 아트라 씨를 걱정했다.

"아니, 아무리 졸려도 아트라 씨를 때리지는 않아."

내가 화를 내는 것은 강제로 수면을 방해받았을 때다.

결국 애니메이션 속 나는 아트라 씨에게 이번 일을 설명해야 해서 잘 수 없게 된다.

그리고 TV에는 우아하게 와인을 마시는 상업 길드의 길드 마스터가 나왔다.

"이 남자, 사악한 얼굴을 하고 있어요. 분명 나쁜 사람일 거예요. 피나도 그렇게 생각하죠?"

"으음, 네."

피나는 조심스럽게 고개를 끄덕였다.

나도 겉모습으로 판단해서 곤란했던 적이 있으니 사람을 겉모습으로 판단하면 안 된다고 말해 주고 싶었지만, 실제로도 악덕 상인이고 나쁜 짓을 했다는 걸 알고 있었기에 두 사람에게 굳이 주의를 주지는 않았다.

그것을 금세 증명이라도 하듯, 남자는 부하 직원에게 도적이 잡혔다는 말을 듣자마자 허둥지둥 집의 보물의 방으로 보이는 장소로 달려갔다.

"돈을 가지고 도망갈 생각이에요!"

노아의 말대로 남자는 돈이 될 만한 물건을 들고 도망치려 하지만, 이내 아트라 씨가 등장했다.

여기서 아트라 씨가 등장한다는 것은 남자를 감시하고 있었다는 걸까?

그리고 아트라 씨는 탐정처럼 길드 마스터와 도적의 관계를 증명 해내고 길드 마스터를 추궁해 나갔다. 물론 이미 내가 잡은 도적이 모두 털어놓은 사실이지만.

그런 아트라 씨와 길드 마스터의 대화 사이에서 아무 긴장감 없 이 하품을 하고 있는 내가 있었다.

"유나 씨, 졸려 보여요."

밤중에 도적 때문에 잠에서 깨서 그대로 잠들지 못한 모양이다.

잠의 중요성을 알 수 있는 대목이다.

하지만, 좀 더 눈앞의 일에 관심을 가지라고, 애니메이션 속 나!

그리고 남자는 도망치려고 하지만, 아트라 씨에게 뺨을 맞고 잡 혀 버렸다.

볼이 새빨개서 아파보였다.

그래도 내가 때리는 것보다 나을지도 모른다.

내가 곰 펀치로 때리면 그 정도로는 끝나지 않는다(데보라네의 얼굴이 떠올랐다).

"잡혀서 다행이에요."

"네, 이제 도로를 다닐 수 있게 됐어요."

도적 사건이 해결되어 도로를 지날 수 있게 되었다. 이로써 다른 마을로 갈 수단을 얻은 덕분에 미미하게나마 식량 문제가 해결되 었다.

하지만 바다에 크라켄이 있는 한 근본적인 해결은 되지 않은 상 태였다.

그리고 나는 여관에서 데거 씨와 안즈 씨에게 도적을 잡은 답례로 식사를 대접받았다.

그곳에는 생선과 꿈에서만 봤던 쌀과 된장국이 있었다.

"유나 언니, 울고 있어요."

"유나 씨 고향의 맛이었군요. 하지만 바다 끝에 화의 나라가 있었다니. 언젠가는 저도 가보고 싶어요. 피나도 그렇게 생각하죠?"

"……어…… 그…… 네."

피나는 노아의 말에 난감한 표정을 지으며 나를 쳐다보더니 결국 고개를 끄덕였다.

"뭐, 뭐죠? 그 반응은. 혹시 화의 나라에 가본 적이 있는 건가요?"

피나의 표정에서 무언가를 느낀 노아가 피나를 추궁했다.

"……그게."

"노아, 애니메이션이 끝나가."

나는 피나를 도와주기 위해 화제를 돌렸다.

"지금 그게 중요한 게 아니에요!"

"정말 괜찮아?"

애니메이션은 멈추지 않고 진행되어, 내가 바다를 바라보며 크라켄의 토벌 방법을 고민하고 있었다.

노아는 TV과 피나를 번갈아 보았다.

"윽, 피나. 나중에 제대로 물어볼 거예요."

노아는 그렇게 말하고 TV를 바라보았다.

피나가 곤란한 얼굴로 나를 바라본다. 이건 말하지 않고 넘길 수 없을 것 같았다. 이미 곰 이동문도 알려져 버렸고. 나는 포기하고 TV에 눈을 돌렸다.

TV에서는 데포르메된 내가 곰돌이와 곰순이의 등에 타고 크라켄과 싸우기도 하고, 곰순이를 타고 하늘을 날기도 하고, 공기 방울 속에 들어가 싸우기도 하는 상상 장면이 흐르고 있었다.

"역시 유나 씨라도 바다에서는 싸울 수가 없군요."

"하지만 유나 언니, 곰돌이와 곰순이는 바다 위를 달릴 수 있죠?"

피나가 곰돌이와 곰순이는 바다 위를 달릴 수 있지 않냐는 것을 지적했다.

지금은 곰 수상 보행 스킬을 익힌 덕분에 나와 곰돌이와 곰순이 모두 물 위를 달릴 수 있었다.

하지만 당시의 우리는 아직 곰 수상 보행 스킬을 익히지 못했기 때문에 물 위를 달릴 수 없었다.

"그래요?! 곰돌이와 곰순이가 바다 위도 달릴 수 있나요?"

피나의 말에 노아가 놀랐다.

그리고 보니 노아는 그것도 몰랐구나.

애니메이션 때문에 내 여러 비밀이 노아에게 알려지고 말았다.

하지만 이미 신에 대해 알려졌으니 새삼 숨길 것도 없었다.

"이때는 아직 신이 알려주지 않았어."

두 사람이 신을 알고 있었기에 그렇게 말했다.

뭐, 실제로 스킬은 신이 주신 거니까 거짓말은 아니다.

하지만 이때 곰 수상 보행을 배웠더라면 크라켄과 싸우기 더 수월했을지도 모른다.

신도 좀 더 융통성을 발휘해 줬다면 좋았을 텐데.

애니메이션 속 내가 크라켄을 토벌할 방법을 떠올리지 못하고 있는데, 설산에서 도운 유우라 씨를 만나 식사에 초대받는다.

상업 길드의 길드 마스터가 잡히면서 상업 길드가 독점하던 물고

기도 유우라 씨 일행에게 돌아온 것이다.

유우라 씨의 호의로 식사를 대접받았다.

테이블 위에는 해산물이 담긴 전골이 놓였다.

"전골, 맛있어 보여요. 전골이 먹고 싶어졌어요."

애니메이션 속 전골을 보고 노아가 그런 말을 했다.

TV에서 맛집 프로그램 음식을 보고 먹고 싶은 마음이랑 똑같겠지.

"그럼 다음 주엔 전골로 할까?"

"정말인가요?"

"다음 주엔 애니메이션도 마지막이니까."

마지막 화니까 그 정도는 해도 되지 않을까.

"그렇군요. 다음 화가 마지막이네요. 저는 거의 등장하지 않았어요."

역시 본인이 등장하지 않은 것이 아쉬운 듯했다.

"노아 님, 유나 언니가 크라켄을 토벌하는 방법을 생각해낸 것 같아요."

우리가 이야기하고 있는 동안도 이야기는 진행되어, 전골을 본 내가 크라켄 토벌 방법을 떠올리고 아트라 씨에게 상담하고 있었다.

"크라켄을 쓰러뜨리는군요."

노아가 안심한 표정을 지었다.

그리고 나와 아트라 씨는 절벽이 있는 해안으로 찾아왔다.

현실과 똑같이 나는 곰 박스에서 웜을 꺼내 로프에 묶고 절벽 위에서 매달아 놓았다.

"웜으로 크라켄을 불러들일 수 있나요?"

물고기의 먹이로 지렁이를 사용하기도 한다. 물론 이번에는 오징어지만.

"보고 있으면 알아."

내가 그렇게 말한 순간, 애니메이션에서는 크라켄이 움직이기 시작하며 웜을 잡아챘다.

애니메이션 속의 나는 현실과 마찬가지로, 곰의 흙 마법을 사용해 곰 바위를 만들어냈다.

"큰 곰 님이에요."

곰 바위가 크라켄의 도망갈 곳을 막았다.

크라켄이 도망갈 곳을 막을 만한 크기의 곰 바위를 여러 개 만든 것으로 마력을 소모한다.

그때 정말 흰 곰으로 싸웠으면 좋았을 텐데.

하지만 현실과 마찬가지로 검은 곰 옷차림 그대로 크라켄의 공격을 피하면서, 바다에 바위마저 녹일 정도의 화염 곰 마법을 몇 발이나 던졌다.

"유나 씨 힘내세요!"

"유나 언니, 힘내요."

TV을 향해 소리치는 두 사람.

열심히 하라고 해도, 이미 다 끝난 일이다.

아이가 히어로 쇼를 보면서 소리치는 심정인 걸까?

그리고 내 마력이 다하기 전에 크라켄이 쓰러졌다.

"쓰러뜨렸어요!"

"다행이에요."

애니메이션 속 나도 비틀거렸다.

그러고 보니 그때도 마력을 너무 많이 사용해서 쓰러졌었나. 눈을 떴을 때는 여관 침대 위였다.

애니메이션 속 나는 아트라 씨의 등에서 자고 있다.

그대로 여관에 눕혀주었다.

그리고 애니메이션은 끝나고 엔딩이 나왔다. 이걸로 이제 남은 것은 1화뿐이다.

"그럼 피나와 유나 씨, 화의 나라에 대해 들려주실까요?"

아무래도 기억하고 있었던 모양이다.

나는 타르구이의 일은 생략하고, 혼자서 화의 나라에 가서 곰 이동문을 설치하고 피나를 데려간 것을 이야기해 주었다.

"너무해요. 저만 따돌리다니. 저도 화의 나라에 가고 싶어요."

"알았어. 다음에 데려다 줄게."

"정말요? 약속이에요."

그날 밤, 셋이 함께 잘 때 노아에게 화의 나라에 대한 여러 질문을 받았다는 것은 말할 필요도 없는 일이었다.

며칠 후, 애니메이션 공식 사이트를 보러 갔다.

제목은 「곰 씨와 피나」였다.

이게 뭐지?

사진을 보니 아무래도 크라켄을 토벌한 후의 이야기인 모양이었다.

왜 제목이 「곰 씨와 피나」일까?

조금 궁금하다.

다른 정보는, 미니 애니메이션이 있었다. 아픈 내 병간호를 하고 싶으니 병에 걸려달라고 고집을 부리는 노아.

실제로도 말할 것 같아서 무섭다.

그런데 진짜 이걸로 마지막이구나.

민망한 장면을 보일 일이 없으니 다행이라고 생각하면서도, 쓸쓸한 기분도 들었다.

설마 이런 마음이 들 줄은 몰랐는데.

하지만 다음 화가 마지막 화라는 사실은 변하지 않는다.

🎀 55 TV 애니메이션 홍보 소설 제13편

오늘로 애니메이션이 끝난다.

처음에는 나를 소재로 한 애니메이션을 멋대로 만들지 말라는 생각뿐이었는데, 끝을 맞이한다고 생각하니 조금 아쉬운 기분이 들었다.

혼자 봤다면 마음이 어두워졌을지 모르지만, 오늘도 피나와 노아가 와 있었다.

"배불러요. 더는 못 먹겠어요."

"잔뜩 먹었어요."

노아와 피나는 만족스러운 표정을 짓고 있다.

저녁은 지난주에 말한 대로 해물 전골로 했다.

육수를 낸 국물에 생선과 조개, 그 밖에 채소 같은 것도 넣었다.

이렇게 원할 때 해산물을 먹을 수 있어서 정말 다행이다. 힘들게 크라켄을 쓰러뜨리고 크리모니아와 미릴러 마을을 연결하는 터널을 뚫은 보람이 있었다.

설거지를 하고, 식사 후 휴식을 취하고, 셋이 함께 목욕을 했다.

"오늘로 다 같이 목욕하는 것도 마지막이네요."

"······네."

노아와 피나는 조금 서운한 표정을 지었다.

"애니메이션은 없지만. 또 자러 와도 돼."

"그래도 돼요?"

"응. 하지만 클리프의 허락은 제대로 받고 와."

"그럼 피나, 또 같이 숙박 모임을 해요."

"네."

두 사람은 기쁜 미소를 지었다.

매주 숙박을 하러 오던 두 사람이 더는 오지 않게 된다고 생각하면 나도 좀 쓸쓸하다. 그러니까 앞으로도 두 사람이 자러 와주면 좋겠다.

몸과 머리를 씻었다. 상쾌하게 씻은 우리는 애니메이션 마지막 화를 보기 위해 TV가 있는 내 방으로 이동했다.

평소와 같이 꼬맹이화한 곰돌이와 곰순이를 안은 피나와 노아는 TV 앞에 앉았고, 나는 침대에 걸터앉았다.

"시작했어요."

TV에는 안즈가 해 준 해물 요리를 먹는 내 모습이 나왔다. 그리고 그 요리의 맛에 감동해 안즈에게 「크리모니아에 와줬으면 좋겠다」라거나, 「안즈가 필요하다」라고 말했다.

"이 대사 알아요. 결혼할 때 하는 말이에요."

"그런가요?"

노아의 말에 피나가 놀랐다.

"자신에게 와주길 바랄 때 쓰는 남자의 고백 멘트라는 말을 들은 적이 있어요."

"잘 아네."

"라라에게 들었어요."

라라 씨. 노아한테 뭘 가르치는 거야?

하지만 이건 크리모니아에서 가게를 내달라는 뜻이었다.

그리고 애니메이션에서는 아트라 씨가 찾아와 앞으로의 미릴러에 대해 상담하고, 크리모니아의 영주에게 편지를 보내달라는 부탁을 받게 된다.

"아버님께 편지요?"

"응, 앞으로의 마을을 생각해서, 크리모니아 영주인 클리프에게
도움을 청하는 편지야."

현실에서도 부탁을 받아 클리프와 밀레느 씨를 미릴러 마을에 데
려간 것은 그리운 추억이었다.

그리고 크리모니아로 돌아온 나를 피나가 반겨주었다.

오랜만에 만난 나를 보고 피나는 기뻐했지만, 일이 있다는 말을
듣자 쓸쓸한 표정을 짓는다.

"아, 피나가 차였어요."

"누가 들으면 오해하겠네."

"유나 언니에게는 중요한 일이 있으니까 어쩔 수 없었어요."

피나와 헤어진 나는 클리프를 만나러 영주의 집에 왔다. 거기서
오랜만에 노아가 등장했다.

"저예요."

하지만 금세 라라 씨에게 잡혀 끌려갔다.

현실에서도 몇 번 본 광경이었다.

"아, 모처럼 등장했는데, 라라 바보."

끌려가는 노아와 헤어진 나는 클리프를 만나 미릴러 마을의 상황
에 대해 보고했다.

그 말을 들은 클리프는 엘레젠트 산맥이 있어 쉽게 갈 수 없으니
무리라며 거절했다.

하지만 나는 미릴러 마을과 크리모니아를 연결하는 터널을 팠다
는 사실을 클리프에게 전했다.

파고 굳히고, 파고 굳히고, 파고 굳히고, 파고 굳히고, 파고 굳혀
서 터널을 만들었다.

지금 생각해도 나 정말 열심히 했구나.

이것도 다 미릴러 마을을 위해, 무엇보다도 안즈가 크리모니아에
오게 하기 위해. 크리모니아에서 언제든지 해산물을 먹을 수 있게
만들기 위해서였다.

그리고 터널의 사실을 알게 된 클리프는 밀레느 씨를 데리고 미
릴러 마을로 가게 된다.

여기서 밀레느 씨가 상업 길드의 길드 마스터라는 사실을 알게
된다.

접수대에 앉아 현장의 상황을 지켜보는 것이 취미라고 했다. 덕
분에 내가 곰 하우스를 지을 때 토지비를 싸게 해 준다거나, 알을
영주인 클리프에게 팔지 말아 달라는 터무니없는 요구를 들어준다
거나, 가게 일에 관해서도 여러모로 편의를 봐줄 수 있었던 거겠지.

지금 생각하면 일반 접수대 직원에게 그런 권한은 없었고, 영주
인 클리프를 거스를 수도 없었을 것이다.

클리프와 밀레느 씨를 태운 곰돌이와 곰순이는 미릴러 마을을 향
해 출발했다.

참고로 엔딩에 나온 목소리의 캐스팅 목록을 보자 밀레느 씨와
곰순이는 같은 성우가 연기하고 있는 것 같았다.

즉, 자신이 자신을 타고 있는 셈이었다.

그렇게 생각하면 재미있는 조합이다.

우리를 태운 곰돌이와 곰순이는 내가 만든 터널을 지나 미릴러

마을로 찾아왔다. 그리고 두 사람은 아트라 씨와 만나게 된다.

이것으로 나의 역할은 끝이었다. 남은 일은 아트라 씨와 클리프, 밀레느 씨에게 떠넘기고 이 자리를 떠나려고 하지만, 3명에게 붙잡혀 또 다른 일을 강요당했다.

세 사람 다 너무한다. 이미 도적이나 크라켄을 토벌하고 터널까지 파면서 노력했는데, 이 이상 일을 시키다니.

그리고 완전히 녹초가 된 나는 드디어 피나를 만나러 오게 된다.

분명 영상에는 나오지 않았지만, 클리프와 밀레느 씨, 아트라 씨의 무리한 요구에 부응하기 위해 최선을 다했던 거겠지.

애니메이션 속 나에게 「수고했어」라고 말해 주고 싶었다.

그렇게 피곤했던 나는 피나와의 약속을 지키기 위해 미릴러 마을로 초대했다.

"왜, 왜 이때 절 초대해 주지 않으셨나요!"

노아가 화를 냈다.

어째서일까?

"아마도 단순히 노아를 데려갈 생각을 못 했던 것뿐인가?"

"유나 씨, 그건 그거대로 너무해요."

노아가 풀 죽은 표정을 지었다.

처음부터 데려갈 생각이 없었다는 말이 더 잔인한 것 같긴 하지만.

하지만 애니메이션 속 피나도 슈리가 함께 간다고 하니 아쉬운 표정을 지었다.

"피나는 유나 씨와 둘이서만 가고 싶었군요."

"그랬어?"

"으, 아니에요. 그런 생각 안 해요."

부끄러운 얼굴로 말하지만, 애니메이션 속 나와 피나에게는 거리 감이 보였다.

애니메이션 속의 피나는 쓸쓸했던 것일지도 모른다.

그리고 피나와 슈리를 데리고 미릴러로 향했다.

피나와 슈리는 터널을 보고 놀라고, 바다를 보고 놀라고, 미릴러 마을에 지은 커다란 곰 하우스를 보고 놀랐다.

"윽, 피나와 슈리가 부러워요."

그렇게 미릴러 마을을 견학하고 있는 사이 나는 마을 사람들에게 둘러싸여 버렸다.

그런 나를 쓸쓸한 얼굴로 바라보는 피나.

"피나는 유나 씨를 빼앗겨서 외로웠군요."

노아가 돌직구로 말했다.

"저, 저는 그런 생각 안 했어요."

피나는 부정을 하면서도 볼을 붉혔다.

확실히 현실의 피나와 슈리는 즐거워 보였다.

어쩌면 애니메이션 속 나와 마찬가지로 내가 눈치채지 못했을 뿐, 피나에게 쓸쓸한 마음을 느끼게 했을지도 모른다.

"피나, 미안해."

"으, 사과하지 마세요. 정말로 아니에요."

그리고 미릴러 마을을 둘러본 우리는 크리모니아로 돌아왔다.

TV에는 곰 하우스가 나오고, 노아가 찾아왔다.

"오늘 두 번째 등장이에요."

노아는 자신이 등장하면 정말 기뻐한다.

노아는 곰 하우스를 향해 내 이름을 부르지만 나온 것은 피투성이의 피나였다.

"피나가 크게 다쳤어요!"

"이건 아마 해체 작업을 하고 있어서 그럴 거예요."

피나 말대로 손에는 나이프가 들려 있었다.

하지만 손님을 맞이할 땐 나이프는 갖고 나가지 말자.

노아는 공부를 끝내고 나를 만나러 왔지만, 없다는 말을 듣고 아쉬워했다.

그리고 쓸쓸해하는 피나를 걱정하는 노아.

피나는 나와의 관계를 노아에게 말했다.

"피나는 이런 생각을 하고 있었구나."

나는 뒤에서 피나의 머리를 쓰다듬었다.

"윽, 그런 거 아니에요!"

"그렇게 수줍어하지 않아도 돼. 신도 실제 우리를 바탕으로 애니메이션을 만들었다고 했으니까."

"……."

피나는 입을 다물었다.

그리고 천천히 입을 열었다.

"하지만, 만약 유나 언니가 없어진다면, 외로울 것 같아요."

피나가 속마음을 말해 주었다.

원래 세계에서도 이런 마음을 들어본 적이 없어서, 무척 기뻤다.

"아무 데도 안 가."

"……유나 언니."

그야 원래의 세계로 돌아간다 해도 내 애니메이션이 방송되고 있을 것이다. 만약 아는 사람이 봤다고 생각하면 더는 돌아갈 수 없었다.

아무리 은둔형 외톨이라도 이건 무리다.

물건을 사러 밖에 나가기도 하고, 기분 전환하러 밖에 나가는 일도 있다.

응, 무리다.

"저도 유나 씨가 떠나면 외로워요. 울 거예요."

"노아도 고마워."

나를 걱정해 주는 사람이 있다는 건 기쁜 일이었다.

피나를 걱정하던 노아는 나에게 쓴 편지를 전해 주고 돌아갔다.

편지는 엘레로라 씨가 보낸 것이고, 플로라 씨가 만나고 싶어한다는 내용이었다.

나는 피나를 초대했지만 거절당했다.

"그건 그렇고, 이 애니메이션 속 피나는 솔직하지 못하네요. 유나 씨에게 함께 있고 싶다고 확실하게 말하면 좋을 텐데."

"아니, 현실의 피나도 솔직하지 않아."

"으, 그렇지 않아요."

피나는 부정하지만, 혼자 끌어안는 경우가 많았다.

어머니가 아프실 때도 겐츠 씨에게 폐를 끼치지 않기 위해 조용히 숲에 약초를 캐러 가거나, 생활이 어렵다는 것도 얼굴에 거의 드러내지 않았었다.

그러니 애니메이션 속 피나도 자신이 혼자 끌어안는 부분은 똑같을지도 모른다.

애니메이션에서 나와 피나는 엇갈리기만 했다.

피나는 한동안 해체 일은 쉬고 겐츠 씨가 있는 곳에서 공부하겠다고 말한다.

그녀는 나에게 도움이 되기 위해 해체 기술을 배우려고 했다.

애니메이션을 보고 있으면 알겠지만, 애니메이션 속의 나는 그런 피나의 마음을 눈치채지 못했다.

서로 엇갈리는 연애 만화나 소설 같았다.

보고 있으려니 민망했다.

피나도 귀를 새빨갛게 하고 수줍은 얼굴로 애니메이션을 보고 있었다.

애니메이션 속의 나는 자신의 마음을 모른 채 상업 길드에서 안즈의 가게 준비를 부탁하거나, 피나의 모습을 보러 가기도 했다.

"피나도 유나 씨도 참 답답하네요."

노아가 돌직구로 그렇게 말했다.

그치만 난 친구가 없었기 때문에, 애니메이션 속 내 심정도 이해가 갔다.

친구가 없었던 탓에 어떻게 대해야 할지 모르는 것이다.

만약 피나가 내 곁을 떠난다고 하면 난 붙잡을 수 있을까. 제대로 입 밖으로 꺼낼 수 있을까, 모르겠다.

왜냐하면 피나는 항상 내 곁에 있어 줬으니까.

그런 내게 노아가 찾아왔다.

그리고 노아는 날 타이르듯 내게 설명한다.

마치 긴 인생을 겪어온 사람처럼.

마지막에는 내 등을 밀어주었다.

"이 애니메이션 속 노아, 노아 같지 않네."

"네. 노아 님 답지 않아요."

"둘 다 너무해요. 저는 마음이 넓다고요."

내가 노아에게 충고를 듣고 있을 때, 피나도 겐츠 씨에게 충고를 듣고 있었다.

정말 아버지 같았다.

그리고 나와 피나는 서로의 마음을 확인하기 위해 이야기를 나누게 된다.

마치 백합 애니메이션 같았다.

나와 피나가 서로의 마음을 확인하고, 서로가 소중하다는 마음을 확인했다.

부끄럽다.

그리고 엔딩에 들어갔다.

"뭐, 뭐예요! 이러면 마치 유나 씨와 피나가 연인 사이 같잖아요."

노아가 외쳤다.

"부, 부끄러워요."

피나를 따라하는 건 아니지만, 이거 부끄럽네.

"유나 씨는 안 줄 거예요."

아니, 아까는 마음이 넓다고 하지 않았나.

애니메이션 속 노아는 어른스러웠지만, 현실 속 노아는 어린애처럼 끌어안아왔다.

아니, 애니메이션 노아도 지지 않을 거라고 했으니, 애니메이션 노아도 현실 노아도 마찬가지일지도 모른다.

이날 밤, 잠에 들 때까지 피나는 수줍어했고, 노아는 내게서 떠나려 하지 않았다.

며칠 후, 애니메이션 공식 사이트를 보러 갔다.

새로운 애니메이션 정보가 나올 일도 없으니, 이것으로 마지막이 되겠지.

하지만 애니메이션 공식 사이트에 들어간 순간, 믿을 수 없는 소식이 눈에 들어왔다. 『TV 애니메이션 2기 제작 결정』이라는 문구와 일러스트였다.

잠깐, 2기?

정말? 몰카인가? 날 속이려는 건가?

심지어 굿즈도 다양하게 늘어나 있었다.

공식 팬북 발매도 결정되었다.

아무래도 내 애니메이션은 아직 계속되려는 모양이다.

경축! 20.5권 발매

깨닫고 보니 0.5 시리즈(?)도 벌써 두 번째……!
제 그림의 경과를 한데 모아 확인할 기회는
좀처럼 없기 때문에 조금 간지러운 기분이 듭니다.
캐릭터를 더욱 생동감 있게 그리게 되는 것이
제 안의 과제일지도 모르겠습니다.
조금이라도 캐릭터의 매력을 전하고 싶네요.
아! 곰곰곰 애니 3기도 기다리겠습니다!

029

흉내 놀이

미끄럼틀

낮잠

낮잠 시간
이야~

네~에!

곰 님이랑
같이 자고 싶은
마음은
알겠지만….

어허.

자,
선생님도
같이 자줄게.

정말?!

….

음….

끝

■작가 후기

쿠마나노입니다. 『곰 곰 곰 베어』 20.5권을 읽어주셔서 감사합니다.

이번 권은 10권부터 16권까지의 점포 구입 특전 소설 37편, 신작 단편 5편, web판에서 공개한 애니메이션 광고용 소설 13편을 모은 55편으로 구성되어 있습니다.

11.5권 때보다 5편이 늘었습니다.

점포 구매 특전은 매 권마다 5개 정도 내고 있습니다.

1권일 때는 3개, 4권에서 4개가 되고, 10권부터 5개가 된 것 같습니다.

모든 점포 구매 특전을 구하기는 어렵다고 생각합니다. 읽고 싶으신 독자분도 있지 않았을까요. 그것을 전할 수 있게 되어 기쁘게 생각합니다.

이런 좋은 기회를 만들어 주신 출판사님께 감사드립니다.

17권 이후의 점포 구입 특전이 수록된 것도 발매할 수 있도록 노력하겠습니다.

다음엔 21권이 나올 예정입니다.

유나의 새로운 모험이니 함께 해 주신다면 좋겠습니다.

앞으로도 곰 작품을 잘 부탁드립니다.

마지막으로 책을 내는 데 힘써주신 여러분들께 감사드립니다.

029 선생님, 늘 멋진 일러스트를 그려주셔서 감사합니다.

편집자님께는 언제나 불편을 끼치고 있습니다. 그리고『곰 곰 곰 베어』20.5권을 출간하는데 참여해 주신 많은 분들께 감사드립니다.

지금까지 책을 읽어주신 독자님들께도 감사를 전하며.

그럼 21권에서 뵙기를 기대하겠습니다.

2024년 5월 길일 쿠마나노

곰 곰 곰 베어 20.5

초판 1쇄 발행 2025년 2월 10일

지은이_ Kumanano
일러스트_ 029
옮긴이_ 이소정

발행인_ 최원영
본부장_ 장혜경
편집장_ 김승신
편집진행_ 권세라 · 최혁수 · 김경민 · 최정민
편집디자인_ 양우연
국제업무_ 박진해 · 조은지 · 남궁명일
관리 · 영업_ 김민원 · 조은걸

펴낸곳_ (주)디앤씨미디어
등록_ 2002년 4월 25일 제20-260호
주소_ 서울시 구로구 디지털로 32길 30, 코오롱디지털타워빌란트 1301-1308호
전화_ 02-333-2513(대표)
팩시밀리_ 02-333-2514
이메일_ lnovellove@naver.com
ㄴ노벨 공식 카페_ http://cafe.naver.com/lnovel11

ISBN
ISBN

값 11,000원

*잘못된 책은 구매처에 문의하십시오.

내 화염에 무릎 꿇어라, 세계여 1~2권

스메라기 히요코 지음 | Mika Pikazo 일러스트 | 텟타 배경화 일러스트 | 김장준 옮김

'기회만 있으면 뭔가 불태우고 싶다…….'
그런 욕구를 가진 호무라는 이세계로 불려간다.
그곳에는 똑같이 이상한 여고생이 모여 있었고
특별한 재능을 가진 그녀들에게 이 세계를 구해 달라는 이야기가 나오는데?
100년 만에 부활한 마왕, 혼란에 틈타 활개 치는 악당들.
대혼란의 시대를 평정하기 위해서 소녀들은 세계의 운명을 짊어진다—.
"당신 악당이에요? 그럼 마음 놓고 불태울 수 있죠!"
불로 정화하는 것이야말로 정의! 소각 처분에 대흥분!!
압도적 화력으로 세계를 제압하는
정상인 듯 정상 아닌 미소녀 호무라의 미래는?!

최강 방화녀의 이세계 코미디!!

라이트노벨의 새로운 빛! L노벨의 신간은 매월 10일에 발매됩니다. http://cafe.naver.com/lnovel11

아빠는 영웅, 엄마는 정령, 딸인 나는 전생자, 1~9권

마츠우라 지음 | keepout 일러스트 | 이신 옮김

연구직에 몰두하던 전생(前生)을 거쳐 전생(轉生)했더니
원소의 정령이 되어 있었습니다.
아버지는 전 영웅이고 어머니는 정령의 왕.
저 또한 치트 능력을 받았습니다…….
아버지와 어머니, 그리고 정령들에게 사랑을 듬뿍 받으며
쑥쑥(본의 아니게 겉모습만 빼고!) 자라던 어느 날,
아버지와 함께 방문한 인간계에서 어쩌다 보니 임금님의 주목을 받게 되고,
그 탓에 가족이 위기에……?
"확실히 부숴버릴 테니 각오해 주세요."

**정령 엘렌, 전생의 지식과 정령의 힘을 구사하여
소중한 가족을 지키겠습니다!**

 L NOVEL

프리
라이프

이세계
해결사
분투기

키가츠케바 케다마
일러스트 카니빔

©Kigatsukeba Kedama, Kani_biimu 2020
KADOKAWA CORPORATION

프리 라이프 이세계 해결사 분투기 1~9권

키가츠케바 케다마 지음 | 카니빔 일러스트 | 이경민 옮김

이세계 생활 3년째인 사야마 타카히로는
해결사 사무소《프리 라이프》의 빈둥빈둥 점주.
하지만 사실은, 신조차도 쓰러뜨릴 수 있는
세계 최강 레벨의 실력자였다!
게으름뱅이지만 곤란한 사람을 내버려 둘 수 없는 타카히로는
못된 권력자를 혼내주거나,
전설급 몬스터에게서 도시를 구하는 등 대활약.
사실은 눈에 띄고 싶지 않은데
개성적인 여자아이들에게도 차례차례 흥미를 끌게 되고?!

대폭 가필 & 새 이야기 추가로 따끈따끈 지수 120%!
이세계 슬로우 라이프의 금자탑이 문고화!!

NOVEL

가끔씩 툭하고 러시아어로 부끄러워하는 옆자리의 아랴 양 1~8권

SUN SUN SUN 지음 | 모모코 일러스트 | 이승원 옮김

"И на меня тоже обрати внимание."

"어, 뭐라고 한 거야?"

"별거 아냐. 【이 녀석, 진짜 바보네】하고 말했어."

"러시아어로 독설 날리지 말아줄래?!"

내 옆자리에 앉은 절세의 은발 미소녀, 아랴 양은 의기양양한 미소를 지었다.

하지만, 사실은 다르다.

방금 그녀가 말한 러시아어는 【나도 좀 신경 써줘】란 의미다!

실은 나, 쿠제 마사치카의 러시아어 리스닝은 원어민 레벨이다.

그런 줄도 모르고, 오늘도 달콤한 러시아어로 애교 부리는

아랴 양 때문에 입가가 쉴 새 없이 실룩거리는데?!

전교생이 동경하는 초 하이스펙 러시안 여고생과의
청춘 러브 코미디!

라이트노벨의 새로운 빛! L노벨의 신간은 매월 10일에 발매됩니다. http://cafe.naver.com/lnovel11